Der Nashorn Flüsterer

Ein Südafrika-Roman

von

Evadeen Brickwood

Eine neue Geschichte aus Südafrika. Diesmal erschüttern die Morde an einem Ranger und an einem seltenen Nashorn die ländliche Gemeinde von Rutgersdrift. Die Finnin Sofia Helenius lebt im idyllischen Shangari Safaripark mit ihrem Freund, dem Eigentümer Tom Rutgers.

Sofia wird von einem Geheimnis gequält, das sie unbedingt mit Tom teilen möchte, doch bald überschatten die grausigen Ereignisse alles andere. Mitglieder einer eingeborenen Khoi-San Familie können mit wilden Tieren sprechen, aber was passiert, wenn die Verbrecher davon erfahren? Dann passiert in der Metropole Johannesburg ein weiterer Mord und die schwelenden Geheimnisse beginnen sich zu entwirren. Wie hängen die beiden Morde zusammen und ist es möglich, das Verbrechersyndikat aufzuhalten, um ein afrikanisches Paradies zu retten?

Für Mari und Jonas

<u>Weitere Titel von Evadeen Brickwood</u>

In der Jugendbuchreihe:

„Kinder des Mondes" (Erinnerung an die Zukunft, Buch 1)

Englische Originaltitel:

„Children of the Moon" (Remember the Future, Book 1)

„The Speaking Stone of Caradoc" (Remember the Future, Book 2)

„The Secret of the Bird God" (Remember the Future, Book 3)

Romane:

„The Rhino Whisperer" (Englische Originalausgabe dieses Romans)

„Singende Eidechsen" (Ein Afrika-Abenteuer)

„Singing Lizards" (Englische Originalausgabe)

„Abenteuer Halbmond" (Ein Erlebnis-Roman)

„A Halfmoon Adventure" (Englische Ausgabe)

„Charlie Proudfoot Murder Mysteries" (englische Serie)

Besonderer Dank und Anerkennung

Ich möchte mich bei allen meinen Lektoren und Testlesern bedanken, vor allem Peter und Svenja Böttner, für ihre ausgezeichnete Arbeit und hilfreiche Anregungen. Ein dickes Dankeschön auch an die SanPark Ranger, die mir während der YeboGogga Veranstaltung an der University of the Witwatersrand im Mai 2017 einen wichtigen Einblick in die Welt der Tierasyle gewährt und in die Praxis des Soft Release, oder sanfte Freilassung, der Tiere in die Wildnis eingeführt haben. Sowie an alle Organisationen, die für die Erhaltung wilder Tiere kämpfen, u.a. die Internationale Rhino Foundation, die unglaubliche Arbeit auf diesem Gebiet leisten. Ich möchte mich hier auch ganz herzlich bei der Afrikaans-sprechenden Seite unserer Familie bedanken, deren fachkundige Beiträge zum Thema umgangsprachliches Afrikaans im Buch zu finden sind; und zu guter Letzt bei Mannaka Productions, daß sie den Xnau-Dokumentarfilm genau dann im Fernsehen zeigten, als es an der Zeit für mich war, mehr über die Kultur der Khoi-San in Südafrika zu erfahren.

"Es scheint immer unmöglich zu sein, bis es in die Tat umgesetzt wird..."

Nelson Mandela

ERSTES KAPITEL

Es gibt da eine wunderschöne Gegend in Südafrika, zwischen der Kalahari-Wüste und den Magaliesbergen. Hier pulsieren das Gestein, das Wasser und alle Lebewesen im Einklang mit Mutter Natur. An diesem Ort herrscht noch Harmonie und der Besitz von Geld und Gütern steht nicht über allen Dingen.

Dort befindet sich die Shangari Safari Lodge; ein Stückchen Paradies für viele, die es kennen. Die Landschaft geht ins Grenzgebiet der gewaltigen Kalahari über und ein reißender Fluss wirbelt an sandigen Uferstränden vorbei, die von Busch und Savanne gesäumt sind und von mit Agaven bedeckten Hügeln.

Wenn man den Anweisungen folgt, ist es eigentlich nicht schwierig den Weg nach Shangari zu finden. Es gibt hier auf dem Lande nämlich keine Straßennamen, aber man muss einfach nur auf der neuen Teerstraße von Rutgersdrift aus in Richtung Norden fahren, und dann rechts am riesigen Baobabbaum abbiegen.

Zwei geschäftstüchtige Frauen in traditioneller Tracht stehen im Schatten des Baumes und verkaufen an ihrer Bude Avocados, Macadamianüsse und selbstgemachte Baobab-Marmelade.

Wenn man Glück hat, kann man die Affen im Geäst der breiten Baumkrone herumklettern sehen oder man sieht ein paar neugierige Erdmännchen, die auf ihren Erdhöhlen sitzen und die Straße im Auge behalten. Die Teerstraße windet sich weiter nach Norden an Avocado- und Zitrusplantagen vorbei über eine alte Brücke und durch das Städtchen Renosterspruit hindurch, bis sie von einer Dreckstraße bis zur Grenze mit Botswana abgelöst wird. In dieser Gegend hat sich seit vielen Jahren kaum etwas Bemerkenswertes getan und es passiert fast nie etwas Ungewöhnliches.

Rutgersdrift ist die Kreisstadt, wo die Bewohner stolz auf ihre schattigen Straßen sind, auf das kleine Krankenhaus und die verschlafene Polizeistation gleich neben dem Kirchturm. Keine fünf Minuten außerhalb der Stadt befindet sich eine Landebahn. Sie wird häufig von einmotorigen Flugzeugen aus Johannesburg und Pretoria angeflogen.

In ihren Bäuchen befinden sich jede Menge Touristen, die es kaum erwarten können, sich am Spektakel der unberührten Natur satt zu sehen.

Vom Baobab aus fährt man mit dem Auto auf der Dreckstraße eine halbe Meile nach Shangari weiter, bevor die weiß-glänzenden Torpfosten auftauchen. Ein Farmarbeiter im blauen Overall frischt mit einem Pinsel die schwarzen Buchstaben auf dem Schild darüber auf.

"Shangari Safari Lodge" steht darauf. Zwei weitere Arbeiter fegen die Straße und winken den ankommenden Fahrzeugen hinterher. Von hier aus dauert es nur noch eine kurze Minute. Die Straße führt an farbigen Blumenbeeten und staubigen Kakteen vorbei, bevor man den Parkplatz erreicht. Die Gebäude des Landhotels sind aus Naturstein gemauert, die aus der Gegend stammen und ihre Farbe von Ocker zu Rosa und Braun wechseln, je nach dem Stand der Sonne.

Man geht eine breite Treppe zu einer kühlen Halle hinauf, die mit überdimensionalen, afrikanischen Kunstgegenständen dekoriert ist. Hier gibt es auch geschnitzte Holzpfosten zu sehen, die das hohe strohgedeckte Dach tragen. Es muss eine der meistfotografierten Hotelhallen in Südafrika sein, und hier können sich Besucher auf einladenden, beigen Sofas und gepolsterten Korbsesseln zu einer wohlverdienten Ruhepause niedersetzen.

Blickt man nach links, entdeckt man hinter der Rezeption an der Wand den Kopf eines aus Galsaugen blickenden Kudus mit eindrucksvollen Korkenzieher-Hörnern. Glastüren führen in einen Andenkenladen, wo man Mitbringsel kaufen kann und in einen kleinen Raum mit einer Weißwandtafel, der für Besprechungen und Vorträge benutzt wird. Draußen lockt ein einladender Swimmingpool und eine breite Holzterrasse. Hier lässt es sich im Schatten großer Sonnenschirme mit einem Drink an der Bar gut aushalten oder man genießt die ausgezeichneten Gerichte und beobachtet dabei durch Feldstecher die Tiere in freier Natur.

Hat man eines der gemütlichen Zimmer gebucht, geht man hinter dem Portier, der das Gepäck trägt, die Holztreppe hinauf. Alles, was der Gast nun zu tun hat, ist sich mit einem zufriedenen Seufzer auf dem Himmelbett oder in einem bequemen Sessel auf der Privatterrasse niederzulassen, und sich tief beeindruckt der einmaligen Aussicht hinzugeben.

Shangari ist keinesfalls die einzige Safari-Lodge in der Gegend. Es gibt hier viele Farmen, die sich auf den Hotelbetrieb umstellen mussten. Nur, daß Shangari dem Besucher etwas mehr außer purem Luxus und unberührter Wildnis bieten konnte. Die Lodge hatte sich zu einer Art Geheimtipp unter Touristen entwickelt, die eine unzuverlässige Internetverbindung nicht so wichtig fanden. Einige meinten sogar, Shangari hätte etwas Magisches an sich.

Wilderer, die es auf die prächtigen Nashörner an der Grenze mit Mosambik abgesehen hatten, waren glücklicherweise noch in weiter Ferne, das heißt, bis ihnen ein Breitmaulnashorn zum Opfer fiel. Es war im Lungile Game Park, nicht weit von Shangari, erschossen und enthornt worden. Entsetzt von diesem plötzlichen Akt der Gewalt, hatten die Wildfarmer eine nächtliche Ranger-Patrouille ins Leben gerufen und das trügerische Gefühl von Sicherheit war wieder hergestellt.

Im Februar, als die anstrengende Weihnachtssaison

überstanden war, befand sich Shangari wieder wie gewohnt in einem verträumten Zustand der Selbstzufriedenheit. Die Luft über der Straße hatte sich erhitzt, sodaß sie in schimmernde Wellen dahinzuschmelzen schien. In dieser Hitze konnten sich Menschen wie Tiere nur träge bewegen. Die Wilderer hatten ihre Aktivitäten in diesem Stückchen Paradies allerdings noch nicht aufgegeben.

Die Nachtluft war milde, Zikaden schilpten ihr Schlafliedchen und wiegten die Menschen in Shangari unter dünnen Moskitonetzen in den Schlaf. Einige der Gäste hatten sich an der Bar zu viel von den teuren alkoholischen Getränken gegönnt und wieder andere genossen auf ihren Zimmern die klare Mondnacht. Ein paar Farmarbeiter hatten dem beliebten Hirsebier im Shebeen sehr zugesprochen und schliefen nun ihren Rausch aus, während die Wildhüter Shangari gegen Eindringlinge beschützten.

Tom Rutgers, der Eigentümer der Lodge, lag neben seiner finnischen Freundin, Sofia Helenius – der Liebe seines Lebens. Er berührte ihr dunkles Haar ganz sanft mit seinen Lippen, um sie nicht zu wecken. Sofias Wangen waren noch gerötet vom Liebesspiel. *Wie wunderschön sie ist*, dachte er, *wie sie lächelt im Schlaf*. Wenn sie lächelte, erschien ein kleines Grübchen auf ihrer Wange und eines neben ihrem Mund; Sofia lächelte oft und gerne. Sie hatten eine leidenschaftliche Stunde hinter sich, doch dunkle Gedanken gaben keine Ruhe. Tom und Sofia hätten schon lange verheiratet sein können, wenn sie seinen Antrag damals in Finnland nicht abgelehnt hätte.

Ihre Beziehung hielt schon seit fast fünf Jahren, aber immer, wenn er das Thema Heirat anschnitt, wich sie ihm aus. War es langsam an der Zeit es wieder damit zu versuchen? Die kleine schwarze Schachtel, die den Aquamarin-Ring enthielt, brannte schon ein Loch in seine Socken-Schublade. Tom konnte ziemlich sicher sein, daß sie die Schachtel dort niemals finden würde. Er wusste, daß Sofia Aquamarine liebte, doch wovon Tom Rutgers nichts wusste, war das Geheimnis, das in ihrem Innern wühlte und sie davon abhielt, ihm seinen innigsten Wunsch zu erfüllen. Bald versank er in einen wohligen Traum und Tom begann leise zu schnarchen.

Der Farmarbeiter, der mit dem Streichen vor Sonnenuntergang fertig geworden war, lag in zufriedenem Schlummer. Die Zimmermädchen, Köche, Gärtner und deren Familien schliefen Zuhause in einem Gebäudekomplex, nicht weit von der Lodge entfernt. Sie träumten von Ruhm und Wohlstand, wie sie es in der beliebten Seifenoper gesehen hatten, die gewöhnlich über den großen Bildschirm in der leeren Halle geflimmert war; wie immer vor dem Andrang am Wochenende. Shangari mit einem anderen Ort der Welt zu tauschen, konnten die meisten von ihnen sich gar nicht vorstellen. Viele der Tswanas hier waren mit den Buschmännern verwandt, die immer schon in Shangari gelebt hatten.

Dies traf auch auf die erfahrenen Wildhüter zu, die über das wilde Buschland wachten. Was die Spurensuche anging, waren die Khoi-San unschlagbar, und einige von ihnen konnten sich sogar mit den Tieren dort verständigen. Die Ranger wussten genau, wie gefährlich es war, schwerbewaffnete Wilderer zu konfrontieren und hatten strikte Anweisungen, die Polizei über Funkspruch zu informieren, sobald sie verdächtiges Treiben entdeckten.

Diese milde Nacht versprach genauso ereignislos zu werden, wie die Nacht davor. Aber das sollte sich tragisch ändern.

Es raschelte zwischen den Bäumen, dann fielen Schüsse - bevor das Unvorstellbare passierte. Die allerersten Sonnenstrahlen fanden einen der tapferen Wildhüter und ein seltenes Spitzmaulnashorn tot in ihren Blutlachen liegend.

Das Tier hatte sein Leben wegen der wertlosen Hörner lassen müssen, die Mutter Natur ihm verliehen hatte. Doch in Asien erzielten diese höhere Preise als Gold. Der Mensch starb, weil er versucht hatte das sinnlose Töten zu verhindern. Den Wilderern war all dies gleichgültig. Sie machten sich mit zwei grauen Klumpen in einer blutigen Tasche davon; voller Aufregung über das versprochene Geld, das sie für ihre Tat erhalten sollten.

Ein kleines Nashorn-Kälbchen saß neben seiner sterbenden Mutter. Es stand unter Schock, da es das schreckliche Ereignis hatte mitansehen müssen. Es saß einfach nur da und wartete, während es leise vor sich hin weinte und dabei zusah, wie das Leben aus der Mutter wich. Währenddessen starb der Ranger an seinen Schusswunden und erkaltete einsam und allein am Rande des nahen Waldes.

*

Als Shangari bei Tagesanbruch erwachte, versprach die zarte Morgenröte, sich wieder in einen glühenden Sommertag zu verwandeln. Tom Rutgers erwachte, als praktische Gedanken sich in seinen wohligen Schlummer drängten.

Das Hotel würde bald nur so von Gästen wimmeln, die das Wochenende gebucht hatten, um die bevorstehende Mondfinsternis zu verfolgen. Vor ihrer Ankunft gab es noch allerhand zu tun. Er tastete nach dem Wecker und schaltete ihn ab, damit er nicht losschrillen und Sofia unsanft dabei wecken konnte.

Das geräumige Farmhaus mit seinen Giebeln im Cape-Dutch Stil und den breiten Terrassen, die einen privaten Garten mit Swimmingpool umschlossen, war schon seit vier Generationen das Heim des Rutgers-Klans. Das Haus war vor einigen Jahren umgebaut worden und Toms Vater hatte die Bauarbeiten damals selbst beaufsichtigt.

Tom Rutgers war dreiunddreißig Jahre alt und hatte Ingenieurswesen studiert. Nach dem Studium hatte er sich bei einer renommierten Firma in Kapstadt hochgearbeitet, doch als sein Vater vor drei Jahren einen Herzinfarkt erlitt und wenige Tage danach starb, war Tom in seine Heimatprovinz zurückgekehrt. Sofia war ihm einige Monate danach gefolgt und übernahm die Verwaltung der Lodge.

Er hatte eine glückliche Kindheit in Shangari verbracht und es machte ihm nichts aus, sich von jetzt an um die Leitung des Hotels zu kümmern. Nicht lange danach hatte seine Mutter wieder geheiratet und war nach Holland gezogen. Da ihr neuer Ehemann nicht besonders gerne seinen Urlaub in Afrika verbrachte, telefonierte Tom meist nur zu besonderen Gelegenheiten, wie an Weihnachten und Geburtstagen, mit seiner Mutter.

12

Er hatte fast alle Ziele in seinem Leben erreicht. *Außer einer Sache... Sofia*, dachte er und verstand es einfach nicht. Es war wohl besser gleich aufzustehen, statt sich unnötigen Gedanken hinzugeben, die doch zu nichts führten!

Er war sehr stolz auf die Farm, die er von Generationen an Rutgers geerbt hatte. Die waren aus dem guten alten England vor zwei Jahrhunderten nach Südafrika gekommen und in den sechziger Jahren hatte sein Vater dann endlich die unrentable Zitrusplantage in den heutigen Safari-Park umgestaltet. Jedes Zimmer der Lodge hatte er der Privatsphäre willen, mit Vorhängen aus Leinen ausgestattet und hölzerne Fensterläden angebracht und jedes Zimmer mit seinem eigenen afrikanischen Dekor ausgestattet. Tom fügte den Zimmern im oberen Stockwerk dann großzügige Terrassen mit Sprudelbädern hinzu, von wo aus man einen atemberaubenden Blick auf die Savanne hatte.

Er sprang aus dem Bett und küsste sachte die Stirn der lächelnden Sofia. Sie streckte sich und warf mit lässigen Bewegungen die dünne Decke von sich.

"Morgen," hauchte sie.

"Morgen, Sofie."

Sie zogen sich im Schlafzimmer mit dem großen Himmelbett an, welches aus wertvollem afrikanischen Pflaumenholz gedrechselt war. Fenstertüren führten auf den privaten Garten mit seinen Zitronenbäumen und massenhaften, roten Bougainvillea- Blüten hinaus, die sie jeden Morgen grüßten.

Tom brauchte nicht lange, um sich fertigzumachen. Geschwind mal duschen, rasieren, Sonnenschutz auftragen und Shorts und ein einfaches Baumwollhemd überstreifen.

Beide bevorzugten seit langem einfache, bequeme Kleidung und ihre schicken City-Klamotten leisteten sich nun meist gegenseitig im antiken Schrank aus Walnussholz Gesellschaft, der im Wohnzimmer stand. Toms Urgroßmutter hatte den Kleiderschrank als Teil ihrer Mitgift aus Belgien mitgebracht. Die schicken Klamotten waren für formelle Veranstaltungen reserviert, wie zum Beispiel die Cocktailparty heute Abend.

Sein gewohnter Mangel an Modebewusstsein tat Toms männlicher Anziehungskraft keinen Abbruch. Die weiblichen Gäste warfen ihm oft bewundernde Blicke zu und manche hatten ihm sogar schon ihre Telefonnummern in die Hemdtasche gesteckt und ihm dabei verlockend zugezwinkert. Andere hatten sich ihm geradezu an den Hals geworfen, was ihn nur zum Lachen brachte. Sie hätten sich ihre Bemühungen sparen können, denn Tom Rutgers war sich seiner Wirkung auf das weibliche Geschlecht nicht bewusst und hatte Augen nur für seine Sofia. Nach fünf langen Jahren war Tom nun bereit sich endlich zu binden, aber war Sofia mit ihren neunundzwanzig Jahren auch endlich dazu bereit?

Er hatte gehört, daß für die meisten Frauen neunundzwanzig die magische Grenze zum Heiraten bedeutete. Mit dreißig verheiratet zu sein war für Frauen anscheinend ziemlich wichtig. Seine hübsche, blonde Ex-Freundin Liesl hatte keinen Zweifel daran gelassen, daß sie erwartete mit fünfundzwanzig unter der Haube zu sein und von ihrem Ehemann versorgt zu werden. Tom hatte sich dagegen gesträubt.

Sie kannten sich von der Schule her und Tom war ein paar Monate lang recht verliebt gewesen, aber Liesl mit dem Körper und dem Aussehen einer Halbgöttin, hatte weder eine eigene Meinung, noch irgendwelche Bestrebungen, was ihr Leben anging. Außer dem Wunsch, Hausfrau und Mutter zu werden. Ihre Beziehung dauerte gerade mal zwei Jahre, dann war Tom derart gelangweilt gewesen, daß er sich um ein Auslandsstudium beworben hatte. Er wurde angenommen und ging nach Finnland. Die Beziehung zu Liesl löste sich in Wohlgefallen auf und, als ihm die eigenwillige Sofia über den Weg lief, hatte er sich unsterblich verliebt.

Sie hatten sich an der Universität von Turku kennengelernt, wo Sofia sich im dritten Jahr ihres Bachelor of Commerce Studiums befand. Ihr war der charmante südafrikanische Ingenieursstudent mit den blonden Haaren und den klaren hellbraunen Augen von Anfang an aufgefallen. Ihre Freundin Milla hatte sie im internationalen Studentenclub vorgestellt und sie musste über seine Versuche, Finnisch zu sprechen lachen. Ihr Englisch konnte sich dagegen hören lassen. An diesem Tag waren sie bis zum frühen Morgen in ein intensives Gespräch vertieft gewesen.

Sofia hatte etwas von der Frische der kühlen Seeluft an sich und als sie wieder im Studentenwohnheim waren, hatte Tom seinem Freund Nikku kurzum mitgeteilt, daß er dieses wunderbare Mädchen eines Tages heiraten würde.

Der Sommer war herrlich gewesen. Sie konnten es kaum erwarten sich mit ihren Freunden zu Picknicks und Fahrten aufs Land zu treffen. Dann waren es auf einmal nur noch sie beide, die Hand in Hand Spaziergänge zum alten Hafen von Naantali unternahmen. Sie küssten sich ausgiebig in dunklen Winkeln und verstanden sich blendend. Tom beeindruckte sie mit seinen Ruderkünsten in einem gemieteten Boot und sie verbrachten einen sonnendurchfluteten Nachmittag auf einer der kleinen Inseln vor der Küste.

Milla hatte den anderen wahrscheinlich nahegelegt, sie allein zu lassen, da sich sonst niemand für die Bootsfahrt zu interessieren schien.

Im darauffolgenden Winter, während des traditionellen Glögi-Rennens der Studenten, hatte Tom dann vollkommen gegen den Ratschlag seines Freundes Nikku, nach ein paar Gläsern finnischen Glühweins um ihre Hand angehalten. Vielleicht hatte er etwas gelallt, weil Sofia ihn ziemlich verblüfft anstarrte, seinen Antrag ablehnte und meinte, sie wollte ihn und seine Heimat Südafrika erst noch besser kennenlernen. Ihn *noch* besser kennenlernen?

Er hatte gegen seinen verletzten Stolz angekämpft und keine andere Wahl gesehen, als ihr zuzustimmen. Sie hatte dann ihr Studium in Kapstadt beendet und Tom war Sofia nach seinem einjährigen Praktikum in England dorthin gefolgt. Während dieser Zeit hatten sie sich nur ein einziges Mal gesehen und obwohl sie regelmäßig skypten und texteten, war es eine nicht-enden-wollende Tortur gewesen.

Tom beugte sich nach unten, um seine Beine abzutrocknen, und beobachtete seine Freundin dabei aus dem Augenwinkel.

Sofia stand vor dem Spiegel und legte ein wenig Schminke auf. Sie malte eine dunkle Linie über die schwarzen, dichten Wimpern, die ihre blauen Augen umrahmten und danach kamen noch ein wenig Sonnenschutzlotion und rosa Lipgloss hinzu. Fertig. Die Narbe an der Stirn schien Sofia nicht zu stören, aber dann zog sie einen Augenwinkel etwas nach unten. Waren da schon ein paar Fältchen zu sehen? Nein? Gut.

Tom liebte sie noch mehr für diesen kleinen Anflug von Eitelkeit. Ihr frisches, rundliches Gesicht ließ sie jünger aussehen und wenn sie jedes Mal einen Cent dafür bekommen hätte, wenn jemand deswegen eine Bemerkung machte, wären sie bestimmt schon reich geworden. Im Alter von 22 Jahren hatte man ihr den Zutritt zu einem Nachtclub in Turku verweigert, weil sie angeblich viel zu jung aussah.

Daran waren ihre finnischen Gene schuld, sagte Sofia in solchen Situationen immer und zwinkerte ihm zu. Sie bemerkte, daß Tom sie anblickte.

"Was?!" fragte sie den Spiegel lachend. Wenn sie so lachte, sahen ihre Augen etwas asiatisch aus.

"Oh gar nichts, ich habe dir nur zugesehen. Später, wenn die Gäste angereist kommen, werde ich dazu keine Gelegenheit mehr haben."

Das lenkte ihn von den unbehaglichen Gedanken ab, die drohten, ihn noch verrückt werden zu lassen.

"Du hast ja recht. Im Moment haben wir immer weniger Zeit für uns," seufzte Sofia. "Es gibt aber auch einen Lichtblick: Ich werde heute Gugu wiedersehen."

Sofia kannte Gugulethu Mbatha aus ihrer Universitätszeit in Kapstadt und sie war eine ihrer besten Freundinnen geblieben. Gugu arbeitete für eine große Firma in Johannesburg, wo sie als PR Managerin ungeheuer wichtig war. Ihr Chef lud Angestellte in Schlüssel-Positionen des Öfteren zu einem erholsamen Wochenende in Shangari ein und die beiden Freundinnen trafen sich dann zu einem Schwätzchen, wann immer sich die Möglichkeit dazu ergab.

Tom begann sich jetzt die Bartstoppeln zu rasieren und fragte sich, wie er es nur anstellen sollte, ihr bald einen neuen

Heiratsantrag zu machen. Er zeigte immerhin genug Vernunft, Sofia nicht in die Enge zu treiben, um einer Entscheidung zu erzwingen. Er wollte sie nicht erschrecken, sonst würde sie womöglich noch die Flucht nach Kapstadt ergreifen oder gar nach Finnland zurückkehren; er wollte es nicht riskieren, von ihr getrennt zu leben, aber vielleicht würde sich heute Abend bei der Cocktailparty ja eine Gelegenheit bieten. Sollte er ihr die Frage vor allen Gästen stellen?

Er trug den Rasierschaum auf und fuhr mit der Klinge übers Gesicht. Sein blonder Bart war kaum zu sehen, aber er mochte sich lieber mit einem glatten, unbehaarten Gesicht. Die Rasierklinge rutschte an seinem Kinn ab und der weiße Schaum rötete sich. "Verdammt nochmal!" schimpfte er und wischte den Schaum ab. Sowas passierte eben, wenn man derart in seine Gedanken vertieft war!

Sofia sah die blutende Schnittwunde. "Du bist wohl noch halb am Schlafen oder wie?" Ihr gutgemeinter Humor wärmte sein Herz. Er drückte ein Papiertaschentuch gegen die Schnittwunde und Sofia reichte ihm ein winziges Pflaster.

"Wundert dich das?" fragte er in einem vielsagenden Ton und freute sich darüber, wie sie rot wurde. Tom fasste Sofia um die Taille und zog sie zu sich heran. "Meinst du nicht es ist an der Zeit..."

"Weißt du..." sie legte ihm den Finger auf den Mund. "Bevor du weitersprichst, muss ich dir etwas sagen."

Tom sah sie erstaunt an. "Ja?" Warum sah sie bloß so ernsthaft drein?

Das Funkgerät auf seinem Nachttisch gab ein lautes Knistern von sich und im Nu war der vertraute Augenblick vorbei.

'Shangari, Shangari... melden Sie sich, Baas Tom. *Knister*... melden Sie sich...' Es hörte sich nach etwas Dringendem an.

Tom Rutgers ließ Sofia los und griff nach dem Empfänger. "Was ist denn? Was gibt's?" schnauzte er das Gerät an. Jede Farm benutzte solche Funkgeräte und Walkie-Talkies, um über weite Distanzen hinweg kommunizieren zu können. Das Mobilfunknetz reichte gerade mal bis

Rutgersdrift und sogar dort war der Empfang unzuverlässig.

Sofia ging in die Küche, um Kaffee zu machen.

'So sorry, schlechte Neuigkeiten, Baas, Cornelius ist tot,' sagte Lebo, einer der Farmarbeiter voller Bestürzung.

"Was? Wer ist gestorben?" fragte Tom in barschem Ton. Es fiel ihm schwer, sich darauf zu konzentrieren, was Lebo ihm da mitteilen wollte. "Einer der Elefanten ist tot?"

Ein toter Elefant? Das waren tatsächlich schlechte Neuigkeiten. Elefanten zu ersetzen war eine kostspielige Angelegenheit und Tom liebte jedes einzelne seiner Tiere. 'Nein, Baas. Nein, nein. *Knister.* Wir sind unten am Flussbett und schneiden das Grass mit Pangas. Thando und Jackie und ich,' schluchzte Lebo.

"Ja, und?"

'Wir sehen Cornelius, den Ranger, mit einem großen Loch im Kopf von einem Gewehrschuss. *Knister.* So viel Blut, Baas. Beim Waldrand. Ich glaube, es ist letzte Nacht passiert. Wir sehen uns um und ein Nashorn liegt auch tot auf dem Feld. Es ist Ntombi. Kein Horn mehr, alles abgehackt. Ich weiß nicht wie, aber Wilderer müssen sie getötet haben. Die sind weg, Baas! Hai matata. Kommen Sie schnell und sagen Sie der Polizei Bescheid! Bitte, Baas Tom, kommen Sie schnell!'

Tom hatte das Gefühl, daß ihm das Blut in den Adern gefror. Er hatte das trächtige Spitzmaulnashorn erst vor ein paar Monaten bei einer Auktion gekauft und ein halbes Vermögen für sie bezahlt. Spitzmaulnashörner waren selten und Ntombi war ein richtiges Original. Jetzt waren Mörder in Shangari eingezogen; Wilderer... und sie hatten Ntombi umgebracht!

"Verflucht nochmal! Bleibt da, wo ihr seid. Ich werde so schnell es geht zu euch kommen," brüllte Tom. "Fasst nichts an und seid vorsichtig; haltet nach den Löwen Ausschau!" Er fluchte und warf den Empfänger auf das zerwühlte Bett.

Sofia hatte ihm etwas mitteilen wollen und es hatte sich nach etwas Wichtigem angehört. Tom wusste instinktiv, daß es wichtig war, aber er schob jetzt den Gedanken beiseite. Die Wilderer machten wieder die Gegend unsicher und diesmal hatten sie es auf Shangari abgesehen. Cornelius, der Ranger, war deshalb umgekommen. Ermordet. Ein toter Ranger und ein totes Nashorn. Tom musste etwas tun, aber er brauchte einen Moment, um sich zu fangen. "Verdammt nochmal!" wiederholte er und fuhr sich mit der Hand durchs Haar.

"Was ist denn los?" fragte Sofia leise. "Ist was nicht in Ordnung?" Sie stellte die Kaffeetassen auf dem Schreibtisch am Fenster ab.

"Lebo meint, Wilderer hätten Ntombi erwischt und ihre Hörner abgehackt. Wir haben Wilderer auf unserer Farm. Unten beim ausgetrockneten Flussbett." Tom erzählte ihr, was Lebo ihm über Sprechfunk mitgeteilt hatte.

"Nashorn-Wilderer, hier bei uns? Mörder?" Sofia musste sich setzen. "Ohgott, nein."

"Ja, hier in Shangari. Cornelius haben sie auch erwischt."

Sofia setzte sich neben Tom. Was?! Cornelius?" rief sie. "Das gibt es doch nicht, oh wie schrecklich! Und Ntombi hat doch erst vor ein paar Monaten ihr Junges bekommen."

"Ja, der kleine Oscar. Cornelius war einer meiner besten Männer. Ich hätte nie gedacht, daß es soweit kommen würde. Diese verdammten Wilderer. Verdammt nochmal!"

Sofia war bestürzt. Sie hatte damals den Namen des Nashorn-Kalbes ausgesucht und ihn nach ihrem Vater benannt. Wie alle anderen Tiere im Wildpark, hatte sie auch die Nashörner lieb gewonnen.

"Wie ich sie hasse, diese Wilderer. Sind von Mpumalanga aus hierhergekommen? Oder gar aus Mosambik?"

Beunruhigende Gerüchte machten schon eine Weile die Runde: daß internationale Banden verarmte Mosambikaner dafür bezahlten, daß sie in Südafrika Nashörner und Elefanten jagten. Die Wilderer verschwanden dann mit ihrer Beute über die Grenze und machten sich aus dem Staub.

"Diese verdammte Geldgier," grollte Tom.

"Und unser Cornelius musste sein Leben dafür lassen... arme Francina." Sofia wischte sich die Tränen aus den Augen.

"Unsere Ranger müssen die Wilderer konfrontiert haben. Bliksem!" fluchte Tom. Schock machte Platz für heißen Zorn.

"Sie hätten es doch besser wissen müssen und das Ganze durchfunken sollen! Die haben doch allein keine Chance gegen eine ganze Bande bewaffneter Wilderer."

Die Ranger waren zwar auch bewaffnet, aber die Wilderer trieben ihr Unwesen in großen Gruppen und Safari-Parks konnten es sich nicht leisten, ihre Gäste mit wilden Schießereien zu verunsichern.

"Ich bin sicher, sie hätten es versucht, wenn das möglich gewesen wäre." Sofia holte tief Atem. "Was sollen wir jetzt bloß tun?"

Tom konzentrierte sich auf das Wesentliche. "Ich werde erstmal die Polizei verständigen."

Das hieß, er würde Witbooi anrufen.

Er stand auf und ging ins Wohnzimmer. Witbooi war der Spitzname von Jacobus van Schalkwyk, dem Polizeichef des Rutgersdrifter Reviers. Witbooi würde den Tierarzt informieren, Beweise sichern, einen Bericht zusammenstellen und die Behörden verständigen. Er hatte auch Kontakte zur Grenzpolizei und vielleicht war es ja möglich, die Spuren der Wilderer über die Grenze mit Botswana hinweg zu verfolgen.

Es gab so vieles, was Witbooi tun musste, bevor die Detektive der Spezialeinheit für Wildern zum Einsatz kamen.

Sofia hörte, wie Tom ihm die Situation am Telefon erläuterte. "Die Presse wird von der Sache Wind bekommen. Vor allem wohl, weil Makaroff übers Wochenende herkommt..."

Stan Makaroff war Gugu Mbathas Chef. Seine Sekretärin hatte diesmal für ihn und fünf seiner bevorzugten Angestellten die besten Zimmer für zwei Nächte gebucht. Diesmal war der Anlass für die Reise die komplette Mondfinsternis, die morgen Abend stattfinden würde.

Gugu war eine beherzte Xhosa-Frau und hatte als Makaroffs PR-Expertin immer alle Hände voll zu tun; es galt, ständig seinen Ruf in sicheres Fahrwasser zurückzulotsen, wenn sein Name mal wieder mit politischen Skandalen in Verbindung gebracht wurde. Und all das Schönreden war wirklich keine einfache Aufgabe. Sofia hatte keine andere

Wahl, als zu akzeptieren, daß dies nun mal Gugus Job war und zwischen den Freundinnen hatte es deswegen nie Probleme gegeben. Gugu hatte Makaroff schließlich auch von Shangari erzählt.

Stan Makaroff war ein Geschäftsmann mit guten Verbindungen und zudem recht wohlhabend. Na ja stinkreich, um genau zu sein. Das Makaroff-Imperium besaß beträchtliche Anteile an Gold- und Platinminen, hatte Import-Exportfirmen und eine Anzahl von Fabriken sowie mehrere anrüchige Striptease-Clubs.

Makaroff hatte dank großzügiger Spenden und seines charmanten Gehabes wegen nennenswerten politischen Einfluss erlangt, der ständig auf Eigennutz abzielte.

Seine Eltern waren Russen, die in den sechziger Jahren nach Südafrika ausgewandert waren. Sein Vater war damals als Kleinunternehmer in der Import-, Exportindustrie irgendwie zu plötzlichem Wohlstand gekommen. Seine Mutter hielt sich allerdings dem Rampenlicht fern, genau wie seine südafrikanische Frau.

"Ich glaube, wir sollten uns jetzt auf den Weg machen." Tom kam ins Schlafzimmer zurück und zog seine Schuhe an.

Sofia seufzte. "Ja, sicher. Natürlich..."

Da war so vieles, was sie hatte sagen wollen und auch fast gesagt hätte, wenn der Funkspruch nicht dazwischen gekommen wäre. Der wahre Grund, warum sie einer Heirat mit Tom noch nicht zustimmen konnte. Nun musste sie wieder auf einen ähnlich günstigen Zeitpunkt warten und wer weiß, wie lange das dauern würde.

Der tote Wildhüter und die Nashörner gingen ganz klar vor und diese ganze mörderische Situation wollte auch erstmal verdaut werden. Sofia konnte das verstehen. Tom musste mit der Frau von Cornelius sprechen, sobald sie wieder aus dem Busch zurückkamen. Sofia sah als einzige Möglichkeit nur, alles andere auf die Seite zu schieben. Im Moment jedenfalls.

"Wir müssen zum ausgetrockneten Flussbett runterfahren und herausfinden, was da passiert ist."

"Kein Problem. Wenn wir wieder hier sind, kümmere ich mich um die Lodge, damit du alles andere in Angriff nehmen kannst." Sofia band ihr langes, dunkles Haar zu einem seidig-glänzenden Pferdeschwanz hoch. "Die Zimmer sollten gegen 9 Uhr fertig sein. Frida kann das erledigen. Cotton fährt dann los, um die deutschen und dänischen Touristen um 11 Uhr vom Flugfeld abzuholen. So, bis dahin ist schonmal alles geregelt. Die Makaroff-Gruppe kommt mit dem Hubschrauber am Nachmittag an. Gugu meinte, zwischen 3 und 4 Uhr, wenn Makaroff mit seiner letzten Skype-Konferenz fertig ist. Karen bereitet gerade das Büffet fürs Mittagessen vor und auch die Häppchen für heute Abend. Ich hoffe, jeder macht reibungslos seine Arbeit weiter, sonst sitzen wir ganz schön in der Tinte."

Während sie sprach, hakte sie das Moskitonetz an der Wand fest. Tom hörte ihr kaum zu. Er wartete, spielte mit den Autoschlüsseln und war schon zur Tür hinaus, als Sofia sich endlich die Sandalen überstreifte.

Brutus, der Rhodesische Ridgeback, begrüßte sie mit Elan und sprang zum Gefecht bereit hinten auf die Ladefläche des Nissan Sani. Sie entfernten sich geschwind von den Gebäuden der Lodge und fuhren die holprige Dreckstraße zum ausgetrockneten Flussbett hinaus.

Tom hatte beschlossen, sonst niemanden mitzunehmen. Er musste die Dinge rasch in den Griff bekommen, bevor die Nachricht sich weiter verbreitete. Sie würden mit der Hilfe der Polizei, des Tierarztes und der Farmarbeiter auskommen müssen, die sich schon vor Ort befanden.

Er nahm den Funkempfänger vom Armaturenbrett. "Lebo... Lebo hörst du mich?" Da war das übliche Knistern und dann Funkstille. "Lebo... Lebo melde dich bitte. Knacks."

"Ja, Baas!"

"Hast du sonst noch jemandem von den Wilderern erzählt?"

"Baas... *Knacks.*"

"Wem hast du noch davon erzählt?"

"Nur... *Knister*... sonst niemandem."

Tom schaltete das Funkgerät aus. "Wir müssen schnell

handeln, bevor Panik um sich greift." Er fuhr weiter und versuchte so gut es ging, den Schlaglöchern und den Steinen auf dem Weg auszuweichen, während er darüber nachgrübelte, was sie wohl im Busch vorfinden würden.

Tom Rutgers konnte nur hoffen, daß die Nachricht von den Morden nicht die erwarteten Touristen abschrecken würde. Ihr Lebensunterhalt hing von der Zufriedenheit der Kunden ab und eine Mondfinsternis war ein spektakuläres Ereignis. Jede kleinste Besenkammer war ausgebucht, aber Mord und Wilderei hatten im Urlaubs-Angebot nichts zu suchen.

Sie kamen an den Luxus-Zelten vorbei, die gerade aufgestellt wurden, um die südafrikanischen Wochenendgäste zu beherbergen, die den erschwinglichen Campingplatz bevorzugten.

Dann kam die Wohnsiedlung in Sicht, wo die Farmarbeiter ihre Unterkünfte hatten. Zwei dünne, lange Rauchschwaden stiegen von den anheimelnden Häuschen auf, die von einer soliden Mauer umgeben waren.

Es wurde gerade das Frühstück zubereitet und die Kinder mussten bald zur Schule gehen. Tom hielt bei dem hohen Zaun an, der die Lodge vom Wildpark trennte. Er öffnete das Tor und schloss es hinter dem Auto. Als sie weiterfuhren, stieg die Sonne höher am Himmel auf und verlieh der Umgebung eine rosarote Färbung.

Sofia liebte diese Tageszeit. Sie hatte Shangari liebgewonnen und akzeptierte ihr neues Leben hier, das weit vom gewohnten Stadtleben entfernt war. Zuerst war es nicht leicht gewesen, so weit von den Meeresstränden, Einkaufszentren und den quirligen Cafés zu leben. Sie hatte ihre Freunde vermisst und das kühlere Klima in Kapstadt. Die Frauen der Farmer hatten sie mit einer Mischung aus Neugier und Feindseligkeit in Empfang genommen. Sofia versuchte, den Treffen auf benachbarten Farmen fernzubleiben, die von der Damengruppe der örtlichen Kirche veranstaltet wurden.

Sie hatte immer noch nicht das Gefühl, voll dazuzugehören und fand es oft schwierig, den Diskussionen zu folgen, die auf Afrikaans geführt wurden.

Die Frauen hatten mit Erstaunen festgestellt, daß Sofia

nicht so aussah, wie sie sich eine typische Skandinavierin vorstellten. Tom meinte, sie solle die törichten Bemerkungen einfach ignorieren, und daß sich sicher bald eine andere Frau finden würde, über die sie tratschen konnten. Männer waren ja so naiv! Sie wusste, daß das Gerede hinter ihrem Rücken nicht aufhörte, aber die Lodge hielt sie zu sehr auf Trab, um sich viele Gedanken darüber zu machen. Wenn sie sich ein- oder zweimal im Jahr zu den Treffen dazugesellte, war das mehr als genug.

Wann immer sich eine Gelegenheit ergab, tauchte Sofia gerne ab und zu in der Anonymität von Pretoria oder Johannesburg unter. Hier erledigte sie ihre Besorgungen, kaufte Vorräte ein und konnte ins Kino gehen. Ihre Cousine Astrid wohnte in Johannesburg und die beiden unterhielten sich wunderbarerweise in ihrer Muttersprache Suomi.

Tom sprach über Funk mit seinem Nachbarn Barry Pienaar, während er das Fahrzeug mit einer Hand lenkte.

Barry war der ansässige Tierarzt und eine wahre Säule der ländlichen Gesellschaft. Barry hatte schon mit Witbooi gesprochen und wollte von Tom mehr Einzelheiten erfahren.

"Lebo sagt, daß Cornelius unten im Dickicht beim ausgetrockneten Flussbett erschossen wurde. Bliksem! Ja, der Ranger. Armer Kerl. Er hat wohl einen Kopfschuss abbekommen... sie müssen aus dem Hinterhalt auf ihn geschossen haben. Das ist alles, was ich weiß," rief Tom ins Funkgerät. "Wann kannst du hier sein? OK." Er hörte einen Moment lang zu. "Ja. Ja sicher, Wilderer. Ntombi hat es auch erwischt. Du weißt ja, daß sie ein Junges hat. Keine drei Monate alt. Ja. Ich hoffe, sie haben ihm nichts angetan. Es ist alles schon schlimm genug."

Barry Pienaar fluchte ausgiebig am anderen Ende und Tom reichte Sofia das Funkgerät. Er musste beide Hände am Steuer behalten, um die Schlaglöcher zu umfahren.

"Was?" Jetzt war Sofia an der Reihe, in den Hörer zu rufen. "Ja genau, nicht weit vom ausgetrockneten Flussbett. Wir sehen dich dort. Tschüss."

Der Fahrtwind blies Tom in die Augen und er strich sich

die Haare aus dem Gesicht. Sofia hielt ihm den Hörer hin. "Bliksem," brummte Tom und hakte ihn wieder am Armaturenbrett fest.

Sie saßen eine Weile stumm nebeneinander. Es gab einfach nichts zu sagen. Sofia hätte Tom jetzt gut von ihrem Geheimnis erzählen können, aber es war einfach nicht der richtige Zeitpunkt. Die aufsteigende Sonne blendete sie trotz der Sonnenbrille, als sie weiter Richtung Osten fuhren. In der Ferne kreisten hoch oben am Himmel ein paar Geier.

Tom zeigte auf die dunklen Punkte am rosaroten Himmel und Sofia nickte. An einem Sommermorgen würde die Hitze um etwa 8 Uhr einsetzen und dann dauerte es nicht lange, bis die Löwen und Leoparden die Kadaver erschnupperten. Eine Baumreihe tauchte vor ihnen auf.

"Baas, Baas!" Drei Männer in blauen Arbeitsanzügen warteten im Schatten eines Dornenbaumes und winkten ihnen aufgeregt zu. Sie zeigten nach rechts. Tom fuhr auf sie zu und hielt an. Dann lauschte er. Da war ein schwaches Schluchzen, das aus dem hohen Gras kam. Das Schluchzen eines Tieres. Oscar, das Nashornjunge was noch am Leben und weinte um seine Mutter. "Wo ist er denn?" fragte Sofia.

"Dort, hinter den Akazienbäumen. Wir sollten uns vorsichtig anschleichen. Wenn er einen Schrecken bekommt, könnte er davon laufen," sagte Tom und reichte Sofia die geladene Pistole. Sie hielt sie behutsam in der Hand, als die beiden sich, gefolgt von Brutus dem Hund, vorsichtig anschlichen. Brutus war es gewohnt, wilde Tiere um sich zu haben und wusste, wie er sich zu verhalten hatte.

Die drei Farmarbeiter blieben bei den Dornenbäumen zurück und beobachteten das Ganze.

"Alles in Ordnung, OK..." Toms Stimme hatte etwas Beruhigendes an sich, fast wie ein Schlaflied. Das Kalb saß verstört schluchzend am Boden. Seine traurigen, schwarzen Augen waren auf das erschossene Nashorn neben sich gerichtet. Der Geruch von Blut hing in der Luft und das Geschwirr von Fliegen. Der Anblick des aufgedunsenen Tierkörpers drehte Sofia den Magen um.

Sie wusste, daß Afrika nichts für Weichlinge war, aber sie kam ja schließlich nicht aus Afrika. Die Übelkeit war bald vorüber und Tom bewegte sich noch immer mit gurrender Stimme vorwärts. Sofia folgte ihm widerstrebend, während die drei Arbeiter mit ihren glänzenden Pangas in der Hand nach Raubtieren Ausschau hielten.

Was war, wenn ein Löwe sich über das getötete Rhinozeros zum Frühstück hermachen würde? Von Cornelius ganz zu schweigen. Das kleine Nashorn seufzte und legte sich hin. Gut. Tom winkte die Arbeiter näher heran. Das Schluchzen setzte wieder ein, aber Tom konnte jetzt zumindest erkennen, daß dem kleinen Kerl nicht geschehen war.

"Ja, Baas?" fragte Lebo leise.

"Wir müssen nach Cornelius sehen..." Er drehte sich halb zu Sofia um. "Gehst du mit ihnen mit?"

"Du meinst... nein, oh nein, ganz bestimmt nicht!" Sofia hatte noch nie eine Leiche gesehen. Der Anblick des toten Nashorns war schon fast zu viel für sie gewesen.

"Na gut, dann gehe ich eben, aber du solltest beim Auto bleiben."

Sie zogen sich wieder in Richtung Nissan zurück. Tom nahm zwei der Gewehre aus ihren Halterungen und warf eins davon Thando zu. Der wusste, wie man mit Waffen umging und fing das Gewehr mit Leichtigkeit auf. Es bestand die geringe Möglichkeit, daß die Wilderer sich im Dickicht versteckt hielten, aber wahrscheinlicher war, daß sie sich über den Fluss hinweg und dann über die Teerstraße zur Grenze hin davongemacht hatten.

Die Sonderkommission würde höchstwahrscheinlich versuchen, den Tätern mithilfe von Spürhunden zu folgen; sie hatten es damals im Lungile Park so gemacht. Er beauftragte Thando damit, auf Sofia aufzupassen und gab Brutus den Befehl zurückzubleiben. Dann er schritt durch das hohe Gras den Hang zum Waldesrand hinunter, von Jackie und Lebo gefolgt.

Sofia saß derweil im Schlamm-verkrusteten Fahrzeug. Brutus hatte sich zu ihren Füßen niedergelassen und Thando tat sein Bestes, um das verzweifelte Kalb durch das halb-offene Fenster mit Gesang zu beruhigen. Sofia versuchte so wenig wie möglich auf den grotesken, unförmigen Körper zu starren, der einstmals eine hübsche Nashorndame gewesen war.

Brutus schnüffelte und winselte ein wenig. Das Baby begann wieder zu schluchzen. *Wo bleibt nur der Tierarzt, sollte er nicht schon längst hier sein?* Dachte Sofia. *Und was ist mit Witbooi und seinen Polizisten?*

"Armer Cornelius. Ich hoffe, daß Witbooi bald kommt," sagte sie und Thando nickte ihr aufmunternd zu. Der freundliche Tswana konnte zwar nur Afrikaans und Setswana sprechen, aber er verstand, was sie meinte.

"Jaa." Er lächelte.

Afrikaans, diese Mischung aus Alt-Holländisch, afrikanischer und europäischer Sprachen war auch in Kapstadt die Muttersprache der Farbigen dort gewesen. Die Menschen in ländlichen Gegenden sprachen bei weitem nicht immer Englisch. Sofia hatte diese Sprache noch nicht gemeistert, aber sie würde sich trotzdem um die Frau von Cornelius kümmern, ob sie nun in der Lage war, Afrikaans mit ihr zu sprechen oder nicht. Beerdigungen wurden von der Familie selbst organisiert und der ganze Klan würde dazu beisteuern.

Hinter den Bäumen versammelte sich ein unsichtbares Publikum: eine Elefantenherde, unruhig von einem Fuß auf den anderen tretend. Die ehrwürdige Anführerin trompetete und flatterte mit ihren riesigen Ohren. Paviane schwangen sich rastlos von Ast zu Ast und Zebras, Gazellen und Giraffen trafen auch bald ein. Nur Raubtiere hielten sich noch fern.

Sofia beobachtete die über ihnen kreisenden Geier. Sie bewegten sich beunruhigend nahe an Ntombis Kadaver heran. Ein Schuss fiel. Es war mit ziemlicher Wahrscheinlichkeit Tom, der versuchte die Geier in Schach zu halten. Eine Schar von Vögeln erhob sich aus den Baumwipfeln. Brutus stellte seine Ohren auf und begann zu kläffen.

"Sitz, Brutus, sitz. Brav so." Der Hund schmiegte sich an sie und schnupperte wieder die Luft durch das halb-offene Fenster. Er konnte die ungesehenen Tiere riechen und wusste, daß er im Fahrzeug zu bleiben hatte. Die drei Männer kamen wieder den Hang hinauf gestapft. Sie hatten in der Ferne Staubwolken gesehen. Jemand kam die Dreckstraße auf sie zu gefahren und Tom ging zum Nissan hin.

"Und? Was habt ihr dort unten gesehen?" fragte Sofia, obwohl sie es eigentlich gar nicht richtig wissen wollte.

"Diese Schweine haben Cornelius von hinten erwischt," meinte Tom. "Ein Schuss ging glatt durch die Schulter und einer direkt in den Kopf. Er musste sofort tot gewesen sein.

Die Wilderer hatten sich wahrscheinlich im Unterholz an die Wildhüter herangepirscht, als die gerade das ausgetrocknete Flussbett beobachteten. Sein Walkie-Talkie ist verschwunden und da ist auch keine Spur von Mothusi, dem anderen Ranger. Es würde mich nicht wundern, wenn sie den armen Kerl mitgenommen hätten. Hoffentlich ist er noch am Leben."

Sofia wurde allein schon vom Zuhören schlecht. Furchtbar, daran zu denken, was sie mit Mothusi angestellt haben könnten. Wilderer waren nicht dafür bekannt, fair und sanft mit Menschen und Tieren umzugehen.

"Hier, schau dir das an... Cornelius hatte das in der Hand." Tom zeigte ihr eine viereckige Anstecknadel aus blauem Emaille, die er mit einem Taschentuch aufgehoben hatte. Ein goldener Kreis war darauf mit einem V & S in der Mitte und einem Tier in jeder Ecke.

Sie erinnerte Tom an die Anstecknadel, die Barry einmal bei einer Dinnerparty der Tierärztlichen Vereinigung in Pretoria erhalten hatte. Für langjährige Mitgliedschaft. Der Tierarzt hatte sie stolz herumgezeigt.

"Was ist das denn?" fragte Sofia.

"Das werden wir wohl bald erfahren."

"Darfst du das denn einfach vom Tatort entfernen?"

"Wahrscheinlich nicht," sagte Tom und steckte das Papiertaschentuch mit der Anstecknadel in seine Tasche zurück. "Aber ich kann sie nicht einfach dort rumliegen lassen."

Mehrere Fahrzeuge näherten sich ihnen. Der Tierarzt in seinem Bakkie und Witbooi in seinem Polizeiwagen. Tom winkte sie heran.

Die schlanke, dunkelhaarige Frau in Jeans und rosa Hemd war das erste, was Barry Pienaar gegen das hohe Gras sah, als er auf die Lichtung zufuhr. *Hübsches Ding,* dachte er, *wie schon so oft vorher. Tom meint es diesmal anscheinend ernst.* Barry Pienaar, der örtliche Tierarzt, kannte Shangari wie seine Westentasche und mindestens genauso gut, wie seine eigene Farm, auf der anderen Seite des Wildwassers. Er war hier mit Tom Rutgers und seinem jüngeren Bruder aufgewachsen.

Barry hatte in Pretoria studiert und seine Studienjahre hatten ihm viel Vergnügen bereitet. Er war allerdings nie weiter als bis Botswana und Namibia gereist. Der einzig andere Höhepunkt in seinem Leben war der Abiturball im Rutgersdrift-Hotel gewesen, bei dem er seine Frau Lorraine kennengelernt hatte.

Die Mädchen aus der Gegend waren stets hochbegehrt und Lorraine war ihm wunderschön vorgekommen. Nach seinem Studium hatte die beiden geheiratet und sich auf der Pienaar-Farm niedergelassen. Genau wie es von ihnen erwartet wurde. Als sich keine Kinder einstellen wollten, schaute Lorraine immer häufiger in die Flasche und mit ihrer Ehe war es seitdem bergab gegangen.

Barry trug seine khakifarbene Tierarzt-Kluft und brachte den Koffer mit den Werkzeugen seines Berufes mit sich. Er war groß und kräftig wie die meisten Männer auf dem Lande, die an den rigorosen Lebensstil gewöhnt waren. Sein eckiges Gesicht war von der unablässigen Sonne gebräunt und von ergrauendem Haar eingerahmt. Er bewegte sich mit langen Schritten auf sie zu.

"Morgen, verdammte Scheiße aber auch!" rief er. Freundlichkeiten auszutauschen war unter den gegebenen Umständen überflüssig. Der beleibte Polizeiwachtmeister holte ihn ein. Er hatte sich offenbar in aller Eile angezogen, denn die Hemdknöpfe sahen aus, als wollten sie sich mit einem Plopp von seinem Hemd losreißen und seine Jacke war eindeutig zu eng. Andere Polizisten folgten ihm mit einigen Schritten Abstand.

Witbooi hatte drei seiner Männer telefonisch erreicht,

bevor er es geschafft hatte mit Barry Pienaar zu sprechen. Dann hatte er versucht mit der Sonderkommission für Wildern zu telefonieren. Niemand war im Büro an den Apparat gegangen und Witbooi blieb nichts anderes übrig, als eine dringende Voicemail zu hinterlassen. Er konnte nur hoffen, daß die Detektive sich baldigst einfinden würden.

"Ja, verdammte Scheiße!" stimmte Tom ihm zu. Es brachte ihm eine gewisse Erleichterung in solchen Situationen zu fluchen.

Barry stoppte die Männer, die sich dem getöteten Nashorn und ihrem Kalb nähern wollten mit einer geschwinden Handbewegung.

"Alles gut, alles gut, Kleines, wir werden dir nicht weh tun..." sagte er in einem beruhigendem Ton, genau wie Tom es getan hatte. "Frage mich, was diese Sonderkommission erreichen wird," murmelte er. "Echte Schande, das mit dem Nashorn."

Mittlerweile wurde internationaler Druck auf die Regierung ausgeübt. Es wurde gefordert, die Abschlachtung der unersetzlichen Nashörner endlich unter Kontrolle zu bringen. Allein in Südafrika waren im letzten Jahr 648 Tiere umgekommen und die Schmugglerringe widersetzten sich hartnäckig allen Bemühungen, sie unschädlich zu machen.

Da gab es ständig Regierungsbeamte, die der Versuchung erlagen, sich an der ungeheuren Nachfrage der Hörner in Asien beteiligen zu lassen oder sie waren einfach zu ignorant um dem Problem genug Beachtung zu schenken.

Dazu kam zu allem Überfluss, daß sich in den Grenzgebieten eine Handvoll Wildfarmer und Ranger der Kollaboration mit den Wilderern schuldig gemacht hatten.

Witbooi und seine ehrlichen Kollegen taten, was sie konnten, aber die Kommission musste ihre Wirksamkeit erst noch unter Beweis stellen. Die wachsende Anzahl der Fälle ließ sich nicht so leicht bewältigen und die hemmungslose Wilderei stellte für die Wildparks eine ständige Gefahr dar.

Es gab zu allem Überfluss auch noch reiche Touristen, die sich in der Rolle als Sportjäger mit Pfeil und Bogen oder mit

Schnellfeuergewehren gefielen. Wie oft hatten sie Bilder in den sozialen Medien gepostet, auf denen sie mit ihren Opfern zu sehen waren. Jagdlizenzen bedeuteten ein lukratives Geschäft für korrupte Beamte, denn sie erhielten ihren Anteil und konnten sich hinterher an nichts mehr erinnern.

Sogar einige der Wildfarmer und fragwürdige Reiseführer lehnten oft die unanständigen Summen nicht ab, die man ihnen anbot. Nur Farmer wie Tom Rutgers, denen es in erster Linie um die Tiere ging und nicht ums Geld, weigerten sich standhaft diese Jäger auf ihr Land zu lassen.

Allein der Gedanke daran, daß einer seiner Löwen als Jagdtrophäe an der Wand einer Londoner Villa oder eines New Yorker Büros enden könnte, gab Tom Rutgers schon eine Gänsehaut. Wilderer waren nicht nur hinter Großwild her, sondern stellten auch Fallen auf, die die Wildhüter unaufhörlich finden und wegräumen mussten.

Vor ein paar Monaten hatten sie ein Gepardenjunges aus so einer eisernen Falle befreit. Sein Hinterlauf musste zwar amputiert werden, aber sein Drang zum Überleben hatte alle erstaunt. Sofia hatte dem Geparden den Namen Jethro gegeben. Er war ganz zahm geworden und mittlerweile war er der Star der Safari-Lodge. In seinem Gehege, das zwischen dem Hauptgebäude und der Scheune lag, humpelte Jethro auf seinen drei Beinen herum und genoss es, verwöhnt zu werden. Es stand völlig außer Frage, daß er jemals wieder in der Wildnis würde jagen können.

Sofia merkte kaum, wie ihr die Tränen übers Gesicht liefen. Einen kurzen Moment lang wünschte sie, sie könne nach Finnland zurückkehren; in eine kühlere, wohl-geordnete Welt ohne all dies herzzerreißende Drama. Sie wischte die Tränen mit dem Handrücken ab und sah zu Tom hinüber.

"Was für eine Scheiße," fluchte er wieder.

"Ja, totale Scheiße," meinte nun auch Sofia und schnüffelte ein wenig.

Der Hauptwachtmeister trat an ihr offenes Autofenster heran. "Morgen, Sofia," grüßte Witbooi sie. "Alles in Ordnung?"

"Guten Morgen, Witbooi. Alles bestens," antwortete Sofia. "Nein, nicht wirklich..."

Witbooi wischte sich mit seinem Jackenärmel über die Stirn. "Kann ich mir vorstellen... verdammter Mist das Ganze. Tom hätte dich nicht mit hierhernehmen sollen."

"Ach, ist schon OK," erwiderte Sofia. "Bloß schwache Nerven."

Der Polizist gab einen grunzenden Laut der Sympathie von sich. "Wo befindet sich der Tote?" fragte er Tom in einem schroffen Ton. "Keine Raubtiere hier. Wenigstens etwas."

"Komm mit, ich zeige dir, wo er liegt," antwortete Tom.

"Hierher... und bring die Decken mit, das Wasser und die Handtücher!" befahl Barry Pienaar derweil zwei seiner Assistenten. Sie brachten große graue Decken mit, einen vollen Wasserkanister und nasse Handtücher.

Eine der Decken war für das tote Nashorn gedacht, die andere Decke und die nassen Handtücher für das Jungtier. Sie mussten es kühl halten, während es sich unter Sedierung befand, vor allem an einem so heißen Tag wie heute. Ein dritter Assistent steuerte den Bakkie des Tierarztes an die beiden Tiere heran und setzte sich dann neben das Nashorn-Baby.

"Wir schauen uns jetzt Cornelius an," meinte Witbooi zu Barry. "Lass uns gehen, es wird langsam Zeit."

Die Polizisten behielten, Gewehre im Anschlag, den Waldesrand im Auge, während Witbooi und Barry den ermordeten Ranger untersuchten. Die Wilderer würden es nicht wagen so viele bewaffnete Männer am helllichten Tage anzugreifen. Barry war der einzige Mediziner weit und breit und musste in einem solchen Fall eine doppelte Aufgabe erfüllen.

"Bliksem!" meinte Witbooi. "Hol mir den Leichensack, George!" Die Leiche des Rangers wurde zum Polizeiwagen gebracht und einer der Polizisten machte sich daran, damit in die Stadt zu fahren. Sofia spürte, wie ihr ein Schauer über Rücken lief, als sie den Leichensack zu Gesicht bekam. Dieses Ding war ein lebender, atmender Mensch gewesen und ein wirklich liebenswerter Mensch noch dazu.

Bald darauf kümmerte sich Barry Pienaar um das Junge.

"OK, OK…" sagte er sanft und das Schluchzen wurde leiser. Der kleine Oscar ließ es sogar zu, daß der Mensch ihn berührte. "Brauchst du eine Spritze, Kleiner? Tut mir leid wegen deiner Mama." Er gab dem Baby die Spritze, ohne daß es etwas davon merkte.

Witbooi war noch außer Atem, wie er so durchs Gras stapfte. "Wir haben ein Schnellfeuergewehr und ein paar Munitionsladungen in den Büschen gefunden," berichtete er Tom. "Keine Ahnung, wieso sie das zurückgelassen haben. Es lässt sich unmöglich sagen, wie groß die Bande war oder ob sie Mothusi mitgenommen haben.

Möglicherweise war da ein Boot am Ufer des Flusses. Wir sind den ganzen Strand abgelaufen und haben uns umgesehen. Wir konnten ein Gewirr an Fußspuren im Schlamm entdecken und es lagen Seile herum." Brutus roch an seinen Hosenbeinen und Witbooi tätschelte zerstreut den Kopf des Hundes.

"Ich vermute, daß sie versuchen werden über die grüne Grenze zu entkommen," meinte Tom.

"Klar, das wäre am einfachsten, wenn sie es bis dahin schaffen. Ich sollte schnellstens die Grenzposten informieren. Meine Leute suchen das Flussufer weiter ab. Wer weiß, was sie da noch alles finden werden!" Er spielte auf den vermissten Wildhüter Mothusi an.

"George, am besten fährst du jetzt mit Cornelius zur Leichenhalle. Es hat keinen Sinn länger als nötig auf die Ankunft der hochwichtigen Detektive zu warten." Witbooi ging auf das Polizeiauto zu und machte sich am Funkgerät zu schaffen.

"Nimm das Junge zu Gerdas Tierasyl, Tom. Gerda kümmert sich dort schon um ein paar andere Nashornjunge. Dem Kleinen hier geht es relativ gut. Er hat nur einen Schock abgekriegt," sagte Barry Pienaar. "Wir sind noch mit seiner Mutter beschäftigt und das Baby sollte das besser nicht zu sehen bekommen. OK los, wir heben ihn hinten auf die Ladefläche. Fass die Decke da drüben an. Eins, zwei, drei!"

Die Männer hievten das kleine Nashorn auf die Ladefläche von Toms Bakkie. Brutus sprang neben ihn hoch und schnupperte an der grauen Decke.

"Sofia, kannst du Gerda anrufen und ihr Bescheid geben, daß ich auf dem Weg zu ihr bin?"

"Sicher," sagte Sofia und erinnerte sich, warum ihr so mulmig zumute war. Sie hatten heute Morgen nicht mal ihren gewohnten Kaffee getrunken, von Frühstück mal ganz abgesehen.

"Brutus, komm her." Tom pfiff durch die Zähne und sein Hund setzte sich auf den Boden neben ihn. "Du musst nicht so neugierig sein, der Kleine kriegt ja noch Angst vor dir."

Die Sonne stieg höher am Himmel hinauf und würde bald die Wipfel der Bäume erreichen. Witbooi hatte sein Funkgespräch mit den Grenzwachen beendet und stellte sich zu Tom. Er stupste ihn an und zeigte auf das brausende Wildwasser. "Was haben wir denn da?"

Etwas bewegte sich unten am Fluss. Wie aus dem Nichts tauchte am Ufer eine Reihe kleiner, halb-nackter Männer auf und näherte sich ihnen geschwind. Es waren Khoi-San und einer der kleinwüchsigen Männer lief vorneweg. Er trug eine Wildhüter-Uniform.

"Meint ihr, das ist Mothusi?" fragte Sofia.

"Sieht ganz danach aus."

"Gott sei Dank ist er gesund und munter!" sagte Witbooi. "Und die Buschmänner können uns sicher dabei helfen, die Spuren der Wilderer zu finden. Mit etwas Glück schnappen wir sie, bevor die Detektive mit ihren Spürhunden hier eintreffen."

"Könnt ihr bitte mit Mothusi sprechen?" fragte Tom. "Ich glaube, es ist an der Zeit, das Kälbchen hier ins Tierasyl zu bringen, und Sofia muss auch wieder zur Lodge zurück."

"Ja geht klar, Tom," meinte Witbooi. "Ich komme später bei euch vorbei, um eure Aussagen aufzunehmen. Und du machst dich jetzt am besten auf den Weg zu Gerda."

"OK, wir sehen dich dann beim Haus. Zieh dir was Vernünftiges an, sonst laufen uns die Gäste davon, wenn sie dich in *der* Uniform sehen."

"Tja, vielen Dank auch." Witbooi grinste. "Am frühen Nachmittag?"

"Ja gut." Die Buschmänner näherten sich weiter.

"Ich glaube, du solltest dich neben das Junge setzen und die Arme um ihn legen. Das wird ihn beruhigen," sagte Barry Pienaar zu Sofia.

"Aber Barry," protestierte sie und Brutus hob den Kopf. "Was ist, wenn er mich beißen will oder gar vom Wagen springt?"

"Das wird er schon nicht tun. Ich habe ihn doch sediert. Halte ihn einfach im Arm und passe auf, daß die nassen Handtücher nicht verrutschen. Je eher er eine Milchflasche bekommt, desto bessere Überlebenschancen hat er," meinte der Tierarzt, drehte sich um und widmete sich dringenden Aufgaben.

Brutus schien Sofias Bedenken nicht zu teilen. Er hüpfte hinten auf die Ladefläche des Bakkies, schnupperte ausgiebig und schmiegte sich an das schwergewichtige Baby.

Die Buschmänner waren schon fast bei der Lichtung angelangt, als Tom den Wagen auf die Straße lenkte. Er würde sich später mit Mothusi unterhalten, aber das Nashornjunge ging jetzt vor.

Zwei Fahrzeuge kamen ihnen in einer Staubwolke entgegen. Die Detektive der Sonderkommission für Wildern waren endlich auf dem Weg zum Tatort.

ZWEITES KAPITEL

Sofia legte ihren Arm um das junge Tier unter der Decke. "Alles ist gut, alles in Ordnung, siehst du wohl…" Es war ihr immer noch etwas mulmig zumute, als sie das kleine Nashorn berührte.

Brutus legte seinen Kopf mit einem Grunzen auf ihren Oberschenkel, nur um sich gleich wieder aufzusetzen, als der Wagen ein ziemlich tiefes Schlagloch umfahren musste. Sie erreichten den Wildzaun, dann die farbenfrohen Häuser der Parkarbeiter hinter der nächsten Biegung.

Die Frauen in der Siedlung waren jetzt mit ihrem Haushalt beschäftigt. Sie hingen Wäsche auf und stampften Mais in ausgehöhlten Baumstämmen und versuchten so viel zu möglich zu erledigen, bevor die Tageshitze einsetzte.

Es gab noch keine Anzeichen von Unruhe oder Panik, also waren die schlechten Neuigkeiten noch nicht bis hierher vorgedrungen. Rhythmisches Stampfen und die monotonen Melodien von Radio Bokspits vereinigten sich zu einem heiteren Soundtrack, der schwächer wurde, je weiter sie sich den Reihen der provisorischen Zelte näherten.

Südafrikaner kamen dort schon in Scharen an und machten sich an den Feuerstellen zu schaffen. Ein ordentlicher Braai gehörte nun mal zu einem vernünftigen Urlaubstag und zum südafrikanischen Lebenstil überhaupt. Sie ließen die Zelte hinter sich und wurden am Rande der Teerstraße bis zum Hauptgebäude von Hibiskusbüschen und blau-blühenden Agapanthuspflanzen begleitet.

"Ich lasse dich bei der Lodge raus," rief Tom gegen den Fahrtwind. Er hielt vor dem Haupteingang an und Sofia sprang vom Wagen, dicht gefolgt von Brutus, dem Hund.

Eine Gruppe von Frauen kam die Stufen hinuntergeflattert. Das hieß, die Leute in der Lodge wussten schon Bescheid. Brutus spitzte die Ohren.

"Was machen wir jetzt?" fragte Sofia als die Frauen auf den Wagen zumarschierten und stellt sich schützend vor die unförmige graue Decke.

"Lass mich mit ihnen reden, dann mache ich mich zu Gerdas Rettungszentrum auf und du kannst hier übernehmen. Ich werde Brutus mitnehmen." Der Hund begann zu winseln, als er seinen Namen hörte.

"Na gut," sagte Sofia seufzend.

Der vor ihr liegende Tag schien wie ein steiler Berg zu sein, der zu erklimmen war. Sie musste noch mit der Küchenchefin wegen der Cocktailparty heute Abend reden... und ein kleines Frühstück wäre auch nicht schlecht.

Cotton würde die Gäste am Flughafen abholen und vielleicht konnte er noch einen Abstecher zum Getränkeladen in der Stadt machen. Wenn es so heiß war, schien ihnen immer das Wasser auszugehen.

Cotton war nicht nur als Fahrer angestellt, sondern agierte gleichzeitig auch als Barkeeper und Safari-Führer. Er teilte sich meist die Aufgaben mit seinem jüngeren Bruder, der Nelson hieß. Nachdem all das organisiert war, würde sie die Gäste in der Lodge begrüßen und sich um die Vorbereitungen der Cocktailparty auf dem flachen Hügel hinter der Scheune, kümmern.

Frida, die ranghöchste Hausangestellte, war mit Bettenmachen beschäftigt gewesen, als die schreckliche Nachricht sie erreichte. Sie war bei den anderen Arbeitern angesehen, weil sie die Frau Obakengs war, des Gärtners und hiesigen Sangomas oder Schamanen.

Die anderen Angestellten warteten oben an der Treppe.

Die Frauen hielten vor der Fahrertür des Bakkies an. Dicht hinter Frida liefen Fat Beauty und eine der Küchenfrauen. "Dis verskriklik, Baas, wat met arm Cornelius gebeur het!" stieß Frida hervor und wackelte ihren Kopf hin und her. Wie schrecklich, was dem armen Cornelius da zugestoßen ist! Tom kletterte aus dem Bakkie heraus und sprach die Frauen an.

"Ja, Frida, verskriklik. Luister…" Hör gut zu. Er sprach mit ihnen ein paar Minuten auf Afrikaans und beschrieb so gelassen wie möglich den Anblick den sie im Busch vorgefunden hatten. Er erklärte es mit einfachen Worten, ohne wichtige Einzelheiten preiszugeben und versicherte ihnen, daß sich Mothusi in Sicherheit befand.

Sofia verstand ein wenig von dem, was gesagt wurde. "Du solltest einen Wachmann hier einstellen, Baas, oder wir werden noch alle umgebracht!"

"Die Wilderer haben es auf die Nashörner abgesehen, nicht auf unser Leben, Beauty."

"Oh, wir werden noch alle sterben," rief Fat Beauty und wrang ihre Hände. "Schaut, was sie mit Cornelius angestellt haben!"

Na wunderbar, das hat ja großartig geklappt mit dem Beruhigen, dachte Tom resigniert.

Obakeng, der grauhaarige Sangoma kam die Treppe heruntergelaufen. Trotz seiner grauen Haare, sah sein Gesicht bemerkenswert jung aus. Sogar seine Augen waren faltenlos und sein Blick wach. Niemand schien sein genaues Alter zu kennen, was hier nicht gerade außergewöhnlich war. In der Abwesenheit eines Stammeshäuptlings war Obakeng der wichtigste Mann in der Arbeitersiedlung. Aus mehr als einem Grund.

Seine Kunstfertigkeit mit der Wünschelrute war legendär. Die Farmer ersuchten ihn darum, neue Wasseradern zu suchen, wenn sie vonnöten waren.

Obakengs Methode war immer die gleiche: er platzierte eine winzige Flasche, die er mit Wasser füllte auf seinem Kopf und bedeckte diesen mit einem Hut. Dann hielt er eine zweite Wasserflasche in seiner rechten Hand und die gegabelte Wünschelrute in der linken.

Derart ausgerüstet ging er dann die entsprechende Stelle ab und fand die Wasserquelle gewöhnlich, wenn sich dort eine befand. Viele hatten schon versucht die Methode des weisen Sangomas zu kopieren, aber keinem war es je gelungen.

Obakeng trat nach vorne. "Mr. Rutgers, die Leute haben Angst. Sie sind ganz deurmekaar," berichtete er. Deurmekaar bedeutete durcheinander sein und das hieß, daß alle mittlerweile darüber Bescheid wussten, was unten beim Fluss passiert war.

"Das kann ich sehen. Maar die polisie doen hulle werk," antwortete Tom. Die Polizei hat sich schon an die Arbeit gemacht. "Sê vir almal, hulle moet kalmeer." Sage den anderen, daß sie die Ruhe bewahren sollen.

Obakeng sprach Tom immer mit 'Mr. Rutgers' an. Er wollte damit zu verstehen geben, daß er seinem Arbeitgeber gleichgestellt war. Für die meisten Tswanas auf dem Lande war es undenkbar, sich mit höhergestellten Personen auf die gleiche Ebene zu stellen. Sie waren in ihrer eigenen Stammeskultur in einer strikten Hierarchie aufgewachsen. Aber Obakeng war da eben anders.

"Ich habe Frida gesagt, was ich weiß. Sie wird dir die ganze Geschichte erzählen und du musst dann bitte mit allen anderen reden. Ich verlasse mich auf dich, Obakeng."

Fat Beauty kreuzte die Arme vor ihrem wogenden Busen und gab einen verächtlichen Laut von sich. Obakeng drehte sich halbwegs um und sie sah schweigend zu Boden. "Ich werde mein Bestes tun, Mr. Rutgers."

"Das letzte was wir brauchen ist, daß irgendjemand hier verrückt spielt. Die Wilderer sind lange fort und Mothusi ist wieder da. Witbooi spricht gerade mit ihm. Ich muss jetzt zu Gerda Marais fahren. Ntombis Kleiner hat überlebt. Madam wird mit Francina sprechen, aber ich muss jetzt gehen." Tom klopfte dem Sangoma auf die Schulter.

Francina war die Frau von Cornelius und sie musste so schnell wie möglich vom Tod ihres Mannes informiert werden. Sie würde untröstlich sein, trotz aller Streits und trunkener Wortwechsel in der Vergangenheit. Aber Cornelius war der Ernährer der Familie gewesen und der Vater ihrer fünf Kinder. Frans, der älteste Sohn war gerade erst fünfzehn Jahre alt.

"Francina versteht kein Englisch," warf Obakeng ein. Er

war entfernt mit dem verstorbenen Cornelius verwandt und daher ein Teil der Familie.

"Ja sicher, dann begleite die Madam bitte und übersetze für sie. Ich werde in ein paar Stunden wieder zurück sein."

"Wahrscheinlich werden Reporter aus der Stadt kommen. Wer tut so etwas, Mr. Rutgers? Wofür brauchen sie diese Hörner? Ich kann es einfach nicht verstehen."

Sogar ein Medizinmann wie Obakeng, der weiß-Gott-was für seine Medizin benutzte, sah keinen Nutzen in den Hörnern eines Nashorns. Obakeng las keine Zeitungen und die Nachrichten, die Radio Bokspits brachte, waren oft unzusammenhängend und meist nur auf den ländlichen Raum begrenzt.

"Es geht ums Geld. Wahrscheinlich kamen die aus Mosambik rüber. Bestimmte Leute, die reich sind, zahlen einen Haufen Geld für diese Hörner und in Asien, zahlt man sogar noch mehr Geld dafür, weil sie meinen, daß es einem Mann gewisse Kräfte verleiht – du weißt schon, bei Frauen und so weiter." Im Kruger National Park weiter im Norden, hatte sich das Problem verschlimmert, seit die Wildzäune an der Grenze entfernt worden waren, um einen grenzübergreifenden Park anzulegen.

"Ich verstehe. Es geht um Geldgier, Mr. Rutgers."

"Ja, es geht auf jeden Fall um Geldgier. Ich muss dir ja nicht erst erklären, was das bedeutet. Bis später dann. Totsiens." Tom sprang auf den Wagen und ließ sich auf dem Fahrersitz nieder. Ein leises Weinen kam von der Ladefläche hinten und Brutus begann zu winseln.

"Totsiens, Mr. Rutgers. Bring das Kleine zu Gerda."

"Totsiens, Obakeng. Brutus!"

Der Hund sprang mit einem Satz hinten auf und Tom fuhr davon, um das kleine Nashorn in Sicherheit zu bringen.

Sofia ging in die Küche. Sie wollte sich eine Tasse Kaffee und ein paar Zwiebäcke zu holen, denn mit einem noch so kleinen Frühstück konnte sie den Rest des Tages besser überstehen. Dann wusch sie sich und zog einen Rock an, um ihren Respekt für die ältere Generation zu zeigen.

Sie machte sich gemeinsam mit Frida und Obakeng auf den Weg zum Wohnkomplex der Arbeiter. Frida trug ein Bündel mit Geschenken für die Witwe und schritt selbstbewusst aus. Sie war nicht von der gesprächigen Sorte, aber wenn es um Angelegenheiten in der Gemeinschaft ging, wusste Frida immer genau, was zu tun war.

Die Hütten der Khoi-San Arbeiter waren etwas von denen der Tswanas entfernt. Das kam daher, daß die uralte Tradition und Kultur der Khoi-San anders war als die der Tswanas. Alle Hütten waren aber alle ordentlich und der Komplex war sauber und aufgeräumt. Sie hatten fließendes Wasser und elektrische Anschlüsse, es sei denn es gab mal wieder einen Stromausfall. Tom kümmerte sich um die treuen Familien von Shangari.

Cornelius hatte sein Haus rot gestrichen, da es Francinas Lieblingsfarbe war. Man konnte von drinnen lautes Heulen hören. Das bedeutete, daß die Frauen sich schon beim roten Haus eingefunden hatten. Ein Wasserkessel mit dampfendem Tee stand draußen auf einem Rost über den glühenden Kohlen der Feuerstelle.

Sie gingen hinein und es war genauso schlimm, wie Sofia es sich vorgestellt hatte. Sie musste daran denken, wie ein kleiner dreijähriger Junge nach einem besonders schlimmen Regensturm an einem Wasserloch gespielt hatte und hineingefallen war. Sie hatten überall nach ihm gesucht, bevor sie das ertrunkene Kind endlich fanden.

Das Wehklagen, die Tränen und die unfassbare Trauer waren einfach furchtbar gewesen. Die Familie hatte tagelang tief getrauert, bis der kleine Körper beerdigt war und noch wochenlang danach. Diesmal wusste Sofia, wie sie sich schützen musste.

Francina saß, in eine Decke gehüllt auf dem Bett, und starrte vor sich hin, aber ihre Kinder waren noch in der Schule. Frida und Obakeng übernahmen die Begrüßung und übersetzten, was Sofia über die Einzelheiten zu sagen hatte, wie Cornelius zu Tode gekommen war.

Wie es sich gehörte, priesen sie Cornelius' Tapferkeit und

Mut im Angesicht der Gefahr. Sofia fühlte sich trotzdem niedergeschmettert, als sie später wieder zum Farmhaus ging. Sie sah sich zufällig im Flurspiegel: ihr Gesicht war verschmutzt und der Rock mit Staub bedeckt. Sie hatte gerade noch genug Zeit zu duschen und etwas anderes anzuziehen.

Als sie zum Hauptgebäude zurückging, hatte Cotton, der Fahrer, schon die deutschen und dänischen Touristen vom kleinen Flughafen in Rutgersdrift abgeholt. Die Lodge war voll neuer Gäste, die sich geschwind auf ein paar kühle Biere an die schattige Bar setzten. Die einheimischen Touristen kamen mit ihren eigenen Fahrzeugen an und der Parkplatz wurde schnell zu klein für die vielen Autos. Sie mussten ein Stück die Straße hinunter einen Rasen öffnen, der als Parkplatz diente.

Pünktlich um 15.10 Uhr landete Stan Makaroffs Hubschrauber auf dem Helipad und Cotton fuhr die VIP-Gruppe im Shangari-Kleinbus zum Lodge-Gebäude. Sofia sah ihre Freundin Gugu in der Gruppe, aber sie hatten nur kurz Gelegenheit sich lächelnd mit einem Kopfnicken zu grüßen. Sofia lächelte ununterbrochen, bis sie meinte, ihren Kiefer nicht mehr bewegen zu können. "Herzlich willkommen, Sir." "Willkommen hier in Shangari." "Ja, die Klimaanlage funktioniert." "Wir hoffen, Sie bei der Cocktailparty heute Abend zu sehen..."

Niemand schien zu bemerken, wie überanstrengt sie sich fühlte und wie beunruhigt sie noch immer war. Das war gut so. Dank der aufmunternden Worte Obakengs, hatten die Angestellten sich gut im Griff und sie war stolz darauf.

Shangari bog sich unter der sengenden Februarsonne und die Barkeeper servierten kaltes Bier und Sprudelwasser schneller als man 'Eiswürfel' sagen konnte.

Das Küchenteam hatte alle Hände voll damit zu tun, Flaschen im begehbaren Gefrierschrank zu kühlen, um sie dann in die Kühlschränke nach draußen zu befördern. Cotton wurde in die Stadt geschickt, um beim Getränkemarkt Vorrat zu besorgen und Sofia verbrachte einige Zeit in der Küche, um mit Karen, der Chefköchin, die Listen zu überarbeiten.

"Hab' ich dir schon erzählt, daß mein Bruder Stephen zu Besuch kommt?" fragte sie Karen. "Er ist Hotelmanager an der Südküste. Ich bin sicher, ihr beide werdet eine Menge zu bekakeln haben."

"Oh wie schön..." meinte Sofia. Ihre Gedanken drehten sich immer noch um die Geschehnisse im Busch und mit der anderen Sache, über die sie unbedingt mit Tom sprechen musste.

"Na gut... dann machen wir uns mal dran, die Häppchen zu belegen. Wie weit seit ihr mit meiner Kürbissuppe? Stelle die Hitze runter – jetzt gleich bitte! Nein, das Kosten kannst du mir überlassen... Danke..." Ein paar Teller gingen auf dem gekachelten Fußboden zu Bruch und die Scherben flogen in alle Richtungen.

"Um Himmels Willen! Hoffentlich war das nicht das gute Geschirr. Nein? Gottseidank!" rief Karen und gab Anweisungen zum Aufräumen.

Zu Sofias großer Erleichterung lief danach alles wie am Schnürchen, wenn man mal von den üblichen Wehwehchen absah. Einer der deutschen Gäste beschwerte sich, daß die Handtücher in seinem Zimmer nicht weich genug waren und die Klimaanlage nicht kühl genug. Stan Makaroff wollte sein Zimmer mit dem eines Gastes seiner Entourage tauschen. Aus irgendeinem Grunde bevorzugte er heute auf einmal einen anderen Ausblick.

Tom war erst eine Stunde vor Beginn der Cocktailparty zurückgekehrt und sie gingen zum Haus, um sich fertigzumachen. Er erzählte ihr, daß das kleine Nashorn eine Weile gebraucht hatte, um sich in sein neues Zuhause einzugewöhnen. Einer der Tierbetreuer hatte sich schließlich mit ihm auf ein weiches Heulager in einer der Scheunen gelegt, um ihn mit der Flasche zu füttern und das erschöpfte Junge war in den Armen des Mannes eingeschlafen. Tom würde morgen wieder nach ihm sehen.

"Das ist so traurig... alles nur aus reiner Dummheit und Geldgier. Ich hoffe, sie finden die Wilderer bald und bestrafen sie dafür, was sie getan haben," sagte Sofia.

"Sie haben noch nicht mal die Täter gefunden, die das Nashorn in Lungile getötet haben. Das heißt, es steht nicht zum Besten damit." Sonderkommission – daß ich nicht lache! Aber man darf die Hoffnung nicht aufgeben. Heute Nacht werden fünf unserer Wildhüter patrouillieren und alle in der Gegend sind in Alarmbereitschaft. Das ist alles, was wir im Moment tun können." Tom rollte mit den Augen.

"Ich weiß nicht," seufzte Sofia. "Hoffentlich geht heute Abend alles glatt."

"Ja, das hoffe ich auch."

Sie stellte liebevoll fest, wie gut Tom in seinem dunklen Anzug aussah und zupfte ein paar Flusen von seiner Schulter.

"Ich werde wohl eine Ansprache für die Gäste halten müssen, bevor sie die schrecklichen Nachrichten anderweitig erfahren... übrigens siehst du einfach toll aus," meinte Tom im gleichen Atemzug und Sofia brachte ein schwaches Lächeln zustande.

Sie hatte ihr schwarzes Kleid mit dem großen Mohnblumen Muster gewählt. Im Fünfziger-Jahre-Stil mit angeschnittenen Ärmeln und einem schwingenden Tellerrock. Sie hatte es oft in Kapstadt getragen, wenn sie zum Abendessen mit Tanz ausgegangen waren. Seidiges, dunkles Haar tanzte gegen ihre Wange und Make-up verbarg die Tatsache, daß sie sich lieber schlafen gelegt hätte, als zu einer Party zu gehen. "Vielen Dank, mein Herr," antwortete Sofia und Tom bot ihr seinen Arm an.

"Madam, darf ich bitten?"

Jeder, der eine Einladung erhalten hatte, machte sich im Anzug und eleganten Kleid den Hügel hinter der großen Scheune hinauf. Hier warteten schon ein gut bestücktes Büffet, fachkundig gemixte Cocktails und südafrikanische Weine auf sie. Sanfte Jazzklänge spielte im Hintergrund, während ein farbenfreudiger Sonnenuntergang bewundernde Ausrufe von den Gästen entlockte. Sobald die Sonne hinter den Hügeln im Westen untergegangen war, ging die Außenbeleuchtung an.

Die Gäste wandten ihre Aufmerksamkeit dem Büffet zu,

das sicher dem Gaumen des wählerischsten Essers genügte. Das war kein Wunder, denn Karen MacAllister war eine der besten Chefköche Südafrikas, die auch einen eigenen Blog unterhielt. Sie war blond, etwas untersetzt und hatte keinerlei Starallüren. Kochen war ihre absolute Leidenschaft und sie hatte in einigen sehr eindrucksvollen Restaurants im Ausland gearbeitet.

Es war gar nicht so einfach gewesen, sie hier ins Bushveld hinauszulocken, aber Sofia konnte ganz schön überzeugend sein. Letztendlich war Karen abenteuerlustig genug gewesen, ihre Kündigung in New York einzureichen, wo sie als Köchin einer prominenten Familie arbeitete, und schloss für ein Jahr einen Vertrag mit Shangari ab.

Aus einem Jahr waren dann zwei Jahre geworden und Karen schien immer noch nicht gehen zu wollen. Gerade jetzt stand die berühmte Chefköchin in ihrer ordentlichen schwarzen Chefkoch-Uniform vor dem Büffet und stellte die Speisen auf den Tischen hinter sich vor.

"Was sind das denn für interessante braune Dinger da?" wollte eine Frau mit einem amerikanischen Akzent wissen und zeigte auf kleine Schüsseln, die irgendwelche braune Stückchen enthielten.

Karen musste ständig solche Fragen beantworten. "Das nennt sich Biltong, Madam. Traditionell gewürztes Trockenfleisch. Die Farmer haben die Zubereitung von den Buschmännern gelernt." Sie zeigte auf die Schüsselchen. "Dies hier ist Kudu und das da drüben wird mit Straußenfleisch hergestellt. Biltong ist eine südafrikanische Spezialität."

"Eine Buschmann Spezialität..." murmelte jemand.

"Also nichts für Vegetarier," sagte eine Frau in einem dunkelrosa Safarianzug mit einem hochnäsigen Ausdruck. Sie blickte strafend auf das Biltong und ihre Bemerkung verursachte unerwartetes Gelächter.

"Nein, nichts für Vegetarier," erwiderte Karen geduldig. "Ich kann Ihnen aber diesen vegetarischen Mango & Avocadosalat sehr empfehlen... hier bitte... mit Granatapfelkernen. Wir bauen unsere eigenen Avocados und Granatäpfel an. In unserem

Gemüsegarten ernten wir auch Salatköpfe, Kräuter und viele andere Zutaten…"

Karen MacAllister hatte sich mal wieder selbst übertroffen und köstliche Kanapees gezaubert, frische Meeresfrüchte aus Namibia, Kürbissuppe mit Currygewürz und Hühnerleberpâté, nur um ein paar Spezialitäten des Hauses zu erwähnen. Eine Auswahl an Cocktails, Bier und Wein hielt die Gäste an der Bar bei Laune.

Die Stimmung war schon recht gesellig als sich eine Schlange vor dem Büffet bildete.

Sofia hatte keine Lust auf eine Party. Sie wollte nur, daß dieser Tag endlich zu Ende ging, wollte allein sein mit Tom und mit ihm reden. Aber Tom war damit beschäftigt, seine illustren Gäste zu unterhalten. Er war ja immerhin der Gastgeber. Sofia beschloss daher spontan, sich ein wenig auf der Veranda des kolonialen Farmhauses zurückzuziehen. Nur für ein paar Minuten…

Sobald sie in ihrem bequemen Sessel auf der von Bougainvilleas bewachsenen Veranda niedergelassen hatte, schloss sie die Augen und holte tief Luft. Sie schenkte sich ein Glas mit dunkelrotem Merlot ein und ihre Nerven begannen sich zu entspannen. *Ich werde es schon schaffen*, dachte sie, *ich habe schließlich schon schlimmeres durchgemacht.*

Sie hörte, wie sich Schritte auf dem weißen Kies näherten und Sofias Herz schlug höher. War Tom ihr zum Farmhaus gefolgt? Würden sie endlich einen privaten Moment gemeinsam genießen können, weit ab von der Menge? Aber es war nicht Tom, der ihr gefolgt war. Sie hörte das Rascheln eines Seidenkleides.

"Hey, was ist los mit dir?" Sie erkannte die Stimme. Eine Stimme, die fast nie um den heißen Brei herumredete. Eine Frau im lindgrünen Kleid kam die Treppe in hohen Absätzen hinaufgestakst. Es war ihre Freundin Gugulethu Mbatha. Sofia sank in ihren Sessel zurück.

"Nicht viel, Gugu. Ich muss mir nur mal eine Pause gönnen. Ich brauche ein bisschen Ruhe nach dem Tag heute." Sofia nahm einen Schluck Wein. "Willst du auch welchen?"

"Ja gerne. Hattest du einen schlechten Tag?"

"Das kann man wohl sagen." Sofia goss ihrer Freundin ein Glas Merlot ein und verkorkte die Flasche.

Gugu trug ihr Haar in einer kurzen Bobfrisur und hatte nur das richtige Maß teuren Make-ups aufgelegt. Ihre Haut hatte einen sehr hübschen bronzefarbenen Glanz und das lindgrüne Seidenkleid erhöhte den Effekt noch. Ein Bild an Schönheit und Eleganz.

Während ihrer Studentenjahre in Kapstadt hatte Gugu meist nur Jeans und lässige Tops getragen und selbst dann war sie schön gewesen. Nachdem sie die Welt der hochfliegenden Gesellschaft und Yuppies entdeckt hatte, hatte Gugu sich zum Glamourösen hin verändert.

Die Mädchen hatten sich eine Wohnung in Seapoint mit zwei anderen Studentinnen geteilt.

Lynette 'Nandi' Levenstein, eine Möchtegern-Revolutionärin mit braunen Dreadlocks, blauem Lidschatten und teuren Klamotten im Bohème-Stil, schien ihre Zeit lieber bei politischen Versammlungen zu verbringen als in ihren Vorlesungen. Carol Vlisma, die adoptierte Xhosa-Tochter eines Weinfarmers in Stellenbosch, studierte als Hauptfach Sozialarbeit. Sie war recht still und soweit Sofia Bescheid wusste, hatte sie neulich einen Afrikaaner in Stellenbosch geheiratet.

Sofia und Gugu hatten das Kleeblatt vervollständigt. Die beiden mochten sich von Anfang an, aber sogar in Kapstadt hatten sie sich in unterschiedlichen Kreisen bewegt. Sofia war in einer sehr ernsthaften BCom Studentengruppe gewesen, während die kontaktfreudige Gugu, die Public Relations studierte, nichts mehr genoss, als auszugehen.

Gugu jobbte manchmal bei einer Radiostation und hatte damals mehr Spaß, als Sofia jemals haben würde. In diesen Tagen hatte sie stolz farbenprächtige Xhosa-Kleider zu Absätzen getragen – nur um anders zu sein - und sie schleppte Sofia oft zu Parties in teuren Hotels mit.

Gugu hatte extravagante Freunde, denen sie Sofia vorstellte, aber Sofia hatte bald genug gehabt von dem oberflächlichen Smalltalk und der mondänen Trunkenheit. Es war einfach nicht ihre Szene gewesen. Gugu nannte es netzwerken und durch dieses ständige netzwerken war sie mit dem Makaroff Imperium in Kontakt gekommen, wo man ihr den schließlich den derzeitigen Job als PR Managerin anbot.

"Hat Stan dich schon von der Leine gelassen?" Sofia konnte sich den leicht sarkastischen Ton nicht verkneifen. Ihre schöne Xhosa-Freundin arbeitete hart in der PR-Abteilung der Makaroff Corporation, da Makaroffs fraglicher Ruf in letzter Zeit häufig in den Nachrichten war.

"Oh, er wird kaum merken, wenn ich nicht da bin," meinte Gugu. "Er hat diesen deutschen Mann getroffen, der letztes Jahr im Okavango Delta Urlaub machte. Jetzt ist der Knabe DER Experte, von meinem Chef mal ganz abgesehen. Die beiden haben viel zu bequasseln, was die besten Camps angeht und welches Bier am besten ist – so'ne Sachen halt. Da kann ich nichts zu beitragen. Es überrascht mich, daß er nicht schon längst das halbe Okavango Delta aufgekauft hat."

Sofia lachte bei dem Gedanken, wie Stan Makaroff für seine grandiosen Gesten bekannt war.

"Aber was ist mit dir, Sofie?" fragte Gugu. "Mädchen, du siehst blass um die Nase aus. Ich habe kapiert, daß irgendwas nicht stimmt, also - raus mit der Sprache."

Sofia tätschelte das Kissen auf dem leeren Korbsessel neben sich und winkte Gugu näher heran, bevor sie ihrer Freundin wieder Wein einschenkte. "OK, du hast mich ertappt," seufzte sie. "Tom und ich müssen unbedingt reden. Ich habe das Gefühl, daß er mir wieder einen Antrag machen will..."

"Zeigst du ihm immer noch die kalte Schulter? Das ist aber nicht gerade fair von dir."

"Naja, du weißt ja warum…"

"Was ich weiß ist, daß er so ziemlich der beste Mann auf diesem Planeten für dich ist. Und was die andere 'Sache' angeht… Ich dachte, das wäre schon lange vom Tisch."

"Naja… ich habe es ihm noch nicht gesagt... immer noch nicht. Wir hatten einfach zu viel zu tun und ich wollte es ihm heute Morgen sagen, als dieser Funkspruch reinkam und danach hatte ich einfach keine Gelegenheit mehr dazu."

Natürlich wusste Gugulethu Mbatha schon worum es bei dem Funkspruch ging. Es war schier unmöglich so etwas von einer der fähigsten PR-Experten im Lande zu verbergen. Aber die beiden Frauen umgingen das blutrünstige Thema. Sie wollten den seltenen Moment gemeinsam genießen.

Das Mondlicht ließ Sofias helle Haut fast durchsichtig erscheinen. "Du bist eine Augenweide, Sofie," sagte Gugu. "Kein Wunder, daß er so in dich verliebt ist. Wenn du meinen Rat hören willst: lass den Mann nicht hängen. Ich habe ein paar Tussis beobachtet, die ihn da oben am liebsten mit den Augen aufgefressen hätten."

"Ha, das beweist doch nur, was für einen guten Geschmack ich habe. Du solltest öfter mal lindgrün tragen, die Farbe steht dir," meinte Sofia.

"Versuch' nicht das Thema zu wechseln, Schätzchen."

Sie war an ihrer Seite gewesen, als es passiert war und hatte Sofia unterstützt, wo es nur ging. Wenn irgend jemand Sofia wirklich kannte, dann war es Gugu Mbatha.

"Ich weiß," gab Sofia zu. "Du hast ja recht."

Sie saßen eine Weile schweigend nebeneinander, nippten an ihrem Rotwein und sahen dem hellen Mond zu, wie er sich auf den Weg machte, den Himmel zu erklimmen. Die Sterne der Milchstraße schienen zum Anfassen nahe zu sein.

"Ich wünschte der Nachthimmel in Joburg sähe so aus!" seufzte Gugu. "Leider gibt es da zu viele Lichter in der Stadt... Hör' mal zu, Ich meine es ernst. Du solltest mit Tom so bald wie möglich reden oder irgend so eine scharfe Tussi wird ihn dir unter der Nase wegschnappen. Diese eine Französin…"

"Belgierin."

"Na gut, diese eine Belgierin... also wehe, wenn sie losgelassen."

"Danke für die bildhafte Beschreibung. Ich hab' schon begriffen. Werde mir was überlegen."

"Das mach' mal. Oh, und bevor ich's vergesse... Tom hatte mich gebeten dich aufzuspüren. Er will eine Ansprache halten, sobald du wieder oben bist."

Es war die Ansprache, bei der es darum ging, was gestern Nacht passiert war! Tom musste es den Gästen mitteilen, bevor sie es aus den Medien erfuhren. "Na vielen Dank auch, daß du mir nicht schon eher was gesagt hast," Sofia tat so, als schmollte sie.

"Hör mal, ich bin doch nicht dein Kindermädchen. Außerdem wollte ich 'ne Weile mit der sprechen. Dazu haben wir nicht sehr oft Zeit."

"Na denn, Miss Party-Maus. Dann lass uns mal gehen." Der kiesbedeckte Fußweg machte es nicht gerade einfach auf hohen Absätzen zu balancieren und Sofias ungeübten Knöchel begannen zu schmerzen. "Verdammt, ich bin total außer Übung," beschwerte sie sich.

"Du wirst dich schon wieder dran gewöhnen, wenn du mal für ein paar Wochen zu Besuch in die Stadt kommst. Ich werde dich überall hin mitschleppen. Und in Stöckelschuhen, das kann ich dir versprechen!"

"Kann ich mir gut vorstellen." grinste Sofia.

Sie kamen an der Scheune vorbei, wo Tom Rutgers seinem Hobby nachging, ein Segelboot zu bauen. Nur ein ganz kleines, egal ob sie nun am Wasser wohnten oder nicht.

Das Projekt hielt seine Erinnerungen an Kapstadt und das Meer wach. Tom und Sofia waren immer gerne zum Muizenberg-Strand gefahren und waren mit Freunden in einem Segelboot übers Meer gekreuzt. Natürlich war es nicht einfach hier, so nahe der Wüste, die richtigen Werkzeuge und das Material zu finden. Sein Bootprojekt machte desahlb nicht die schnellsten Fortschritte, aber es war eben seine Art, sich in dieser 'Männergrotte' zu entspannen.

Ein träges Knurren im Gehege auf der anderen Seite des Fußwegs ließ sie aufhorchen. Jethro, der dreibeinige Gepard, streckte sich im Halbschlaf auf seinem Lieblingsfelsen aus. Sein verstümmeltes Bein war gut verheilt und schien ihn nicht weiter zu stören. Obwohl Jethro mittlerweile recht zahm geworden war, ließ Tom ihn nur aus dem Gehege, wenn der Gepard einen vollen Bauch hatte und guter Laune war.

Die Großkatze war ein Hit bei den Touristen, die in ihm

mehr ein übergroßes Kätzchen sahen.

"N' kleinen Moment... ich bin sofort wieder da." Sofia verschwand in der Scheune und kam mit einem glitzernden Armband in ihrer Hand wieder heraus.

"Wow, was haben wir denn da?" Gugu pfiff durch die Zähne und Jethro antwortete mit einem leisen Knurren.

"Ich hatte es gestern hier vergessen, als ich Tom geholfen habe, die Leisten anzukleben," sagte Sofia.

"Donnerwetter, Freundin. Sind das etwa Saphire?"

"Tansanit. Tom hat mir das Armband letztes Jahr zum Geburtstag geschenkt," erklärte Sofia.

"Tansanit - ist kein billiger Kram. Ich dachte immer, du hast nichts für Schmuck übrig."

"Habe ich auch nicht. Ich besitze gerade mal zwei Schmuckstücke: ein Paar Goldohrringe von meiner Mutter und dieses Armband."

"Und es fällt euch nicht mal ein, nachts die Türen abzuschließen! Machst du dir keine Gedanken darüber, daß jemand reinspazieren und sowas stehlen könnte?"

"Nein," sagte Sofia gelassen. "Das ist doch hier nicht wie in Joburg. Die Leute, die hier arbeiten würden es sich nicht träumen lassen von uns zu stehlen. Außerdem weiß jeder hier jede Einzelheit von dem, was alle anderen machen."

Gugu wurde durch irgend etwas abgelenkt. "Verrückt, wie die Zitronenbäume das Mondlicht auffangen. Man kann jedes einzelne silberne Blatt erkennen."

"Werde mir bloß nicht psychedelisch, Gugs," neckte Sofia sie. "Die Kakteen da drüben sehen doch auch fast wie Leute aus, oder?"

"Das kann man wohl sagen," lachte Gugu.

Sie stöckelten den Pfad zum Hügel hinauf und trafen ein, als die Musik gerade zu spielen aufhörte. Anscheinend hatte Tom lange genug gewartet und wollte jetzt seine Rede halten. Nur ein paar Stückchen vom Biltong waren noch übrig, aber die Kanapees würden den ganzen Abend reichen. Die Gäste amüsierten sich köstlich.

"Bis später," flüsterte Gugu und gesellte sich zu Stan

Makaroff und seinen anderen Angestellten. Jemand hielt ihr ein Glas Wein entgegen und Gugu verschwand in der Menge. Barry Pienaar trug seine mindestens zehnte Flasche Castle Lager spazieren und erklärte mit dröhnender Stimme, was für ein netter Kerl Tom doch sei. Der beste, den er jemals gekannt hatte. "Hey Tom, alter Knabe…!" Er trank aus der Bierflasche auf sein Wohl.

"Ach Barry, hast du noch nicht genug?" sagte Tom grinsend, aber Sofia merkte, daß die Szene ihm peinlich war. Tom musste etwas wichtiges loswerden und er hatte keine Lust sich mit einem Betrunkenen herumzuschlagen. Nicht mal, wenn es sein Freund der Tierarzt war.

Gewöhnlich war es ihm egal, wenn Barry angesäuselt war. Das war bei den meisten Männern am Wochenende so, daß sie Bier tranken, wenn sie um den Braai herumstanden und Steaks und Würste grillten.

Ein Tierarzt auf dem Lande musste sich ständig auf Abruf bereithalten, ob er betrunken war oder nicht. Es gab immer etwas zu tun: die Notoperation an einer Giraffe oder Krankheiten von Kühen und Schafen in den Griff bekommen, eine schwierige Geburt zu einem guten Abschluss bringen oder ein Löwenrudel finden, das geimpft werden musste.

Barrys Frau Lorraine hielt sich an der Bar fest und verlangte nach einem Martini von Nelson, dem jungen Barkeeper, während er anderen Gästen einen dummen Witz erzählte. Martini war ihr bevorzugter Cocktail. Apple Martini. Sie sah ihm beim Mixen des Drinks zu, fragte ihn allen möglichen Unsinn und spielte verführerisch mit ihrer Halskette. Nelson und sein Bruder Cotton blieben bei betrunkenen Gästen wie ihr immer sehr höflich und gelassen. Tom sah sich in der Runde um und als er Sofia erblickte, hob er seine Hand.

"Seid mal still, Kinder! Mein bester Freund hier hat euch was zu sagen," bellte Barry los, bevor Tom Rutgers beginnen konnte. Ein paar Frauen kicherten. Ein letztes Gespräch und der Klang von anstoßenden Gläsern verebbte.

"Ich kann Ihnen versichern, daß unser Barry hier

normalerweise ganz nüchtern und der beste Tierarzt ist, den man sich nur vorstellen kann." Unterdrücktes Gelächter und Gemurmel.

"Darf ich nun um Ihre Aufmerksamkeit bitten. Ich würde gern ein paar Worte sagen - und was ich zu sagen habe, ist nicht gerade einfach für mich." Tom stand auf einer kleinen Bühne, die für die Band aufgestellt worden war und blickte auf seine Gäste hinunter. Er wollte es ihnen so schnell wie möglich sagen und das Ganze hinter sich bringen.

Sofia stand der belgischen Schönheit in ihrem ausgeschnittenen roten Kleid gegenüber, die Gugu vorhin erwähnt hatte. Lange, blonde Haare und Hals und Arme mit Juwelen bedeckt. Es gab keinen Zweifel daran, daß die Frau Tom anhimmelte.

"Einige von Ihnen werden wohl schon davon gehört haben, was... was letzte Nacht in Shangari passiert ist." Tom setzte seine Rede ohne Zögern fort. "Leider passieren manchmal schlimme Dinge in unserem wunderschönen Land und letzte Nacht ist etwas im Bushveld vorgefallen." Tom räusperte sich. "Lassen Sie mich zur Sache kommen. Wilderer treiben seit neuestem ihr Unwesen in unserer Gegend. Warum sie nicht in Mosambik bleiben und dem Kruger Park... das wissen wir... leider nicht. Vor ein paar Wochen fielen ihnen ein Nashorn in einem benachbarten Wildpark zum Opfer und letzte Nacht... bedauerlicherweise... ein Nashorn bei uns und – worüber wir ungeheuer traurig sind, auch ein Shangari-Ranger."

Lautes Murmeln. Tom versuchte die Menge mit Handbewegungen zu beschwichtigen und sprach über das Murmeln hinweg. "Die Polizei... die Polizei ist dabei den Vorfall zu untersuchen und wir möchten Sie bitten, Ruhe zu bewahren und ihre Arbeit nicht zu behindern. Wir können Ihnen versichern, daß wir alles machbare tun, um Ihre Sicherheit zu gewährleisten. Ich hoffe, daß Sie Ihr Wochenende genießen werden und die Mondfinsternis in..." Tom sah auf seine Armbanduhr, "... 23 Stunden und 42 Minuten erleben. Ich danke Ihnen."

Er gab ein Zeichen und die Musik begann wieder zu spielen, was die besorgten Rufe übertönte. Das letzte, was Sofia jetzt tun wollte, war sich durch die Menge zu kämpfen, um Toms Aufmerksamkeit auf sich zu lenken. Eine Gruppe von Gästen feuerte Fragen an ihn ab und er tat sein bestes, diese zu beantworten.

"Ja, wir erwarten, daß die Presse morgen früh eintrifft und wir werden im Laufe des Tages eine Pressekonferenz abhalten."

"Nein, ich kann Ihnen versichern, daß etwas derartiges noch nie vorgekommen ist."

"Darauf kann ich Ihnen noch keine Antwort geben, Sir."

"Ja, wir haben noch drei Nashörner hier im Park und mit ein wenig Glück werden Sie die Tiere morgen früh während der Safari beobachten können."

"Ja, das nehmen wir an."

"Ein Kalb hat überlebt. Nein, der Aufenthaltsort is geheim und Besuche sind nicht gestattet. Nein, auch keine begleiteten Ausflüge."

Die Belgierin in ihrem ausgeschnittenen tomatenroten Kleid stand ihm mit Sicherheit viel zu nahe. Sofia hatte genug gesehen und gehört und ging zur Bar hinüber.

"Die verdammten Wilderer sind mir völlig egal," sagte ein Mann neben ihr. "Solange ich hier was für mein Geld geboten bekomme – aus allem anderen halte ich mich raus. Soll die Polizei sich doch drum kümmern."

Er wieherte und kippte sich einen Whisky on the Rocks hinter die Binde. Sofia biss sich auf die Zunge.

"Hallo Nelson, gieß mir doch bitte einen Rock Shandy ein," seufzte sie. Das fast-alkoholfreie Getränk wurde mit Limonade und Angostura Bitters gemacht. Sofia wollte einen klaren Kopf behalten und mit noch mehr Alkohol im Blut brachte sie das bestimmt nicht zustande.

"Sicher, Madam. Baas Tom hat jetzt so viele Probleme. Armer Cornelius. Keine Sorge, wir versuchen alle Gäste bei Laune zu halten." Der Barkeeper stellte ihr volles Glas auf die Theke.

"Vielen Dank, Nelson, das weiß ich sehr zu schätzen."

Sie schlenderte mit ihrem Glas zum eindrucksvollen

Büffet hinüber. Die Mini-Pitas mit Curry-Krabbenfüllung sahen lecker aus und Sofia legte sich auch ein paar Kalahari-Calamari auf den Teller. Sie begann zu essen und das dumpfe Gefühl in ihrem Magen verschwand.

Tom stand von Gästen umringt, die versuchten seine Aufmerksamkeit zu erhaschen. Sie sah, wie der Tierarzt sich noch ein Bier an der Theke bestellte und fragte sich, wie er es fertigbrachte noch aufrecht zu stehen. Jemand ergriff Sofias Arm. Es war Barry Pienaars ziemlich angeheiterte Frau. Ihre hellblond-gefärbte Frisur war schon etwas aus der Form geraten und die sonnengeschädigte Haut ließ sie älter erscheinen, als 42 Jahre.

Lorraine und Sofia mochten sich nicht besonders und Lorraine würdigte die Finnin meist nur eines kühlen Blickes, aber heute Abend hatte sie wohl ihre redselige Seite aufgedreht.

Na gut, dachte Sofia. Warum sollte sie nicht nett sein zu Lorraine? Sie hatte das Lächeln ja schließlich ausgiebig geübt. Sofia stellte ihren Teller und den halb-leeren Rock Shandy auf die Bartheke und schenkte Lorraine ein Lächeln.

"Du solltescht mal auf einen Friseurtermin vorbeikommen, Poppie," meinte Lorraine. Sie unterhielt einen Schönheitssalon in der früheren Milchkammer der Pienaar Farm. Ein Transporter mit farbigen Abbildungen von Haarprodukten war des öfteren draußen geparkt, um Nachschub zu liefern, und die Farmerfrauen gingen oft in ihren Salon, weil es dort billiger war als der Salon in der Stadt.

"Ich war gerade beim Friseur, Lorraine," meinte Sofia.

"OK, wie du willst, Poppie. Mann, Tom sieht heute Abend aber wieder zum Anknabbern aus. Dein Mann ist ein hübscher Junge." Lorraine lallte und zwinkerte Sofia gleichzeitig zu. Die Anstrengung ließ sie fast umfallen. "Nich' schlechd, wie er die... die Sache handhabt. Guude Anschprache. Gar nicht so leicht das Ganse runderzuschpielen."

Sie kam aus dem Gleichgewicht. Der tiefe Ausschnitt ihres Leopardenfell-gemusterten Kleides verrutschte und eine blasse Brustwarze kam zum Vorschein. Lorraine richtete das Schulterband ihres Kleides, aber der Whisky-on-the-Rocks Kerl hatte das Missgeschick beobachtet und bog sich vor Lachen.

"Kümmer' dich um deinen eig'nen Kram, du Blödmann!" schnauzte sie ihn an und der Mann ging. Sein Hemd hatte einen großen Schweißfleck auf dem Rücken und er roch ungewaschen. Lorraine sah, daß Sofias Glas fast leer war. "Oh, du haschd ja nix mehr zum Trinken, Süße!" rief sie und winkte den Barmann zu sich heran. "Cotton! Das gleiche nochmal für meine Freundin hier."

"Ich bin Nelson, Madam."

"Ja, ja..."

Sofia lehnte winkend ab. "Ich glaube nicht, daß Tom die Sache 'runterspielt, Lorraine. Er versucht nur die Fakten offenzulegen – so gut es eben geht."

"Ja, ja... aber warum hatter denn nich' gesacht wie der Ranscher geschtorben iss. Kopfschuss... und das alles."

Sofia wich zurück. Woher wusste Lorraine von dem Kopfschuss, der Cornelius getötet hatte? Die grausigen Einzelheiten waren noch garnicht der Öffentlichkeit bekannt gegeben worden.

"Hat Barry dir das erzählt?" fragte sie.

"Ne, hab' noch garnet mit dem geschprochen," meinte die Frau des Tierarztes und schwankte ein wenig hin und her. "War in Renosdashpruit mit meiner Schweschta. Sie wird schwören, daß es Mona war, die's ihr gesagt hat."

Erbärmlich! Versuchte Lorraine sich ein Alibi zu verschaffen? Als ob sie was mit dem Verbrechen zu tun hätte. Sofia schob den Gedanken sofort wieder beiseite. Lorraine hatte einfach zu viele Martinis getrunken, das war alles. "Aha... und warum besäuft sich Barry heute so schlimm?"

Lorraine schnaubte verächtlich. Es war ein offenes Geheimnis, daß es mit ihrer Ehe nicht zum Besten stand. "Er iss so schwach, Sofia." Sie lehnte sich mit einer kumpelhaften Geste nach vorne. Sofia konnte die Alkoholfahne riechen, die ihr entgegenschlug und trat einen Schritt zurück.

"Wieso ist er denn schwach?" Wenn man sich Barry Pienaar vorstellte, war das beim besten Willen nicht zu verstehen.

"Sowas hält der nich' aus." Lorraine zuckte mit den

Achseln und schlürfte an ihrem nächsten Martini. Der Zahnstocher mit der Olive glitt über den Rand des Glases und sie verschüttete den Drink auf ihrem Kleid. Sie begann den Fleck mit einer Papierserviette zu bearbeiten und Nelson bot ihr eine frische Olive an.

"Was hält er nicht aus? Mord?"

"Ja natürlich, Mord," antwortete Lorraine ungeduldig und rieb den Stoff energisch mit der Serviette. "Barry sieht den gaaanzen Tag tote und verletschte Tiere, aber wenn's um Menschen geht – das kann er nich' verkrafden. Einfach zu schwach."

Sofia hatte die Nase voll von dieser sinnlosen Unterhaltung. Zum Teufel mit Lorraine und ihrer Trinkerei. Sie beobachtete lieber die Party. Tom war noch immer von einer Gruppe eifriger Touristinnen umgeben und ein Pärchen hatte zu tanzen begonnen. *Ich gebe auf*, dachte sie. *Ich bin sterbensmüde und irritiert und für sowas habe ich einfach keine Zeit.*

Ach, was soll's... Morgen würde sich Lorraine sowieso an nichts mehr erinnern können. Sie beschloss sich unauffällig von ihr zu entfernen, bevor sie noch mehr sagen konnte. Sie sah, daß Tom dabei war, sich einen Weg durch die Menge zu ihr hin zu bahnen. Er nahm Sofias Hand.

"Entschuldige uns bitte, Lorraine." Er führte sie auf die Tanzfläche. "Darf ich Sie um diesen Tanz bitten, gnädige Frau? Haluaisitko tanssia kanssani?" Das war einer der wenigen finnischen Sätze, an die er sich noch erinnern konnte.

"Aber ja doch, gnädiger Herr!" Sie lachten und Sofia vergaß Lorraine und ihr trunkenes Geschwafel. Tom zog sie zu sich hin, sodaß sie seine Wärme spüren und sein Aftershave riechen konnte. Sofia seufzte und schmiegte sich an seine Brust. "Du hast es sehr gut gemacht," flüsterte sie ihm ins Ohr. "Du weißt einfach, wie man Dinge mit Worten ausdrückt." Tom drehte sie im Tanz und zog sie dann wieder an sich.

"Ich hoffe, sie bleiben das ganze Wochenende hier," sagte Sofia und meinte die Touristen.

"Das werden sie schon. Wo sollen sie denn sonst hingehen?"

"Hmm, lass mal sehen. Nach Sinkhulu vielleicht oder zur Lungile Lodge. Die Konkurrenz schläft nicht," sagte sie.

"Darum kümmern wir uns, wenn es soweit ist. Morgen ist ein neuer Tag," raunte Tom.

"Ja, morgen ist ein neuer Tag." Sie konnte fühlen, wie seine Rückenmuskeln sich entspannten, als er sie an sich drückte. "Morgen ist Mondfinsternis," sagte Sofia zusammenhanglos.

"Ja, das stimmt, Liebes," sagte Tom und schloss die Augen.

Stunden später kündigte sich ein neuer Morgen mit einem flammenden Himmel an. Die Touristen blieben und die meisten Tagesbesucher strömten noch vor der Mittagszeit durch das Tor. Die Wilderer allein waren anscheinend nicht abschreckend genug, um sie fernzuhalten. Sie ließen sich auf dem Rasen unter den Bäumen nieder und begannen nach Picknickkörben zu fragen.

*

Sofia und Tom besprachen die Mahlzeiten mit Karen in einer extrem geschäftigen Küche. "... und Parfaits zum Nachtisch heute Abend?" fragte Tom. "Ich glaube, das ist bei der Hitze am besten."

"Ja, wir können sie etwa eine halbe Stunde vor dem Beginn der Mondfinsternis auftragen."

"Gut, die Zeitplanung ist das wichtigste," stimmte Sofia zu.

"Genau. Für die Tagesbesucher stehen Picknickkörbe in etwa 10 Minuten zum Kauf an der Rezeption bereit," sagte Karen. "Wir stellen die meisten in den Kühlschrank. Frisch gebackenes Brot, mit allen möglichen Füllungen je nach Wunsch, Hühnerschlegel, Früchte... zum gleichen Preis wie die Körbe, die wir an Weihnachten hatten."

Es würde auf dem Hügel einen Braai geben und die Grillplätze bei den Zelten wurden schon angefeuert. Aber wenn man so viele Gäste zu versorgen hatte, waren Picknickkörbe eine praktische Lösung.

"Haben wir noch genug Sekt?" wollte Sofia wissen.

"Sollten wir eigentlich und wir haben einfach keine Zeit mehr, welchen zu besorgen. Der Getränkemarkt ist am

Sonntagnachmittag sowieso geschlossen, aber Bier und Erfrischungsgetränke haben wir noch haufenweise," sagte Karen. "Beim Sprudelwasser bin ich mir nicht so sicher, aber der Supermarkt hat ja bis 2 Uhr geöffnet."

Die schwenkbare Küchentür öffnete sich und die Kellner brachten das erste Frühstücksgeschirr herein.

Vor allem die dänischen Touristen waren Frühaufsteher. Cotton trug seine Ranger- Uniform und gab den ersten und einzigen Safarikurs des Tages im kleinen Klassenraum neben der Rezeption. Sechs der Gäste hatte sich für die Safari um 7 Uhr eingetragen und heute würde es keine Safari-Fahrt am Nachmittag geben. Acht Gäste trudelten ein und erhielten eine kurze Lektion darüber, wie man sich im Umgang mit Wildtieren verhalten sollte: das offene Fahrzeug nicht verlassen, es sei denn, man wurde dazu an einer sicheren Stelle aufgefordert, immer die Ruhe bewahren und den Anweisungen des Safari-Führers Folge leisten.

"Bitte pflücken Sie keine Blumen oder Früchte und fassen Sie keine Tiere an. Keine..."

Cotton zeigte mit einem Bambusstock auf bunte Grafiken und liess dann einen zwei-Minuten-langen Film spielen. Nelson, der letzte Nacht an der Bar bedient hatte, würde als Safari-Führer Dienst haben.

"Telefon für Sie an der Rezeption, Baas Tom," sagte einer der Kellner.

An der Leitung war Witbooi. Der Wachtmeister der örtlichen Polizeistation informierte Tom, daß Cornelius von der Praxis des Dorfarztes zum Leichenbeschauer in die Stadt überführt werden sollte.

"Sorry, ich habe es gestern nicht mehr geschafft, deine Aussage aufzunehmen," meinte er. "Die Beamten der Spezialeinheit haben mich auf Trab gehalten, aber ich komme nach dem Mittagessen vorbei und werde wahrscheinlich einen von denen mitbringen. Das heißt, wenn die Herren überhaupt am Wochenende arbeiten."

Es gefiel ihm ganz und gar nicht, daß er mit den hohen Tieren aus der Großstadt zu tun hatte und sich nach deren Launen richten musste. Die Untersuchung der Wilderei auf der Lungile Farm hatte sich zu sehr in die Länge gezogen und, ob sich diesmal ein Erfolg einstellen würde, blieb abzuwarten.

Witbooi war ein Mensch der besonderen Art. Er wurde während der Apartheidszeit als dunkelhäutiger Sohn weißer Eltern geboren. Eine seltene genetische Anomalie, die damals ziemliches Aufsehen erregt hatte. Seine Eltern stammten aus wohlhabenden, bodenständigen Farmdynastien und irgendwie hatte sein Vater es geschafft, den kleinen, intelligenten Jungen als Weißen einstufen zu lassen.

Witbooi hatte die Schule in Rutgersdrift besucht und die Farmgemeinschaft zeigte dem ungewöhnlichen Kind gegenüber eine relativ hohe Akzeptanz.

Die zu erwartenden Gerüchte, was die eheliche Treue seiner Mutter anging und eine gewisse Drangsalierung, waren gar nicht so ohne gewesen, aber niemand hatte es gewagt, Witbooi seiner Hautfarbe wegen auszuschließen. Der Unterschied spielte sogar noch eine geringere Rolle, als der selbstbewusste und wohlgelittene Witbooi zur höchsten Polizeiautorität des Kreises aufstieg.

"OK Witbooi, sag' an der Rezeption Bescheid, wenn du hier bist," meinte Tom und widmete sich wieder den Reportern der drei Fernsehstationen, die mit ihrer sperrigen Ausrüstung ankamen. Shangari war schließlich eine bekannte Luxus-Lodge und für das Fernsehpublikum von Interesse.

"Nein, hier drüben dürfen Sie nicht filmen und Fragen stellen. Unsere Gäste haben ein Recht auf ihre Privatsphäre," warnte Tom Rutgers einen der Reporter. Kameraleute begannen in der Halle herumzulaufen und Aufnahmen von den übergroßen Vasen und den geschnitzten Pfeilern zu machen.

Cotton und Nelson waren mittlerweile mit den Touristen im Bushveld unterwegs und Tom führte die Reporter in das Klassenzimmer, wo das Interview vorbereitet wurde. Es verlief alles problemlos. Tom wischte sich die Stirn und ruhte sich danach mit einer kalten Wasserflasche aus. Eine Stunde später war das Interview im Kasten und die TV-Teams waren auf ihrem Weg zurück in die Stadt.

Gegen halb vier ließ die Hitze etwas nach. Das Mittagessen wurde aufgetragen und mehr Picknickkörbe an die Gäste verkauft. Viele verbrachten den Nachmittag am Swimmingpool und Sofia ging gemächlich zum Farmhaus hinüber, um sich im Privatpool abzukühlen.

Der Polizeikommissar kam mit einem der Kriminalbeamten in der Lodge an, gerade als Tom Rutgers sich auf dem oberen Laufgang mitten in einem langwierigen Gespräch mit Stan Makaroff befand.

Der wohlbekannte Magnat war ein stämmiger Mann. Seine Glatze schien poliert zu sein und seine dunklen Augen in dem etwas geschwollenen Gesicht schnellten mal hierhin, mal dorthin. Er trug legere Designerkleidung und das teure Leinenhemd war gerade so weit aufgeknöpft, daß seine Brusthaare zum Vorschein kamen. Tom versuchte nicht auf die kurzen Hosen zu sehen, die sein prominenter Gast heute trug. Stan Makaroff war bekannt für seinen ausgefallenen Geschmack, aber es sah ganz so aus, als hätte er versucht sie mit ein paar Schnitten kreativ zu verschönern.

Von den abgesäbelten Hosen einmal abgesehen, lenkte ihn die Tatsache, daß der Magnat sich ständig Perrier über den Kopf goss, wenn ihm nach einer Abkühlung zumute war, ein wenig ab. Das Leinenhemd sah entsprechend aus, aber das schien ihn kein bisschen zu stören.

"Sind Sie mit allem zufrieden, Mr. Makaroff?" fragte ihn Tom.

"Genau ins Schwarze getroffen, mein Guter. Die Safari war vom Besten. Wir haben sogar Löwen gesehen, oben in den Hügeln," grunzte Makaroff. "Habe es aber leider total verpasst, mit den Reportern ein Wörtchen zu wechseln." *Jede Chance wahrnehmen, um dich zu vermarkten, was?* Dachte Tom.

"Es freut mich zu hören, daß sie sich bei uns gut amüsieren, Sir. Die Presse war nur hier, um etwas über den Jagdfrevel gestern zu erfahren und all das. Haben sie irgendwelche bestimmten Pläne für heute? "

"Es ist so verdammt heiß. Die Sache mit dem Mond heute Abend hört sich vielversprechend an. Habe dieses Wochenende fast die 'Big Five' geschafft. Leoparden, Büffel,

Elefanten, Löwen... jetzt fehlt nur noch ein Nashorn. Vielleicht haben wir später noch Glück damit."

"Ja vielleicht." Tom runzelte die Stirn.

"Ich würde ja wirklich gern ein wenig jagen gehen, aber das ist hier ja wohl nicht erlaubt, oder?" fragte Makaroff in provozierendem Ton.

"Nein, wir sind nicht so eine Art von Wildpark. Und überhaupt bräuchten Sie dafür eine entsprechende Lizenz."

Tom versuchte sich nicht anmerken zu lassen, wie sehr ihn das Thema irritierte, aber Makaroff machte es anscheinend Spaß. "Ich weiß, ich weiß. Habe ja noch nicht mal ein Gewehr dabei, ha-ha. Sie schießen doch auch gerne, richtig... richtig?!" Er gluckste und zeigte auf den Kudukopf über der Rezeption.

"Ich sage ja nicht, daß wir gar nicht jagen gehen. Aber wir jagen nicht zum Spaß und den Kopf da gibt es schon länger als mich," sagte Tom.

"Einer dieser Tage, Rutgers... kaufe ich den gesamten Wildpark von Ihnen und dann wird hier eine Jagdparty nach der anderen veranstaltet. Nashörner zu züchten wäre auch keine schlechte Idee," Makaroff lachte schallend und ließ sich das teure Wasser den Hals hinablaufen.

"Wohl kaum," schüttelte Tom die Bemerkung lachend ab. "Wie Sie wissen, verkaufe ich nicht."

Ein vierschrötiger Bodyguard lehnte sich gegen das Holzgeländer und behielt die Halle im Auge. Er nahm Makaroff die leere Flasche aus der Hand. Aus reiner Gewohnheit wollte er seine Waffe betasten und erinnerte sich dann, daß diese im Wandsafe der Lodge weggeschlossen war. Die 'waffenfreie Zone' brachte ihn etwas aus dem Gleichgewicht, denn seine Waffe war so etwas wie ein Körperteil für ihn. Tom ließ einen flüchtigen Blick in die Richtung des Mannes schweifen.

"Wollen wir wetten, Rutgers? Einer dieser Tage mache ich Ihnen ein Angebot, das sie nicht ablehnen können. Ich bin immer für eine Herausforderung zu haben, wissen Sie..."

Da lag ein gefährlicher Unterton hinter dem, was er so

heiter sagte, aber Tom wusste, daß es Makaroff einfach gefiel, ihn zu provozieren. Er hatte zweifelsohne das Geld, die gesamte Gegend aufzukaufen, wenn ihm danach sein sollte, aber was den Kauf von Shangari anging, war es bisher nur beim Gerede geblieben. Und was Tom betraf, würde er nie eine Gelegenheit dazu bekommen.

"Ja, das ist mir wohl bekannt," antwortete Tom in gutmütigem Tonfall.

"Sehen Sie doch nicht so ernsthaft drein, Mann. Ich mach' doch nur Spaß." Makaroff klopfte Tom auf die Schulter und lachte. Der Bodyguard stimmte in das Gelächter mit ein. "Den Stress damit brauche ich nun wirklich nicht. Es gefällt mir wesentlich besser, mich hier als Gast verwöhnen zu lassen."

"Und sie sind bei uns in Shangari immer als Gast willkommen, Sir. Solange es Ihnen be uns gefällt, stehen wir Ihnen gern zu Diensten."

"Das Wasser in Shangari ist so weich," änderte Makaroff das Thema. "Sie sollten das Zeug in Flaschen abfüllen und für einen Haufen Zaster verkaufen."

"Wir befinden uns hier in einer sehr trockenen Gegend, Sir. Die Wüste und so weiter. Jeder Tropfen Wasser, den die Erde entbehren kann, zählt." Tom versuchte so höflich zu sein, wie es nur eben ging. Der kalkulierende Geschäftsmann in seinem nassen Hemd und den abgeschnittenen Hosen, salutierte scherzhaft, indem er seine Stirn mit drei Fingern berührte.

"Wie Sie wollen, Rutgers, aber denken Sie mal ernsthaft darüber nach."

"Das werde ich tun," log Tom Rutgers und lächelte.

Sofia kam die Stufen hinaufgelaufen. "Tom, Witbooi ist hier mit einem Beamten von der Sonderkommission. Sie warten unten an der Rezeption auf dich."

"Ah, wunderschöne Frau... Lois Lane, wenn ich mich nicht irre." Makaroffs Bemerkung hatte etwas anzügliches an sich, aber Sofia lächelte ihn nur an.

"Entschuldigen Sie bitte, Mr. Makaroff, aber ich muss mich um die Sache hier kümmern."

"Wir sehen uns noch, Rutgers. Es wäre doch eine

Schande…” er zeigte mit seinem Kinn auf die lebensgroße Bronze-Skulptur eines Nashorns in der Mitte der Halle, “… wenn das hier das einzige Nashorn in ihrem famosen Wildpark sein sollte.”

“Ja, das wäre mit Sicherheit eine Katastrophe. Ich wünsche Ihnen noch einen angenehmen Aufenthalt, Sir.” Tom ging hinter Sofia die Treppe hinunter.

Er sah, wie Makaroff sie von der Galerie aus beobachtete. Wer weiß, was in diesem blanken Kopf wohl vor sich geht, dachte Tom. Makaroff drehte sich um und sprach abrupt mit seinem Bodyguard. “Na gut, Bruno, lass uns für ein paar Cocktails an die Bar gehen.”

Der Bodyguard löste sich vom Pfeiler, an den er sich lehnte. “Cocktails für Sie und Coca-Cola für mich, Sir.”

“Wo zum Teufel sind denn alle abgeblieben? Lassen es sich wohl gutgehen.” Er meinte damit die Mitglieder seiner Entourage, die das Beste aus ihrem kostenlosen Luxus-Wochenende herausholten.

“Ja Sir, ich denke schon. Ich habe sie zuletzt am Pool gesehen.”

“Ausgezeichnet,” sagte Makaroff und beobachtete Tom und seine Besucher aus dem Augenwinkel. “Dann gehen wir doch da hin.”

Tom begrüßte Witbooi und den Kriminalbeamten an der Rezeption. Den beiden war es zu heiß geworden und sie hatten sich die Jacken ausgezogen. Der Kriminalbeamte betrachtete gerade bewundernd eine der übergroßen Vasen am Eingang und betastete die kühle, glatte Oberfläche.

“Da bist du ja, Witb…” Tom verkniff sich den Namen gerade noch rechtzeitig. “…Ich meine Polizeihauptmeister van Schalkwyk.” Er wollte Witbooi vor dem Detektiv aus der Stadt nicht mit zu viel Vertraulichkeit in Verlegenheit bringen. “Ich hoffe, Sie mussten nicht zu lange warten. Hatte mich um einen unserer Gäste zu kümmern.”

“Ich verlasse euch dann mal. Bis später, Tom,” sagte Sofia und ging in die Küche, um nach den den Picknickkörben zu sehen.

"Ach, wie wunderbar es sein muss, in dieser Lodge zu Gast zu sein," sinnierte der wichtige Beamte.

"Tom, das hier ist Captain Combrink von der Sonderkommission für Wildern in Johannesburg," Witbooi stellte den schwitzenden Mann förmlich vor. "Er ist der zuständige Kriminalbeamte und wird auch den Mord untersuchen."

"Ah ja. Guten Tag, Captain." Die beiden Männer gaben sich die Hand.

Makaroff ging an ihnen vorbei und sein Bodyguard folgte ihm dicht auf den Fersen. Draußen griff er sich eine neue Perrierflasche von der Poolbar und goss sich den Inhalt über den Kopf. Das kostspielige Wasser hinterließ noch mehr der unhübschen Flecken auf seinem Leinenhemd, doch keinem seiner Gäste, die unter ausladenden roten Sonnenschirmen faulenzten, schien dies aufzufallen.

"Was wollte er denn diesmal? Wieder die Farm kaufen?" fragte Witbooi.

"Ja, sowas ähnliches."

Captain Combrink hatte das ernsthafteste Pokergesicht, das Tom je gesehen hatte. Vielleicht hatte der Polizist aus der Stadt vergessen, wie man lächelte. Nicht sehr überraschend, wenn man bedachte, wie viele Straftaten er im Laufe seiner Karriere schon untersucht hatte.

"Können wir uns an einem ruhigeren Ort unterhalten, Mr. Rutgers?" fragte der Captain mit einem gestrengen Blick. Er dachte daran, wie seine Leute in dieser gottverdammten Hitze unter Bewachung im Bushveld unten am ausgetrockneten Flussbett arbeiten mussten.

"Lassen Sie uns zum Farmhaus gehen, dort haben wir mehr Ruhe." Tom Rutgers ging auf dem Fußweg voran, am Geparden-Gehege und am Gemüsegarten vorbei. Der drei-beinige Gepard schnurrte gütlich vor sich hin, aber der Beamte schenkte der Großkatze keine Beachtung. Sie gingen die Verandastufen hinauf und um die Korbstühle herum zu den Fenstertüren, die ins Wohnzimmer führten. Sofia nahm wieder eine wohlverdiente Pause im Swimming Pool im Schatten des Bougainvillea-Busches.

"Ich würde gern zuerst mit Ihrer - hmm - Freundin, Miss Helenius sprechen, wenn es Ihnen recht ist. Allein, wenn Sie nichts dagegen haben." Captain Combrinks dünne Lippen bewegten sich kaum, als er sprach, aber seine feuchte Stirn strafte das unterkühlte Gehabe Lügen.

"Natürlich," sagte Tom. "Wir haben nichts zu verbergen."

Sofia zog sich einen Bademantel über und die Vernehmung war im Nu vorbei. Als dann Tom mit der Befragung an der Reihe war, hatte sie sich schon wieder in die Lodge zurückbegeben, um den Verkauf der Picknickkörbe zu beaufsichtigen.

Es trafen immer noch Besucher ein, die die Mondfinsternis beobachten wollten und bald würden die Vorbereitungen auf dem flachen Hügel beginnen, wo vergangene Nacht die elegante Cocktailparty stattgefunden hatte. Heute Abend ging es allerdings zwangloser zu, in bequemer Kleidung, mit Decken und Campingstühlen.

Tom Rutgers setzte sich an den dunklen Esstisch zwischen die beiden Polizisten. Er beantwortete die Fragen so gut er es vermochte und wünschte sich gleichzeitig an einen anderen Ort. Frida hatte einen Krug mit Zitronenwasser auf die gestärkte Tischdecke gestellt und vier Gläser mit Untersetzern, bevor sie das Zimmer verließ. Ein Ventilator kreiste oben an der Decke und bewegte die heiße Luft, während Witbooi und Captain Combrink durstig das kühle Zitronenwasser schlürften.

"Also, der Ranger, von dem Sie sprachen..." Captain Combrink setzte sein Glas ab, schob seine Brille nach oben und las in seinen Notizen nach. "Mothusi... nicht wahr? Er hatte mit dem Verstorbenen... Cornelius Grootman... den Busch patrouilliert, war dann von der Szene verschwunden... und erst am Morgen nach dem Vorfall wieder aufgetaucht..." Er nahm seinen Kugelschreiber und drehte ihn zwischen den Fingern herum.

"Das ist richtig," bestätigte Tom. "Die Ranger in Shangari patrouillieren jede Nacht, genau wie die angrenzenden Farmen, vor allem seit auf der Lungile Farm ein Nashorn von

Wilderern getötet wurde. Sie teilen sich in kleine Gruppen auf und sind angehalten, sich untereinander und mit den Farmen per Funk in Verbindung zu setzen. Wildern ist nichts Neues hier, aber Großwild, wie unsere Nashörner, das wurde bisher immer in Ruhe gelassen. Einige der Ranger sind Khoi-San oder zum Teil Khoi-San. Der Klan lebt in einer Siedlung im Grenzgebiet nicht weit hinter Renosterspruit. Ich hatte den Tatort verlassen, bevor Mothusi befragt wurde. Das Nashornkalb konnte nicht auf ihn warten."

"Haben Sie eine Ahnung, wo dieser... Mothusi... sich bis zum nächsten Morgen aufgehalten haben könnte und warum man es ausgerechnet auf diese beiden Ranger abgesehen hatte?"

"Nein, das habe ich nicht. Außer, daß Mothusi nach dem Mord an Cornelius eben zur Siedlung seines Klans geflüchtet war – zumindest habe ich das gehört."

"Sie wissen doch bestimmt, daß wir vor einer Woche mehrere Ranger an der Grenze zu Mosambik festgenommen haben, die – wie wir vermuten – mit den Wilderern unter einer Decke stecken?"

"Davon habe ich gehört."

"Dieser... Mothusi... sagte, daß das Opfer... Cornelius Grootman...das Nashorn und ihr Kälbchen in der Nacht 'gerufen' habe. Nur um sicherzugehen, daß es ihnen auch gut geht." Seine Stimme nahm einen spöttischen Tonfall an. "Danach wollte er sie wieder 'fortschicken'... laut Mothusi. Es war aber schon zu spät und die Wilderer hatten das Muttertier und traurigerweise auch Mr. Grootman erschossen."

"Wenn er das so sagt."

Die Augenbrauen des Beamten schossen nach oben. "Entschuldigen Sie bitte, aber ein Nashorn 'rufen'?! Das ist doch eines der haarsträubendsten Lügenmärchen, die ich jemals gehört habe. Wilde Tiere rufen..."

"Warum denn nicht? Buschmänner leben doch, so gut es geht, im Einklang mit der Natur. Mir wurde gesagt, daß die Khoi-San mit Tieren kommunizieren können. Wenn Mothusi sagt, daß Cornelius das Nashorn 'gerufen' hat, dann wird das schon stimmen." Tom lehnte sich zurück und nahm einen

Schluck Zitronenwasser. Ruhig bleiben, ermahnte er sich, einfach nur ruhig bleiben.

"Aha." Der Detektiv ließ sich Toms Antwort durch den Kopf gehen. "Aha. Gibt es irgendeinen Grund, warum wir einen der anderen Farmarbeiter als Verdächtigen ansehen sollten?"

"Nicht, daß ich wüsste."

Lebo und die anderen Arbeiter wuren schon gestern vernommen. Er wusste nicht im Einzelnen, was gesagt worden war, aber Tom Rutgers hatte starke Zweifel daran, daß da etwas verdächtiges vor sich ging. Er konnte ihnen vollkommen vertrauen.

Captain Combrink zog wieder seine Augenbrauen hoch und blickte Tom direkt ins Gesicht. "Aha, und wieso nicht?"

"Sie sind alle miteinander verwandt."

Der Kriminalbeamte lehnte sich nach vorne. "Ich möchte Ihnen mal was sagen, Mr. Rutgers: Verwandt oder nicht – diese Familienbande haben ihre Grenzen. Jeder, der ins Schmuggelgeschäft mit Nashorn-Hörnern verwickelt ist, verdient ein kleines Vermögen daran. Ein einziges Horn ist mehr als 3 Millionen Rand wert und erzielt einen noch höheren Preis in China, Thailand und vor allem in Vietnam."

Er ließ den Kugelschreiber für eine peinliche Sekunde fallen und bückte sich, um ihn vom Fußboden aufzuheben. "Zurück zu den anderen Rangern," sagte Combrink und strich seinen Anzug glatt. "Vielleicht wurde das Opfer, Cornelius Grootman, aus Versehen erschossen während des Verbrechens... oder die anderen Wilderer wollten die Beute nicht mit ihm teilen."

"Was wollen Sie damit sagen? Man kann die Khoi-San nicht bestechen. Was sollen sie mit so viel Geld anfangen? Und für welche Gegenleistung denn? Diese Tiere töten, die einen wichtigen Teil ihrer Welt darstellen? Wenn Mothusi sagt, daß Wilderer ihnen aufgelauert haben, dann wird das auch so gewesen sein!"

Tom verlor allmählich die Geduld mit diesem City-Polizisten, und Witbooi beobachtete die beiden nur, ohne eine Wort zu sagen. Der Captain sah ihn nun unter dem Rand seiner Brille an.

"Macht das irgendeinen Sinn für Sie, Wachtmeister?"

"Naja, also Cornelius ist zum Teil ein Tswana und überwiegend Khoi-San," meinte Witbooi. "Eine alte Abstammungslinie. Ganz bekannt hier in der Gegend. Sie könnten genauso gut Mr. Rutgers hier verdächtigen oder unseren Tierarzt, Barry Pienaar. Ich könnte mich täuschen, aber wurden neulich nicht zwei Tierärzte an der mosambikanischen Grenze in Gewahrsam genommen?"

"Der Fall wird noch untersucht. Wollen Sie damit etwa sagen, daß dieser Tierarzt etwas mit der Wilderei zu tun hat?"

"Nein, natürlich nicht. Es war nur ein Beispiel, Sir," wiegelte Witbooi ab.

Tom hatte dem aalglatten Detektiv von der Anstecknadel erzählen wollen, die er am Tatort gefunden hatte, aber vielleicht sollte er sie ihm einfach nach der Vernehmung geben, damit er seine eigenen Schlüsse daraus ziehen konnte.

"Hmmm. Ich nehme an, das Nashorn war versichert."

"Also, einen Augenblick mal..." Toms Augen verengten sich und Captain Combrink machte einen Rückzieher.

"Nichts für ungut, Mr. Rutgers. Es ist doch mein Job solche Fragen zu stellen."

"Wir wissen ja alle, daß die meisten Wilderer einfach nur Häscher sind, die von internationalen, kriminellen Netzwerken angeheuert werden, um unser afrikanisches Wild zu töten. Damit diejenigen mit tiefen Taschen sich alles leisten können, was sie gerade wollen - oder etwa nicht?" knurrte Tom den Captain an.

"Es steht mir nicht frei, den Hintergrund unserer Fälle mit Ihnen zu besprechen, Sir."

"Gar nicht nötig, es ist allgemein bekannt, daß Ihre Jungs mit diesen sogenannten Untersuchungen im Dunkeln herumtappen." Tom nahm noch einen Schluck Zitronenwasser, um dem Polizisten nichts Schlimmeres an den Kopf zu werfen.

"Komm' schon, Tom," warf Witbooi besänftigend ein. "Reiß' dich zusammen."

Tom Rutgers war fast mit seiner Geduld am Ende. Er hatte seine liebe Mühe, nicht die Fassung zu verlieren und wollte sich eigentlich noch im Swimming Pool abkühlen, bevor der Betrieb gegen Abend hektisch wurde.

"Haben Sie noch Fragen, Captain Combrink?"

Der Polizeiwachtmeister räusperte sich und gab Tom einen flehenden Blick. Der verkniff sich die Worte, die ihm schon auf der Zungenspitze lagen. Der Detektiv grunzte und meinte: "Ach ja... eine Sache noch. Ich habe gesehen, daß Stanislav Makaroffs Name in ihrer Gästeliste auftaucht."

"Ja, er ist einer unserer Stammgäste. Er verbringt das Wochenende hier mit einigen seiner Angestellten, um heute Nacht die Mondfinsternis zu beobachten. Wieso ist das relevant?"

"Kein besonderer Grund. I denke, das war's dann für heute. Vielen Dank für Ihre Kooperation, Mr. Rutgers," sagte Captain Combrink und drückte auf den Knopf am oberen Ende seines silbernen Kugelschreibers. Klick klick klick.

Er stand auf und Witbooi tat es ihm nach. Sobald die beiden Polizisten gegangen waren, trank Tom noch ein Glas Zitronenwasser. Dann ging durch die Fenstertüren in den Garten hinaus und knöpfte sein Hemd auf. Etwas Schwimmen gehen würde ihm helfen sich abzukühlen. Vielleicht hätte er nicht so hitzköpfig reagieren sollen, aber bei der verdammten Hitze war das gar nicht so leicht.

*

"Wie ist es gelaufen?" Sofia stand hinter einer der langen Theken mitten im Chaos der betriebsamen Küche. Die Nachfrage nach fertig gepackten Picknickkörben war außerordentlich. Einige Touristen hatten schon an der Rezeption bezahlt und warteten in einer Schlange.

"Frag' lieber nicht... ich hätte dem blasierten Kerl am liebsten einen Kinnhaken verpasst. Er hat sich praktisch über die Buschmänner lustig gemacht. Man kann nur hoffen, daß die Polizei endlich ihren Job macht," grollte Tom.

"Hast du sie ihm gegeben?" Sie warf ihm einen bedeutungsamen Blick zu.

Tom sah sie verwirrt an. "Wem sollte ich was geben?"

"Die blaue Ansteckrudel, die Cornelius in seiner Hand gehalten hatte, natürlich - Witbooi..."

"Oh je!" Er schlug sich mit der flachen Hand gegen die Stirn. "Habe ich total vergessen. Ich wollte sie eigentlich dem Beamten geben. Ich glaube, ich habe sie in meine Tasche getan. Witbooi ist wahrscheinlich schon über alle Berge. Ich werde sie ihm morgen geben."

Tom half Sofia dabei, die Picknickkörbe in die Halle zu tragen. "Sie mal wer da ist..." sagte Sofia und zeigte mit ihrem Kinn auf die Bar beim Swimmingpool. Witbooi saß auf einem Barstuhl, über ein Glas Bier geneigt. "Mit etwas Glück wird der Detektiv von der Sonderkommission auch noch hier irgendwo sein..."

"Lass mich mit ihm sprechen," meinte Tom.

"Die darfst du hierlassen," lachte Sofia und sah auf die Picknickkörbe, die er immer noch in den Händen hielt. Tom Rutgers rollte mit den Augen und stellte die Körbe grinsend auf der Theke ab.

"Hey, Witbooi!" Er gab seinem Freund einen leichten Klaps auf die Schulter und der Hauptwachtmeister wäre fast vom Barstuhl gefallen.

"Gee Tom, du hast mir vielleicht einen Schrecken eingejagt!" brummte Witbooi. Er hielt seine Zunge im Zaum, weil sie in der Gesellschaft von Touristen waren.

"Sorry, alter Junge!" entschuldigte sich Tom. "Howzit? Lässt du dir einen Bierbauch wachsen?"

"Ja well, no fine. Bin ja schließlich nicht mehr im Dienst..."

"Ich bekomme dich kaum noch zu sehen diese Tage, was auf eine Art garnicht so übel ist," stellte Tom fest.

"Ja, vielleicht. Hatte viel zu tun in letzter Zeit. Die Trunkenheit am Steuer nimmt mal wieder zu. Drei Fälle hatten wir allein schon diesen Monat."

"Wie klappt es denn mit der Partnersuche?" fragte ihn Tom. "Het jy 'n roos al uit die dorings gekry?" Hast du schon eine Rose unter den Dornen gefunden?

"Hulle is maar skaars. Die gibt's leider nicht sehr oft. Hat ja nicht jeder so ein Glück wie du, Tom. Sofia ist ein richtiges Juwel. Ich werde wahrscheinlich nie jemanden wie sie zum Heiraten finden."

"Sag' doch sowas nicht, Broer. Ich bin ja auch noch nicht verheiratet."

"Und woran liegt das wohl? Du musst mal langsam die Kurve kriegen und sie fragen, Broer," schimpfte Witbooi.

"Ja well, das sollte ich vielleicht tun."

"Warte nicht zu lange," meinte Witbooi und nahm einen kräftigen Schluck aus der Bierflasche.

"Mir ist gerade etwas eingefallen..." Tom kratzte sich am Kopf. "Diese Teufelshitze macht es auch nicht gerade leicht. Ich habe gestern Morgen diese Anstecknadel gefunden ..."

Captain Combrink kam auf sie zu, aus der Richtung der Toiletten im Erdgeschoss.

"Ah, Captain Combrink. Gut, daß Sie noch da sind," sagte Tom.

"Ja, wo soll ich bei der Hitze auch hin?"

"Oh ich weiß nicht, vielleicht an den Tatort, an der Grenze nach den Wilderern suchen oder in Ihr Hotel nach Renosterspruit?"

"Well, ich werde mir etwas kaltes zu trinken gönnen, wenn Ihnen das Recht ist." Er bestellte eine Club-Soda – da er ja noch im Dienst war. "Was gibt's denn, Mr. Rutgers?"

In der verdrießlichen Frage schwang ein Unterton mit - so etwas wie 'Was wollen Sie denn noch? Ich dachte, wir wären fertig hier.' Der Lodge-Besitzer war so sehr darauf erpicht gewesen, das Farmhaus zu verlassen. Ob das ein Zeichen von Schuldgefühl war, würde der Kriminalbeamte später entscheiden.

"Ich hatte vorhin etwas vergessen," sagte Tom. "Es könnte sich um etwas Wichtiges handeln - oder vielleicht auch nicht."

Witbooi wollte von seinem Stuhl aufstehen, aber der Captain hielt ihn zurück. "Ich werde mich darum kümmern, Hauptmeister van Schalkwyk." Witbooi zuckte nur seine breiten Schultern und schenkte dem Glas mit kaltem Fassbier, das vor ihm stand, wieder seine ganze Aufmerksamkeit. *Verdammtes Stadtvolk*, dachte er.

Tom Rutgers und Captain Combrink fanden eine ruhige Ecke in der Halle, wo sie sich besser unterhalten konnten.

"Mir fiel ein, daß ich... gestern Morgen, als wir Cornelius in dem Gebüsch bei dem ausgetrockneten Flussbett fanden, sah, daß er etwas in seiner Faust hielt. Es war eine blaue Anstecknadel. Sie wissen schon, so eine, wie man sie bei einer Firmenveranstaltung bekommt. Vielleicht für lange Mitgliedschaft in einer Organisation... ich bin mir da nicht sicher," erklärte Tom.

"Ja und?"

"Well, ich habe sie noch in meiner Tasche. Hatte sie vollkommen vergessen. Soll ich sie holen?" Er wollte schon zum Farmhaus zurück sprinten, aber der Detektiv hielt ihn am Arm fest. "Lassen Sie das besser mich machen. Ich kümmere mich um die Sicherung der Beweismittel, Sir. Haben Sie die Nadel angefasst?"

"Ja, leider habe ich das. Sorry, da herrschte soviel Verwirrung," entschuldigte sich Tom Rutgers.

"Dann werden wir sie kaum auf Fingerabdrücken testen können." Der Beamte warf Tom einen vorwurfsvollen Blick zu.

"Es tut mir wirklich leid," wiederholte Tom. Dieser arrogante Detektiv war kurz davor ihn wieder auf die Palme zu bringen. Dachte er etwa, Tom hätte ihm das Beweismittel absichtlich nicht gegeben?

"Soviel Verwirrung, sagen Sie?" fragte Captain Combrink.

"Ja doch, alle waren deurmekaar. Wir hatten keine Ahnung, was wir tun sollten."

"Dann haben Sie dabei einfach vergessen, der Polizei die Anstecknadel zu geben?"

"Was wollen Sie damit sagen?" regte Tom sich auf, um sich gleich wieder dafür zu entschuldigen. "Sorry, das war alles ungeheuer stressig für mich. Ich gehe besser nachsehen, ob die Braaifeuer schon Fortschritte machen."

"Bitte erwähnen Sie die Anstecknadel, die Sie gefunden haben, bis auf weiteres gegenüber niemandem sonst, Mr. Rutgers," sagte der Beamte ungerührt, "... oder irgendeinen anderen Umstand im Zusammenhang mit dem Fall..."

"Es wissen nur der Polizeiwachtmeister und meine Freundin davon."

"Dann sollten wir es besser dabei belassen."

"Wie Sie wünschen."

"Gut, daß wir uns verstehen. Darf ich nun diese Anstecknadel an mich nehmen?"

"Aber natürlich, ich begleite Sie."

Tom Rutgers ging mit Captain Combrink zum Farmhaus zurück und lieferte ihn danach wieder in der Halle ab. Tom machte sich Sorgen. Nicht wegen der Aussage, die er gemacht hatte oder daß man ihn für einen der Verdächtigen halten könnte. Er machte sich Gedanken darüber, daß Mothusi der Sonderkommission für Wildern zu viel über die Fähigkeiten von Cornelius gesagt hatte, daß dieser wilde Tiere herbeirufen konnte.

Sollte die Information an die falsche Adresse gelangen, würden diejenigen, die hinter der Wilderei steckten, früher oder später aufkreuzen und die Shangari-Arbeiter in die Mangel nehmen. Das Wild herbeirufen zu können, war bestimmt für Wilderer interessant.

Cornelius war nicht der einzige, der dieses besondere Talent besaß, und wenn dies an die Öffentlichkeit geriet, könnte es zu Schwierigkeiten führen. Tom ging zum Gemüsegarten hinüber und suchte die saftig-grünen Reihen ab, wo Pflanzen unter dunklen Schattennetzen gedeihten. Der Gehilfe bewässerte gerade die andere Seite des Gartens und sie nickten sich zu. Dann entdeckte er Obakeng. Der würdevolle Gärtner stand vornübergebeugt zwischen den Salatköpfen und jätete Unkraut.

"Da bist du ja, Obakeng!"

Obakeng hob seinen grauen Kopf und seine Augen glänzten. "Ja, Mr. Rutgers?"

"Wir müssen reden," sagte Tom und der grauhaarige Mann nickte wissend.

*

Am Abend sah Sofia die Wiederholung des TV-Interviews, das Tom Rutgers heute Morgen gegeben hatte. Wichtige Nachrichten waren zuerst dran: Die südafrikanische Regierung hatte sich wieder einen haarsträubenden

Korruptionsskandal geleistet und irgendwo in Nordafrika war ein machthungriger Diktator in seinem Versteck aufgefunden und von der wütenden Menge angegriffen worden. Die hübsche Nachrichtensprecherin las wie gewohnt mit einem etwas unterkühlten Ausdruck vom Teleprompter ab, bis sie zum Shangari-Beitrag kam.

Wo steckt Tom bloß? Sofia sah sich stirnrunzelnd um. Sie hatten sich die Nachrichten gemeinsam anschauen wollen. Sie lehnte sich wieder in den Sessel zurück und sah, wie die kesse Nachrichtensprecherin mit Joanne Botha sprach.

Das war doch die Reporterin, die nach Shangari gekommen war, um Tom zu interviewen. Auf dem kleineren Bildschirm hinter der Nachrichtensprecherin war es noch früher Morgen und Joanne Botha war gerade mit ihrem Kameramann bei der Shangari Safari-Lodge angekommen.

"Vielen Dank, Lucinda."

Der kleinere Ausschnitt wurde größer und nahm jetzt den gesamten Bildschirm ein. Joanne Botha gab eine kurze Einführung auf der Treppe zum Lodge-Gebäude neben orange blühenden Cannas. Sie machte eine Handbewegung zum Gebäude hin, drehte sich um und sah Tom an.

"Mr. Rutgers, Sie sind der Eigentümer der Shangari Safari-Lodge, wo gestern ein Nashorn gewildert wurde und ein Ranger erschossen aufgefunden wurde. Können Sie uns etwas zu den Umständen dieses Vorfalls erzählen?" Die Reporterin hielt das Mikrofon nach oben und wartete auf seine Antwort.

"Wir sind fassungslos über das Geschehene. Ein von allen geliebtes Mitglied unserer Gemeinschaft wurde von uns gerissen, ein Ranger, der nur seine Arbeit tat. Uns war eine solch großangelegte Wilderei bislang erspart geblieben und dies wird hoffentlich ein isolierter Einzelfall bleiben. Nashörner sind unbezahlbare, uralte Tiere, die unseren Schutz dringend nötig haben."

"Unser tiefstes Beileid an die Familie des Rangers, der umgekommen ist. Laut unseren Informationen gab es vor ein paar Wochen einen anderen solchen Vorfall auf einer Wildfarm statt. Was hatte es damit auf sich?"

"Vielen Dank, Joanne, und ja, Ihre Informationen sind richtig. Das Ganze passierte auf einer Wildfarm, die sich mehr Richtung Kruger National Park befindet," antwortete Tom.

"Was wird getan, um die Schuldigen zur Rechenschaft zu ziehen?"

"Alles, was ich im Moment sagen kann ist, daß die Polizei ihr Bestes tut, um die Beweise zu sichern. Die Sonderkommission für Wildern wird sicher die Medien über neue Erkenntnisse auf dem Laufenden halten."

Die Reporterin setzte sich über seine Antwort hinweg. "Man spricht von einem seltenen Nashorn, das wegen seiner Hörner erschossen wurde."

"Das ist leider richtig. In unserem Fall ist es ein seltenes Spitzmaul-Nashorn. Wir hoffen sehr, daß die Verbrecher, die dafür verantwortlich sind, bald gefunden und verhaftet werden. Es werden viel zu viele Nashörner in Südafrika getötet."

"Ja, ein grausiges Verbrechen. Wir hoffen doch alle, daß die Sonderkommission für Wildern uns bald weitere Einzelheiten mitzuteilen," stimmte ihm Joanne Botha zu. "Stimmt es, daß sich zurzeit ein bekannter Geschäftsmann aus Johannesburg unter den Shangari-Gästen befindet?"

Sie hatte ihn mit der Frage überrumpelt, aber Tom wusste sie abzufangen. "Wir dürfen des öfteren prominente Gäste bei uns willkommen heißen. Es besteht jedoch keinen Zusammenhang zu dem Vorfall, über den wir hier sprechen. Vielen Dank, Joanne."

"Wir danken Ihnen für Ihre Zeit, Mr. Rutgers. Zurück zum Studio." Die Nachrichtensprecherin erschien wieder auf dem Bildschirm. "Und vielen Dank auch an Joanne Botha. Wir melden uns nach einer kurzen Pause mit den Börsennachrichten…" Das war's.

Der tragische Mord eines Menschen und eines seltenen Tieres wurde auf einen 2-minütigen Beitrag reduziert. Bald würde die Öffentlichkeit selbst diesen Beitrag vergessen haben und das Nashorn Wildern würde wieder einmal vom Publikumsradar verschwinden.

"Tja, ich denke das war vage genug," sagte Tom und legte

seine Hand auf Sofias Schulter. Er war stillschweigend hereingekommen und hatte noch die letzte Einstellung des Interviews gesehen.

"Wo warst du denn?" Sofia schaltete den Fernseher aus und drehte sich um.

"Musste mich dringend um etwas kümmern. Willst du noch mal vor dem Abendessen schwimmen gehen?"

"Klar. Mondfinsternis beginnt aller Voraussicht nach um 21.17 Uhr. Ich denke, es wird gegen 20.00 Uhr hektisch werden."

Um acht Uhr waren die Campingstühle auf dem Hügel schon alle belegt und die meisten Besucher setzten sich oben mit ihren Picknickkörben auf Decken. Man ließ sich das Essen schmecken und der Champagner floss. Schwache Boeremusik und Rauch von den vielen Braaifeuern unten stieg von den großen Zelten herauf.

Auch Barry Pienaar und seine Frau Lorraine waren von ihrer Farm herübergekommen, aber sie hielten sich heute nur an Cola und Fruchtsaft statt Hochprozentigem. Hoffentlich würde es keine Wiederholung der betrunkenen Szene vom Vortag geben.

Je mehr der Planet Erde sich zwischen Mond und Sonne schob, desto mehr schien die dunkle Scheibe vor dem Mond anzuwachsen. Der große helle Mond nahm zunächst eine orange Farbe an und wurde dann allmählich dunkelrot. Dann kam die Natur um sie herum zum Stillstand.

Die Vögel verstummten und sogar die zirpenden Zikaden schienen von dem Spektakel gefangen zu sein. Alle Geräusche legten sich ebenfalls und in der wachsenden Dunkelheit konnte man die Landschaft um den flachen Hügel kaum noch erkennen.

Alle starrten zu dem Mond oben am Himmel hinauf, der immer dunkler wurde, als sei er eine Offenbarung. Da war schlaftrunkenes Löwengebrüll und dann nur noch das Geräusch des unaufhörlichen Wildwassers in der Ferne. Sogar die Musik war verstummt. Es war nun vollkommen dunkel, von den unbeeindruckten Sternen im breiten Fluss der Milchstraße einmal abgesehen, und ein paar blinkenden

Satelliten, die über den Himmel zogen.

"Siehst du das Sternbild da oben? Es sieht aus, wie eine Garnrolle mit drei Sternen in der Mitte in einer Linie," fragte ein kräftiger Südafrikaner seine ziemlich dünne Frau im Flüsterton. In der völligen Stille hörte es sich aber schrecklich laut an.

"Da drüben, Greg?" Die Frau zeigte auf das sternenübersäte Firmament und nahm einen Schluck aus ihrem Champagnerglas.

"Ja, genau da. Das ist Orion, weißt du." Schon bevor die Mondfinsternis begonnen hatte, waren die Gäste mit ihrer Lebensgeschichte unterhalten worden und niemand sonst war zu Wort gekommen. Nun war sie endlich still und starrte zum klaren Nachthimmel hinauf.

"Und da drüben..."

"Ruhe, Mann..."

"... ist der Große Wagen." Der Südafrikaner schwieg.

Die Aussicht vom Hügel war unbezahlbar. Vor allem als die dunkelrote Scheibe ihre Farbe wieder von dunkelrot über dunkles Orange zu hellem Orange, ins Gelbe und schließlich ins Weiße wechselte. Der helle Mondschein leuchtete wieder am Himmel. Die Hügel und Bäume erschienen wieder in all ihrer silbernen Pracht, die Gebäude und Menschen kamen zum Vorschein, und die Vögel und Zikaden nahmen wieder ihr nächtliches Konzert auf.

Man klatschte, als sei die Mondfinsternis eine geplante Theatervorstellung gewesen und viele der Besucher gingen zu ihrer Unterkunft. Nur eine kleine Anzahl Gäste beobachtete den Himmel und die Umgebung weiter bis in die frühen Morgenstunden, als der blasse Mond hinter den Hügeln verschwand und ein grauer Streifen am Horizont erschien.

Die meisten Gäste waren schon in ihren Luxuszimmern und Zelthäusern schlafen gegangen, und nur die eingefleischten Naturliebhaber waren geblieben, entschlossen, jeden Moment des Spektakels auszukosten.

Sofia war in ihrem Campingstuhl eingeschlafen und ihr Kopf ruhte auf Toms Schulter. Einige Leute packten ihre Decken und Körbe und nahmen schlafende Kinder auf den Arm.

Die Stimmung war entspannt, als ein krachender Schuss von den beschaulichen Hügeln widerhallte. Ein paar Frauen schrien auf.

"Was zum Teufel!" Tom Rutgers sprang aus seinem Campingstuhl hoch und Sofias Kopf rollte von seiner Schulter herunter. Sie erwachte unsanft.

"Was ist...?" gähnte sie. "Was ist los?"

War der Schuss vom Fuße des Abhangs gekommen, von der Scheune gar? Eine Gruppe von Männern versammelte sich und hasteten den Hügel hinunter, angeführt von Tom und einem dänischen Touristen, der Torben hieß. Die anderen folgten hintendrein. So ein unerwarteter Nervenkitzel und sie befanden sich mittendrin!

"Bleib hier," rief Tom zu Sofia hinauf. "Still, Brutus!" Der Hund gehorchte sofort und setzte sich winselnd neben Sofias Stuhl. Es dauerte nicht lange, bis die Männer die Scheune erreicht hatten.

Jethro, der Gepard, fauchte und knurrte ganz aufgeregt und sprang in seinem Gehege herum. Tom ging zum Bakkie hinüber und nahm ein Gewehr aus der Kabine heraus. Es fiel ihm auf, daß das andere Gewehr fehlte. Er entsicherte die Waffe, dann sah er im schwachen Licht den leblosen Körper eines Mannes auf dem Kies vor dem Scheunentor liegen.

"Das kann nicht wahr sein..." murmelte er vor sich hin und sah, daß sich etwas beim Scheunentor bewegte. "Wer ist da?" rief er und sprang nach vorne, das Gewehr im Anschlag.

Die anderen Männer standen im Halbkreis um ihn herum und zwei von ihnen knieten bei dem Mann auf dem Boden. Brutus bellte und der Gepard fauchte aufgeregt in seinem Gehege.

"Moment mal, immer mit der Ruhe! Das bin ja nur ich." Tom erkannte die Stimme und das beunruhigende Glucksen sofort. "Seien Sie bitte vorsichtig mit dem Ding oder sie könnten mir damit die Lichter ausblasen!"

Stan Makaroff erschien vor dem Tor mit einer glühenden Zigarette in der rechten Hand. Er hielt mit einer fast spielerischen Geste seine Arme hoch und schwankte ein wenig, als ob er betrunken sei. Von seinem ständig anwesenden Bodyguard war keine Spur zu sehen.

Tom blieb die Spucke weg. "Was um Himmels willen...?"

"Das ist Stan Makaroff, Greg," flüsterte die bitte-iss-endlich-was Dünne mit rauer Stimme. "Du solltest ihm deine Visitenkarte geben. Vielleicht braucht er ja eine Versicherung."

"Shhhh, das ist weder der richtige Ort noch der Zeitpunkt," flüsterte ihr Mann zurück.

Stanislav Makaroff, der überhebliche, prominente Geschäftsmann, stand direkt vor ihnen. Er ließ den glühenden Zigarettenstummel achtlos fallen und rieb ihn mit der Ferse seines Designer-Turnschuhs in den Kies. Das letzte bisschen Rauch blies er aus dem Mundwinkel heraus. War da etwa ein Grinsen auf seinem Gesicht?

"Was machen Sie um diese Zeit in der Scheune?" wollte Tom wissen. Die anderen hielten den Atem an. Was würde jetzt wohl passieren?

"Sehen Sie das nicht?" antwortete ihm der Mann spöttisch und zeigte auf die Tabakkrümel neben seinem Fuß. "Ich wollte in Ruhe meine Zigarette rauchen gehen. Dann war da ein Schuss. Verdammt laut, möchte ich hinzufügen - und ich habe Schutz gesucht. Musste nicht mal darüber nachdenken." Auf den ersten Blick hörte sich das plausibel an.

"Haben Sie gesehen, was da passiert ist?" griff Tom nach.

"Nein, nicht wirklich... es war ziemlich dunkel."

"Wer ist denn der Mann hier?"

Sie hatten den verletzten Mann fast vergessen. Alle starrten auf die Gestalt am Boden.

"Das kann ich Ihnen nicht sagen. Können Sie jetzt vielleicht das Ding runternehmen?"

Tom sicherte die Waffe und warf sie Cotton zu, der sie mühelos auffing. Dann kniete er sich neben den bewusstlosen Mann. Jemand hatte ihn auf den Rücken gedreht und die ersten zögernden Sonnenstrahlen fielen ihm aufs Gesicht. Da war offensichtlich ein dunkler Fleck in seinem Haar. Tom starrte ihn bestürzt an.

Der Mann auf dem Boden war Barry Pienaar.

DRITTES KAPITEL

"Verdammt nochmal Barry, das hätte schieflaufen können! Was zum Teufel hast du dir dabei gedacht?" Tom Rutgers las seinem Freund zum hundertsten Mal die Leviten.

Es hatte sich herausgestellt, daß der dänische Tourist ein Arzt war. Er hatte Barry gerade nochmal untersucht, nachdem sie ihn vor einer Stunde ins Gästezimmer des Farmhauses getragen hatten. Jemand hatte ihm einen dumpfen Schlag auf den Kopf versetzt, aber zum Glück hatte dies nur eine Gehirnerschütterung zur Folge gehabt und der Blutverlust war minimal.

"Wie oft muss ich es denn noch sagen?" sagte Barry Pienaar trübsinnig und schloss seine Augen. Er lag mit einem Kopfverband an einen Stapel Kissen gelehnt. "Es tut mir leid."

Seine Frau Lorraine saß am Fuß des Bettes und flüsterte immer wieder "Domkop, domkop." vor sich hin mit einem verdrossenen Ausdruck. Domkop hieß Dummkopf auf Afrikaans.

"Tom, ich habe Geräusche in der Scheune gehört... und wollte nur nachsehen, wer da ist. Das hättest ja sogar du sein können. Es war zu dunkel, um irgendwas zu sehen, aber da war auf jeden Fall jemand in der Scheune. Ich habe gerufen... aber da war keine Antwort. Der Lichtschalter hat nicht funktioniert und deshalb bin ich zum Bakkie gegangen, um die Taschenlampe und das Gewehr zu holen." Er holte tief Luft. "Bevor ich wusste, wie mir geschieht, habe ich eine über die Rübe gekriegt und das hat mir dann wohl mein Licht ausgeblasen. Der Schuss muss in dem Moment losgegangen sein, denke ich. Tut mir leid, daß die blöde Kugel ein Loch ins Boot geschlagen hat. Vielen Dank übrigens, daß Sie meinen Kopf behandelt haben, Herr Kollege.”

Der dänische Arzt nickte. “Sie hatten Glück, Mr. Pienaar.”

“Ja, verdammtes Glück!” Tom regte sich immer noch auf. “Du hättest gleich zu mir kommen sollen und nicht auf eigene Faust in der Scheune nachsehen. Vor allem nach dem, was am Freitag passiert ist!”

“Ach komm‘ schon, ich kann doch auf mich selbst aufpassen. Da ist sowieso nur alter Kram in der Scheune. Nur’n paar Werkzeuge und die halbfertige Yacht, mit der du eines Tages in der Wüste Segeln gehen willst.” Er versuchte zu lachen, aber hielt sich den schmerzenden Kopf, als er begann wieder Sterne zu sehen. “Autsch, das tat weh!”

“Klar kannst du dich um dich selbst kümmern,” begann Lorraine wieder mit ihrer Tirade. “Deswegen liegst du hier mit einer dicken Beule am Kopf. Wenn du nicht so verdammt...”

“Er sollte sich jetzt etwas ausruhen,” unterbrach sie der Arzt.

“Na gut. Dann werden wir die Scheune mir Ihrer Zustimmung durchsuchen, Mr. Rutgers.” sagte Captain Combrink. Er war in seinem Hotelzimmer in Rutgersdrift im schönsten Schlummer gelegen, als Witbooi ihn anrief.

Der Polizeiwachtmeister sah erschöpft drein. Ein Mord, ein abgeschlachtetes Nashorn und ein Mordanschlag in zwei Tagen – das war einfach zu viel für ihn.

Strafzettel schreiben wegen einer Geschwindigkeitsüberschreitung, ab und zu ein Fall von häuslicher Gewalt oder ein Betrunkener, der seinen Rausch in der Zelle der Polizeistation ausschlief - daran war er eher gewöhnt. Die Stadtdetektive machten außerdem noch Sperenzchen.

Sie vertrauten niemandem, nicht mal ihm, dem Polizeiwachtmeister von Rutgersdrift! Witbooi nahm erneut ein Rennies aus der Tasche und steckte es sich in den Mund. Diese ganze Aufregung war Gift für sein Magengeschwür.

“Natürlich stimme ich dem zu,” sagte Tom. “Bitte seien Sie vorsichtig mit dem Boot. Der Lack ist noch nicht ganz trocken.” Das hörte sich so trivial an, wenn man bedachte, was die letzten paar Tage so vorgefallen war. Außerdem hatte

Barry ein ganz schön großes Loch ins Heck geschossen und das wollte auch erstmal repariert werden.

"Wir werden versuchen vorsichtig zu sein, Mr. Rutgers, darauf können Sie sich verlassen." Da war er wieder, dieser spöttische Ton. "Danke," sagte Tom und nahm an, daß das Boot dem Beamten vollkommen egal war. Einer der Detektive rief Captain Combrink ins Esszimmer.

"Entschuldigen Sie mich bitte," sagte er und verließ das Gästezimmer. Sie hörten gedämpfte Stimmen und paar Gesprächsfetzen aus dem Esszimmer. "Natürlich nicht... ich hatte Ihnen doch schon gesagt, wieso ich in der Scheune war. Ich habe es Ihnen genau erklärt... und nein, ich habe sonst niemanden dort gesehen. Es war einfach viel zu dunkel. Goldie...?"

"Sir..." antwortete Makaroffs getreuer Anwalt, Alwin Goldsmith. Sein Chef nannte ihn immer Goldie, auf eine halb herablassende und halb gütige Art. Er war dieses Wochenende Teil der Makaroff-Entourage gewesen und fühlte sich noch immer verlegen wegen Daisy de Bruin, einer Anwaltsgehilfin im Sandtonbüro, die unter seine Bettdecke gekrochen war, als Bruno der Bodyguard, ihn nach draußen rief.

Es war gegen die Geschäftsregeln, sich mit untergeordneten Angestellten einzulassen und zu allem Überfluss war der gute Rechtsanwalt auch noch verheiratet. Miss de Bruin hatte sich dann im Badezimmer versteckt und Alwin Goldsmith konnte nur hoffen, daß sie sich unbemerkt davongemacht hatte.

"Mr. Makaroffs Bodyguard war nicht bei ihm... weil er auf die Toilette musste," erklärte Goldie. "Sogar Bodyguards sind nur Menschen, wissen Sie, und Mr. Makaroff versucht wieklich kooperativ zu sein. Es ist eine durchaus glaubhafte Erklärung und Sie haben den Mann... Bruno... ja sogar selbst befragt."

Um diese Uhrzeit gab Alwin Goldsmith in seinen Schlafshorts und dem blauen T-Shirt keine sehr eindrucksvolle Figur ab. Die Goldrandbrille saß ganz schief auf seiner Nase und sein schütteres Haar war zerzaust. Eine andere Stimme murmelte etwas. Wahrscheinlich der Bodyguard.

"Da haben wir es. Kein Grund also, Mr. Makaroff... auf

Verdacht von was? Rauchen?" Der Anwalt versuchte seine Fassung wiederzuerlangen.

"Mr. Goldsmith – wir haben noch mehr Fragen. Wir müssen dann Mr. Makaroff bitten morgen früh auf der Polizeistation zu erscheinen... Ja natürlich... nein sicherlich nicht..." Der normalerweise so frostige Detektiv kam leicht ins Stottern.

"Wenn Sie nichts Weiteres für uns haben, werden Sie uns jetzt bitte entschuldigen," fügte Goldie wichtigtuerisch hinzu. "Der Hubschrauber wartet. Mr. Makaroff ist termingebunden und..."

Der Detektiv hatte keine andere Wahl als nachzugeben. Man konnte nicht einfach so einen Prominenten verhaften ohne handfeste Beweise zu haben. Vor allem nicht jemanden wie Makaroff, der viel Geld und Verbindungen besaß.

"Wenigstens sind keine Reporter hier," flüsterte Sofia Tom ins Ohr.

"Es würde mich nicht wundern, wenn sie Wind von der Sache bekämen und auf einmal alle zurückkehren."

"Makaroffs macht sich auf die Socken. Was sollen wir denn jetzt tun?"

"Da ist nichts, was wir tun können. Wir werden uns einfach wieder schlafen legen und abwarten bis sich der Staub gelegt hat. Der Herr Detektiv hier muss sich das überlegen, nicht wir."

Sie hörten ein weiteres gedämpftes Gespräch nebenan, dann etwas Scharren, als der Tycoon und seine Gruppe aus dem Farmhaus geführt wurden. Ein paar Minuten später startete der Makaroff-Hubschrauber mit viel Schwirren und Geratter, das kurz darauf verklang.

In der Zwischenzeit durchsuchten die Polizisten und Kriminalbeamte die Scheune und brauchten nicht lange, bis sie die Kugel fanden, die von Barry Pienaars Gewehr abgefeuert worden war. Sie war in das Boot eingeschlagen, vom Metallrahmen dahinter abgeprallt und war dann in der hölzernen Scheunenwand steckengeblieben. Die Patronenhülse lag auf dem Boden beim Scheunentor.

Das alleine besagte noch nicht viel: wer in der Scheune

gewesen war, ob es ein Täter war oder zwei und ein mögliches Motiv.

Das Objekt mit dem Dr. Pienaar angegriffen worden war, befand sich möglicherweise noch in der Scheune. Den Schlag hatte er auf die Seite des Kopfes erhalten, als er vor dem Boot stand und der Schuss losgegangen war. Also war der Weg, den das Geschoss genommen hatte, schwer nachzuvollziehen. Sicher war nur, daß es ein Motiv gegeben haben musste. Und es dauerte nicht lange, bis sie wussten, was es war.

In einem Werkzeugkasten, nicht weit vom Eingang entfernt, fanden die Polizisten einen recht schweren, unförmigen Gegenstand, der in ein schmutziges Tuch gewickelt war, unter einem Haufen verbogener Nägel. Bei näherer Betrachtung kamen sie zu dem Schluss, daß sich darin zwei dunkle Gegenstände befanden. Captain Combrink begutachtete die Gegenstände aus jedem Blickwinkel. Es gab keinen Zweifel daran: vor ihm lagen zwei dunkel-graue Rhinozeroshörner.

Blutige Fingerabdrücke befanden sich überall auf den Hörnern und grobe Markierungen, die von einer Säge verursacht worden waren. Das hieß, daß jemand die Beute der Wilderer in der Scheune versteckt hatte! Die Detektive der Sonderkommission waren verblüfft. Warum waren sie damit nicht über die Grenze geflüchtet?

Captain Combrink hätte gerne einen Täter verhaftet - wenigstens diesmal. Dann hätte er den Fall einer erfolgreichen Spurensicherung zuschreiben können. Und für Makaroff sah es nicht gut aus.

Das Problem war, daß sie seine Mitwirkung beweisen - und es dabei mit seinem schuftigen Anwalt aufnehmen mussten. Sie hatten immerhin Fingerabdrücke gefunden und die waren ein wichtiger Beweis. Dann war da noch die blaue Ansteacknadel, die in der Tasche von Tom Rutgers Shorts gewesen war. Die war schon auf dem Weg ins Labor nach Pretoria, doch Captain Combrink hatte da seine Zweifel, daß sie etwas Brauchbares finden würden.

Der Besitzer der Wildfarm hatte sie vom Tatort entfernt und das Beweisstück dadurch kontaminiert. Hatte er das absichtlich getan? Möglicherweise hatte er durch den Schock nicht klar denken können, aber war das eine wahrscheinliche Erklärung?

Captain Combrink machte eine Liste und schrieb Namen darauf, strich sie durch und machte Notizen dazu. Sie hatten Hinweise und sie hatten die Rhinozeroshörner. Er wusste, daß jemand in der Lodge mit den Wilderern unter einer Decke steckte. Nur wer war es? Ein paar Puzzleteilchen am richtigen Platz eingefügt, und er würde bald einen Verdächtigen verhaften können.

Der Detektiv war sich seiner Sache derart sicher, daß seine dünnen Lippen sich zu einem seltenen Lächeln formten. Diese verdammte Hitze aber auch! Er zog sein Jackett aus und hängte es sorgfältig über die Stuhllehne. Sein Aufenthalt in Shangari würde wohl bald vorüber sein und das waren ausgezeichnete Nachrichten.

Frida kam herein und Captain Combrink bat sie ihm ein Frühstück herzurichten. Bald, dachte er und konnte sich das Lächeln nicht verkneifen. Er hätte aufsehen sollen, als Frida das Geschirr auf den Tisch vor ihn hinstelle. Ihr Gesichtsausdruck sprach Bände.

*

Etwas südlich des Trans-Kalahari Parks, ließ ein Lastwagen aus dem Norden eine Gruppe Passagiere in einem staubigen Khoi-San Dörfchen aussteigen. Sie waren hinten auf der Ladefläche zwischen Säcken voller Bausand und Drahtrollen gereist; gemeinsam mit einer Handvoll Reisender, die ein paar Rand für die Mitfahrgelegenheit gezahlt hatten.

Francina und ihre Kinder hatten es nicht mehr weit bis zum Viehposten und ihrem Haus. Einer der Männer reichte ihr die Bündel mit Francinas wenigen Habseligkeiten und dann die kleineren Kinder herunter. Dann fuhr der Lastwagen wieder in einer Wolke wirbelnden Staubes davon.

Francina hatte beschlossen, das Geld, das Baas Tom ihr für den Bus gegeben hatte zu sparen. Sie hatte Glück gehabt und eine

Mitfahrgelegenheit auf einem der Regierungsfahrzeuge erwischt, die Baumaterial nach Pofadder brachten. Ihr Heimatdorf war so ganz anders als Shangari, wo sie mit ihrem Mann Cornelius Grootman viele Jahre gelebt hatte. Aber dies war ihr Zuhause.

Sie warteten eine Weile auf der staubigen Straße. Francina hatte einen kurzen Brief an ihren Bruder geschrieben, aber heutzutage, wo die Post so unzuverlässig war, wusste man nie, ob Briefe überhaupt ankamen. Als niemand erschien um sie zu begrüßen, hob sie das große Bündel vom Boden auf, platzierte es auf ihren Kopf und stapfte die Sandstraße hinauf zur Siedlung und ihrem Haus.

Es war Ende April und sobald die Sonne hinter dem Horizont verschwunden war, würden die Temperaturen sinken.

Ihr Sohn Frans nahm das andere schwerere Bündel und die jüngeren Kinder trugen Plastiktaschen. Einer von Francinas Cousins passte auf die Hütte der Familie auf, wenn sie in Shangari waren, aber sie konnte nicht sicher sein, daß er ihre Nachricht rechtzeitig erhalten hatte. Die Gegend war trostlos und es gab nicht viel Wasser, aber es war ihr Zuhause.

Sie erreichten den kleinen Spaza-Laden weiter die Straße hinauf und ein paar Khoi-San kamen ihnen entgegengelaufen. Sie waren alle Mitglieder ihres Klans, die die Kleinfamilie in der Heimat willkommen hießen. Zwei der Frauen kamen aus nahe gelegenen Hütten herbeigeeilt.

Obwohl Baas Tom ihr angeboten hatte, in Shangari wohnen zu bleiben, hatte Francina sich anders entschlossen. Es war im Moment einfach nicht sicher dort. Frans konnte nicht allein ohne sie im Dorf ihrer Vorfahren mit den jüngeren Kindern leben. Der Sangoma, Obakeng, hatte ihr zugestimmt und sie hatte auch mit Mothusi gesprochen.

Sie war untröstlich gewesen, über den Tod ihres Mannes, aber sie musste auch an die Lebenden denken. Vielleicht würde sie nach einiger Zeit, der Kinder wegen, zurückkehren und wieder für Baas Tom arbeiten. Die Schule in Renosterspruit war ganz gut und Baas Tom war ein großzügiger Mann. Er war immer gut zu ihnen gewesen.

Francina berührte den Beutel mit der Auszahlung, die sie

eine ganze Weile über die Runden bringen würde. Frans und sie konnten Gelegenheitsarbeiten verrichten und das würde zum Leben reichen.

Seit der Beerdigung hatte es viele Gerüchte gegeben, über die Wilderei und was man dagegen tun konnte. Leute wie Baas Tom hatten die Polizei, die Kommissionen und was nicht noch alles auf ihrer Seite. Das würde ihnen aber nicht viel nützen. Den Buschmännern, auf der anderen Seite, standen ihre eigenen Mittel zur Verfügung, um mit derartigen Dingen umzugehen und das Nötige herauszufinden.

Die Khoi-San waren von Natur aus nicht rachsüchtig. Ihnen wurde beigebracht alles, was auf sie zukam zu akzeptieren. Gutes wie Schlechtes.

Das waren nunmal die Sitten und Francinas Klan folgte noch den alten Sitten, obwohl die alten Zeiten der Jäger und Sammler nur noch in der Erinnerung ihrer Leute weiterlebten; in Geschichten und Gesängen. Die moderne Lebensart war zu harsch für ihre sensible Natur. Sie hatten ihre Rituale und verstanden es, sich mit der Natur zu verständigen. Und wenn sie etwas damit zu tun hatten, würde es Gerechtigkeit geben für Cornelius.

Die Erwachsenen unterhielten sich lebhaft in der alten Sprache der San mit ihren vielen Klicklauten und ausladenden Gesten. Sie stammte noch aus den glorreichen Zeiten, als die Khoi-San durch die Weite und Breite des Landes gezogen waren, wie die Gazellen, die sie jagten.

Heutzutage wurden sie von hohen Zäunen daran gehindert und der Klan zog nun nicht mehr so viel durch die Lande. Ab und zu besuchten sie Verwandte in Namibia und Botswana auf Eselskarren oder sie trampten auf Lastwagen dorthin. Alle sprachen Afrikaans, aber nur wenige konnten sich noch richtig in ihrer eigenen Sprache unterhalten.

Francina ging weiter, von ihren Verwandten begleitet, die beim Tragen der Bündel und Vorräte halfen. Die Kinder folgten ihnen still und traurig.

Sie erreichten das Gehöft, das ihr Cousin betreute, und sie setzten sich in die Hocke um das flackernde Feuer vor dem kleinen Haus herum.

Francina begrüßte liebevoll ihren Cousin. Es gab Potije-Kos, das in einem dreibeinigen Eisentopf vor sich hin schmorte und alle füllten ihre hungrigen Mägen. Einer der Männer begann zu singen und die anderen stimmten in den uralten Gesang mit ein. Es ging um tiefe Traurigkeit und wie das Leben trotzdem weitergehen musste. Francina war jetzt zuhause und die Welt fühlte sich nicht mehr ganz so einsam für sie an.

*

Eines kühlen Morgens am letzten Tag im Mai, fuhr Sofia gemächlich auf der Autobahn Richtung Süden nach Johannesburg. Sie hatte den Wagen durch das übliche Gewirr der Landstraßen gesteuert, war an einer informellen Siedlung vorbeigekommen und fuhr nun auf der breiten, fast leeren Autobahn gemächlich auf die Hauptstadt Pretoria zu.

Seit Februar war so einiges passiert.

Eine internationale Tourismusfirma hatte einen Vertrag mit Shangari unterschrieben und das brachte ihnen regen Tourismusverkehr ein. Es kamen sogar Rucksacktouristen, denen der Mangel an Luxus in den Zelthäusern gleichgültig war. Tom war nun mit der Einrichtung weiterer Waschräume, Duschen und Toiletten beschäftigt und baute mehr Picknicktische auf dem hinteren Teil des Grundstücks.

Viele der Touristen hatte Reisen nach Namibia und Botswana gebucht und machten ein paar Tage Zwischenstation auf dem Weg zum internationalen Flughafen in Johannesburg. Glücklicherweise hatte es in der Gegend keine weiteren Vorkommnisse mit Wilderern mehr gegeben, aber leider traf das nicht auf andere Wildparks zu, und seit einiger Zeit hatten sie nichts mehr von der Sondereinheit für Wilderei gehört.

Tom hatte schließlich aufgegeben, dort ständig anzurufen um herauszufinden, ob die Untersuchung irgendwelche Fortschritte zeigte. Gemessen an ihrer bisherigen Erfolgsbilanz und der hohen Anzahl von Fällen, war das wohl sowieso Zeitverschwendung gewesen. Anscheinend waren die Fingerabdrücke auf der Emaille-

Anstecknadel nicht sehr beweiskräftig gewesen. Die Rhinozeros-Hörner, die die Polizei in der Scheune gefunden hatte, waren ebenfalls getestet worden, aber die Ergebnisse waren unerklärlicherweise zusammen mit den Hörnern und dazugehörigen Unterlagen verschwunden, kurz nachdem sie zur Hauptstelle in Johannesburg überstellt worden waren.

Die bislang vielversprechendsten Beweisstücke ware einfach so verschwunden. Sie hatten natürlich noch andere Spuren gefunden und Schuhabdrücke, aber die Fußspuren hatten am Ufer des Wildwassers aufgehört und die Spürhunde konnten auf der anderen Seite des Flusses nichts finden.

Captain Combrink hatte dafür seinen Verdächtigen verhaftet.

Der arme Mothusi testete positiv auf Schmauchspuren und hatte zwei Furcht einflößende Wochen in einer Gefängniszelle in Pretoria verbracht. Tom hatte ihm einen guten Rechtsanwalt besorgt, dem es gelang den Richter davon zu überzeugen, die Anschuldingungen mangels an Beweisen fallen zu lassen. Natürlich hatte Mothusi während des Anschlags Schüsse abgefeuert!

Die Waffe, die die Polizei in dem Wäldchen gefunden hatte war seine Waffe gewesen. Er hatte sie fortgeworfen, als er zum Fluss geflüchtet war, um sein Leben zu retten. Die Wilderer hatten ihn bis zum Ufer verfolgt und dann wohl aus den Augen verloren. Er hatte beobachtet, wie drei der Männer das Boot über das nicht sehr tiefe Wasser auf die andere Seite zur Pienaar Farm geschoben hatten.

Als dann die Ergebnisse der Beschussversuche zurückkamen, war der Fall der Sonderkommission gegen Mothusi zusammengebrochen. Die Geschosse, die man im Nashorn und in Cornelius gefunden hatte, stammten nicht aus seinem Gewehr.

Seitdem war die Kommission wieder unverrichteter Dinge abgezogen. Nicht, daß Tom und Sofia einen durchschlagenden Erfolg erwartet hätten, aber jeder hatte sich mehr verhofft als dabei herausgekommen war. Keiner der Wilderer war erwischt worden und mittlerweile hatten internationale Schmugglerringe andauernden Terror auf anderen Farmen und in Naturparks verursacht.

Die Farmer der Gegend waren wütend geworden und verlangten, daß sich Interpol einschalten und die Armee zum Einsatz kommen sollte, um die wertvollen Tieren zu schützen.

Doch die Regierung hatte andere Prioritäten. Deshalb versuchten die Wildfarmer Hörner von lebenden Nashörnern unbrauchbar zu machen, mit Farbstoffen und sogar Gift. Einige sägten die Hörner ab, um ihre Tiere zu retten.

Dann wurden Gerüchte laut, daß Beamte bestochen wurden und sowieso keinen politischen Willen besaßen. Mehr als 106 Nashörner waren den Wilderern in Südafrika allein im neuen Jahr schon zum Opfer gefallen, und man tat immer noch so gut wie nichts dagegen.

Nach den schrecklichen Vorfällen im Februar, hatte Sofia eine Kampagne in den sozialen Medien gestartet, um die Aufmerksamkeit der Öffentlichkeit auf das Problem der Nashorn Wilderei zu lenken. Ihre Bemühungen wurden dadurch unterstützt, daß sie seit neuestem einen besseren Anschluss an das Internet hatten.

Als internationale Organisationen endlich begannen, sich für die Sache zu interessieren, konnte sich Sofia wieder mehr ihrer eigentlichen Arbeit widmen. Aber etwas musste geschehen. In Uganda wurden Elefanten zu tausenden abgeschlachtet und Löwen wurden zum Spaß gejagt, aber es gab fast keine Reaktion auf diese Abscheulichkeiten.

In Europa und Amerika schienen die Menschen keine Ahnung zu haben, was in Afrika passierte oder vielleicht interessierten sie sich auch nicht dafür. Sogar ihre Gäste aus Australien und Neuseeland wussten fast gar nichts über die Wilderei von Nashörnern. Und warum die Regierung sich nicht mehr darum kümmerte, konnte man nur vermuten.

Endlich hatte Sofia Zeit, ihre längst überfällige Fahrt nach Johannesburg planen, um dort Vorräte einzukaufen und ihre Cousine Astrid zu besuchen. Das war aber nicht der einzige Grund, warum sie sich auf die heutige Fahrt freute. Gestern hatte sie sich mit Tom gestritten, über etwas derart unwichtiges, daß sie sich nichtmal mehr an den Grund erinnern konnte. Sofia wollte lieber nicht darüber nachdenken. Es gab da anderes, worüber sie nachdenken musste.

Es war schon fast 10.00 Uhr. Sofia schaltete die Heizung aus und das Autoradio ein, um Nachrichten zu hören. Wenig überraschend gab es einen neuen politischen Skandal, in den der Präsident verwickelt war... und dann:

"... laut der Sonderkommission für Wildern wurde heute Morgen ein abgestürzter Hubschrauber im Grenzgebiet zu Botswana entdeckt..." Sie drehte die Lautstärke hoch. "... wo der Pilot sich befindet konnte noch nicht herausgefunden werden, oder ob er sich noch am Leben befindet. Eine Suchaktion wurde von der örtlichen Polizeibehörde in Angriff genommen. Es ist ebenfalls unklar, warum die Landekufen des Hubschraubers abgesägt wurden und warum sich im Inneren und außerhalb der Flugkabine Blut befindet und die Flugkabine selbst von Geschossen durchlöchert ist. Eine blutige Handsäge und ein Schalldämpfer lagen auf dem Boden neben dem Hubschrauber und die Fundstelle war oberflächlich mit Dornenzweigen bedeckt. Die polizeilichen Untersuchungen dauern an. In anderen Nachrichten..."

Na, das ist ja was! dachte Sofia bei sich.

Örtliche Polizeibehörden – daran war bestimmt auch Witbooi beteiligt zusammen mit der Polizei aus anderen Bezirken und den Rangern anliegender Wildfarmen, die sich im Busch gut auskannten.

Die Untersuchungen werden sicher nirgendwo hinführen, dachte Sofia voll Bitterkeit. Das ist ja geradezu eine Einladung an diese verdammten Kriminellen, wenn ihnen sowieso nichts passierte. Diese Geschichte mit dem Hubschrauber hörte sich so ganz nach einer Straftat von Schmugglern an.

Sofia wechselte den Radiosender und eine beruhigende Melodie erklang gerade, als ein teurer 4x4 seine Fernlichter aufdrehte und viel zu nahe auffuhr, nur um den Bakkie auf der falschen Seite zu überholen und in Schlangenlinien an ihr vorbeizuzoomen. Sofia schaffte es gerade noch in der letzten Minute auszuweichen.

"Verdammter Idiot! Aalio, Kusipää. Painu vittuun täältä!" Sofia fühlte sich immer besser, wenn sie auf Suomi fluchte. "Kannst du das glauben?! Dieser Kerl muss doch auf irgendwas high sein." Sie drosselte die Geschwindigkeit und schälte sich aus ihrer Weste. Puh, es wurde ihr warm, obwohl es weiter südlich eigentlich kühler wurde.

Eines ihrer Lieblingslieder 'Baker Street' begann im Radio zu spielen und Sofia sang die Worte bis zum Schluss lauthals mit. Sie wechselte den Sender wieder, als Zuhörer anriefen, um irgendein politisches Thema auf Afrikaans zu diskutieren.

Ihre Cousine, Astrid Rankin, lebte mit ihrem südafrikanischen Ehemann und ihren beiden Kindern, Charlie und Jessie, in einem hübschen Haus in Linden, und Sofia würde die Zeit bei ihnen verbringen.

Grant arbeite im Import-Export Geschäft und ging oft auf Geschäftsreisen. Er hatte ein gutes Einkommen und daher musste Astrid nicht arbeiten. Sie kümmerte sich um den Haushalt, die Kinder, die Hunde, übernahm gelegentlich Aufgaben an der Grundschule die Straße hinunter, und verbrachte ganze Nachmittage mit Ikebana und Yogaklassen.

Das Leben war für ihre Cousine nicht immer so unbeschwert gewesen. Die schöne, blonde Astrid hatte nämlich eine Vergangenheit. Sie war in einem Londoner Strip Club als exotische Tänzerin aufgetreten, um Geld für ihr Studium zu verdienen. Nichtmal Sofia hatte etwas davon gewusst.

Sofia war im Alter von 12 Jahren nach dem Unfall, bei dem ihre Mutter umgekommen war, nach Schweden gezogen. Sofias Vater kam über den Verlust nicht hinweg und konnte sich nicht länger um seine einzige Tochter kümmern. Tante Malin, die Schwester ihrer Mutter, war mit Onkel Sven, einem Schweden in Malmö verheiratet, und sie hatten Sofia aufgenommen. Es waren liebe Menschen und Tante Malin und Astrid hatten immer Suomi mit Sofia gesprochen.

Es gab im Ganzen vier Cousins: Astrid und ihre drei jüngeren Brüder. Die Mädchen hatten sich während dieser Zeit recht nahegestanden und sich ständig gegen die Jungs zusammengetan, wenn diese ihnen mal wieder auf die Nerven gingen. Astrid war sehr ehrgeizig und zog nach London, um dort ihr Vorstudium an einem weltbekannten Business College zu absolvieren. Sofia war gerade dabei, ihr Abitur zu machen und vermisste Astrid ganz fürchterlich. Astrid erzählte ihr später, daß sie zu stolz gewesen war, ihre Eltern um Geld zu bitten, als sie das erste Jahr nicht bestanden hatte.

Im Strip Club war ihr dann irgendwann Grant Rankin über den Weg gelaufen und sie war hingerissen gewesen von diesem Mann, der ihre Rechnung für das letzte Semester beglich und danach mit ihr Südafrika flog. Ein Jahr später waren sie schon verheiratet und hatten sich in Johannesburg niedergelassen. Sofia war nach Finnland zurückgekehrt, um dort zu studieren und die Cousinen hatten sich für eine Weile aus den Augen verloren.

Sofia konnte Grant nicht leiden. Er war ungehobelt, wenn er betrunken war und sie meinte, daß er ihre Cousine mit mehr Respekt behandeln sollte. Astrid zuliebe hielt sie sich mit der Kritik an ihm zurück, und er war sowieso nie sehr oft zuhause. Sie konnte nur hoffen, daß Grant die ganze Zeit abwesend sein würde, während sie zu Besuch war.

Tom wusste, daß Sofia manchmal Sehnsucht nach den Lichtern der Großstadt hatte und es machte ihm nichts aus, wenn sie ab und zu mal in die Stadt fuhr. In Johannesburg konnte sie ihrem Nachholbedarf mit Gugu und Astrid alle zwei bis drei Monate frönen und einkaufen, was sie so an speziellen Dingen in Shangari brauchten.

Der Verkehrsfluss kam abrupt zum Stillstand. Vor ihr lag eine Baustelle und lange Reihen orangefarbener Plastik-Kegel lenkten die Fahrzeuge zunächst nach links und dann zurück auf die rechte Seite Autobahn. Ein Bauarbeiter in einer leuchtend grünen Weste winkte mit einer roten Fahne, die er dann zwei Autos vor Sofias Bakkie anhob, um dem Gegenverkehr die Vorfahrt zu gewähren.

Sie wechselte erneut den Radiosender und drehte die Lautstärke auf. Rap war eigentlich nicht so ihre Sache. Klassische Musik vielleicht eher? Warum eigentlich nicht. Es war besser, als sich wieder irgendeine Diskussion um einen scheusslichen

Regierungsskandal anzuhören.

Vorgestern hatte Gugu ihr am Telefon erzählt, daß Goldie, Makaroffs Anwalt, in einem verschleierten Skandal von seinem Topposten heruntergestuft worden war. Ein junger, ehrgeiziger Mann mit ausgezeichneten Verbindungen hatte seinen Platz eingenommen und führte trotz seines Alters ein straffes Regiment. Manche nannten ihn gar skrupellos.

'Niemand kennt den genauen Grund dafür, aber Makaroff hat immer seine Gründe. Warum genau, weiß ich nicht, aber Goldie hat noch seinen Job. Er hatte wohl Geld unterschlagen oder sowas, dann...'

'Gugu, ich muss jetzt gehen...' unterbrach Sofia sie, '... es tut mir echt leid, aber ich muss noch die Eintragungen letzter Woche fertigmachen. Wir sehen uns dann in Joburg, OK?'

'OK, Sofia. Ich sollte sowieso nicht Autofahren und gleichzeitig am Handy sprechen. So, wir treffen uns dann, sobald du mir Bescheid gibst. Renk' das mit dem Jungen ein – du weißt schon, von wem die Rede ist - und vergiss nicht, mich anzurufen.'

'Mach' ich wohl. Fahr' vorsichtig!'

'Ja... tschüss dann.'

Sofia hatte eine E-Mail von ihrem - naja - Ex-Freund erhalten. Sein Name war Errol Botes. Der 'du weißt schon, von wem die Rede ist'. Er war eigentlich nie so richtig ihr Freund gewesen, außer... sie könnte sich heute noch treten dafür, daß sie sich nicht einfach von ihm ferngehalten hatte. Warum er ihr immer noch schrieb, konnte Sofia beim besten Willen nicht begreifen. Was zwischen ihnen einmal gewesen war, das war doch schon ewig Schnee von gestern.

Errol hatte einen Job bei einer angesagten Radiostation in Bloemfontein gefunden und das war ganz gut so. Bloemfontein war weit entfernt, im Free State. Solange sie ihn kannte, war er immer schon ein DJ gewesen, und je weiter weg er er lebte, desto besser. Sie hatte Errol schon recht lange nicht mehr gesehen.

Ein Foto von sich hatte er mal mitgeschickt. Lange Locken, ein schwarzes T-Shirt und schwarze Hosen, seinen Arm um zwei Fotomodelle bei irgendeiner schicken Party. Sie schüttelte sich, wenn sie nur an das Foto dachte. Die E-Mail hatte sie gelöscht.

Sie hatten sich auf einer Party in Kapstadt kennengelernt, zu der Gugu sie geschleppt hatte. Sofia konnte sich nicht mehr so genau daran erinnern, was sie damals an ihm gefunden hatte, konnte sich nicht mehr erinnern, was sie eigentlich empfunden hatte. Sie hätte die ganzen Cocktails ablehnen sollen, die er ihr ständig angeschleppt hatte.

Aber sie vermisste Tom und dann hatte sie ihr Herz einem kompletten Fremden ausgeschüttet! Einem Frauenhelden noch dazu. Unglaublich, daß sie sich einmal so nahe gestanden hatten... und... daß sie beide...

Da war er wieder - der STICH.

Ihr ganzes Wesen war von Tom durchzogen. Er roch so gut und sein Haar war so weich, da war sein Lächeln, und wie es sich anfühlte, wenn er sie in die Arme nahm. Bei all den Gefühlen blieb einfach kein Platz für Erinnerungen an Beziehungen, die früher mal gewesen waren. Es gab einfach keinen weiteren Platz in ihrem Herzen mehr und sie hasste es, wenn sie sich mit Tom stritt. Verdammt, sie musste dringend mit ihm ins Reine kommen, musste Tom die ganze Geschichte erzählen.

Der Mann mit der roten Fahne winkte wieder. Sofia ließ die Zündung an und fuhr langsam an einer Autokolonne auf der Gegenfahrbahn vorbei, die jetzt bei einer anderen roten Fahne anhielt. Dritter Gang, vierter, fünfter... der Verkehr Richtung Süden begann wieder zu fließen.

Errol war anscheinend zurzeit in Johannesburg bei einer Medienkonferenz. Sie hatte vergessen, worum es dabei ging und es war ihr auch so ziemlich egal. Sofia wollte Errol nicht wirklich wiedersehen und an ihre kurzlebige Affäre erinnert werden.

Eigentlich kannte sie weder etwas von ihm noch seiner Familie. Sie waren nie an diesem Punkt angelangt, wenn man seine Lieblingsfarbe mitteilte oder sein Lieblingsessen, die Musik, die man mochte oder eben von seiner Familie erzählte. Er wusste von ihr, daß sie einen festen Freund hatte. Das war's auch schon. Es war ihr unangenehm, daß er in Johannesburg soviel näher sein würde, aber wenn er sie unbedingt sehen wollte, würde sie nichts dagegen einzuwenden haben. Sie waren jetzt Freunde. Naja, was man so Freunde nennt.

Sie war jetzt kurz vor Pretoria und immer mehr Autos fädelten sich vor ihr in den Verkehr auf dem langen, grauen Band der Betonautobahn ein. Immer mehr Plakatwände sausten vorbei, schrien ihr ihre buntfarbigen Botschaften entgegen:

"Kauf mich... Trinke mich... Fahre mich... Sieh Mich An!"

Ein Werbejingle ertönte, dann kamen wieder die Nachrichten. Der Hubschrauber, den sie im Busch gefunden hatten, kam sogar noch vor dem neusten Skandal des Präsidenten zur Sprache. Man hatte noch nichts Neues über den mysteriösen Absturz herausgefunden, dann ließ sie etwas aufhorchen: '... zwei Firmen, die zur Makaroff-Unternehmensgruppe gehören, Staroff und BrightRental, wird eine Verletzung der Steuerbestimmungen nachgesagt...'

Das ist ja auch nichtgerade was Neues, dachte Sofia. Stan Makaroff war dafür bekannt, daß er Verbindungen auf höchster Ebene besaß und er würde sich da schon wieder herauswinden. Sie schaltete das Radio ab.

Das sind doch alles nur Dreckskerle! Sie hatte guten Grund, sich über Stan Makaroff aufzuregen. Sobald Barry Pienaar sich im März von seiner Kopfwunde erholt hatte, war seine Frau Lorraine auf und davongerannt. Der ganze Bezirk hatte sich in einem Schockzustand befunden und man fand viel Anlass für Gerede.

Es ging das Gerücht um, daß Lorraine in Johannesburg für das Makaroff-Unternehmen als weiß-Gott-was arbeitete und sich für sonst was hielt. Nicht mal ihre Schwester Charmaine wusste, ob sie sich scheiden lassen wollte oder nicht. Um ehrlich zu sein, war ihre Ehe am Ende alles andere als stabil gewesen... aber so etwas! Und man gab an dem allen Makaroff die Schuld!

Es war zu erwarten gewesen, daß Barry Pienaar vom Handeln seiner Frau arg betroffen war. Er begann sich wieder öfter zu betrinken, vermisste sie und vermisste sogar ihre streitsüchtige Art.

Ein neuer Tierarzt, frisch von der Uni in Pretoria, den er als Assistenten angestellt hatte, verrichtete den Großteil der tierärztlichen Aufgaben und Barry hielt sich öfter in Shangari auf, als es ihr lieb war. Er wollte ständig Tom sehen und die beiden redeten und tranken oft bis spät in die Nacht hinein.

Ach ja, deswegen hatte sie sich mit Tom gestritten! Sie hatte ihre Meinung dazu kundgegeben und Tom hatte seinen alten Freund verteidigt. Sie hätte es besser wissen sollen...

Das Cottage, in dem Lorraine immer die Haare der ländlichen Damengesellschaft frisiert und deren Nägel manikürt hatte, wurde nun der Tierklinik als zusätzliches Gebäude einverleibt. Tom baute um, und Barry baute um... da gab es eine Menge zu besprechen.

Sofia war letzte Woche nach Rutgersdrift gefahren, um die Rooibos Gesichtscreme zu besorgen, die Astrid sich immer wünschte. Lorraines Schwester stand bei den Postfächern - und hatte sie schon erspäht.

'Ach, Sofia,' hatte sie im rollenden Akzent ihrer Afrikaans-Muttersprache gesagt. 'Das ist schon eine schlimme Sache mit dem Nashorn Wildern, nicht wahr?' Charmaine sah Lorraine sehr ähnlich, etwas jünger vielleicht und etwas weniger geschminkt.

'Ja, ja. Ganz schlimm,' hatte Sofia geantwortet und sich den besten Fluchtweg ausgemalt, um sich vor der lästigen Plauderei zu retten.

'Und dann noch diese Sache mit Lorraine. Ich weiß wirklich nicht, was sie sich dabei denkt! Einfach so fortzulaufen. Barry ist total unten. Hast du ihn in letzter Zeit gesehen?' Charmaine fischte nach Neuigkeiten, aber Sofia ließ sich nicht hineinziehen.

'Ach... nein, eigentlich nicht.'

'Da drüben ist Hanli! Huhu... komm' doch mal her,' Charmaine winkte einer gedrungenen Frau von Anfang Vierzig zu. Hanli war die ansässige Klatschtante.

Das wurde ja immer besser!

'Ich habe gerade zu Sofia hier gesagt, wie schrecklich die Sache mit Lorraine ist. Einfach so mir nicht dir nichts in die

Stadt zu ziehen!'

'Ja, ich weiß! Wo sollen wir jetzt zum Friseur hingehen? Die Mädchen im Haarsalon in der Stadt schneiden meine Haare immer so kurz und letztes Mal hat Jacoba die Farbe nicht richtig hingekriegt,' hatte Hanli sich beschwert. 'Ich habe gehört, daß Andrea Erasmus sich überlegt, einen Salon auf ihrer Farm aufzumachen.'

'Ich würde ihr meine Haare nicht anvertrauen, wenn sie mich dafür bezahlt.' Die beiden Frauen hatten gelacht und auf Afrikaans gewechselt. 'Jerre, hou jou oë op die horison, jy weet nooit wat wag om die draai.' Alles, was Sofia verstand war, daß man seine Augen auf den Horizont richten sollte. Sie hatte sich höflich entschuldigt, um dem Getratsche zu entkommen und sie hatten sie gnädig ziehen lassen.

Sofia hatte absolut keine Lust gehabt, sich sämtliche fragwürdigen Einzelheiten der ländlichen Gesellschaft anzuhören.

Sie erreichte Midrand und schon rückte der vornehme Vorort von Sandton näher. Aus irgendeinem Grunde wurde der Verkehr wieder langsamer. Die Autobahn war ziemlich voll, dabei war es noch nicht mal mehr der morgendliche Berufsverkehr. Aber das Wochenende begann immer recht früh am Freitagnachmittag.

Sofia sah in den Rückspiegel und beobachtete, wie ein nagelneuer BMW versuchte abzubremsen und dann hin- und herschlitterte. Und das direkt hinter ihr. Sie konnte schon fast den Aufprall spüren, aber der Fahrer des grünen BMWs brachte sein Fahrzeug gerade noch rechtzeitig unter Kontrolle. Sie hatte wochenlang im Busch gelebt und die Umstellung auf das schnellere Tempo der Stadt fiel ihr schwer. Überschreitungen der Geschwindigkeit gehörten leider mit dazu.

Sofia nahm die Abfahrt in Glenhove. Astrid wohnte in Linden, einem ruhigen, grünen Stadtteil im Norden Johannesburgs, wo es kaum Verbrechen gab, aber eine andere Sache in der Stadt waren die ganzen Bettler an jeder Kreuzung und aufdringliche Händler, die Zeitungen verkauften,

Kleiderbügel und abgepackte Müllsäcke.

Sie hatte einmal gesehen, wie ein Inder Frauen mit Babys abgeladen hatte und wie sie ihre Stellungen an der großen Kreuzung des William Nicol Drive und der Main Road eingenommen hatten. Sie stritten sich mit einem anderen Bettler um ihren angestammten Platz, während sie den Autofahrern ein strahlendes Lächeln schenkten.

Der Anblick der atemberaubenden Schönheit um sich herum ließ Sofia tief Einatmen. Der Stadtteil strahlte eine so friedliche Ruhe aus und wenn die Jacarandabäume im Oktober üppig blühten, waren die Straßen von einem blauen Blütenteppich übersät. Sie bog in eine Seitenstraße ein und war nun fast da.

Jetzt im Winter war die Luft trocken und spröde und die meisten Bäume hatten schon ihre Blätter verloren. Jemand hatte den Jacarandas in Astrids Straße waren rosarote Stoffschärpen um die Stämme gebunden und sie wusste, daß dies dazu diente, diesen Monat auf eine Brustkrebsinitiative aufmerksam zu machen.

Entlang der Gartenmauer rechts des Tores bewachten wie Lollipops geschnittene Bäumchen das Nachbarsgrundstück. Ein Gärtner war dabei, die Blätter zu beschneiden und winkte Sofia zu, als sie vor dem Tor zum Stehen kam. Der kommt bestimmt nicht aus der Stadt, dachte sie und winkte zurück. Auf der linken Seite breiteten Bougainvillea Zweige ihre Massen an roten Blüten über einem grünen Palisadenzaun aus.

Astrids Garten sah sogar zu dieser Zeit wunderhübsch aus: weiße Rosen säumten die Auffahrt bis zum Haus mit den Cape-Dutch Giebeln hinauf. Alle Gärten hier waren wunderhübsch.

Es war schon fast Mittagszeit, als Sofia draußen an Astrids Tor auf die Klingel drückte, die Metallplatte berührte und von einem elektrischen Funken getroffen wurde.

"Autsch, verdammt!" Sie hatte ganz vergessen, welche Auswirkung die trockene Winterluft in Johannesburg haben konnte!

"Oh hi, Sofia, da bist du ja!" sagte Astrid über die

Gegensprechanlage. Sie sprach mit einem deutlicheren Akzent als Sofia.

"Lässt du mich rein oder was?" Sofia rieb ihre schmerzende Hand.

"Oh ja, natürlich..."

"Lass mich das machen, Mom." Kichern. "Hi, Tante Sofie!"

"Hi, Jessica! Wo ist denn Charlie?" Mehr Gekicher.

Eine noch jüngere Stimme meldete sich zu Wort. "Hast du mir eine Giraffe mitgebracht?" Das schwere Eisentor öffnete sich gemächlich mit einem summenden Ton.

"Eine Giraffe?"

"Hört mal, ihr könnt euch im Haus weiter unterhalten. Jessie, hast du die Hunde hinten in den Garten gesperrt?" Astrid schaltete die Sprechanlage mit einem lauten Knacken aus. Die beiden lebhaften Labradorhunde durften im Haus nur in die Küche und mussten in den hinteren Garten, sobald Besucher kamen. Als Sofia die Auffahrt hinauffuhr, flog die Haustür auf und zwei weißblonde Kinder kamen herausgestürmt. Der sechsjährige Charlie war als erster beim Bakkie und versuchte die Fahrertür zu öffnen.

"Hey, junger Mann, immer mit der Ruhe. Lass mich erstmal aussteigen," lachte Sofia. Dann holte ihn Charlies elfjährige Schwester Jessica ein.

"Lass mich das machen, Charlie!" sagte sie ganz erwachsen und machte die Autotür auf.

"Hey, kommt her und umarmt eure alte Tante mal ordentlich!" lachte Sofia.

"Du bist doch gar nicht alt!"

"Oh OK, wenn du meinst."

Sofia liebte ihre Besuche bei Astrid, und anscheinend war Grant gerade auf einer Geschäftsreise. Sie begrüßten sich auf Suomi. "Terve, Sofia! Pitkästä aikaa," sagte Astrid und umarmte ihre Cousine. Hallo, lange nicht mehr gesehen.

"Kuinka voit?" Wie geht's dir? Fragte Sofia und wurde sofort von den beiden ausgelassenen Kindern unterbrochen.

"Hast du mir was mitgebracht? Was hast du mir mitgebracht?" rief Charlie und fummelte an der großen

Stricktasche herum, die Sofia aus dem Auto holte.

"Hey, hör' auf damit, du Blag!" Jessica löste Charlies Finger von der Tasche.

"Hey ihr Beiden, benehmt euch gefälligst! Oder wollt ihr, daß Tante Sofie gleich wieder umkehrt und nach Hause fährt?" Die Kinder beruhigten sich ein wenig. Ihre Mutter scherzte selten mit solchen Sachen.

"Nein," flüsterte Charlie betreten.

"Ich habe jedem von euch was mitgebracht," sagte Sofia und stellte ihre Taschen ab. Die Gesichter leuchteten wieder auf.

"Mitä uutta? Was gibt's neues?" wollte Astrid wissen.

"Ei mitään oikastaan. Nicht viel." Außer, daß sich einiges bei der Lodge änderte dann war da ihr Streit mit Tom. Aber das wusste Astrid ja schon. Die Cousinen fingen aus Gewohnheit immer an, auf Suomi zu sprechen, um dann wegen der Kinder auf Englisch umzustellen. Es konnte sie ja sonst keiner verstehen.

Die beiden Frauen sahen sich kein bisschen ähnlich. Astrid hatte glatte, hellblonde Haare und braune Augen mit kleinen grünen Lichtern. Sofias Haare waren dunkelbraun und ihre Augen blau. Ein ziemlicher Gegensatz, aber beide waren schlank, hatten fast durchscheinende, klare Haut und die gleiche Gesichtsform.

Deshalb dachten die Leute oft, sie seien Schwestern. Sie trugen das Gepäck in die Eingangshalle mit dem hellen skandinavischen Dekor und trotz Jessies missbilligender Kommentare, war Charlie schon mit dem Auspacken der bunten Stricktasche beschäftigt, die mit Geschenken prall gefüllt war.

"Tante Sofie, hast du mir eine Schlange mitgebracht? Eine richtige?" Charlie hörte sich enttäuscht an und grub mit seinen Händen tiefer in die Tasche hinein.

"Charlie, das war doch nur ein Scherz gewesen. Ich kann doch keine Schlange auf der Farm fangen und sie mit nach Joburg bringen. Oder Giraffen. Das solltest du doch schon wissen," lachte Sofia.

"OK... aber Kevin hat eine. Sie wohnt in einem Glaskasten."

"In diesem Haus werden keine Schlangen wohnen, wenn ich was damit zu tun habe," sagte Astrid und Charlie zog eine Schnute. Astrid trug ihr Haar noch immer in einem geflochtenen Zopf über der Schulter, wie sie es schon als Teenager getan hatte.

Charlie holte zwei Straußeneier für Astrid heraus, die kleine Holzfigur eines Springbocks für Charlie und eine geschnitzte, runde Schachtel mit einem Deckel für Jessicas Krimskrams. Sofia hatte die Mitbringsel direkt von den Khoi-San in Shangari gekauft. Sie hatte sogar einen Brieföffner für Grant mitgebracht, den sie im Andenkenladen erstanden hatte und überreichte ihn Astrid.

"Warte, ich hätte beinahe die Gesichtscreme vergessen, die du haben wolltest," meinte Sofia und kramte in ihrer Handtasche herum. "Und eine Rooibos-Seife noch dazu."

"Ach danke dir, liebe Cousine. Ich liebe Rooibos." Astrid gab Sofia noch eine Umarmung und sie trugen das Gepäck ins Gästezimmer hinauf. "Komm', lass uns Kaffee trinken. Du kannst das alles später auspacken."

Von den großen Fenstern im Wohnzimmer aus, konnte man den vorderen Rasen überblicken, die weißen Rosen und die Blumenbeete, die entlang des Zaunes angelegt waren. Und wenn man über den Zaun sah, hatte man einen spektakulären Blick auf die Dächern und Bäume der Hänge Emmarentias. Ein genauso schöner Stadtteil wie Linden.

Nach dem ersten Überschwang waren die Kinder ins Fernsehzimmer verschwunden, um sich einen Film anzusehen. Sofia wusste, daß Astrid sich eine Schule in der Nachbarschaft ausgesucht hatte und die Kinder nicht in eine der schicken Privatschulen schickte, die unter ihren Freundinnen so beliebt waren. Astrid hatte diese Entscheidung nie bereut und die Schule war so nahe, daß sie hinlaufen konnten. Das war eines der ganz wenigen Dinge, wo Sofia mit Grant Rankin übereinstimmte: daß er seiner Frau wichtige Entscheidungen am besten überließ.

Sie schwatzten und tranken Kaffee in dem Wohnzimmer mit den dicken Perserteppichen und den soliden Birkenholz-

Möbeln. Sofia blättere durch einen Stoß Briefe, die Astrid für sie auf den Couchtisch gelegt hatte.

Gewöhnlich gab sie Astrids Adresse in Linden nur auf Formularen des Finanzamtes, bei der Bank und so weiter an. Der Postdienst in Rutgersdrift war bestenfalls unzuverlässig und sogar in Johannesburg konnten Briefe eine Woche oder länger unterwegs sein, bis sie ankamen.

Da war ein Brief mit einer handgeschriebenen Anschrift auf einem hellblauen Umschlag zwischen der normalen Post. Sofia öffnete ihn und wurde blass.

"Und – was will er diesmal von dir?" fragte Astrid.

Sie meinte natürlich Errol, Sofias ehemaligen Liebhaber. Er hatte ihr in letzter Zeit ein paar Briefe geschrieben und Astrid nahm an, daß dieser Brief auch von ihm stammte.

"Er ist von Damians... Eltern." Sofia zögerte bei dem Wort Eltern. Damians Mutter, Suzanne Daniels, hatte zum ersten Mal direkt an sie geschrieben. Sie war Damians andere Mutter.

Die offene Adoption war eine vernünftige Entscheidung gewesen, aber trotzdem fühle sich Sofia nach all den Jahren immer noch als Damians Mutter. Es waren... warte mal... fast vier Jahre her, im August. Ja, der elfte August - sie würde diesen Tag voller Aufregung und Angst und Schmerzen niemals vergessen. Dann war da der innere Schmerz, daß sie ihren Sohn nicht sehen oder in den Armen halten durfte.

Sie lebten in Kapstadt, die Daniels. Sofia trug noch immer das Bild des lachenden kleinen Jungen mit der zarten Milchkaffee-Haut und den dunklen lockigen Haaren in ihrer Handtasche, das Suzanne Daniels ihr geschickt hatte.

Die Augen des Jungen waren so klar und von einer durchscheinenden hellbraunen Farbe. Fast genauso wie die von Tom! Tom hatte das Bild nie gesehen... lieber Tom... werde ich es je fertigbringen, es dir zu erzählen?

Sie schluckte den Schmerz hinunter und begann gedankenverloren mit ihrem Tansanit-Armband zu spielen – dem Armband, das Tom ihr zum Geburtstag geschenkt hatte. Sie hatte ihn gerade angerufen, nur um ihm zu sagen, daß sie in

Johannesburg angekommen war. Er war kurz angebunden gewesen, aber da waren auch Erleichterung und Wärme in seiner Stimme gewesen. Sie beide konnten manchmal so stur sein!

"Ja und?"

Sofia sah in Astrids fragendes Gesicht. "Und... sie schreibt, daß Damian eine Lebertransplantation braucht," sagte sie mit dumpfer Stimme.

"WAS?!" Astrid starrte sie ungläubig an. "Warum das denn bloß?"

"Irgendeine Virusinfektion. Niemand kann genau sagen, was für eine Infektion das ist. Erst ging es ihm besser und dann bekam er Gelbsucht. Sie haben ihn schnell ins Krankenhaus gefahren... seine Leber ist in schlechtem Zustand... oh Astrid, er ist doch noch so klein! Warum haben sie mich nicht einfach gleich angerufen?" Sofia wischte sich eine Träne aus dem Augenwinkel.

"Oh Gott – Sofia, du musst da was machen! Ruf' sie an, lass dich testen... egal was."

"Genau – ich lasse mich testen. Ja, das ist, was im Brief steht. Das ist, was ich tun muss. Aber was ist, wenn meine Blutgruppe nicht mit seiner übereinstimmt?" Sofia war ganz durcheinander.

"Dann musst du... Errol einschalten," meinte Astrid.

"Errol!" schnaubte Sofia. "Den werde ich wohl nie loswerden!"

"Wie bitte? Das ist jetzt doch völlig egal!"

"Er hat mir eine E-Mail geschickt, meint, er sei gerade bei einer Konferenz in Joburg... Oh je, du hast recht – ich muss versuchen die Verbindung mit ihm aufzunehmen. Ich hoffe, es ist noch nicht zu spät."

"Wo ist Errol denn? In welchem Hotel wohnt er oder an welchem Veranstaltungsort ist die Konferenz? Vielleicht ist ja einer von euch als Spender geeignet. Du musst alles versuchen."

Gottseidank bewahrte Astrid immer einen kühlen Kopf.

"Das weiß ich nicht so genau. Ich habe die E-Mail ausgedruckt. Die ist irgendwo in meiner Tasche. Das steht eine Telefonnummer drauf."

"Ich hole deine Tasche, rufe in der Zwischenzeit Damians Eltern an."

"OK, danke Astrid! Kiitos."

"Ole hyvä. Es wird schon schiefgehen."

Sofia hatte noch nie direkt mit Damians neuer Familie gesprochen, hatte noch nie die Stimme seiner anderen Mutter gehört. Sie wählte die Nummer, die im Brief stand und sprach mit Suzanne Daniels. Die schien sehr nett zu sein und erklärte ihr die Situation. Es war so ziemlich daßelbe, was im Brief stand.

Innerhalb einer Stunde saß Sofia in einer Arztpraxis in Randburg. Im medizinischen Zentrum, das Damians Mutter ihr genannt hatte. Es war nach Feierabend geöffnet und die Tests würden übers Wochenende durchgeführt werden.

Die Krankenschwester zog die Nadel fachgerecht aus ihrer Armbeuge und klebte ein Pflaster über die winzige, blutende Stelle. Auf dem Tisch neben Sofia stand ein Plastikständer mit drei blutgefüllten Glasampullen, die mit ihrem Namen gekennzeichnet waren.

"So, das wär's dann, Ms Helenius. Wir werden ihrem Arzt die Ergebnisse mitteilen."

"Ja, dem in Kapstadt. Dem Arzt von Mrs. Daniels."

"Natürlich. Keine Sorge, die Proben werden als Express gekennzeichnet. Er wird die Ergebnisse gleich am Montagmorgen vorliegen haben."

"Gut, vielen Dank. Hat sich Mr. Botes schon gemeldet?"

Bevor die Schwester Gelegenheit hatte zu antworten, sah sie Errol auf die Rezeption zugehen. Ihr Herz machte einen klitzekleinen Sprung. Vielleicht war es nur auf die Nervenanspannung und die Hektik der letzten zwei Stunden zurückzuführen.

"Schon gut. Er ist gerade eingetroffen."

Sofia hatte Errol in seinem Hotel in Sandton angerufen, wo auch die Medienkonferenz abgehalten wurde. Errol war gerade in irgendeinem Seminar und sie hatten zehn lange Minuten gebraucht, um ihn zu finden. Sofia hatte zu beten begonnen, daß sie ihn schnell finden sollten.

'Errol Botes am Apparat,' antwortete er. Da war es wieder: dieses undefinierbare Gefühl, das nach ihrem Herzen griff und im Zaum gehalten werden musste. Sie hatte sich dem Drang widersezt, einfach den Hörer aufzuhängen.

'Hi Errol, Sofia hier,' hatte sie so ruhig wie nur möglich gesagt. Denke scharf nach, bevor du sprichst, meinte sie zu sich selbst.

'Oh hi, Sofia, gut von dir zu hören. Wo bist du denn?' Er schien sich wirklich zu freuen. "Hast du Lust auf ein Treffen?"

'Nein... ja. Ich bin in Joburg. Wir müssen dringend reden, Errol.'

'Reden? OK. Ich dachte, wir könnten vielleicht nach Melrose Arch fahren und eines der neuen Restaurants ausprobieren, dann vielleicht noch etwas feiern... wir sind ja schließlich in Joburg...'

'Nein, Errol, das können wir nicht,' hatte Sofia in einem geduldigen Ton gesagt.' Wir müssen ernsthaft reden. Es geht um Damian...' Sie brauchte knappe zwei Minuten, um Errol zu erklären, in welcher Gefahr sich ihr kleiner Junge befand und, daß sie so schnell wie möglich etwas unternehmen mussten. Und dann schien er endlich seine Prioritäten hinzukriegen. Dieses Mal wenigstens.

Errol sah Sofia durch die Glasscheibe und nickte ihr zu. Sein Gesicht war angespannt.

"Berufsverkehr," entschuldigte er sich, als sie sich an der Rezeption begrüßten. Während sie darauf warteten, daß er von einer Krankenschwester aufgerufen wurde, erklärte sie ihm Damians Zustand und versuchte die gleichen Ausdrücke zu benutzen, die Suzanne Daniels erwähnt hatte.

"Jeden zweiten Tag bekommt er eine Dialyse. Sein Zustand ist stabil, aber das mit seiner Leber ist kritisch. Sie müssen so schnell wie möglich eine Transplantation vornehmen..." Ihr stiegen die Tränen hoch und sie legte ihren Kopf gegen Errols Schulter. Das Gefühl war ihr vertraut. Er trug ein modisches Hemd, war groß und schlank. Seine Schulter wurde feucht, aber das schien ihn nicht zu stören.

Errol nahm ihr Gesicht in seine Hände. "Das wird schon wieder, Sofia. Unser Sohn wird gesund werden." Es war irgendwie abgedroschen, aber Sofia war es egal. Sie entspannte sich; hatte nie erwartet, daß er sich so sehr sorgen konnte.

Astrid sah ihnen von der anderen Seite des Raumes aus zu. Charlie saß auf ihrem Schoß und sah sich die Bilder in einer Zeitschrift an.

Jessica stand vor einem Snackautomaten und betrachtete eingehend die Abbildungen der Getränkedosen. Auf einmal stand Astrid neben ihnen und Sofia rückte etwas von Errol ab.

"Oh hallo Astrid, komm' ich stelle euch vor. Das ist Errol Botes. Errol, das hier ist meine Cousine Astrid Rankin," sagte sie noch etwas verlegen.

"Hallo Errol, ich habe schon viel von dir gehört," sagte Astrid ein wenig unterkühlt.

"Schön dich kennenzulernen. Ich hoffe, du hast nur gutes gehört," sagte Errol mit Unschuldsmiene und lächelte, daß seine Zähne nur so blitzten.

"Naja, ich kann wirklich nicht..."

"Mom, ich muss aufs Klo," unterbrach Charlie und zog Astrid an der Hand. Sie ignorierte ihn.

"OK... hast du dich an der Rezeption angemeldet?" fragte Sofia. "Ich bin sicher, die warten da drüben schon auf dich."

"Ja, du hast sicher Recht." Errol sah sich um. "Wohin muss ich zur Blutabnahme?"

"In den Raum da hinten." Sofia zeigte auf den Raum mit der großen Glasscheibe.

"Mom, ich muss dringend aufs Klo! Jetzt gleich!"

"Ja doch, Charlie. Wir treffen uns sicher wieder, Errol," meinte Astrid und nahm ihren Sohn zur Toilette. Jessica schien jetzt von einem Poster fasziniert zu sein, auf dem man die Symptome von Diabetes sehen konnte.

"Wirst du noch hier sein, wenn ich fertig bin?" fragte Errol.

"Ich glaube nicht. Sicher will Astrid noch Takeaways besorgen und dann gehen wir direkt nach Hause. Ich bin ja erst vor ein paar Stunden in Joburg angekommen."

"Tja, kann ich dich dann morgen anrufen?"

"Klar, wieso nicht?" Sofia strich sich eine Träne weg, die im Augenwinkel hängengeblieben war. Warum war sie auf einmal nur so emotional?

"Gut." Errol lächelte wieder, nur ein wenig verhaltener als zuvor. "Warte..."

"Ja?" Sofia drehte sich um.

"Ich habe Nichtmal deine Telefonnummer."

"Ach ja, richtig." Sie wünschte sich alles andere als diese Kontaktaufnahme, wollte eigentlich überhaupt nicht, daß er sie jeder Zeit anrufen konnte. Aber es waren nun mal besondere Umstände, und so gab sie ihm die Nummer. "Hast du einen Stift?"

"Hier, schreib auf meine Hand."

"Mach' du das..." Sie nannte ihm Astrids Privatnummer. Wenigstens war es nicht ihre eigene Handynummer.

"OK, dankeschön." Errol kritzelte die letzte Zahl auf seine Handfläche. "Ich rufe dich dann an." Er drehte sich um und ging zu der Krankenschwester im verglasten Raum. Sofia stellte sich neben Jessica vor das Poster und beantwortete so gut es ging die neugierigen Fragen des Mädchens über Diabetes.

VIERTES KAPITEL

Eine Stunde später waren Astrid und Sofia gemeinsam mit dem Abendessen in der Quaker-Stil Küche in Linden beschäftigt. Astrid hatte sich gegen Takeaway entschieden und sie waren für die Ablenkung dankbar.

Sofia entleerte die Spülmaschine, während Astrid das Essen zusammenzauberte. Spaghetti mit ihrer eigenen Napoletana-Soße und einem Riesensalat; eine Spezialität des Hauses. Die beiden hatten in der Küche in Malmö immer ein ganz gutes Team abgegeben.

"Wo kommt das hier hin?" Sofia hielt eine Platte hoch, die die Form eines Fisches hatte.

"Da hinten, der zweite Schrank oben. Nein, der daneben."

"Hier?"

"Ja." Sie hatten oft in Tante Malins Küche Geschirr gespült und dazu Musik gehört, während sie sich darüber unterhielten, was Mädchen eben so interessiert. Das hatte beiden ein beruhigendes Gefühl gegeben.

"Wann kommt eigentlich Grant wieder?" fragte Sofia und schloss die Schranktür.

"Oh, ich denke am Samstag nächster Woche."

"Du denkst?"

"Naja, du weißt ja, wie das ist. Manchmal muss er noch mit einem Klienten ausgehen oder er hat eine Besprechung. Dann bleibt er eben einen oder zwei Tage länger." Astrid schüttelte das Glasfläschchen mit dem Puttanesca-Gewürz ein wenig heftiger als notwendig.

"Wo ist er denn im Moment?" Sofia schloss die untere Schranktür.

"Dieses Mal... warte... er war erst in Nairobi, dann

Mosambik. Seine Firma wollte, daß er Baumaterial für das neue Hafenprojekt in Maputo dort einkauft."

"Aha... liebst du ihn eigentlich?" die willkürliche Frage war einfach so herausgeflutscht, aber sie konnte sie nicht mehr rückgängig machen.

"Liebe?" Astrid dachte einen Moment lang nach. "Liebe ist ein ziemlich 'großes' Wort. Ich glaube, sowas war mal zwischen uns da gewesen. Zumindest denke ich, daß es das war. Es geht uns gut, wir sind zufrieden. Das Haus, unser Lebensstil... und wir haben zwei Kinder. Was wollen wir eigentlich mehr?" Astrid sah aus dem Fenster auf die kahlen Bäume hinaus.

"Du meinst also Liebe gehört nicht unbedingt dazu?"

Astrid riss sich zusammen. "Er hatte mich buchstäblich aus dem Strip Club gerettet. Da, wo ich damals getanzt habe, Sofia. Ich glaube nicht, daß ich das Leben dort einfach so verlassen hätte ohne ihn. Ohne seine Hilfe." Das war etwas völlig neues für Sofia.

"Wie bitte? Ich dachte, du warst damals im letzten Semester und hast das nur gemacht, um das Studiengeld zusammenzukriegen, Um die Wohnung und Essen bezahlen zu können."

"Ja sicher, aber diese Art zu leben kann einen abhängig machen," meinte Astrid. "Wir Mädchen haben im Club damals einen Haufen Geld verdient." Sie sprach leiser und versicherte sich, daß die Kinder nicht in Hörweite waren. "Es ist nicht gerade ein bürgerlicher Lebensstil und es ist schwierig ihn von seinem Privatleben zu trennen."

Die Kinder hatten keine Ahnung, was ihre Mutter da in ihrer Vergangenheit so gemacht hatte, wussten nichts von den endlosen Stunden in dem schwach beleuchteten Club.

Sie hatte diese Stunden damit verbracht, sich im Spotlicht um eine Stange herumzudrehen, ihre Kleider auszuziehen oder für Kunden im Hinterzimmer einen Lap Dance zu vollführen, wobei der Manager zussah.

Astrid hatte versucht, einem der anderen Mädchen zu helfen von Drogen loszukommen. Die besorgten sich was sie brauchten problemlos von Dealern hinter dem Club. Astrid hatte sie auch getröstet, als ihr grottenhäßlicher Freund mal wieder seine trunkenen Launen an ihr ausließ.

"Die Trinkgelder waren verdammt großzügig. Und man bekam so viel Aufmerksamkeit dort. Ich konnte oft nicht zur Vorlesung gehen wegen meinem Job, weißt du..."

"Mhm. Also wie war das dann was anderes mit Grant?"

"Grant? Der hat mich wie eine Prinzessin behandelt; er sagte, es sei ihm egal, wie ich meinen Lebensunterhalt verdiene. Ich war für ihn einfach was Besonderes. Er war mein Märchenprinz und dafür habe ich ihn geliebt." Astrid seufzte.

"Aber du hast doch nie deine Studien abgeschlossen," wandte Sofia ein.

"Ja, ich weiß. Das war blöd von mir, aber Grant wollte halt nach Südafrika zurück und hat mich davon überzeugt mitzukommen. Es hörte sich alles so wunderbar an hier zu leben. Und was das meiste anging, hatte er noch nicht mal gelogen. Das Land ist einfach großartig, aber ich hätte gern meine eigene Karriere, mein eigenes Leben. Natürlich habe ich die Kinder, aber die werden im Handumdrehen erwachsen sein. Ich möchte am liebsten wieder auf die Uni gehen. Aber wenn andere Mütter mich dafür kritisieren, daß ich arbeiten will, bekomme ich das Gefühl, in einer Zeitschleife stecken geblieben zu sein. Tricia sagte neulich, daß ich einem Mann damit den Job wegnehmen würde."

"Du liebe Güte, was ist das denn für 'nen Quatsch?"

"Naja, die meisten von ihnen haben keine Ausbildung und arbeiten auch nicht – zumindest die, mit denen ich zusammenkomme. Es gibt da auch andere Frauen, die eine Karriere haben, aber die bekommen auch meist missbilligende Blicke zugeworfen und werden mit gehörigem Stirnrunzeln bedacht. Ein Leben, das sich um Kuchenverkäufe dreht und nachmittags mal eine Klatschstunde, bei der über Maids und Ehemänner gelästert wird. Grrr..." Astrid schüttelte sich. "Das ist so gar nicht mein Ding."

"Bereust du es, daß du nach Südafrika gezogen bist?"

Astrid zuckte mit den Achseln. "Weißt du, manchmal kann das schon einsam werden. Ich meine, alles hat seinen Preis, oder? Meiner ist eben die Einsamkeit. Grant ist oft nicht zuhause und der Rest der Familie ist weit weg in Skandinavien. Du bist die einzige Familie, die ich hier habe und es ist toll, wenn du mich mal besuchen kommst. Meine Mutter kommt einmal im Jahr zu Besuch, und wenn's hochkommt bringt sie meinen Vater mit oder einen meiner Brüder."

Astrid schaute traurig vor sich hin. "Grant ist nicht davon begeistert, wenn wir seiner Meinung nach zu oft nach Europa fliegen. Er meint, er hätte schon genug schlechtes Wetter erlebt, als er in England war. Wir waren erst zweimal in Malmö und Stockholm, um die Babys vorzuzeigen.

Grants Mutter wohnt in Germiston. Das ist nicht weit von Joburg. Sie ist eigentlich recht nett, aber für 'ne tiefere Unterhaltung reicht's nicht, es sei denn man interessiert sich für Realityshows."

"Würdest du das nochmal machen? Ich meine, nach Südafrika ziehen und Grant heiraten und all das?"

Im Radio kam eine bekannte Signalmelodie. "Kannst du das bitte lauter stellen? Jetzt kommen Nachrichten," sagte Astrid.

Sofia fragte sich, ob Astrid sich vor einer Antwort drücken wollte, aber beschloss nicht darauf herum zu trommeln und drehte an der Lautstärke.

'Zur vollen Stunde bringen wir Ihnen die neuesten Nachrichten...' Es war wie immer eine Litanei der üblichen Skandale des Präsidenten und seiner Freunde, dann die Mordanklage gegen einen prominenten Sportler und ein Bericht über ein Erdbeben in der Türkei.

'... Johannesburg... das Verfahren gegen fünf südafrikanische Staatsangehörige aus Musina, u.a. den Besitzer der Hoekom Wildfarm Adriaan Koekemoer und seine Ehefrau Sandrine, sowie drei vietnamesische Staatsangehörige und einen Mosambikaner, die des Wilderns und Schmuggelns von Rhinozeros-Hörnern beschuldigt werden, wird voraussichtlich am 28. Juni im Obersten Gerichtshof von Südafrika beginnen. 371 Nashörner sind allein schon in diesem Jahr Wilderern zum

Opfer gefallen...'

"Gut," sagte Sofia, "gut – wenigstens passiert jetzt endlich mal was."

"Furchtbar, das mit der Wilderei," meinte Astrid.

"Ich gebe die Hoffnung noch lange nicht auf, daß die Sache zu einem guten Ende gebracht werden kann. Vielleicht schafft es die Polizei ja noch herauszufinden, was im Februar in Shangari passiert war."

Leider war die Öffentlichkeit mehr an dem bizarren Mordfall des bekannten Sportlers interessiert, und der Beitrag blieb recht kurz. Die Börse, das Wetter... 'Für Morgen wird Sonne erwartet, mit Mindesttemperaturen von 5 °C und Höchsttemperaturen von16 °C in Johannesburg, 7 °C in Pretoria...' Immer das Gleiche.

Sobald Sofia nach Shangari zurückgekehrt war, würde sie mit dem Bloggen zum Thema gefährdete Tierwelt und Nashorn-Wildern auf Facebook fortfahren. Sie wusste nicht, ob es letztendlich einen Unterschied machte, aber sie musste es einfach versuchen. Aus dem Spielzimmer erklang lautes Rufen. Etwas fiel zu Boden.

"Ich hab' dir doch gesagt, daß du mein Puppenhaus in Ruhe lassen sollst, du Blödmann! Schau nur, was du mit deinem verdammten Roboter angestellt hast!" schrie Jessica.

"Du und deine doofen Puppen. Wo bitte soll mein Roboter wohnen?" rief Charlie. Astrid rollte mit den Augen und warf das Geschirrtuch auf den Tisch. "Kinder! Kannst du bitte ein Auge auf die Soße halten?" fragte sie und war schon zur Tür hinausgeeilt.

"Leg das da hin und hört zu!" Astrid versuchte draußen den Streit zu schlichten.

"Nein, ich will *Die Schöne und das Biest* anschauen. Wir haben gestern erst *Roboter* gesehen!"

"Wir werden in fünf Minuten essen und ihr könnt einen Film nach dem Abendessen anschauen. Räumt jetzt hier auf. Was soll denn Tante Sofie davon halten?"

Sofia hörte nicht hin. Sie dachte an ihre eigene Situation mit Tom. Bereute sie es, nach Südafrika gezogen zu sein?

Hmm... auf eine Art vielleicht, aber nicht wegen Tom. Da war mit Sicherheit Liebe zwischen ihnen beiden, deshalb war sie ja nach Südafrika gekommen. Sie stellte die Hitze herunter und rührte die blutrote Soße, bis sie aufhörte Blasen zu werfen. Es roch sehr lecker, genau wie in einem italienischen Restaurant.

Das muss an all den Gewürzen liegen, die Astrid hinzugefügt hatte. Sofia nahm eines der kleinen Fläschchen von der Küchentheke. Oregano...

Könnte sie mit einem Mann einfach nur 'zufrieden' sein? Ein schönes Haus haben und Kinder und keine finanziellen Probleme? *Nein*, dachte Sofia entschlossen, *bestimmt nicht*. Was sie wollte, war richtige Liebe mit allem drum und dran. Sie wollte Tom. Warum hatte sie dann alles nur so sehr vermasselt?

Astrid kam zur Küchentür herein. "Morgen gibt's bei uns an der Schule eine Spendenaktion, falls du mitkommen möchtest. Es geht um Rettet Unsere Nashörner. Der Lehrer-Eltern-Ausschuss plant die Veranstaltung schon seit Monaten."

"Klar komme ich mit," meinte Sofia leichthin und übergab ihr den Holz-Kochlöffel.

"Bist du beunruhigt wegen der Bluttests?"

"Ja sicher, bin ich das. Hat Errol eigentlich angerufen?"

"Nein, ich glaube nicht," sagte Astrid und schmeckte die Tomatensoße mit etwas Salz ab. Sie unterhielten sich über Damian und Errol, und welche Möglichkeiten es noch gab, dem kleinen Jungen das Leben zu retten. Die Frage, was romantische Liebe anging, und warum sie in Südafrika lebten, waren schnell wieder vergessen.

Am Samstagmorgen musste Jessica um spätestens 8 Uhr in der Schule sein und mithelfen den Klassenstand aufzubauen. Die Siebtklässler hatten heiße Würstchen vorbereitet. Die mussten sie Mithilfe einiger Eltern dort verkaufen, die sich alle zwei Stunden abwechseln wollten. Astrid hatte sich ebenfalls zum Standdienst gemeldet.

"Jess, hast du Loki und Freya in den Garten hinten gebracht?" rief Astrid die Treppe hinauf. Die Hunde würden sonst bei der kleinsten Gelegenheit zum vorderen Tor hinaus in den Park laufen. Oder im schlimmsten Falle, in den Verkehr auf der Hauptstraße.

"Ja doch Mom, das habe ich," erwiderte Jessica mit gelangweilter Stimme und kam die Treppenstufen hinunter.

"Hast du die Schürzen eingepackt?" Jessica hatte sich in ein Outfit geworfen, das aus einem schicken Top mit einem Minirock bestand. Die Schüler durften zu besonderen Gelegenheiten ohne Schuluniform in ihrer Privatkleidung erscheinen, und für die Mädchen schien es ungeheuer wichtig zu sein, Sinn für die neueste Mode zu zeigen.

Der sechsjährige Charlie hatte noch kein Bedürfnis, das andere Geschlecht mit Klamotten zu beeindrucken. Seine Interessen waren zurzeit noch auf Sport und Computerspiele mit seinen beiden besten Freunden begrenzt. Und natürlich wollte er mit seinen Robotern spielen.

"Nein, habe ich vergessen. Sorry, Mom. Ich werde sie holen gehen."

"Die anderen Mütter werden mir das Ohr abschwatzen, wenn ich die Schürzen nicht mitbringe," sagte Astrid. "Charlie ist schneller, Jessie! Lauf schnell in mein Zimmer, Charlie, und hole die roten Schürzen, die auf dem Bett liegen."

Der Kleine eilte in Blitzesschnelle davon. Froh, daß er endlich was anderes machen durfte, als nur herumzustehen, wenn Mädchen sich fertigmachten.

"Die anderen Mütter werden auch nicht perfekt sein." Sofia zog den Reißverschluss ihrer Jacke hoch. Die morgendliche Sonne hatte gerade erst begonnen durch die kahlen Bäume zu zwinkern.

"Sie meinen, sie wären es," meinte Astrid und zog eine Grimasse.

In der Straße begann eine bekannte Melodie zu spielen, die langsam näher kam. Die Hunde in der Nachbarschaft begannen zu jaulen und sogar die Nachbarkatze saß auf der Mauer und miaute ganz herzzereißend.

"Mom, warum ist denn der Eiskremwagen hier dauernd unterwegs? Wer isst im Winter denn schon Eiskreme?"

"Naja, ich vermute mal, das werden du und Charlie sein, und zwar gleich jetzt an der Schule..."

Der Eiskremwagen fuhr gemächlich am Haus vorbei, bis die Melodie in der Ferne verklungen war. Das Gejaule verstummte erst nach einer Weile. Charlie kam mit den Schürzen durch die Eingangstür nach draußen geschossen und Astrid schloss ab. "OK, dann alle ins Auto. Los gehts!"

Die Schule war nicht weit entfernt, und wenn sie nicht so viele Sachen hätten mitbringen müssen, wäre es einfacher gewesen, zu Fuß zu gehen. Die Straßen waren von parkenden Autos gesäumt. Ein sicheres Zeichen dafür, daß die Nachbarschaft sich zum Feiern eingefunden hatte.

Die hohe Beteiligung hing wahrscheinlich mit einem Gerücht zusammen, das umging: prominente Gäste wurden erwartet und würden sich für Selfies zur Verfügung stellen.

Jemand hatte eine weiße Stoffbahn mit dem Bild eines grinsenden grünen Nashorns und "RETTET UNSERE NASHÖRNER" bemalt und über das Schultor gehängt. Astrid parkte auf dem Rasen. Sie nahmen die Körbe aus dem Kofferraum und Charlie trug stolz die Schürzen vor ihnen her, als wären sie Ehrenflaggen. Jessicas Freundinnen kamen ihnen mit ihren Eltern entgegen und die Mädchen winkten sich lebhaft zu.

"Mom, ich gehe mit Ayanda und Paige zum Büro. Wir müssen das Startgeld für unseren Stand abholen," verkündete Jessie. "Ich seh' dich dann gleich beim Stand."

"Beeil dich bitte, Jessie, du musst mir dort helfen."

"Klar Mom," sagte ihre Tochter und nahm mit ihren kichernden Freundinnen Reißaus.

"Ich kann gar nicht glauben, wie groß sie geworden ist," meinte Astrid erstaunt. "Sie wird so langsam aber sicher ein Teenager."

Besucher hatten die Qual der Wahl: es gab jede Menge selbstgemachter Snacks und allerlei Junkfood, sowie Musik- und Theatervorführungen, die auf einer provisorischen Bühne stattfanden. Man konnte sich die Haare mit Sprühfarbe verzieren lassen oder auf dem Sportfeld leere

Dosen mit Bällen bewerfen und Fußball spielen. Die Anzahl der Besucher übertraf alle Erwartungen und Mitglieder des Lehrer-Eltern-Ausschusses stolzierten stolz umher. Sie hielten ihren Nachwuchs im Auge und nickten den anderen Eltern wichtigtuerisch zu.

Wenn alles gut geht, wird Damian auf genauso eine Schule gehen, dachte Sofia und schluckte eine Träne herunter. Jemand klopfte ihr auf die Schulter und sie drehte sich lächelnd um. Es war allerdings nicht Astrid, in deren Gesicht sie schaute, sondern das Gesicht von Stan Makaroff.

Das hatte sie nun gar nicht erwartet. Er war in exklusive Shorts und ein gestreiftes Oxford Hemd mit einer Fliege gekleidet. Hinter ihm liefen zwei kräftige Leibwächter her, sowie ihre Freundin Gugu und ein Fotograf.

"Wenn das nicht Lois Lane ist!" Spaßte er und der Fotograf machte einen Schnappschuss davon, wie er ihre Hand hielt.

Sie zog ihre Hand peinlich berührt zurück. "Mr. Makaroff... was... was machen Sie denn hier?"

"Tja, die Sache mit der Nashorn Wilderei liegt mir doch sehr am Herzen."

"Aber ist das nicht ein wenig..."

Gugu sah ganz wie eine perfekte PR-Lady aus, in ihrem flotten Outfit und der verschlungen hochgekämmten Frisur. Sie stöckelte auf hohen Absätzen nach vorne. "Mr. Makaroff ist der Schirmherr der Stiftung 'Rettet Sofort Unsere Geliebten Nashörner!'. Er wird in etwa einer halben Stunde auf der Bühne eine Rede halten," erklärte sie und senkte die Stimme. " Er ist inkognito hier..."

"Wirklich?" flüsterte Sofia zurück. Wie kann man als Sprecher denn inkognito bleiben? Dachte sie. Es war ihr neu, daß Stan Makaroff ein Schirmherr einer Organisation war, die den Schutz von Nashörnern zum Anliegen hatte.

"Aha," Sofia hatte sich wieder gefangen. "Tja, dann haben wir ja etwas miteinander gemein, Mr. Makaroff? Es wird immer ein Vergnügen sein, sie bei uns in der Shangari Safari-Lodge begrüßen zu dürfen, Sir. Die Erhaltung der Nashörner dient ja einem guten Zweck."

"Durchaus, durchaus, junge Dame... und nennen Sie mich doch bitte Stan. Wie schön Sie hier zu treffen." Er tätschelte ihren Arm mit einer väterlichen Geste, wobei er auf einen Punkt hinter ihr starrte. "Ist das nicht Richard Wackman von Gauteng Radio, Gugulethu?"

"Ja, es ist ein und derselbe, Mr. Makaroff. Ich werde Sie vorstellen."

Stan Makaroff war so eifrig bemüht, sich bei dem munteren Reporter von Johannesburgs beliebtestem Radiosender anzubiedern, daß er ganz vergaß, sich von Sofia zu verabschieden. Gugulethu Mbatha ging voran und begrüßte den Reporter. Sie sah hinreißend aus, in ihrem gemusterten Kleid und der dazu passenden Jacke in fruchtig-frischen Farbtönen. Sogar von hinten. Astrid kam an und hielt ihr zwei lecker aussehende Schokoladen-Cupcakes entgegen, die vor Butterkrem nur so strotzten.

"Was war das denn?" Sie starrte dem Industriemagnaten hinterher, der die kleine Nachbarschaftsschule mit seiner erhabenen Präsenz ehrte. Die Bodyguards und der Fotograf waren ein verräterisches Zeichen dafür, daß es sich um Prominenz handeln musste.

"Bin mir irgendwie nicht ganz sicher." Sofia nahm einen der Cupcakes. "Das war Stan Makaroff, einer unserer besten Kunden. Hat mich irgendwie erkannt. Anscheinend hat er eine Stiftung zum Schutz von Nashörnern gegründet - und nachher will er noch eine Rede halten."

"Ich hab' mir schon gedacht, daß ich ihn aus den Nachrichten kenne. Er soll ja Freunde auf höchster Ebene haben. War wohl neulich in einen Steuerskandal verwickelt. Steinreich," sagte Astrid.

"Des Pudels Kern. Er kommt immer mit seinem ganzen Hofstaat angeflattert. Es ist ungewöhnlich, daß er heute mal nur mit vier Leutchen auftritt, die hinter ihm einher stolpern. Gewöhnlich bucht er die teuersten Suiten in Shangari, was für uns großartig ist. Ich bin mir allerdings nicht sicher, was ich von ihm halten soll. Irgendwie ist er ein Fiesling."

"Tja, es ist ja wohl besser, wenn er sein Geld in Shangari investiert und in eine Stiftung zum Erhalt der Nashörner, als daß er auf Großwildjagd geht..." Astrid wischte sich den Mund mit einer Serviette ab.

"Das ist ja das Fiese an ihm. Vielleicht meint er es ja ernst damit, aber er fällt Tom immer damit auf den Wecker, wenn er mal wieder Shangari kaufen will, um Touren für Jäger aus Übersee anzubieten. Du hast noch einen Schokoladenfleck da auf der Wange. Warte, weg ist er."

"Oh, schau dich mal selbst an. Sieht aus, als hättest du einen Knopf auf der Nase. Cupcakes essen will gelernt sein."

Die Cousinen halfen sich gegenseitig dabei, die Buttercreme mit Servietten abzuwischen. "Ich muss in ungefähr einer Stunde meine Schicht am Hotdog-Stand antreten. Jessie ist gottseidank schon ganz fleißig dabei. Hast du Lust auf einen Hotdog mit Senf und allem drum und dran?" fragte Astrid.

"Na dann lass uns mal sehen, wie gut deine Tochter Hotdogs machen kann," lachte Sofia. "Ab morgen gibt's wieder gesundes Essen." Es war eine Spendenaktion und Cupcakes, heiße Würstchen und Eiskreme hatten sich gefälligst in ihrem Magen miteinander zu vertragen.

Sie kamen an einer lebhaften Gruppe vorbei, die laut zu wilder Musik mitsang und den Takt dazu stampfte.

Eine Kwaito-Gruppe trat gerade auf und spielte, anfeuert mit Gejohle, einen Song. Gruppen älterer Mädchen in gewagter Kleidung fielen schier übereinander vor lauter Aufregung und versuchten die Tanzbewegungen der Band nachzuahmen.

Sofia konnte nicht anders, sie musste an Damian denken. Wie er in seinem Krankenbettchen lag und auf die Ergebnisse wartete: ob seine biologischen Eltern ihm das lebensspendende Transplantat verschaffen konnten oder nicht.

Sie mussten alles versuchen, um ihm zu helfen. Eines Tages würde er wieder gesund sein und ausgelassen mit seinen Freunden bei genau einer solchen Spendenaktion mitfeiern. Die Ergebnisse des Bluttests wurden erst am

Montag erwartet und es gab bis dahin keinen anderen Grund für sie mit Errol zu sprechen. Die beiden Frauen schlenderten zur Bühne zurück und balancierten Hotdogs, die ihnen eine sehr stolze Jessica zubereitet hatte und die von Senf und Ketchup nur so trotzten.

Die Schuldirektorin gab ein Zeichen. Die ohrenbetäubende Musik verstummte und es gelang ihr, dem Mikrofon schrille Geräusche zu entlocken. Dies führte zu Buhrufen und Pfiffen aus dem Publikum.

"Aaaahhh!" beschwerte sich die Menge. Ein paar Bühnenarbeiter kamen angelaufen und bemühten sich die Lautstärke einzustellen. Dann kündigte die würdevolle, grauhaarige Dame den prominenten Sprecher an.

"Später wird es noch mehr Musik geben. Aber jetzt heißen wir Mr. Stan Makaroff herzlich bei uns willkommen."

Sie hörte sich sehr enthusiastisch an. "Ein bekannter Geschäftsmann aus Johannesburg und ein Vorkämpfer unserer Sache, der Schirmherr der Stiftung 'Rettet Sofort Unsere Geliebten Nashörner!'. Zeigt Mr. Stan Makaroff wie laut ihr klatschen könnt!" Die Menge klatschte und johlte.

"Die heutigen Einnahmen gehen an diese wundervolle Stiftung. Also vielen Dank an euch alle für eure freundliche Unterstützung." Es wurde noch mehr geklatscht und gepfiffen. Gugu war wahrscheinlich schon hinter der Bühne und sprach mit einer Meute von Reportern, um die Publicity-Maschine weiter anzutreiben.

"Mr. Makaroff wird auch genau um 15.30 Uhr die Gewinner unserer Tombola ziehen. Also kommt bitte um diese Zeit hier vorbei, wenn ihr ein Los gekauft habt. Und wer noch kein Los hat, kann jetzt eines kaufen. Ihr habt noch Zeit... sie kosten nur 10 Rand pro Stück. Und jetzt meine Damen und Herren: Mr. Stan Makaroff!"

Der Industriemagnat erschien hinter der Schuldirektorin und grölte ins Mikrofon. "Guten Morgen!" Wilder Applaus und Ululieren. "Guten Tag!!!"

"Ist der Morgen schon vorbei? Ja, wer hätte das gedacht. Sieh mal einer an..." Er starrte mit gespieltem Entsetzen auf seine

Rolexuhr. "Gugu, wo ist mein Hotdog-Mittagessen?" Er klopfte sich auf den Bauch und verzog sein Gesicht. Alle lachten.

Das Publikum fraß Makaroff aus der Hand, aber Sofia weigerte sich von seinem Charme in den Bann ziehen zu lassen. Sie hatte das Gleiche schon öfters von ihm gehört und beobachtet, wie er die Menschen um den kleinen Finger wickeln konnte.

Irgendwie traute sie ihm nicht so ganz über den Weg, was sein plötzliches Interesse an der Erhaltung wilder Tiere anging, vor allem da Tom ihr von den angeblichen Plänen Makaroffs erzählt hatte, Shangari in ein afrikanisches Paradies für Jäger zu verwandeln. Allein schon die Lizenzen würden ein Vermögen einbringen und für Makaroff ging es natürlich in erster Linie ums Geld.

Sie hatte in der Zeitung gelesen, daß einer seiner zwielichtigen Geschäftsfreunde eine Wildfarm in Mpumalanga besaß, wo er Nashörner und anderes Großwild züchtete. Nur, um die Tiere für viel Geld von Jägern abschießen zu lassen, mit oder ohne Lizenz!

Es gab zwar deshalb Gerichtsklagen, die der Freund am Hals hatte, aber Anwälte wie Alwin Goldsmith wussten sicher genau, wie man diese Verfahren in die Länge ziehen konnte. Es war nahezu unmöglich, so reich zu werden ohne die richtigen Verbindungen zu haben. Und Makaroff hatte die richtigen Verbindungen.

Aber falls er ähnliche Pläne für Shangari im Sinn hatte, würde er nicht sehr weit damit kommen. Dieser kleine Auftritt an der Schule war zweifelsohne dazu bestimmt, das öffentliche Interesse in die richtigen Bahnen zu lenken. Weit weg von dem dubiosen Steuerskandal, in den er gerade verwickelt war. Wusste doch jeder, daß Makaroff aus dem Korruptionsfall wieder einmal wie immer blitzsauber herauskommen würde. Aber sein Einfluss musste doch auch seine Grenzen haben.

"... mein größtes Vorbild ist meine Mutter, dicht gefolgt von Nelson Mandela," Makaroff senkte ehrfürchtig seine Stimme. "Er liebte Kinder, und Kinder sind schließlich die

Zukunft unseres Landes..."

Die Menge lauschte ihm gefesselt zu. Nelson Mandela war noch immer der Volksheld Nummer eins und eines der wenigen wirklichen Vorbilder, zu dem die Schulkinder aufschauen konnten. Makaroff hielt eindringlich seine Hand in die Höhe und die Menge verstummte.

"Ich möchte euch allen danken... und ich meine jedem einzelnen von euch, wie ihr hier vor mir steht... im Namen unserer Nashörner... daß wir noch für viele Generationen Nashörner in Afrika haben werden. Gebt euch selbst eine Runde Applaus. Ihr werdet heute viele Leben retten!"

Wilder Applaus.

Sofia Helenius war nach wie vor nicht überzeugt. Nach dem Angriff auf Barry Pienaar hatte sich dieser Mann nicht schnell genug mit seinem Privathubschrauber aus dem Staub machen können. Damals hatte er nicht die geringste Anteilnahme an der Nashorn Wilderei gezeigt oder an einem Menschenleben. Der Mann musste einen mächtigen Sinneswandel durchgemacht haben, es sei denn, das hier war alles nur Theater.

Die leidenschaftliche Rede war zu Ende. Makaroff hielt der Schuldirektorin das Mikrofon hin und sie knickste doch tatsächlich, ja kniete fast vor lauter Ehrfurcht.

"Hatte ich euch nicht einen prominenten Gast versprochen?" rief sie der klatschenden Menge zu und feuerte sie an.

"Jaaa!!!" "Jaaa!!!"

Sofia rollte mit den Augen. So erzeugte man einen Hype! Sie wäre am liebsten gegangen und spürte, wie ihre Abneigung gegen de Industriemagnaten zunahm.

Aber so etwas durfte sie Astrid und den Kindern nicht antun und, als ihre Cousine ihre Schicht antrat, ging Sofia zu Charlies Stand hinüber. Ein kichernder Charlie übernahm die Aufgabe, ihre langen, dunklen Haare mit Farbe zu besprühen und Sofia zahlte den anwesenden Müttern eine großzügige Spende.

"Du siehst aber komisch aus, Tante Sofie!" prustete Charlie und stieß seinen besten Freund so sehr mit dem Ellenbogen an, daß dieser fast die grüne Sprühdose fallen ließ.

"Zeigt mal mehr Respekt für ältere Leute," wies Sofia sie zum Spaß zurecht und stand von dem Campingstuhl auf. Der Tadel ließ die Jungs nur noch heftiger prusten.

"Sie beginnen gerade mit der Ziehung der Tobola-Lose," sagte Astrid, als sie zurückkam. "Lasst mal sehen, ob wir mit unseren Losen was gewonnen haben."

"Vielleicht gewinnen wir den ersten Preis. Eine Reise nach Mauritius!" meinte Charlie und machte große Augen.

"Ja vielleicht. Bei zehn Rand pro Ticket sollten wir wenigstens etwas gewinnen!" Astrid nahm die acht Lose, die sie gekauft hatte, aus der Tasche und hielt sie wie Pokerkarten in die Höhe.

Sie schlenderten gemeinsam zur Bühne zurück. Es war jetzt etwas wärmer und viele der Besucher, Sofia eingeschlossen, hatten sich die warmen Jacken ausgezogen. Wie auf Befehl hatte sich die Schuldirektorin wieder auf die Bühne begeben. Hinter ihr drängelten sich junge Schauspieler vorbei, die gerade ein Stück zum Thema Naturschutz der fünften Klasse aufgeführt hatten, und schubsten klobige Nashörner aus Papiermâché die Treppe hinunter.

Die Schulleiterin drückte auf einen Knopf am Mikrofon, was ein lautes Quietschen verursachte und Schmerzensschreie im Publikum verursachte.

"Wie funktioniert das bitte?" Das Problem wurde behoben und zwei Mädchen trugen gemeinsam ein Plastik-Fischglas voll gefalteter Papierzettel herbei und stellten sich neben der grauhaarigen Dame auf. Gugu folgte ihnen zur Bühnenmitte.

"Hallo ihr Lieben, ich heiße Gugulethu Mbatha und ich arbeite für Mr. Makaroff," begann sie. "Seid ihr schon alle gespannt..."

"Haben Sie ihm einen Hotdog zum Mittagessen besorgt?" rief jemand und das Publikum schrie vor Lachen.

"Aber natürlich habe ich das... und einen Hamburger und einen Cupcake noch dazu," spielte Gugu mit. "Er ist ein sehr hungriger Mann. Mr. Makaroff ist auch ein sehr beschäftigter Mann, deshalb musste er zu einer wichtigen Besprechung und hat mich gebeten, ihn hier zu vertreten. Ich werde die Gewinner der Tombola ziehen, wenn euch das recht ist!"

"Jaaa!" jubelte das Publikum und Charlie boxte in die Luft vor lauter Aufregung. Seine Mutter legte ihre Hände auf seine Schultern, um den Jungen zu beruhigen.

"Dankeschön, vielen Dank auch!" Gugu verbeugte sich und alle klatschten. Jemand reichte ihr eine Liste. "So, dann lasst uns mal anfangen. Ich habe eine Menge tolle Preise für euch. Die drei Gewinner eines Golfhemdes der Grand Bank sind die folgenden Lose..." Sie steckte ihre Hand in den Papiersalat und zog drei Zettel heraus. "Nummer 98... 114 und... 25!"

Es wurden eine Reihe von Preisen verlost und als die Losnummer 37 ausgerufen wurde, sprang Astrid vor Freude umher, als hätte sie den ersten Preis gewonnen. Charlie wurde zur Bühne geschickt und kam mit einem der Geschenkkörbe wieder, die am Bühnenrand aufgestellt waren. Darin war eine Menge Schokolade und eine Flasche Champagner unter violettem Cellophan; dieser Korb würde zweifellos weiterverschenkt werden.

Nicht lange danach endete die Spendenaktion guter Dinge, nachdem eine bekannte Sängerin aufgetreten war. Sie gab auch vor Fernsehkameras ein Interview.

"... ja, das ist eine ungeheuer wichtige Sache, Amanda," sagte sie mit honigsüßer Stimme. "Wenn ihr euch mal mein neues Album anguckt werdet ihr sehen, daß das Lied 'Always in my Heart' auf der Geschickte eines Nashorns basiert, das..."

Die Reporterin starrte gelangweilt vor sich hin, aber die Kinder waren begeistert. Handykameras leuchteten auf und der Star verkündete, daß sie gerade zweitausend Rand für die Sache gespendet habe. Ein Murmeln ging durch die Menge. Für viele war das ein Haufen Geld.

Jessica wartete ganz aufgeregt in der Schlange, um ein Foto mit der Sängerin zu machen und sie verließen die Schule später als geplant. Astrid begleitete Jessica zum Sekretariat, um die Geldkasse abzuliefern und als sie sich auf den Weg machten, waren nur noch wenige Autos auf dem

Schulgelände übrig.

Die Kinder saßen müde und zufrieden auf dem Rücksitz, lutschten Süßigkeiten, lachten und bewunderten den Korb, den ihre Mutter schlauerweise gewonnen hatte.

*

Etwa zur gleichen Zeit spielte sich nicht weit von der Schule eine ganz andere Szene ab. In der feinen Gegend von Northcliff sank eine feuerrote Sonne gerade unter den Horizont, als ein gelbes Allradfahrzeug mit zunehmender Geschwindigkeit im Zickzack eine Serpentinenstraße an imposanten Häusern mit steilen Auffahrten vorbei, hinunterraste.

Gottseidank befanden sich nicht sehr viele Menschen auf der Straße, und die wenigen die sich dort noch aufhielten, brachten sich flugs in Sicherheit. Das Gefährt verfehlte um wenige Zentimeter die Hütte eines Sicherheitspostens unter einem Felsvorsprung und scherte über die Straße hinweg aus, auf die Straßenkante zu.

Ein schwarzes Motorrad manövrierte gerade noch rechtzeitig um das gelbe Fahrzeug herum, bevor der achtlose Fahrer es irgendwie für einen kurzen Augenblick schaffte, wieder auf die Fahrbahn zurückzuschwenken.

Das Auto kreischte auf die Fahrbahn zurück, fuhr aber immer noch zu schnell und schien überhaupt keinen Gebrauch von den Bremsen zu machen.

Die Anwohner hörten das Pandämonium und kamen aus ihren Häusern gelaufen. Stimmte etwas mit dem Fahrer nicht oder war etwas mit den Bremsen verkehrt? Das gelbe Allradfahrzeug beschleunigte immer mehr und mähte den niedrigen Zaun zwischen der Straße und dem steilen Abhang ohne die leiseste Anstrengung nieder.

Der dürftige Zaun hatte keine Chance. Zum allgemeinen Entsetzen schlitterte der Wagen über den Rand des Abgrunds und begann hinunterzustürzen.

Der Wagen schlug mit einem lauten metallenen Knall unten auf, dann hörte man noch einen Aufprall und noch einen. Er überschlug sich wie ein Wagenrad, bevor er auf der

Seite liegend endlich zum Stillstand kam. Die Zuschauer hoch oben auf dem Hügel erwarteten jeden Moment aus dem Fahrzeug Flammen auflodern zu sehen, aber eine Explosion blieb aus. Der Tank musste wohl halb-leer gewesen sein.

Der Rettungsdienst fand die Fahrerin außerhalb des Wagens liegend. Eine gepflegte Dame, etwa Ende Dreißig, mit sonnengebräunter Haut und stark geschminkt mit blond-gefärbten Haaren. Sie lag bewusstlos im trockenen Gras und das Blut tropfte ihr aus Mund und Nase. Die Frau musste beim Aufprall durch die Windschutzscheibe geschleudert worden sein.

Ihr Haar und das knappe Kleid waren in unschönem Zustand und eins ihrer Beine lag verdreht in einem unnatürlichen Winkel. Hohe Absätze und eine Handtasche lagen verstreut herum. Die Rettungssanitäter trafen vorläufige Maßnahmen, bevor sie auf eine Trage gehoben und vorsichtig den Abhang hinauf gehievt wurde. Die Zuschauer starrten ihr in erschütterter Faszination ins Gesicht, als man sie vorbeitrug. Sie hatten hier schon viele Autounfälle beobachtet, aber dieser war ganz besonders grausig.

Einer der Männer raunte etwas von Frau am Steuer vor sich hin. War sie etwa betrunken oder war sie schon gestorben?

Die Frau wurde ins Krankenhaus gebracht. Sie atmete zwar noch, aber ihr Leben hing an einem dünnen Faden. Jeder wusste, daß die Serpentine, die sich den Northcliff-Hügel hinauf schlängelte, eine gefährliche Straße war. Ganz besonders, wenn Autofahrer einen zu viel hinter die Binde gegossen hatten.

Der Abend schritt fort und es wurde dunkler und kälter, aber einige der Leute blieben noch auf der Straße stehen, noch ganz gebannt vom Geschehenen und froh, daß nicht sie in dem gelben Fahrzeug gesessen hatten. Als endlich die Polizei eintraf, waren schon immer-neue, faszinierende Informationen im Umlauf.

"Sie muss einen Schlaganfall erlitten haben. Das Auto schlitterte von einer Seite der Straße auf die andere, so als ob sie versuchte, wieder die Gewalt über den Wagen zu gewinnen," meldete sich der Mann zu Wort, der die Bemerkung über Frauen am Steuer gemacht hatte.

"Glück im Unglück, daß der Benzintank nicht explodiert ist!" meinte ein Anwohner in einem dunkelgrauen Jogging-Anzug und gestikulierte dabei aufgeregt herum. "Mein Haus ist gleich hier drüben und wenn mein Reetdach Feuer gefangen hätte – nicht auszudenken." Er ähnelte stark dem typischen Urbild eines Buchhalters und war gerade bei seinem täglichen Feierabend-Lauf gewesen.

Sie sahen alle zu, wie der Rettungsdienst sich mit den trockenen Büschen und dem hohen Gras schwertat, als einige Feuerwehrleute versuchten, den Unfallort zu räumen.

Die Polizei hatte die Straße abgesperrt und ein Krahn wurde in Position gebracht. Man ließ einen großen Haken an einem langen Stahlkabel in den Abgrund hinunter. Zentimeter für Zentimeter zogen die Feuerwehrleute das Geländefahrzeug den steilen Abhang hinauf. Das Auto setzte mit einem hässlichen Schlag auf und wurde auf einen Lastwagen gehievt, der es zur Polizeistation in Northcliff bringen würde.

"Ich bin mir sicher, daß ich gesehen habe, wie ein schwarzer BMW die Szene verließ." Der Mann war noch in Anzug und Krawatte gekleidet und sah in die Ferne, als ob die Szene sich wieder vor seinen Augen abspielte. "Ich kam gerade um die Kurve und fuhr die Neroli Straße hinauf, als ich sah, was passiert war. Die Männer setzten sich in ihren BMW und fuhren einfach davon. Die Farbe war schwarz und die Autofenster waren abgedunkelt. Sie kamen mir auf dem Weg nach unten entgegen... und... ach ja, die Männer trugen dunkle Sonnenbrillen."

Das konnte kaum wahr sein, da der Autounfall geschah, als die Sonne gerade unterging. Dann fügte der Mann sogar diesem lächerlichen Stück Information noch ein weiteres hinzu. "Ich sah vorher einen der Kerle aus der Beifahrerseite des gelben Geländewagens springen, bevor die Hölle losbrach..." sagte er.

"Können Sie sich an die Autonummer erinnern?" fragte

der Polizist.

"Nein, tut mir leid. Ich glaube, das Fahrzeug hatte kein Nummernschild."

An dieser Stelle gab seiner Aussage niemand mehr Gewicht und seine Nachbarn gingen seinem entschlossenen Blick aus dem Weg. Er musste das Ganze erfunden haben, dachten sie und die Sache wurde ihnen langsam peinlich.

"Vielleicht sollte er die finger vom Alkohol lassen," murmelte jemand.

"War sie – sie wissen schon – die Fahrerin... war sie betrunken?" Fragte eine Frau im feinen Seidenkleid und Melton-Wollmantel. "Oder war sie vielleicht auf Drogen? Sie hätte jemanden umbringen können. Diese Yuppies heutzutage. Stehen einfach unter zu viel Stress."

Sie versuchte achtsam zu sein und trat nicht zu nahe an den Rand des Kliffs, als sie hinunterblickte und ihre Goldohrringe festhielt, damit sie nicht hinunter purzelten. Ihr neuer Freund würde sie an der Lower Ridge Road abholen. Sie hatten vor im Montecasino auszugehen.

Da die Straße abgesperrt war, stakste sie die steile Straße auf hohen Absätzen hinunter und stieg in das wartende Auto ihres Freundes. Hoffentlich würde die Unfallszene geräumt sein, wenn sie nach Hause zurück kam. Oder vielleicht sollte sie einfach das erste Mal bei ihrem Freund übernachten. Sie legte sich einen Plan zurecht und der Unfall war bald vergessen.

Ein Polizist fragte nach Zeugen, die ihm etwas über die verletzte Frau erzählen konnten. "Kennen Sie die Fahrerin? Wohnt sie in der Nähe?"

Alle Zeugen, die sich zu Wort meldeten, hatten die Frau noch nie gesehen. Die Automarke des abgestürzten gelben Geländewagens sah man in der Gegend zwar recht häufig, aber niemand konnte sich erinnern, die blonde Frau schon jemals gesehen zu haben.

"Naja, sie musste einen Grund gehabt haben, hierherzukommen. Vielleicht hat sie ja jemanden besucht oder sie hat sich eine Immobilie angesehen," meinte der Buchhalter. "Oben auf dem Hügel werden gerade neue

Häuser gebaut. Vielleicht war sie ja da gewesen." Er zitterte in der winterlichen Brise und alles, was er jetzt tun wollte, war zu seinen drei Pudeln nach Hause gehen und sich mit einem warmen Fertiggericht vor den Fernseher setzen.

"Falls Sie sich an etwas Wichtiges erinnern oder etwas hören, was uns weiterhelfen könnte, rufen Sie doch bitte diese Nummer an." Der Polizist händigte Visitenkarten aus.

Lorraine Pienaar hatte den Aufprall des Unfalls garnicht mitbekommen. Sie konnte sich auch nicht daran erinnern, warum sie sich in ihrem Auto befand, als es die steile Straße hinunterraste.

Als sie so auf ihrer Trage im Unfallwagen lag, bemerkte sie undeutlich, wie Straßenlaternen an ihr vorbeihuschten und konnte eine schwache Sirene hören, die leise vor sich hin plärrte. Dann verlor sie wieder das Bewusstsein.

Was sie in Northcliff getan hatte, befand sich an der äußersten Grenze ihrer Erinnerungsfähigkeit: sie war auf dem Weg zu Wendy Fowler-Morris gewesen, einer Enthüllungsjournalistin, die für eine der großen Zeitungen arbeitete. Sie hatten einen Termin um 18.30 Uhr in Miss Fowler-Morris' Wohnung in Northcliff vereinbart, hoch oben auf dem Hügel. *Was für eine wunderschöne Wohngegend*, hatte Lorraine gedacht, als sie das Lärmen und den Verkehr der Großstadt hinter sich ließ.

Sie hatte ihr Auto vor dem Wohngebäude bei einem blühenden Busch abgestellt und einen Moment lang auf der anderen Straßenseite den flammenden Sonnenuntergang genossen. Von hier aus konnte sie die Stadt unten sehen, die winzigen Autos und Menschen und die blinkenden Lichter. Lorraine hatte sich mit einem tiefen Seufzer umgedreht, als jemand nach ihrem Arm griff.

Du lieber Himmel, ein Überfall, blitzte es ihr durch den Sinn. Dann hatte sie einen Stich in den Rücken gespürt, bevor alles um sie herum verschwamm. Jemand hob sie hoch und trug sie in seinen Armen. Dann begann Lorraine von glücklichen Tagen mit ihrem Mann Barry zu träumen. Wie sie ausgedehnte Wanderungen gemacht und während ihrer

Flitterwochen auf einem Bauernhof gemeinsam eine Kuh gemolken hatten. Sie erinnerte sich, wie er sie in ihrem Hochzeitskleid über die Türschwelle getragen hatte. Ihre Mutter hatte immer gesagt, daß Barry war ein toller Fang sei.

Sie war so stolz auf ihre älteste Tochter gewesen, die so jung heiratete und eine respektable Ehefrau wurde. Lorraine hatte ihre Schwester Charmaine im Verdacht gehabt, eifersüchtig zu sein, aber sie war einfach zu glücklich und aufgeregt gewesen, um sich darum Gedanken zu machen.

Sie dachte nur an die guten Dinge und die Zeit, bevor Stanislav in ihr Leben getreten war und alles mit seinen Versprechungen, was ein glamouröses Leben in der Großstadt anging, auf den Kopf gestellt hatte. Hatte sie nicht jemanden treffen wollen, oben auf einem steilen Hügel? Nur wen bloß? Vielleicht war es ja nicht so wichtig.

Dann hatte Lorraine Pienaar ihr Bewusstsein gerade lange genug erlangt, um zu merken, daß sie wieder in ihrem Auto saß, und zwar hinter dem Steuerrad. Aber es war irgendwie nicht sie, die das Auto fuhr. Sie war gar nicht dazu in der Lage Auto zu fahren; dazu war sie viel zu müde.

Sie war so müde, daß sie keinen Muskel bewegen konnte, aber ein netter Mann mit Sonnenbrille hatte sie auf den Fahrersitz gesetzt und der Wagen war losgerollt. Wie nett von ihm, daß er ihr geholfen hatte. Es musste am Tage gewesen sein und ziemlich sonnig, warum sonst hätte er eine Sonnenbrille aufgehabt? Aber wo war der nette Mann nun?

Vielleicht wollte er mit ihr irgendwo hinfahren, wo es schön war; wie damals, als Barry mit ihr zum Strand in Hermanus gefahren war und sie die Wale von der Aussichtsplattform aus beobachtet hatten. Ach wie gerne sie jetzt wieder in Hermanus wäre.

Straßenlaternen leuchteten über ihr auf. Eine nach der anderen. Sie lag auf der Trage und fragte sich warum. Ach ja – es musste Schlafenszeit sein! "Immer schön wach bleiben, Madam, nicht wieder einschlafen..."

Lorraine hatte gerade rechtzeitig ihr Bewusstsein erlangt, um einer Felswand auszuweichen. Es war ihr irgendwie gelungen, mit dem Fuß aufs Bremspedal zu treten, dann verschwamm um sie herum alles wieder. Sie flog nach vorne und lag plötzlich draußen auf dem Boden. Und dann sah sie in das Gesicht eines anderen netten jungen Mannes.

Sie versuchte ihn anzulächeln, wollte ihm sagen, daß er sich ihren Rücken ansehen sollte. Der Stich unter ihrem Schulterblatt machte ihr zu schaffen, aber es gelang ihr nicht, sich verständlich machen und sie war fast sofort wieder eingeschlafen. Sie vergaß die Schmerzen in ihrem Bein und im Rücken. Wie schön es war, einfach nur schlafen zu können...

Während Lorraine Pienaar für die Operation vorbereitet wurde, fuhr auf der M1 Autobahn ein schwarzer BMW geschwind auf die glänzenden Lichter von Sandton City zu. Zwei Männer saßen schweigend nebeneinander. Es war nicht notwendig miteinander zu sprechen. Sie wussten, was sie zu tun hatten. Ihre Aufgabe wurde erfolgreich ausgeführt. Und nur aus diesem Grund waren sie gekommen.

Abgehakt und das war's. Eine halb-leere Injektionsspritze mit Rohypnol landete auf der glatten, geteerte Autobahn. Nur ein trauriger Mond hatte es gesehen.

Die schweren Reifen eines entgegenkommenden Lastwagens zerbrachen die Spritze mühelos und transportierten sie in den Straßengraben. Wie eine Nadel im Heuhaufen würde man sie niemals finden, sie nie mit dem Autounfall in Northcliff in Zusammenhang bringen.

Das abgedunkelte Fenster des BMWs glitt lautlos nach oben und eine dröhnende Stille machte sich wieder im Wagen breit. Die Straßenlampen huschten oben vorbei, eine nach der anderen. Es war nie leicht zu verarbeiten - hinterher – aber sie hatte ihren Job getan und würden erst wieder sprechen, wenn sie dem Kunden berichteten, was vorgefallen war.

Der Kunde, der sie im Voraus bar bezahlte, würde nun den Restbetrag begleichen, wie all die anderen Male auch. Der Kunde hatte bisher immer bezahlt. Das war alles, was sie wissen mussten. Mitgefühl gehörte nicht in ihr Berufsbild. Auch nicht das Nachfragen, weshalb ein bestimmtes Opfer gewählt worden war. Sogar die Identität der Frau ging sie nichts an.

Was sie etwas anging war, daß der Kunde mit der Arbeit zufrieden war. Ein Ring-gebundener Stadtplan lag aufgeschlagen auf dem Rücksitz. Die Seite, die den Hügel im Vorort von Northcliff zeigte, auf den sie angesetzt worden waren, war geöffnet. Sie waren früh dran gewesen und hatten sich auf die Lauer gelegt.

Die beiden Sonnenbrillen im Handschuhfach sahen für das ungeübte Auge unschuldig aus. Genau wie der Stadtplan. Immer die einfachste Methode; das war ihr Motto und es machte sich bezahlt. Eine gedruckte Straßenkarte konnte man leicht aus dem Auto entfernen und man konnte sie auch schließen, sodaß sich das Fahrtziel heute Abend nicht mehr nachvollziehen ließ. Weitaus besser, als das eingebaute GPS System zu benutzen oder gar Handys.

Diese Einzelheiten ließen sich nur durch Erfahrung erlernen. Und sie hatten Erfahrung. Sie brauchten diese Erfahrung, um ihre Arbeit leisten zu können.

Sie waren schließlich die besten professionellen Killer, die man für gutes Geld kaufen konnte. Es verlief nicht jedes Mal so glatt wie heute Abend. Manchmal begaben sie sich in Gefahr und konnten verletzt oder sogar getötet zu werden. In solchen Fällen ging der Preis hoch.

Die beiden Männer im schwarzen Fahrzeug kannten sich aus mit ihrem Geschäft und, wie gewöhnlich, störte den Kunden der hohe Preis nicht, den sie für ihren exklusiven Service verlangten.

FÜNFTES KAPITEL

"Das ruhige Leben auf dem Bauernhof scheint dir ja gut zu bekommen," meinte Errol. Er versuchte sich interessiert zu zeigen, ohne überheblich zu wirken. Sie hatten sich nie wirklich über ihr jetziges Leben auf dem Lande in Shangari unterhalten.

"Naja, es ist nicht so sehr ein Bauernhof, sondern ein Safari-Park mit einer Lodge. Wir haben dort 'ne Menge wilde Tiere und natürlich eine Wahnsinns-Landschaft und frische Luft," sagte sie. "... und ruhig kann man es auch nicht gerade nennen. Bei uns machen sehr viele Touristen aus der nördlichen Halbkugel Urlaub. Es ist ziemlich interessant neue Menschen kennenzulernen, aber so ein Hotel und das Grundstück in tadellosem Zustand zu halten ist harte Arbeit. Das kann ich dir sagen. Dann sind da auch die Farmarbeiter und die Angestellten der Lodge... aber es ist eine schöne Aufgabe."

Es war am Montagmorgen und Astrid hatte Sofia beim Fischrestaurant im Brightwater Commons abgesetzt. Sofia erwartete einen Anruf von dem Arzt von Suzanne Daniels und war dankbar dafür, daß sie nicht allein darauf warten musste.

Es saßen nur wenige Gäste an den Tischen und die Atmosphäre war geruhsam. Errol hätte heute eigentlich zu einer Präsentation gehen sollen, aber er hatte beschlossen die Veranstaltung zu schwänzen.

Heute Abend wurde die Konferenz im großen Stil zu einem Abschluss gebracht, und zwar im Ballsaal des Convention Centres. Was Errol danach geplant hatte, wusste Sofia nicht. Wahrscheinlich würde er zu seinem Leben als DJ in Bloemfontein zurückkehren.

"Wie heißt der Ort nochmal?" fragte Errol.

"Shangari." Sie war auf der Hut; wollte keine tiefen Themen mit ihm diskutieren und vor allem nicht ihre Beziehung zu Tom. Zumal die sich im Moment nicht im besten Zustand befand.

"Wirst du mich mal dahin einladen?" Errol zwinkerte ihr zu.

"Wieso? Alles, was du tun musst, ist einen Urlaub buchen und wenn du dort bist, können wir uns ein wenig unterhalten. Wenn ich dich einlade, denkt Tom wahrscheinlich..." Sofia spielte mit ihrem Armband.

"Was wird er denken? Daß wir noch was miteinander haben?"

"Naja, es wäre einfach nicht angebracht." Warum bestand er so auf diesem Thema? Sie hatte fast vergessen, wie kontrollierend Errol sein konnte. Er war auch während der zehn kurzen Tage, die ihre Beziehung gedauert hatte, so kontrollierend gewesen.

"Warum, was soll damit verkehrt sein, ihr seid doch nicht verheiratet, oder?" neckte er sie.

"Nein Errol, das sind wir nicht, aber deswegen kannst du trotzdem nicht..." Sofia zuckte zusammen. Sie hatte die Bedienung nicht gesehen, die neben ihr stand.

"Hi Leute. Ich heiße Mandisa und ich bin heute eure Bedienung. Möchtet ihr schon bestellen?" Sie bestellten Sushi von der Speisekarte, obwohl es noch nicht ganz Zeit zum Mittagessen war.

"Kannst du dich erinnern, wie ich damals ein Gedicht für dich geschrieben habe?" Errol grinste. "Ich war ganz in Gedanken vertieft und auf den Golf vor mir aufgefahren. Verdammtes Miststück hatte einfach abrupt vor mir abgebremst... wollte in irgendeine Auffahrt einbiegen oder sowas und hatte vergessen den Blinker anzumachen."

Sofia musste einfach laut loslachen. "Du warst in deinem roten Käfer gesessen und mit der Stirn gegen die Windschutzscheibe geknallt. Das muss ganz schön wehgetan haben. Die Windschutzscheibe war in alle Richtungen gesprungen, aber du hattest nicht mal einen Kratzer." Sofia hörte auf zu lachen. Ihr Treffen fühlte sich jetzt mehr an, als wären sie zum Spaß hier und das gefiel ihr ganz und gar nicht. Ihr Handy spielte die bekannte Melodie aus dem Film 'Out of Africa'. Sofia hielt einen Moment lang den Atem an. Waren die Nachrichten aus Kapstadt gut?

"Es tut mir leid, aber es gibt keine Übereinstimmung für ein Lebertransplantat. Mit keinem von Ihnen." Sofia hörte den Arzt am anderen Ende der Leitung sagen und konnte nicht verstehen, was sie da hörte. Er las von irgendwelchen Notizen ab, eine Erklärung was Untergruppen betraf und Enzyme.

"Oh OK, vielen Dank." Sie legte ihr Handy auf den Tisch zurück.

"Anscheinend gibt es keine Übereinstimmung mit uns," sagte sie einfach und hielt ihre Tränen zurück.

Errol starrte sie an. "Wie bitte? Nicht mal einer von uns?"

"Aber warum bloß? Wie ist das möglich?" stammelte Sofia. "Wir sind doch Damians leibliche Eltern oder etwa nicht?"

"Bist du dir da sicher?" Errol zwinkerte ihr spielerisch zu.

Sofia sah verwirrt drein. "Ist das der richtige Zeitpunkt für dumme Witze? Meinst du, wir würden hier sitzen, wenn du nicht der Vater wärst?"

"Sorry."

Sie starrten auf ihre Getränke und die bekannte Melodie ertönte wieder. Es war Suzanne Daniels. "Anscheinend gibt es da keine absoluten Garantien, daß die Eltern übereinstimmen. Habt ihr beide nicht noch andere Verwandte, die wir testen könnten?"

Die Stimme am Apparat hörte sich weniger gebildet an, als Sofia es erwartet hatte.

Sofia wusste, daß Suzanne eine Weiße war und an einem College als Referentin arbeitete. Ihr Mann, Drew, war Buchhalter und das, was man einen 'Kap-Farbigen' nannte. Er hatte einen guten Job beim Bildungsministerium im West-Kap, und Mrs. Daniels hatte gearbeitet, bis sie Damian bekamen. Sie hatte erst vor kurzem wieder zu arbeiten angefangen. Ihre Ehe war gut und solide, zumindest wusste sie das von der Sozialarbeiterin, die die Adoption damals beaufsichtigt hatte.

Etwas, was sie ihrem Kind nicht hatte bieten können. Was

Sofia damals hatte, war eine nicht vorhandene Beziehung mit dem Vater und eine Fernbeziehung mit ihrem Freund Tom. Nicht gerade eine ideale Situation für ein Baby.

"Ich kann nicht sagen, wie es damit... damit steht... Ich habe nur eine Cousine hier in Johannesburg. Ja, sicher, ich werde ihn auch fragen... Er sollte eigentlich Familie im Kap haben." Das Bild eines kleinen Jungen in seinem Krankenbettchen stand wieder vor Sofias innerem Auge.

"Oh bitte tun Sie das, wir haben nicht mehr viel Zeit," bettelte die Frau mit klagender Stimme.

"Die Chancen sind wahrscheinlich gering, aber wir werden es versuchen."

"Sie kennen seine Familie nicht?" Das war eine komische Frage.

"Wir kannten uns nicht sehr gut, als... als..."

"Schauen Sie, ich will nicht neugierig sein, aber ich bin am Verzweifeln!"

"Ja sicherlich. Ich werde tun was ich kann und sie informieren." Sie sah Errol an, der seinerseits auf einen großen Fernsehbildschirm über dem Eingang des Restaurants starrte.

Sie saßen draußen im überdachten Bereich, gleich neben dem Fischteich. Das Wetter war ganz wunderbar: 20 oC und Sonne. Und das nannten die hier Winter! Sofia zog ihre Weste aus und hängte sie über die Stuhllehne. In Shangari war es heute sicher noch wärmer. Oben im Norden war es immer ein paar Grad wärmer. Gestern hatte Tom sie angerufen.

'Hi Tom, hatte sie etwas zu fröhlich gesagt. 'Wie geht's dir?'

'Was ist verkehrt?' hatte er sofort geantwortet.

'Wieso soll etwas verkehrt sein?'

'Ich kenne dich.'

Das stimmte. Dafür liebte sie ihn so sehr, daß sie nicht ständig alles erklären musste. Ihm entging nichts. Im Moment wünschte sie sich, ihm einfach die Wahrheit sagen zu können – aber am Telefon? Nein, besser nicht.

'Es hat was mit Astrid zu tun,' log sie und hasste sich dafür. 'Ich gehe mit ihr zur Klinik, um ein paar Blutproben machen zu lassen.'

'Hört sich nach was Ernsthaftem an.'

'Nein, nicht unbedingt. Astrid hat es mir erklärt, aber ich weiß nicht mehr alle Einzelheiten.'

Sie begann ihm von der Spendenaktion am Samstag zu erzählen und daß sie zum Picknick an den Emmarentia Famm gefahren waren.

'Mhmm.'

'Ich werde nachher Einkäufe machen. Wo meinst du, kann ich den Spiralenschneider finden, den Karen für ihre Gemüsespaghetti haben will...'

'Du hörst dich irgendwie komisch an.'

'Was?'

'Ich kann nicht genau sagen, woran es liegt, aber du hast so eine komische Stimme,' seufzte Tom.

'Liegt wahrscheinlich an der Telefonverbindung.'

'Mit der Verbindung ist alles in Ordnung.' Er wich keinen Millimeter zur Seite.

'Oh Tom, lass uns reden, wenn ich wieder Zuhause bin. Ich muss jetzt wirklich gehen.'

Sie wusste, daß sie ihm endlich von Damian erzählen musste, von Errol Botes und der ganzen kurzlebigen, unüberlegten Affäre als Tom allein in England war. Diese scheußliche, einsame Zeit in Kapstadt. Von dem charmanten DJ, der ihr nach der trunkenen Nacht zehn peinliche Tage lang seine Aufmerksamkeit geschenkt hatte. Sie würde diese Zeit ihr ganzes Leben lang bereuen.

Warum hatte sie Tom nicht schon lange davon erzählt?

'OK, Barry ist gerade gekommen,' meinte Tom. 'Jethro braucht seine Impfungen.' Der junge Gepard entwickelte sich vortrefflich, obwohl es offensichtlich nicht leicht für ihn sein konnte auf nur drei Beinen herumzuhüpfen.

'Sonst alles in Ordnung?' wollte sie wissen.

'Wir hatten am Wochenende viel Betrieb. Naja, das kennen wir ja schon. Ach ja... du fehlst mir!' platzte er heraus.

'Du fehlst mir auch, Tom,' sagte sie und die Tränen stiegen ihr hoch. Es war nicht der richtige Zeitpunkt, um rührselig zu werden oder sie würde nachgeben und sich verplaudern. 'Es tut mir echt leid, daß wir uns gestritten haben. Das war einfach nur blöd.'

'Ja, das war's auch. Ich kann mich nicht mal erinnern, worum's ging.'

'Um Barry und so,' erinnerte ihn Sofia. Sowas konnte man auch nicht am Telefon bereden.

'Ja richtig. Tut mir leid, wenn er dir auf den Wecker fällt. Werde ihn mir mal zur Brust nehmen.'

'Ich muss mich jetzt langsam aufs Ohr legen.'

'Wir werden von jetzt ab besser kommunizieren, in Ordnung?' hatte Tom gesagt.

'Also, ich muss jetzt wirklich gehen. Wir reden morgen weiter.'

Sofia hatte sich die Nase geputzt und die Tränen abgewischt. Sie wollte nicht aufhängen, jetzt wo sie sich Tom wieder so nahe fühlte. Sie liebte den beruhigen Ton seiner Stimme und so manches andere auch. Wieso konnte sie sich nicht einfach nach Shangari beamen?

Aber das war gestern gewesen und jetzt war heute. Sofia war plötzlich mit ihren Gedanken wieder in Johannesburg, gerade als das Sushi serviert wurde. Sie berührte ihr Armband und sah zur Bedienung auf.

"Dankeschön," sagte Errol zu der freundlichen Frau und nahm sich mit hölzernen Stäbchen eine California Roll.

"Machst du das?" fragte ihn Sofia.

"Mache ich was?" Er stieß die Faust in die Luft und sah weiterhin seinem lautlosen Fußballspiel zu, während er das Sushi verdrückte.

"Wirst du deine Familie in Kapstadt anrufen und fragen, ob sie sich testen lassen?"

"Klar, werd' ich schon," sagte Errol und kaute weiter, aber machte keine Anstalten, irgendwo anzurufen. "Lass uns schnell aufessen, dann können wir gehen. Ich rufe später vom Hotel aus an. Kann sowieso nicht solange wegbleiben. Der nächste Vortrag fängt um 14.00 Uhr an und ich muss da mitmachen." Es entging ihr nicht, daß er die ganze Sache nicht sehr ernst zu nehmen schien. Aber das konnte doch nicht sein, oder?

"OK, lass mich dir Suzanne Daniels' Telefonnummer geben, dann kannst du sie direkt anrufen. Ich bin sicher, sie wird sich darüber freuen."

"Schau mich doch nicht so an... ich werde sie anrufen, ganz bestimmt," sagte Errol.

Die Bedienung kam an den Tisch. "Seid ihr mit allem zufrieden?"

"Emm ja, Dankeschön." Sofia lächelte zu der eifrigen jungen Frau auf, die zu einem anderen Tisch weiterging, um den Gästen dort die gleiche Frage zu stellen.

Sofia hatte ihr Sushi kaum angerührt, als sie beschlossen zu gehen. Errol fragte nach einer Tüte für die Reste und zahlte die Rechnung. Sie gingen zum Fischteich hinter dem Restaurant, um die Fische zu betrachten.

Sie beobachteten die Fische, wie sie unter der kleinen Holzbrücke auftauchten, um ihre Köpfchen aus dem Wasser zu strecken und das Maul zu öffnen. Die Fische zu beobachten hatte etwas Beruhigendes an sich.

"Vielleicht solltest du ja auch zu der Abschlussveranstaltung heute Abend kommen. Die Preisvergabe für den 'Journalisten des Jahres'. Nicht, daß ich da die geringste Chance habe, in meiner Kategorie einen Blumentopf zu gewinnen, aber es wird sicher ganz lustig," meinte Errol.

Sofia warf den Fischen von der Scheibe, die sie aus dem Brotkorb gerettet hatte kleine Stückchen hin.

"Es gibt gutes Essen und sicher eine Menge zu picheln, und das alles kostenlos..."

"Ich weiß nicht so recht, ob ich Lust auf 'ne Party habe. Außerdem habe ich nichts zum Anziehen dabei."

"Ach komm' schon, das wird dich ein wenig ablenken. Ich bin sicher, daß dir Astrid einen hübschen Kittel aus ihrem Schrank leihen wird." Hatte er gerade Kittel gesagt? Das hörte sich so altmodisch an.

"Also, ich werde mal darüber nachdenken." Sofia trat einen Schritt zurück.

"Heißt das, du kommst?" Er konnte so charmant und beharrlich sein. "Lass mich mal machen mit der Familie in

Kapstadt und das mit den Tests. Und du machst, was immer du vorhast, Sachen für deine Farm einkaufen und was nicht noch alles. Soll ich dich gegen 7 Uhr abholen?"

"Ich lass' es dich wissen, Errol. Das wird mir alles ein wenig zu viel im Moment." Sie warf den Fischen den letzten Rest der Brotkrumen zu.

Errol schmollte zum Spaß. "Na gut. Kann ich dich wenigstens nach Hause bringen?"

"Ja das kannst du schon."

Im Auto sprachen sie kein Wort, bis Errol vor dem Haus in Linden parkte, aber Sofia hatte bemerkt, wie er sie ein paar Mal verstohlen von der Seite ansah.

"So, du rufst mich dann an, wegen heute Abend?" fragte er.

"Ich kann dir nichts versprechen. Das hängt davon ab, ob ich später überhaupt Lust dazu habe," meinte Sofia leicht irritiert.

"Ach komm' schon, Sofia, das kann doch nichts schaden, oder? Du wirst mich sowieso bald los sein." Errol schien es ziemlich wichtig zu sein, daß sie zu dieser Veranstaltung kam.

"Schön wär's," sagte sie und nahm ihre Handtasche. "Lass mich mal in Ruhe darüber nachdenken, OK?"

Errol stieg zuerst aus und öffnete die Beifahrertür für sie. Astrids Labradore waren vorn im Garten und sprangen am Zaun hoch, um den fremden Mietwagen unermüdlich anzubellen.

"OK, immer mit der Ruhe, immer mit der Ruhe," Sofia sprach auf die wachsamen Hunde ein und passte auf, daß sie nicht zum kleinen Seiteneingang auf die Straße hin liefen.

Errol sprang wieder in den Wagen und wartete, bis Sofia das Törchen hinter sich geschlossen hatte. Dann machte er ein Zeichen, daß sie ihn anrufen sollte und fuhr davon.

*

"Hey Tom," rief Barry Pienaar und ging die Stufen zum Boma hinunter, das neben dem Lodge-Gebäude lag. "Kann ich dich mal 'nen Moment sprechen?"

"Hallo Barry. Entschuldigt mal, das hier ist mein Freund Barry Pienaar, unser ansässiger Tierarzt. Barry, das hier sind Gwendolyn und Paul, Robert und Edith. Sie kommen aus England und machen bei uns Urlaub." Tom stellte seinen

141

Freund den Touristen vor, die in bequemen Holzsesseln um die Feuerstelle herumsaßen. Die tranken Cocktails und ruhten sich von der Safari aus, von der sie gerade zurückgekommen waren. Man unterhielt sich über die unglaublichen Farben des Sonnenuntergangs und wie die Geräusche der Natur gegen Abend leiser wurden. Brutus setzte sich auf, als er den Tierarzt kommen hörte, dann legte er sich wieder mit einem gefühlten Ächzen hin, als er ihn erkannte.

"Schön sie alle kennenzulernen," grüßte Barry in die Runde und nickte Tom zu. "Kann ich dich mal kurz sprechen? Es wird nicht lange dauern."

"Entschuldigt bitte," sagte Tom zu seinen Gästen. "Ich werde gleich wieder da sein."

Die beiden Männer gingen nebeneinander den Kiesweg zur Scheune hinauf und setzten sich auf eine Bank, die nicht weit von der Stelle entfernt war, wo Barry vor mehreren Monaten angegriffen worden war. Brutus trottete hinter den beiden her und ließ sich mit einem innigen Gähnen zu Boden fallen.

"Alles gut mit dir?" fragte Tom seinen alten Freund.

"Klar, alles in Ordnung. Kein Problem. Wollte nur mal mit dir über was reden." Barry rutschte auf der Bank herum, sodaß Tom den Eindruck bekam, daß er etwas loswerden wollte. "Geht es um Lorraine?"

"Lorraine? Nein wieso?" Barry schien ernsthaft überrascht zu sein.

"Wieso meinst du wohl? Letztes Mal hast du mir erzählt, wie sehr du sie vermisst und daß dein Saufen vielleicht was damit zu tun hatte, daß sie dich verlassen hat."

"Ja..." Barry Pienaar atmete hörbar aus. "Tut mir leid, wenn ich dir mein Herz ausgeschüttet habe. Es gibt so vieles, was ich nicht hätte tun sollen, aber dafür ist es jetzt zu spät. Das kann man nicht wieder rückgängig machen, das geht einfach nicht. Wie geht's hier bei euch? Hat sich die Familie von Cornelius mit allem abgefunden?"

"Naja, soviel man es eben erwarten kann. Francina ist mit den Kindern nach Hause gefahren. Irgendwo im Nord-Kap. Für 'ne gewisse Zeit zumindest," sagte Tom Rutgers.

"Wieso das denn? Ist sie hier nicht besser aufgehoben?" fragte Barry.

"Das ist halt, was sie wollte, Barry. Ich bin sicher, sie weiß, daß sie jederzeit zurückkommen kann."

"Wie alt ist Frans jetzt eigentlich - vierzehn? Vielleicht könnte er sich zum Ranger ausbilden lassen und bisschen Geld dazuverdienen," schlug Barry vor. "Ich könnte ihr den Jungen abnehmen."

"Er ist fünfzehn. Bist du hier, um über Francina und ihre Kinder zu reden? Oder war da noch was anderes?" meinte Tom.

"Nein, natürlich. Da war noch was anderes..."

"Raus mit der Sprache. Stimmt was nicht mit dir?" bohrte Tom. "Komm' schon, schieß los."

"So verlockend sich das auch anhört... Nein, es ist soweit alles OK. Es geht um etwas anderes... etwas, was dich angeht."

"Was denn? Mich? Raus mit der Sprache." Tom hatte keine Ahnung, was Barry meinte. Er lehnte sich zurück und streckte seine Beine aus. "Muss ich dich erst verhauen, bevor du was sagst oder was?" Er lachte und schlug auf Barrys Oberschenkel. "Hör' endlich auf dich so zu winden. Wieso bist du so nervös?" Er hörte Gelächter unten beim Boma. Wenigstens amüsierten sich die Touristen auch ohne ihn. Brutus der Hund setzte sich auf und spitzte die Ohren.

"Ach, ich weiß nicht recht wie ich beginnen soll. Na gut, am besten mittendrin. Kannst du dich noch an unser Cottage erinnern, da wo Lorraine ihren Schönheitssalon hatte?"

Tom nickte und streichelte Brutus den Kopf. "Klar, was ist los damit?"

"Naja, du weißt ja, daß wir den Laden ausgeräumt haben, weil sie mit dem Haar und Schönheitskram nichts mehr am Hut hat. Ich will ja noch ein Behandlungszimmer für..."

"Das weiß ich doch alles schon. Habt ihr unter dem Fußboden etwa eine Leiche gefunden oder was?" Tom lachte unbehaglich.

"Beinahe so was, aber leider nein. Naja, ich habe schon was gefunden, aber es handelt sich um - Briefe," sagte Barry und nahm einen Plastikumschlag aus seinem Rucksack heraus.

"Wirklich - Briefe? Du machst so ein Theater wegen ein paar alten Briefen?"

"Das sind nicht irgendwelche alten Briefe, Tom. Die Briefe stammen von deiner - warte - Urgroßmutter, aus der Zeit, als sie noch ein junges Mädchen war."

"Wirklich? Welche Urgroßmutter denn? Die aus Belgien?"

"Nein, Hendrina Botha."

"Mann, das ist schon so lange her. Was hatte meine Urgroßmutter Hendrina in deinem Haus zu suchen?"

"Sie hat einige Zeit auf der Farm gelebt. Das Papier ist ganz vergilbt und die Schrift hier und da verwischt, aber man kann sie noch lesen. Hendrina hatte eine ganz ordentliche Handschrift, ein bisschen kindlich vielleicht. Sie war wohl noch recht jung."

Tom setzte sich kerzengerade hin und Brutus tat es ihm gleich. "OK, das ist schon irgendwie interessant, aber wohl kaum eine dringende Angelegenheit. An wen waren die Briefe denn gerichtet?"

"Tja, ich glaube, du solltest sie besser selbst lesen," sagte Barry geschwind. "Wenn du Zeit dazu hast. Sagen wir mal, du weißt noch nicht alles über Hendrinas Leben, das du vielleicht besser wissen solltest. Sie hat davon in ihren Briefen geschrieben."

"Also hast du sie gelesen?"

"Na ja, schon irgendwie. Sonst wüsste ich ja nicht, worum's geht."

"Na gut, wenn's dich glücklich macht, werde ich mir die Briefe mal zur Brust nehmen. Gib'mal her. Sonst noch was?"

"Was meinst du damit?"

"Was ich damit meine? Darf ich jetzt zu meinen Gästen zurück oder willst du noch über was anderes reden?" Tom nahm den Umschlag mit den vergilbten Seiten sorgfältig aus Barrys Hand. "Ich leg' sie auf den Esstisch und lese sie, sobald ich einen Moment Zeit habe."

"Klar, mach' das so - und gehe jetzt mal zu deinen Gästen zurück. Aber versprich mir, daß du sie lesen wirst, sobald du kannst."

"OK, ich weiß zwar immer noch nicht warum das so wichtig ist, aber ich versprech's dir," sagte Tom.

Barry stand auf und ging zu seinem Bakkie. "OK dann, Alter, bis bald. Sag' mit was du von den Briefen hältst. Sofia in Ordnung?"

"Ja, es geht ihr gut. Sie verbringt ein paar Tage bei ihrer Cousine in Joburg. Wir sollten weniger trinken, wenn sie zurück ist und ich glaube, unsere Männerfreundschaft geht ihr auf den Geist."

"Ach, Frauen!" Barry Pienaar schüttelte den Kopf. "Alles klar, Tom. Ich bin schon so ziemlich drüber weg... du weißt schon... die Sache mit Lorraine."

"Ja, weiß ich und es freut mich das zu hören," sagte Tom.

Als Barry Pienaar an Jethros Gehege vorbeikam, brummte der dreibeinige Gepard gutmütig. "Hey Jethro mein Junge, hast du mir die Spritzen schon vergeben?" Jethro brummte noch ein wenig und zischelte den Tierarzt an. "Na, braves Kerlchen."

Tom sah ihm hinterher, als er davonfuhr und fragte sich, was es mit dem Besuch wohl auf sich hatte. Ein paar alte Briefe! Aber Toms Neugier war angeheizt worden, weil Barry so sehr um den heißen Brei geredet hatte. Etwas später, setzte er sich an den dunklen Esstisch und blätterte durch die brüchigen Seiten.

Es schienen keine Briefe zu sein, sondern eher so etwas wie ein Tagebuch, das Hendrina an Gott gerichtet hatte. Die ersten paar Seiten waren auf Afrikaans, gingen dann ins Englische über und waren dann wieder auf Afrikaans.

Das Cottage auf der Farm war einst eine Milchkammer gewesen. Einige der Mägde arbeiteten dort, um Butter und Käse herzustellen und auch die Milch wurde dort kühl gehalten.

Alles, was Tom bislang wusste war, daß seine Urgroßmutter Hendrina nach ihrem Vater Hendrik van Oosthuizen benannt war, einer der ersten Farmer in der Gegend von Renosterspruit. Sie hatte Pieter Rutgers geheiratet und war als Teenager nach Shangari gekommen.

Die Familie hatte sie aus irgendeinem blöden Grund nicht besonders gemocht; angeblich war sie nicht gut genug gewesen. Das war an sich nichts Ungewöhnliches, da die meisten Familien hier miteinander verwandt waren und es immer irgendein Hühnchen zu rupfen gab.

Barrys Vater, Jacobus Marthinus Pienaar, hatte in den sechziger Jahren eine gewisse Clara van Oosthuizen geheiratet und Barry und Marius waren ihre Söhne. Marius war als junger Mann bei einem Unfall ums Leben gekommen.

Also waren die Rutgers und Pienaars auf einer gewissen Ebene miteinander verwandt. Tom hatte sich nie besonders für die Familien-Geschichte interessiert, deshalb es überraschte ihn, was er da zu lesen bekam. Der erste Eintrag war recht förmlich geschrieben.

Renosterspruit, 10. April 1887

"Ich heiße Hendrina und bin nach meinem Vater, Hendrik van Oosthuizen, benannt. Ich bin 16 Jahre alt. Sie sagen, ich bin hübsch. Ich darf nicht zur Schule gehen, deshalb hat mein Vater mir beigebracht, wie man schreibt. Ich schreibe meine Geschichte auf und hoffentlich bekommt nie jemand diese Briefe zu lesen. Ich habe schon genug Ärger gestiftet, einfach, weil es mich gibt. Meine Mutter würde mir das Fell gerben, wenn sie davon wüsste. Aber mein Herz fühlt sich leichter an, wenn ich das mit dir teilen kann, lieber Gott, deswegen habe ich ein Versteck gefunden in der Milchkammer. Ich komme immer her, wenn sie mich schicken, um Sahne für die Küche zu holen und um Butter zu machen und ich schreibe gerne, wenn ich abends hier allein sein kann. Um die Zeit schreibe ich am liebsten. Dann helfen alle im großen Haus und lassen mich zufrieden. Mevrou geht es wieder nicht gut. Jetzt, wo das neue Baby da ist, wird sie mich nicht mehr schlagen, zumindest hoffe ich das.

Meine Mutter mag es nicht, wenn ich schreibe. Sie arbeitet im Haushalt von Mineer und Mevrou van Oosthuizen und will, daß ich das Gleiche tue. Der alte Mineer ist mein Vater. Meine Mutter heißt Sina Botha und sie war auch ganz hübsch, als sie noch jung war. Sie weiß nicht, wer ihr Daddy ist. Ich finde das komisch. Aber du weißt doch bestimmt, wer er ist, lieber Gott. Jetzt hat Mama Speck angesetzt, aber das ist ihr egal, sagt sie. Schluss mit dem ganzen Kram. Damit meint sie Männer. Bei mir ist noch nicht Schluss. Ich mag Pieter Rutgers. Er hat mit mir vor vier Tagen gesprochen, als ich hinter der Scheune Holzscheite geholt habe. Der alte Thabelo hat uns gesehen und sagte, ich soll mich bloß von dem jungen Master fernhalten, weil nichts Gutes dabei herauskommt. Pieter hat anscheinend so ein Leuchten in den Augen und das gibt nur Ärger für ein Mädchen wie mich. Mädchen wie mich! Mädchen, denen vor lauter Hausarbeit die Decke auf den Kopf fällt, und die lieber im Feld spazieren gehen, um frische Blumen zu pflücken und ab und zu Lieder zu singen? Ich mag Pieter wirklich gern. Ich habe ihn gestern wieder in der Kirche gesehen, aber er hat mich Nichtmal angeschaut, weil seine Eltern und die ganze Sippschaft dort waren. Er darf ein farbiges Mädchen wie mich nicht vor allen Leuten anschauen, vor allem nicht in der Kirche..."

Tom atmete tief durch und las weiter.

Renosterspruit, 24. August 1887

Thabelo muss es meiner Mutter gesagt haben. Sie hat mir einen ordentlichen Klaps gegeben und gesagt ich soll von Master Pieter wegbleiben. Dabei kommt nicht Gutes heraus. Sieh dich an, hat sie gesagt, das wird dabei herauskommen und das Letzte was wir brauchen ist noch ein Kind durchzufüttern und keinen Ehemann dazu. Ja, aber ich mag den Pieter. Er hat so ein Zwinkern in den Augen, wenn er mit mir spricht und seine Lippen sind so weich, wenn er mich küsst. Kann man vom Küssen ein Kind bekommen? Ach, warum muss das alles so schwierig sein? Die anderen Mädchen rümpfen ihre Nase über mich. Weil ich dumm bin, sagen sie. Sie haben alle einen Freund und ich habe keinen. Ich sehe auf den Boden und sage am besten nichts. Mama meint, man soll nicht hochnäsig sein. Aber sie können nicht schreiben und ich kann es, und Pieter mag mich. Mbuyelo ist besonders gemein. Sie mag Eddie und meint, daß Eddie mich lieber mag als sie. Was geht der mich an?...

Die letzten paar Zeilen auf der Seite waren zu sehr verwischt um sie lesen zu können. Im Brief ging es um die anderen Mädchen und was sie von Hendrina hielten, die hellhäutige Lekgoa.

Shangari, 13. October 1888

Was ist ein Skandal? Pieters Mutter ist im Winter am Wechselfieber gestorben und nach der Trauerzeit hatte sein Vater einen Schlaganfall. Jetzt ist Pieter ganz alleine und er hat um meine Hand angehalten. Er braucht eine Frau, mit der er die Farm bestellen kann und er liebt mich. Das sagt er jedenfalls. Ja, mich! Das hat er wirklich gesagt. Ich bin kräftig und verstehe etwas vom Arbeiten und habe ein nettes Gemüt. Ich weiß, daß man es so normalerweise nicht macht, daß sie jemanden wie mich nicht zur Ehefrau haben wollen, obwohl meine Haut fast weiß ist. Mbuyelo meint, ich sei ein leichtes Mädchen und Pieter will mich nur haben, weil es hier nicht viele heiratsfähige Frauen gibt. Aber warum sollte mein Vater nein sagen? Ich habe Pieter gebeten mit meiner Mutter und mit Mineer Oosthuizen zu sprechen, aber nicht mit Mevrou Oosthuizen. Sie hat kein nettes Gemüt und wird mir sicher wieder wehtun. Pieter sagt, daß er sich entschlossen hat und es ihm gleichgültig ist, was die anderen dazu sagen. Ich trage kein Kind unter dem Herzen, obwohl wir uns häufig küssen. Lieber Gott, zerschmettere mich bitte nicht, aber ich habe ihn doch so sehr gerne. Jetzt sagen die Leute, daß ich einen Skandal verursache. I weiß, daß ich farbig bin, aber ich bin wirklich hell und meine Haare sind gerade. Die Leute werden sich beruhigen, sagt Pieter...

Das Blatt war durch Nässe und Termiten beschädigt, aber Tom konnte das Datum des nächsten Briefes erkennen: 17. November 1888.

... Hochzeitsblumen. Pieter ist so glücklich, sagt er, wir brauchen nicht viel, vor allem nicht diese heuchlerischen Sonstnochwelche. Wir müssen einfach nur hart arbeiten und uns nichts zu schulden kommen lassen und zu Gott beten und alles wird gut werden... Mama kommt manchmal zu Besuch, aber sie kann es sich nicht leisten, Geschenke mitzubringen. Mevrou ist nicht sehr nett zu ihr, jetzt wo sie mal wieder schwanger ist. Diese Frau scheint ständig ein Kind zu erwarten. Es ist gotteswidrig sagt Mevrou und meint damit mich und Pieter. Stimmt das, lieber Gott? In der Kirche dürfen wir immer noch nicht neben einander sitzen. Ich weiß nicht, ob dir das besonders gefällig ist, aber der Pfarrer musste uns auf der Farm in Shangari trauen und Pieter meint, das sei so gut wie eine Hochzeit in der Kirche. Ich hoffe, das entspricht der Wahrheit, Gott, damit wir nicht in Sünde leben müssen...

Der letzte Brief war kurz und sah ziemlich angegriffen aus.

So sehr, daß er in seinen Händen zerbrach, als er ihn aufhob.

Shangari, 9. Februar 1889

Wir waren noch nie bei einem Tanz gewesen oder so etwas, aber Pieter verkehrt sowieso nicht gerne mit anderen Leuten und er tanzt mit mir Zuhause, wo er mich herumwirbelt, bis wir beide lachen. Wir können uns auch allein amüsieren. Er hat ein Grammophon gekauft und es kam den ganzen Weg von England zu uns. Niemand sonst hat ein Grammophon die anderen Frauen sind sehr neidisch. Aber sie sind sowieso neidisch, weil wir glücklich sind. Ich habe keine Freunde. Mein Vater kommt manchmal im Geheimen zu Besuch, damit Mevrou ihm nicht die Hölle heiß macht. Er ist immer noch nicht so ganz mit der Heirat einverstanden, aber ich weiß, daß sich das ändern wird, wenn er sein erstes Enkelkind in den Armen hält..."

Tom legte den Brief auf den Stapel zurück. Er musste scharf nachdenken, um sich daran zu erinnern, was sein Vater ihm über seine Herkunft erzählt hatte, als er ein Junge war.

Seine Urgroßmutter Hendrina Botha war ein Mädchen gewesen, das aus der Gegend stammte und während des Ersten Weltkrieges während der Geburt eines Kindes gestorben war. Sie war eine besondere Schönheit gewesen und sein Urgroßvater hatte so sehr um sie getrauert, daß er sich nicht wiederverheiraten wollte.

Tom wusste, daß Hendrina ihrem Ehemann fünf Kinder geschenkt hatte, aber daß nur zwei davon die Kindheit überlebten. Ethel und ihr jüngerer Bruder Jacob. Jacob Rutgers hatte ein nettes Mädchen aus Pretoria geheiratet, die 1912 als Lehrerin an der Schule in Rutgersdrift zu arbeiten anfing. Das war Tom Rutgers Großmutter Elisabeth gewesen.

Charles, Toms Vater, war der älteste Sohn und hatte die

Farm geerbt. Sein Bruder Theo Rutgers war nach Johannesburg gegangen, um dort sein Glück zu machen und die Familie hatte ihn aus den Augen verloren.

Niemand hatte je daran gedacht zu erwähnen, daß seine Urgroßmutter Hendrina eine Farbige gewesen war. Er fragte sich, wie es möglich war, daß die Familie das Geheimnis so lange gewahrt hatte. Eine erstaunliche Tatsache, wenn man bedenkt, wie die weiße Gesellschaft damals anderen Hautfarben gegenüber eingestellt gewesen war. Und anscheinend war es auch für die Farbigen nicht akzeptabel gewesen.

Tom konnte es sich kaum vorstellen, wie das damals gewesen war. Das Schicksal der jungen, mutigen Frau ohne Freunde, die trotz aller Mühsal in einer einengenden Gesellschaft ein glückliches Leben mit seinem Urgroßvater geführt hatte, berührte ihn tief.

Tom Rutgers besah sich seine sonnengebräunten Hände, dann fiel sein Blick auf seine Arme. Die feinen Härchen waren von der Sonne gebleicht. Er hörte öfters, daß er etwas Mediterranes an sich hatte und konnte immer nur darüber lachen. Er starrte auf die vergilbten, brüchigen Blätter und schloss den Plastikumschlag behutsam.

Tom stand auf und ging zur Kommode hinüber. Er öffnete die unterste Schublade und nahm einen ramponierten Schuhkarton mit Fotos heraus. Alte Familienfotos, die er sich niemals ansah. Da musste doch eine Aufnahme von Hendrina Rutgers dabei sein!

Wie er sich wünschte, daß Sofia diesen Moment mit ihm hätte teilen können, aber Sofia war in Johannesburg und er musste es alleine tun. Wie sie wohl reagieren würde, wenn sie von seinem Familiengeheimnis erfuhr? Würde es ihr etwas ausmachen, wenn sie herausfand, daß seine Urgroßmutter eine Farbige gewesen war? Wahrscheinlich nicht.

Die meisten Leute schienen es entwedern nicht zu wissen oder sie erinnerten sich nicht daran und Barry würde sowieso den Mund halten. Es gab Leute im Lande, die sogar heute noch absolut gegen so etwas eingestellt waren, und er hatte keine Lust sich auf Diskussionen mit ihnen einzulassen. Sofia war da anders. Sie war tolerant. Eines der Dinge, die er an ihr so sehr liebte.

Aber er wollte sich erstmal selbst damit auseinandersetzen. Vor allem, wenn es um eine derart geheimnisumwobene Sache ging.

Tom legte die sepiafarbenen Fotos eines nach dem anderen vor sich auf den Tisch und studierte sie eingehend. Einige der Gesichter waren mit der Zeit verblasst oder waren unscharf. Die meisten sahen ihn mit todernst versteinertem Ausdruck an. Die Fotografen in der alten Zeit hatten sich ihre Zeit genommen mit den großen, klobigen Kameras, während ihre Motive steif dasaßen oder standen und auf das Blitzlicht warteten. Wenn das Blitzlicht endlich aufleuchtete, war es zum Lächeln oft zu spät. Wie die Dinge sich doch geändert haben, dachte Tom. Heutzutage konnte man jederzeit mit dem Handy ein Selfie aufnehmen.

Er nahm eines der Fotos in die Hand. Darauf war ein junger Pieter Rutgers mit seinen Eltern zu sehen. Pieter Rutgers war sein Urgroßvater und der Ehemann von Hendrina. Er hatte sich mutig gegen die gesellschaftlichen Regeln seiner Zeit aufgelehnt. Tom drehte das Bild um und las 'Weihnachten 1884'. Seine Großmutter war auf einem anderen Foto mit ihren beiden Söhnen zu sehen.

Sein Vater sah sehr ernst drein, was gar nicht seiner fröhlichen Natur entsprach. Großmutter Elisabeth war liebenswürdig gewesen und hatte Tom auf ihrem Knie geschaukelt, als er noch ganz klein war. Sie hatte immer die besten Melktarts für ihre Enkelkinder gebacken.

Tom vermisste den Familienzusammenhalt, aber ironischerweise hatte er keine Familie, obwohl er doch der heiratsfreudige Typ war.

An seinen Großvater konnte er sich nicht erinnern; wusste nur, daß er um die fünfzig gewesen war, als er starb. Da waren so viele Familienfotos und die meisten hatten Schriftzüge auf der Rückseite, aber es war nicht das, wonach er suchte.

Tom besah sich die Gesichter.

Auf einem der Bilder hielt eine schöne junge Frau mit

brünetten Haaren einen Blumenstrauß in der Hand. Ihr Gesicht wurde fast von den ausladenden Hüten in der ersten Reihe verborgen. Sie war die Einzige, die lächelte. Nein, sie strahlte geradezu in die Kamera. Das musste Hendrina Rutgers sein, seine Urgroßmutter.

Sie war um einiges hübscher als die anderen Frauen auf den Fotos. Das junge Mädchen, das diese ergreifenden Briefe mit ihren bitter-süßen Erlebnissen geschrieben hatte, die sie an keinen geringeren als Gott adressiert hatte.

Sie musste diese Briefe unter den von Termiten angefressenen Holzdielen in der Milchkammer auf der Pienaar Farm versteckt haben, weil damals niemand verstehen konnte, warum sie überhaupt hatte schreiben wollen.

SECHSTES KAPITEL

Sofia ging verzagt den Gartenweg hinauf. Sie bemerkte die wunderschönen Blumen kaum, an denen sie vorbeiging. Oh, das durfte einfach nicht wahr sein! Armer Damian.

Astrid öffnete die Eingangstür. "Loki, Freya, hört auf zu bellen! Was soll der Krach? Kommt hierher... KOMMT HIERHER! Oh hallo, Sofia." Sie machte die Tür zu und nahm die Hunde in die Küche, dann ging sie ins Wohnzimmer voran.

"Alles in Ordnung?" fragte sie, als sie den traurigen Gesichtsausdruck ihrer Cousine bemerkte.

"Sie haben mich aus Kapstadt angerufen," platzte Sofia damit heraus, "und gaben mir die Ergebnisse der Blutuntersuchung. Wir waren gerade im Restaurant bei Brightwater als der Anruf kam."

"Ja und?"

"Keine Übereinstimmung, Astrid. Kannst du das glauben? Suzanne Daniels will, daß sich noch andere Familienmitglieder testen lassen." Sie holte tief Luft und wischte sich eine Träne aus dem Gesicht. "Aber wir haben doch keine Zeit dafür. Was ist, wenn es zu spät kommt für Damian?"

Sie setzte sich auf die Couch und nahm ein Taschentuch. Da standen Plätzchen und Tee auf dem Tisch. Astrid hatte sich anscheinend selbst eine kleine Auszeit gegönnt.

"Oh ja. Das sind schreckliche Neuigkeiten." Astrid goss Sofia Tee ein. "Hör' mal, Sofie, du kannst dich da nicht so reinhängen, dir selbst zuliebe. Rechtlich gesehen bist du ja nicht mehr seine Mutter. Sind nicht seine Adoptiveltern für solche Angelegenheiten verantwortlich? Du kannst schließlich nicht hexen."

"Ich weiß nicht, was ich tun soll. Damian ist doch so klein und so krank. Was ist, wenn er es nicht überlebt?"

"Daran darfst du noch Nichtmal denken," schimpfte Astrid. "Wir fahren bei der Klinik vorbei und ich lasse mich testen. Die Kinder sind noch in der Schule. Lass den Tee einfach stehen, wir gehen jetzt sofort." Sofia nickte und stellte ihre Teetasse ab. Sie stand auf und umarmte ihre Cousine. "Danke dir." Sie zog ihre Schuhe wieder an und köpfte ihre Weste zu.

"Fertig?" Ihre Cousine klingelte mit den Schlüsseln. Wie schaffte es Astrid bloß immer vor ihr fertig zu werden?

Bei der Klinik war die Blutabnahme schnell vorbei.

"Danke, Astrid, ich weiß das wirklich zu schätzen!" sagte Sofia, als sie vom Klinik Parkplatz fuhren. "Du hast recht, weißt du."

Astrid sah sie unter zusammengezogenen Augenbrauen an. "Recht mit was?" fragte sie und fuhr auf die Straße.

"Daß ich nicht mehr seine Mutter bin und mich gefühlsmäßig nicht so reinhängen sollte. Wie soll ich Damian denn helfen, wenn ich mich in Tränen auflöse?"

"Ich hoffe, daß schnell ein Spender gefunden wird. Er ist ja nur ein kleiner Junge und braucht Hilfe. Meine beiden Kids sind noch zu jung, aber ich könnte Grant fragen, wenn er bald wieder hier ist..." bot Astrid an.

"Ich glaube nicht, daß seine Blutgruppe mit Damians übereinstimmt," meinte Sofia.

"Wahrscheinlich nicht, aber wir können es trotzdem versuchen."

"Damians ist Blutgruppe A, wie du und ich."

"Grant hat Blutgruppe O."

"Dann macht es keinen Sinn ihn damit zu belasten. Außerdem hast du gesagt, daß du nicht weißt, wann er diesmal zurück sein wird. Bis dahin ist wahrscheinlich eh zu spät."

"Vielleicht eine meiner Freundinnen..."

"Kaum, es sei denn, es sind leibliche Verwandte, sogar entfernte, sonst sind die Chancen gering." Sofia sank das Herz, als sie dies sagte.

"Aber du und Errol seid doch auch nicht als Spender geeignet. Komisch," sagte Astrid und hielt an einer Ampel an.

"Ich weiß." Sofia hatte sich das Ganze nicht so schwierig vorgestellt. Entweder sie oder Errol hätten doch geeignet sein müssen. Das war alles, was sie wollte. Sie wünschte, sie könnte die Spenderin sein und hätte ihrem Sohn, den sie weggegeben hatte, so helfen können. In einem solchen Moment war sie dankbar dafür, daß sie Damian fortgenommen hatten, bevor sie einen Blick auf ihn hatte werfen können oder in ihren Armen halten. Allein die Erinnerung daran wäre unerträglich gewesen.

"Sollen wir zum Brightwater Commons fahren?" fragte Astrid. "Es ist ja gleich um die Ecke. Hast du nicht gesagt, daß du noch Sachen für die Lodge brauchst?"

"Ja, stimmt. Ich habe einen Shopping-Buddy nötig."

"Kein Problem. Lass uns zum Flohmarkt gehen."

"Was ich nicht alles finden muss, was Tom für die Rezeption in der Lodge haben will... und Sachen für die Badezimmer. Hier ist die Liste." Sie nahm ein Stück Papier heraus und drückte es in Astrids Hand.

"Seifenschalen aus Metall und Handtuchringe? Ich kenne einen besseren Laden, wo wir die kriegen können. Die meisten finden wir beim Discount-Baumarkt. Beim chinesischen Supermarkt finden wir Safran und die Fischsoße. Du liebe Güte, wozu braucht eure Chefköchin denn das alles?" Astrid gab ihr die Liste zurück.

"Keine Ahnung. Ich führe nur Befehle aus," lächelte Sofia. "Hatte total vergessen das alles richtig zu planen, aber ich konnte keinen klaren Gedanken fassen."

"Du hattest ja auch den Kopf voll," sagte Astrid. "Keine Angst, wir kriegen das alles schon hin. Warte, um ein Uhr muss ich die Kinder von der Schule abholen." Sie sah auf die Uhr am Armaturenbrett. "Jetzt ist es nach elf. Was hast du mit deinem Ex ausgemacht?"

Ex hörte sich so krass an.

"Nicht viel. Heute ist der letzte Tag der Konferenz und Errol will irgendwann die Woche nach Bloemfontein zurückfliegen. Er hat gefragt, ob ich heute Abend mit ihm zur offiziellen Abschlussveranstaltung im Convention Centre gehen will. Ich sitze hier mit dem ganzen Problem und er ist morgen auf und davon. Immer das Gleiche. Als ob ich heute Nacht mit ihm ausgehen will."

"Wieso denn nicht? Das ist wahrscheinlich genau das Richtige für dich und besser als immer nur nachzugrübeln. Hast du eigentlich Gugu nach der Spendenaktion angerufen?"

"Nein, noch nicht," Sofia hatte glatt vergessen, ihre beste Freundin anzurufen. Und Gugu war diejenige, mit der sie am meisten reden wollte.

"Hmm. OK, warum versuchst du nicht einfach diesen Errol zu erreichen und sagst ihm, daß du zu der Veranstaltung heute Abend mitgehen möchtest? Dann rufst du Gugu an und machst etwas mit ihr aus. Du kannst nicht nach Hause fahren, ohne dich mit ihr zu treffen."

Sofia dachte einen Moment lang nach. "Das hört sich nach einem guten Plan an," sagte sie entschlossen. "Was würde ich ohne dich tun, Cousinchen? Aber ich glaube, es wäre mir unangenehm, neben Errol im Auto zu sitzen. Ich werde selbst hinfahren."

"Yip, genau das würde ich auch tun." Astrid lächelte. "Und Errol kann in seiner Familie herumfragen, wer sonst noch Blutgruppe A hat. Er kann schließlich auch etwas tun."

"Ja, das kann er wohl." Sofia nahm ihr Handy und wählte Errols Nummer.

*

Als sie wieder beim Haus ankamen, hatten sie alle Hände voll mit Taschen und Kartons und zwei missmutigen Kindern in ihrer Schuluniform, die hinter ihnen ins Haus stapften. Sie waren müde nach dem Sportunterricht und wollten nur noch fernsehen.

"Ich mache schnell das Abendessen warm," sagte Astrid und schickte die Kinder nach oben in ihr Zimmer.

"Hast du vielleicht ein Kleid, das ich borgen kann?" fragte Sofia später.

"Klar, such' dir eins aus."

Astrid besaß eine astronomische Anzahl von 'Kitteln'. Um

genauer zu sein, einen ganzen Wandschrank voll, im Flur oben, der ausschließlich Abendkleider, festliche Tops und Hosen enthielt. Und Schuhe natürlich. Sie ging die Treppe voran und öffnete den Kleiderschrank.

"Wonach steht dir der Sinn?" Astrid nahm ein paar Kleider heraus und legte sie auf das Sofa neben dem Flurspiegel.

"Bin mir nicht ganz sicher." Sofia betastete ein anschmiegsames Paillettenkleid in grün und beschloss, daß es nicht ganz ihr Ding war. "Das ist wahrscheinlich zu übertrieben."

"Hast du Errol nicht nach dem Dresscode gefragt?" wollte Astrid wissen.

"Nein, daran hatte ich gar nicht gedacht. Alles, was er mir gesagt hat, war daß ich was Hübsches anziehen soll. Aber so schwierig kann es ja wohl nicht sein..." Astrid war schon dabei, den Event zu googeln. "... Sandton Convention Centre... Journalist des Jahres... Cocktail Party... da haben wir's ja. Du brauchst ein Cocktailkleid."

"Na denn." Sofia sah sich wieder im Kleiderschrank um. Charlie kam vorbei gerannt und versuchte ein surrendes Spielzeug, das an ihnen vorbeiflog wieder einzufangen. "Charles Edgar Sven Rankin, im Haus wird nicht gerannt!" ermahnte ihn seine Mutter. Der Junge seufzte laut, aber gehorchte. "Sorry, Mom. Kleider sind ja sooo langweilig."

"Du musst sie ja nicht tragen. Aber Tante Sofie schon."

"OK..." Charlie trottete in sein Zimmer zurück und das Surren begann von Neuem.

Astrid wählte drei Kleider aus, eines schöner als das andere, und legte sie aufs Sofa. "Da bitteschön. Such' dir eins aus. Ich hole dir gleich die passenden Schuhe dazu."

"Wow, wann hast du bloß die Zeit das alles zu tragen?" fragte Sofia und machte große Augen.

"Ach weißt du, wir gehen schon lange nicht mehr so oft aus, jetzt wo die Kinder da sind. Aber ab und zu sind wir eingeladen und dann kommen die Sachen wieder zu Ehren."

Sofia suchte sich eine cremefarbene, luftige Nummer aus, die gut zu ihrem Hautton passte. "Meinst du nicht, es ist bisschen unangebracht, wenn ich heute mit Errol ausgehe?" fragte sie, hielt das Kleid an sich hoch und studierte das Ergebnis im Wandspiegel. "Er ist ja schließlich mein Ex."

"Ich dachte, wir hätten das schon hinter uns gebracht..." seufzte Astrid.

"Ja, ich weiß... aber ich fühle mich irgendwie schuldig." Sofia legte das cremefarbene Kleid aufs Sofa zurück. "Es gibt ja auch noch nichts zu feiern."

"Hast du nicht gesagt, daß du mit Errol über seine Familie in Kapstadt gesprochen hast und, daß die sich testen lassen wollen?"

"Ja, er meinte, daß sieben Familienmitglieder sich heute Nachmittag Blut abnehmen lassen wollten."

"Ist doch großartig. Was willst du mehr, Sofie? Herumhocken und dich grämen?"

"Ich bin einfach so beunruhigt wegen... einfach allem," sagte Sofia.

"Das kann ich verstehen, aber wenn du ein wenig ausgehst, kann das wohl nicht schaden. Genug mit dem ganzen Trübsinn. Zieh' dir jetzt das Kleid an, hier in meinem Schlafzimmer."

Kurze Zeit später umarmte Astrid sie von der Seite. "Du siehst einfach toll aus, Sofie. Jetzt ab mit dir und amüsiere dich gut."

"Hey, mein Make-up!" Sofia ging ein wenig zurück und lachte.

"OK, nichts verschmiert. Fort mit dir," sagte Astrid in einem mütterlichen Ton. "Wenn du jetzt gleich gehst, schaffst du es vielleicht noch rechtzeitig da zu sein." Sie öffnete das Tor für Sofia, ging zu den Kindern hinauf ins Fernsehzimmer und sah sich wieder mal 'Toy Story 3' an.

In Sandton, zog Sofia im Parkhaus Kreise, um einen freien Parkplatz zu finden, deshalb war sie später dran als erwartet. Sie suchte das großzügige Foyer des Convention Centres ab und versuchte Errol auf ihrem Handy anzurufen. Elegant gekleidete Leute plauschten überall miteinander, nur Errol war nirgends zu sehen.

Er beantwortete sein Handy nicht und sie wollte es gerade wieder versuchen, als eine Schar kreischender Mädchen bei der breite Treppe ihre Aufmerksamkeit auf sich zog. Da stand Errol Botes, von jungen hübschen Dingern in Miniröcken und mit stark geschminkten Gesichtern umringt. Die Mädchen kamen aus Bloemfontein und hatten den DJ als Lokalprominenz erkannt. Errol schien die Aufmerksamkeit zu genießen. Er gab Autogramme auf die Haut und T-Shirts und eins der Girls machte ein Selfie mit ihm, während sie die ganze Zeit schnatterte und kicherte.

Was mache ich eigentlich hier? Fragte sich Sofia, vielleicht sollte ich einfach gehen...

"Wenn das nicht meine alte Freundin Lois Lane ist," sagte eine heitere Stimme hinter ihr. Sofia drehte sich um. "Sie sehen fabelhaft aus, einfach fabelhaft, meine Liebe."

Stan Makaroff schien sich ständig unbemerkt anzuschleichen, wenn er sie erblickte. Es war das erste Mal, daß sie den Tycoon passend für die Gelegenheit angezogen sah, in einem Anzug mit Schlips und... roten italienischen Schuhen. Na gut. Gugu sah sehr sexy aus in ihrem enganliegenden blauen Kleid, und folgte ihm wie immer dicht auf den Fersen.

"Vielen Dank, Mr. Makaroff," erwiderte Sofia und schenkte ihm ein schwaches Lächeln. Diesem Mann konnte man wirklich nicht aus dem Weg gehen! Sein Blick fiel auf das blau-goldene Armband, das sie trug.

"Du liebe Güte, was für ein exquisites Schmuckstück. Ist das etwa Tansanit, junge Dame?" fragte er mit ungespieltem Interesse.

"Ja, das ist richtig," sagte Sofia ein wenig unbeholfen.

"Wer Ihnen das geschenkt hat, muss sie sehr lieben."

"Mr. Makaroff, wenn Schmuck ein Zeichen von Liebe wäre, muss es sich bei den Frauen in Sandton..." sie fegte mit ihrem Arm herum, um die reich gekleideten und geschmückten Damen im Foyer miteinzubeziehen, "... um die am meisten geliebten Frauen im Lande handeln." Gugu lachte.

"Touché," gluckste Makaroff. "Touché, Lois Lane." Seine Aufmerksamkeit wurde von einer Gruppe von Geschäftsleuten angezogen, die bei den Aufzügen standen, und er winkte ihnen zu. Er nahm Sofia beim Arm und führte sie zu seinen

Bekannten in dunkelgrauen und dunkelblauen Anzügen. "Hier ist jemand, den ich euch unbedingt vorstellen muss, ihr Süßen." Höflichkeiten wurden ausgetauscht und Gugu stellte sich schützend neben Sofia.

"Wer sind denn diese Leute?" flüsterte Sofia Gugu ins Ohr.

"Sponsoren, die Geld für die Künste und alle möglichen gute Zwecke geben," flüsterte Gugu zurück.

Sofia fragte sich, warum sie diese Leute unbedingt hatte treffen sollen, aber vielleicht gab es ja keinen besonderen Grund dafür. Stan Makaroff machte Dinge oft aus Jux und Tollerei. Sie vergaß sofort nach der Vorstellung, wer diese Leute waren.

Es wurde dann etwas über Wohlfahrtsorganisationen geplaudert, die man so unterstützte und der exzentrische Magnat erschien immer gelangweilter. Stan Makaroff schaukelte auf den Sohlen seiner teuren roten Schuhe hin und zurück, die so gar nicht zu seiner Aufmachung passen wollten, und winkte Bekannten hier und da zu. Absatz-Zehenspitzen, Absatz-Zehenspitzen.

"Sie müssen uns unbedingt in unserem Büro besuchen kommen, meine Liebe," sagte er zu Sofia. "Wie steht es mit morgen früh?"

Sie sah Gugu an, die ermunternd nickte. "Hmm, ja. Warum nicht?" Sofia versuchte zu lächeln. "Irgendein besonderer Grund?"

"Wir müssen uns darüber unterhalten, wie wir am besten in eure Safari-Lodge investieren können. Vielleicht ändert ihr Freund ja seine Meinung und erlaubt uns dort auf die Jagd zu gehen. Um das Interesse aus dem Ausland anzuziehen, dachte ich... wir könnten mit einem Zuchtprogramm für Antilopen beginnen. Kudu, Eland, und vielleicht sogar Springbock. Dann machen wir mit Löwen und Nashörnern weiter. Jagdfreunde haben tiefe Taschen und werden es herrlich finden..."

Sofia war sprachlos. Hatte er das wirklich gerade gesagt?

"Mr. Makaroff, ich halte es kaum für angebracht so etwas hier zu besprechen..."

"Nennen Sie mich Stan, bitte..."

"Mr. Makaroff. Ich glaube nicht, daß ich überhaupt über so etwas reden möchte." Sofia warf den Kopf zurück und die dunklen, glänzenden Locken tanzten um ihr Gesicht herum.

Stan Makaroff überhörte ihren Einwand. "Es tut mir wirklich leid, aber ich muss mich davonmachen. Gugu wird das organisieren, mit dem Besuch morgen, Sofia." Er verbeugte sich ein wenig, dann sprach er zu der Gruppe. "Amüsiert euch noch gut, Kinder," dröhnte er mit durchdringender Stimme. "Muss schnell mal da rüber hüpfen, um jemanden zu begrüßen und mich auf meine Rede vorbereiten. Man kann sich nicht auf seinen Lorbeeren ausruhen, nicht wahr? Nicht wahr?!" Er wieherte vor Freude.

Oh ja, sie würde hingehen, und wenn es nur gut dazu wahr, ihm die Meinung zu geigen!

Bevor man noch 'Dreckskerl' sagen konnte, war Sofia mit den Sponsoren allein. Makaroff flanierte mit Gugu und dem Bodyguard im Schlepptau durch das Foyer. Eine peinliche Pause breitete sich aus. Die Sponsoren schienen nicht zu wissen, was sie mit Sofia anfangen sollten.

"Erzählen Sie uns doch einfach mal, was es ist, das sie so machen," sagte eine Frau im grauen Kostüm und versuchte interessiert zu klingen.

"Ich lebe auf einer Wildfarm oben im Norden, an der Grenze zu Botswana."

"Ach wirklich, das muss ja eine recht... lohnende Arbeit sein..."

Der Smalltalk zog sich dahin, bis Errol sich einstellte und ein Glas Champagner in Sofias Hand drückte. "Tut mir leid, Leute. Ich muss leider diese wunderhübsche junge Frau entführen..."

Er ließ sein charmantestes Lächeln aufblitzen, verteilte Visitenkarten und steuerte mit ihr ohne großes Getue auf einen ruhigeren Platz zu.

"Hübsches Kleidchen, übrigens," sagte er und mochte das, was in dem Kleid steckte sogar noch mehr.

"Meine Güte, danke auch..." Sofia war noch nie so froh gewesen, ihn zu sehen, aber sie hatte ein unbehagliches Gefühl, wie er so nahe bei ihr stand. Sie bemerkte zu ihrem

Entsetzen, daß sie ihn noch spüren konnte, noch eine Verbindung zu ihm fühlte!

"Aber bitte doch." Errol schnappte sich ein paar Kanapees von der Platte, die ein Kellner in gestreifter Weste den Gästen anbot. Eins reichte er Sofia mit einer galanten Geste. "Ich dachte wir wollten uns hier um sieben treffen."

"Ich hatte versucht, dich anzurufen. Konnte keinen Parkplatz finden," entschuldigte sie sich und knabberte an dem Kanapee. Ziegenkäse mit roter Zwiebelmarmelade. Nicht schlecht.

"Keine Ursache, Sofia. War das nicht gerade DER Stan Makaroff, mit dem du gesprochen hast?"

"Du meinst, als du dabei warst, mit den Teeny-Boppers zu flirten?" Sie mochte es nicht, wie die Worte herauskamen. Als ob es ihr etwas ausmachte, was er tat - und das war nun gar nicht der Fall.

"Tja, das Leben eines prominenten DJs..." Errol grinste und zog sie aus dem Weg eines Mannes, der an ihnen, offensichtlich schon betrunken, vorbei stolperte. Der Mann warf einen lüsternen Blick auf Sofia und sie stellten sich fast unter die breite Treppe.

"Mr. Makaroff ist ein Kunde von uns," sagte Sofia und wunderte sich über die sehr direkte Frage. "Eigentlich mag ich ihn nicht besonders... hast du gesehen, wie der Kerl mich gerade angeglotzt hat?"

"Nein, wer?" Errol war damit beschäftigt sich nach einer Frau in einem goldenen Satinkleid umzusehen, die ihm Augen machte.

"Ach egal. Wir haben gerade über Stan Makaroff gesprochen. Ich mag ihn nicht gerade," wiederholte Sofia nachdrücklich und nahm einen Schluck aus ihrem Champagnerglas.

"Ach komm' schon. Der Junge hat Beziehungen und diese Art von Vitamin B lässt einen in dieser Stadt aufsteigen. Tu' so, als würdest du ihn mögen und alle Türen stehen dir offen," sagte Errol.

"Offene Türen? Ich würde mich ihm gegenüber nur höflich benehmen. Er ist aber so nassforsch und irgendwie gruselig. Hat mich übrigens in seinem Büro morgen nach

Sandton eingeladen.”

“Ich hoffe doch sehr, du gehst hin,” sagte er scheinbar leichthin.

“Wieso interessiert dich das überhaupt?” meinte Sofia unwirsch. “Das geht dich eigentlich gar nichts an.” Ihre blauen Augen blitzten. Errol sah ziemlich verdutzt drein bei der ganzen Vehemenz. “Stimmt.”

“Tut mir leid, ich bin sicher, du meinst es nur gut,” sagte sie und streichelte ihr Armband.

“Ich will nur dein Bestes, Sofia. Ich sage dir, der Mann hat Beziehungen hoch drei.” Errol angelte sich noch ein Kanapee von der Platte, die ein anderer Kellner vorbei trug.

“Klar, das ist auch genau das, was mir im Moment am wichtigsten ist.” Sie trank ihren Champagner aus. Die Menschen begannen sich in Richtung Halle zu bewegen, wo runde Tische für das Dinner dekoriert waren. Blumen, Kerzen in Gläsern, weiße Tischtücher. Jemand testete die Mikrofone.

“Was passiert denn jetzt eigentlich?” fragte Sofia.

“Das Programm beginnt in etwa...” Errol sah auf die große Wanduhr in einem Stück übertriebenen afrikanischer Holzkunst. “...12 Minuten. Wir haben Zeit, um unsere Plätze zu finden und für noch ein Glas Champagner.” Er winkte einen der umherlaufenden Kellner zu sich und griff nach zwei Gläsern auf dem Tablett, das her vor sich hertrug.

Sofia nahm einen Schluck aus ihrem Champagnerglas. “Nicht schlecht, sorge für Nachschub.”

Sie bemerkte, wie Errol sie anstarrte, aber ehe sie noch etwas tun konnte, hatte er ihr Gesicht in beiden Händen und küsste Sofia mitten auf den Mund. Sofia hätte fast ihren Champagner ausgespuckt, aber das hätte alles nur noch peinlicher gemacht! Zuerst war sie richtig sauer, dann nicht mehr so ganz sicher, ob es angenehm gewesen war oder nicht.

“Hey, was sollte das denn?” Sie machte sich los und schluckte. Es war ihr etwas schwindelig von all dem Champagner.

“Was meinst du denn, was das sollte?” spielte Errol mit den Worten und biss in ein anderes Kanapee, während er die

Menge beobachtete, als ob nichts Ungewöhnliches passiert war. "Ich mag dich eben noch, das ist alles."

"Du kannst mich nicht einfach so küssen, Errol. Das geht doch nicht," stammelte sie.

"Warum denn nicht? Ist doch kein großes Ding."

"Es macht alles noch komplizierter und das möchte ich nicht," knurrte Sofia.

"Ach, wieso musst du immer alles auf die Goldwaage legen?" Errol hörte sich gelangweilt an. "Nimm's nicht so ernst."

Summ summ summ. Ein SMS kam gerade durch und Sofia war dankbar für die Unterbrechung. Vielleicht war es ja Gugu, die ihr eine Zeit für das Treffen morgen früh mitteilte. Sie sah auf ihr Handy: es war eine Nachricht von Tom. Gut. Aber dann sie riss ihre Augen weit auf, als sie voll Schrecken den Text im Telegrammstil las, und der mit einem weinenden Emoji endete.

'Lorraine hatte letzte Nacht einen Unfall. Sie ist vor einer Stunde im Krankenhaus gestorben. Beerdigung am Donnerstag. Komme nach Joburg mit Barry und Charmaine. Ruf mich an *weinendes Gesicht*'

Sofia starrte auf die Nachricht. Was?! Aber Tom würde sowas nie zum Spaß machen, also musste es wahr sein. Der Schreck war ihr wohl im Gesicht gezeichnet.

"Stimmt was nicht?" fragte Errol besorgt.

"Tut mir leid, da ist was passiert. Ich muss gehen," sagte Sofia und setzte ihr Glas auf einem Tisch ab. Sie war immer noch etwas angesäuselt von dem ganzen Champagner und durcheinander wegen dem Kuss, aber sie musste sich zusammenreißen und einfach nach Hause fahren.

"Willst du nicht wenigstens deinen Champagner leertrinken?" fragte Errol.

"Es ist zu dringend. Tut mir echt leid, ich will dich hier nicht einfach so stehen lassen, aber es geht nicht anders. Ich muss gehen." Alles hier war unwichtig. Nichts anderes spielte eine Rolle mehr.

"Ja, immer das Gleiche." Er machte natürlich eine Anspielung darauf, wie sie sich getrennt hatten, aber Sofia hatte keine Zeit dazu, dieses Spielchen mitzuspielen. Alles, woran sie denken konnte war, daß sie Tom anrufen musste. Weit weg von hier. Weit weg von Errol.

Sofia hatte die Zweitschlüssel zum Haus, aber die Hunde waren im vorderen Garten und machten ein Riesentara. Sie kläfften und jaulten, als ein Wagen des Sicherheitsdienstes gemächlich vorbeifuhr. Es war ja immerhin ihre Aufgabe, das Haus zu bewachen.

Das musste Astrid sicherlich aufgeweckt haben.

Auf der Fahrt von Sandton war Sofia allmählich wieder nüchtern geworden und sie erinnerte sich daran, daß die Hunde nach hinten gebracht werden mussten, bevor sie mit ihrem Auto auf das Grundstück fahren konnte. Errol ist doch gar nicht so übel, dachte Sofia, als sie an den Reihen weißer Rosen vorbeiging.

Vielleicht sollte sie ihm eine Chance geben, damit sie wenigstens Freunde bleiben konnten. Errol hatte Sofia das Versprechen abgerungen, am nächsten Morgen mit ihm frühstücken zu gehen, bevor er abfuhr. Es war das Wenigste, was sie tun konnte, bevor sie sich morgen früh zum Makaroff Tower in Sandton auf den Weg machte. Sie mussten ja auch noch wenigstens die Testresultate besprechen und ihren Sohn Damian retten.

Das Haus war still und dunkel. Alle mussten sich schlafen gelegt haben. Sofia sah in Astrids Zimmer nach. Das Bett war unberührt. Astrid war auch nicht unten im Haus. Also waren wahrscheinlich nur die Kinder im Haus. Sie durfte sie nicht aufwecken. Astrid war vielleicht nur schnell losgefahren, um Milch oder sowas ähnliches im 24/7 Laden zu besorgen.

"Kommt her, Loki, Freya! Ich habe Leckerli für euch." Sie rief die Hunde so leise wie möglich und warf ein paar Hundekuchen in die Luft. Loki und Freya fingen sie mit Leichtigkeit auf. "Jetzt aber raus mit euch in den hinteren Garten," flüsterte sie und schloss die Küchentür. Sie würden zweifelsohne frustriert die ein oder andere Pflanze ausgraben oder sonst was, bis Astrid zurückkam von was immer sie machte.

Sofia wählte Toms Nummer. Voicemail. Na großartig. Sie

erreichte ihn beim dritten Anlauf. 'Wo warst du denn bloß? Du kannst mir nicht einfach so eine Nachricht schicken und dich dann dünn machen...'

'Ich bin in der Küche und bespreche mit Karen Änderungen des Tagesmenüs. Ich gehe jetzt gleich zum Haus hoch.' Tom hörte sich erschöpft an.

'Seit wann kümmerst du dich denn um die Änderungen des Menüs?'

Tom räusperte sich. 'Personalmangel und du bist ja auch nicht hier.'

Da war eine andere Stimme im Hintergrund. Eine weibliche Stimme.

'Aha,' sagte Sofia und fühlte so ein dummes, heißes Gefühl von Eifersucht in sich hochsteigen.

'Hi Sofia, wie geht's in Joburg?' Es war nur Karen, die Chefköchin, die sich zu Wort meldete. 'Scheußliche Sache, das mit Lorraine Pienaar, echt. Das Dorf überschlägt schier vor lauter Gerüchten. Ich wäre auch gern zur Beerdigung mitgekommen, aber ich kann nicht einfach die Küche für ein paar Tage zumachen. Oh, bevor ich's vergesse, bring mir bitte den Spiralschneider mit. Ich verlasse mich auf dich.'

Sofia schluckte. 'Hi Karen, ich bin immer noch auf der Suche nach dem Ding. Hast du 'ne Ahnung wo ich das finden kann?' Sie unterhielten sich über den Spiralschneider und was Lorraine zugestoßen war.

'OK Leute. Ich mache mich jetzt auf die Socken,' sagte Tom und verließ die Küche. 'Feierabend.' Sofia konnte hören, wie er erschöpft war, als er auf dem Kiesweg entlang schlich. Brutus der Hund knurrte den fauchenden Geparden im Hintergrund an.

'Das ist so unglaublich traurig! Weiß man denn Genaueres, wie das mit Lorraine passiert ist?' fragte Sofia.

'Nicht ganz sicher. Ich kann nicht viel aus Barry herauskriegen. Es sieht ganz nach einem Autounfall aus. Sie muss am Steuer eingeschlafen sein oder so und ist von einem Kliff gefahren,' sagte Tom.

'Was? Das kann doch nicht wahr sein. Was für ein Kliff

denn? Wo war sie als das passierte?'

'In Joburg. Ich glaube, Barry sagte etwas von Northcliff, aber warum sie eingeschlafen sein soll... keine Ahnung. Vielleicht habe ich ihn nicht richtig verstanden. Au weia, vielleicht war sie ja zugedröhnt. Die beiden können jeden unter den Tisch saufen.'

'Lass uns mal keine voreiligen Schlüsse ziehen. Vielleicht war da noch ein anderes Auto drin verwickelt, wer weiß...'

Sofia hatte keine Ahnung, wie nahe sie an der Wahrheit war. Sie besprachen die anstehenden Vorbereitungen der Beerdigung.

'Du meintest, die Beerdigung ist am Donnerstag. Wo genau? Aha, ja... Wann kommst du an, Tom?'

'Wir fahren Mittwoch mittags los, also irgendwann am Nachmittag.'

'Kannst du schon sagen, wann ungefähr?' hakte Sofia nach.

'Nein, Barry will mich abholen kommen. Er ist in einer schlimmen Verfassung, Sofie. Quasselt ununterbrochen, wenn er nicht zu betrunken ist. Meinte, er hätte nie aufgehört Lorraine zu lieben. Säuft wie ein Loch.'

'Hört sich beschissen an. Und du lässt ihn in dem Zustand fahren?'

'Was soll ich denn tun?'

'Naja, zum Beispiel selbst fahren und ihn auf dem Rücksitz seinen Rausch ausschlafen lassen. Egal, ob ihm das gefällt oder nicht. Wenn er es nicht schafft sich zusammenzureißen und einen Todeswunsch hat, sollte er überhaupt nicht mit Passagieren im Auto fahren. Tom, bitte.'

'Na gut, ich werde mit ihm reden. Rufe dich an, wenn wir da sind. Kannst du vielleicht ein Gästehaus für uns buchen? Ich glaube nicht, daß Astrid sich besonders freuen wird, wenn wir alle drei bei ihr Zuhause antanzen.'

Tom gähnte und sie konnte Jethro in seinem Gehege knurren hören. Wenn sie doch nur dort bei ihm sein könnte!

'Wahrscheinlich nicht,' sagte sie. 'Ich kann sie Nichtmal fragen, weil sie im Moment nicht Zuhause ist. Die Kinder würden sich womöglich auch erschrecken, wenn sie hören, daß jemand gestorben ist.'

'Na gut, dann lass' mich mal hier weitermachen und ein wenig Schlaf wäre auch nicht schlecht.'

'Ja, das wäre nicht schlecht. Gute Fahrt. Ich hab' dich lieb.'

'Ich hab' dich auch sehr lieb, Babes. Bis bald dann.' Tom legte auf.

Sofia verbrachte eine fürchterliche Nacht. Sie träumte nie sehr oft, aber auf einmal träumte sie ein ganzes Bilderbuch von ihrer Mutter und wie sie ausgesehen hatte, als sie sie zum letzten Mal sah. Mom trug das gleiche Kleid und hatte einen Streit mit Dad. Ihre Eltern konnten sie nicht sehen, konnten sie nicht hören und sie wollte doch so sehr mit ihnen reden.

Sie träumte von Lorraine, wie sie auf der Cocktailparty in Shangari halb-betrunken gewesen war; sie sagte etwas furchtbar Wichtiges, das Sofia nicht verstehen konnte. Lorraines Kleid rutschte herunter und es war ihr peinlich ihretwegen. Dann war da ein Junge in einem Sarg, der so wie Damian aussah. Er wurde in ein Grab hinuntergelassen.

Weglaufen, laufen, fallen, aufstehen und weiterlaufen...

Sie erwachte und fühlte sich wie durch die Mangel gedreht. Es war acht Uhr morgens und Tom kam am Mittwoch an. Sie musste beim Dragonfly Gästehaus in Linden die Straße runter anrufen. Dann war es schon an der Zeit, Errol um neun zu einer Tasse Kaffee zu treffen. *Komm' schon, reiß' dich am Riemen*, schimpfte sie mit sich und trank ihre erste Tasse Kaffee in der Küche.

*

"Also dieser Tom kommt am Mittwoch?" sagte Errol mit einem Anflug von Sarkasmus. "Dann lass' uns mal das Beste daraus machen. I möchte ja schließlich keinen Ärger zwischen euch beiden stiften, oder?"

"Ach bitte, fang' nicht an damit..." stöhnte Sofia. Gugu hatte gerade eben eine Nachricht wegen des Treffens gesendet. *'Sehe dich um 10 Uhr im Makaroff Tower. Frage unten an der Rezeption nach mir.'*

'OK' hatte Sofia zurück getextet.

"Ach, Sofia, ich meine das doch nicht ernst," sagte Errol und hatte ein Auge auf die Bedienung.

"Wirklich?"

"Wirklich." Das hörte sich so ganz und gar nicht beruhigend an.

Es war ein richtiger Déjà-vu Moment für sie, wie sie hier mit Errol am Tisch saß. Sie zankten sich mal wieder wie ein altes Ehepaar.

"Ich bin jetzt einfach zu müde für sowas. Tom muss sich um Charmaine und Barry kümmern. Sie wird wahrscheinlich die ganze Zeit über nur heulen und er muss sichergehen, daß Barry nicht total besoffen zur Zeremonie erscheint. Er ist immer so laut, wenn er sich betrinkt."

Sofia seufzte bei der Erinnerung an ähnliche Vorfälle.

"Wo ist denn die Beerdigung?" fragte Errol. "Auf dem Lande?"

"In einer Kirche in Melville. Lorraine hatte dort in einem Cottage gewohnt. Danach gehen die Gäste dann in irgendein Restaurant in Melville. Ich weiß noch nicht welches. Ich kenne mich in Joburg nicht so gut aus."

"Ich könnte auch hingehen. I habe GPS."

"Wieso solltest du denn hingehen, Errol? Ich glaube nicht, daß du eingeladen bist; du hast Lorraine ja Nichtmal gekannt. Und außerdem wird Tom da sein."

"Weiß ich doch, Sofia. Tut mir auch leid wegen deiner Freundin und ich sollte keine schlechten Witze reißen."

"Ja wirklich, du und deine Witze... Außerdem war sie nicht richtig meine Freundin. Wir waren so ziemlich auf verschiedenen Wellenlängen. Aber Lorraine war in Ordnung, wenn sie nicht einen zu viel hinter der Binde hatte."

"Hört sich ja nicht so toll an," Errol und besah sich eingehend das Frühstücksangebot auf der Speisekarte. "Ja, so ist das Leben nun mal. Lass uns von was anderem reden. Mmm, das English Breakfast hört sich doch gut an."

"So ist das Leben nun mal?" fragte Sofia und gab auf.

"Willst du Frühstück haben?"

"Nein danke, nur Kaffee für mich."

Errol bestellte ein English Breakfast für sich und Filterkaffee für Sofia. "Also, hast du denn schon was aus Kapstadt gehört?" fragte Sofia schließlich.

Errol studierte die anderen Seiten der Speisekarte. "Ja, habe ich..."

"Was, und du sagst mir nichts?" Sofia fühlte sich genervt von seiner gleichgültigen Art. Es ging ja auch nur um die winzige Angelegenheit, wie es um die Gesundheit ihres gemeinsamen Sohnes stand!

"Ich sag's dir gleich." Er sah sie über den oberen Rand der Speisekarte an.

"Errol! Raus mit der Sprache. Was haben sie gesagt?"

Sofia lehnte sich nach vorn und er legte widerwillig die Speisekarte auf den Tisch.

"Sie haben gesagt, daß fünf Leute getestet wurden: meine Mutter, mein Bruder..."

"Also fünf statt sieben... OK... ja und?"

"Ein entfernter Cousin von mir scheint übereinzustimmen, aber sie meinen, daß anscheinend noch mehr tests gemacht werden müssen. Kann mich nicht daran erinnern, warum. Das sind doch gute Neuigkeiten, oder?"

Sofias Gesicht leuchtete auf. "Das sind großartige Neuigkeiten, Errol. Wann soll das denn stattfinden?"

"Bald. Da gibt es ein kleines Problem," meinte Errol und rollte spielerisch mit den Augen.

"Was für ein Problem?"

"Naja, der Kerl hat kein Geld und will für das Privileg einen Teil seiner Leber zu spenden - sagen wir mal - kompensiert werden."

"Du meinst..." Sofia wusste nicht, wo ihr der Kopf stand. Letzten Endes ging es nur ums Geld?

"Ja. Er ist ein entfernter Cousin und kennt den Jungen Nichtmal, deshalb will er was dafür haben. Er ist halt einfach so."

"Du hast ja 'ne nette Familie! Was haben die Daniels dazu gesagt? Ich meine, das ist doch Erpressung," Sofia fühlte Empörung in sich hochsteigen.

"Sie sind bereit die Hälfte zu zahlen," beteuerte Errol und sah weg.

"Nur die Hälfte... und was ist mit der anderen Hälfte?"

"Ich dachte, vielleicht könntest du ja deinen... Freund

fragen. Er hat doch Geld, oder? Als Besitzer einer Safari-Lodge und all sowas…"

"Und wie soll ich ihm das alles erklären? Wofür ich das Geld brauche?" fragte Sofia entgeistert.

"Du wirst dir schon was ausdenken. Denke an unseren Sohn, Sofia."

"Es ist nicht richtig. Das ist einfach nicht richtig."

Warum war Errol bloß so ruhig bei dem Ganzen? Mittlerweile stand Sofia kurz vor einem Vulkanausbruch.

"Weiß ich ja, aber was soll man da machen? Ich habe keine Kohle und du hast auch keine." Errol zuckte mit den Schultern. "Also frage deinen Freund danach."

"Ich habe ein wenig beiseite gelegt. Ich brauche nicht viel für mich selbst. Wieviel Geld will er denn haben?"

"Fünfzigtausend Rand." Errol schien sich nicht sehr sicher zu sein.

"Was?! Hat der noch alle Tassen im Schrank?" rief Sofia. Die anderen Gäste und die Kellner starrten sie an. Sie musste sich in den Griff kriegen.

"Was soll ich machen? Entweder zahlen wir ihm, was er will oder er wird abspringen." Errol zuckte die Schultern. Wie konnte er bei dem allem nur so ruhig bleiben?

"Und dieser Kerl gehört zu deiner Familie?" zischte sie.

"Entfernte Familie."

"Tolle Familie. Ekelhaft. Kannst du nicht deine Mutter dazu kriegen, ihm die Leviten zu lesen?" Sie wurde mit jedem Augenblick verzweifelter.

"Das haben sie schon versucht. Ah, hier kommt das Frühstück." Er spachtelte Eier und Speck in sich hinein.

"Da muss man doch irgendwas machen können!" Sofia fühlte sich geschlagen. "Ich werde versuchen etwas zu organisieren und lasse dich wissen, was dabei 'rauskommt."

Errol starrte sie kauend an. "OK, verstehe, du gibst mir Bescheid. Willst du nicht deinen Kaffee trinken?"

"Kaffee? Wenn ich noch mehr Kaffee trinke, explodiere ich!"

Als sie meinte, sie könnten endlich Freunde sein, des Jungens wegen, musste sein Cousin versuchen, sie zu erpressen! Unglaublich! Und Errol schien das ganz in Ordnung zu finden. Vielleicht war sie voreilig gewesen, als sie dachte, er sei gar nicht so übel.

In Kapstadt hatte sie damals ziemlich schnell herausgefunden, daß Errol sich nie auf eine ernsthafte Beziehung einlassen würde. Er amüsierte sich zu gut, um so etwas ernst zu nehmen und sie hatte sich dann mit einem Telefonanruf von ihm getrennt.

Das Schuldgefühl wegen Tom und dann das Entsetzen, als sie herausfand, daß sie schwanger war. Sofia wollte sich nicht daran erinnern müssen.

"Wirst du mit deinem Freund darüber sprechen oder was?"

"Ich habe gesagt, ich werde es dich wissen lassen. Erstmal muss ich über das Ganze nachdenken."

"Denk' nicht so lange drüber nach," brummte Errol und sah sie an, als gäbe es dabei nichts nachzudenken.

"Ich werde nicht... Oh verflucht!" Sofia starrte auf ihre Uhr.

"Was ist?"

"Es ist schon spät. Ich muss doch zum Makaroff Tower. Gugu hat mir eine Nachricht geschickt, daß ich um 10 Uhr da sein soll."

"Du hast doch noch genug Zeit hinzukommen. Denke an die Beziehungen - Vitamin B – ist in der Stadt ungeheuer wichtig."

"Oh, hol' dir dein eigenes blödes Vitamin B," zischelte sie. "Und das hier geht auf deine Rechnung."

"Oooh, warum bist du denn so bissig?" fragte Errol im Scherz.

"Ach hör' schon auf damit. Du knallst mir den ganzen Mist vor den Latz und ich bin müde und außerdem werde ich zu meinem Treffen mit Gugu wahrscheinlich zu spät kommen, also kannst du dir das sonst wohin stecken." Sofia begann Richtung Parkplatz zu gehen.

"Vergiß bitte meinen Cousin nicht..." rief Errol ihr hinterher.

"Natürlich nicht!" Sie drehte sich Nichtmal mehr um. Sofia war wütend. Wut war besser als Verzweiflung. Warum musste alles immer so verdammt schwierig sein? Mit etwas Glück würde sie die Geschichte gleich Gugu erzählen können. Ihre Freundin stand mit den Füßen fest auf dem

Boden und hatte immer einen guten Rat parat. Und das war genau, was Sofia jetzt nötig hatte.

"Gugu, ich bin auf dem Weg nach Sandton." Sie hielt ihr Handy ans Ohr, während sie den Bakkie steuerte. "Können wir allein spreche, wenn ich ankomme? Ich meine privat, wenn Makaroff nicht dabei ist."

'Wir können jetzt reden, Sofie.'

"Geht nicht, ich fahre gerade."

'Hey, sei vorsichtig,' Gugu hörte sich besorgt an. 'Ich sag' ihm, daß du etwas spät dran bist, wegen dem Verkehr. Dann haben wir ungefähr 20 Minuten oder so für uns.'

"Gut, danke dir."

Der Makaroff Tower in Sandton sah eindrucksvoll aus. Ganz aus Glas und Chrom. Eine Drehtür, eine riesige Rezeption und ein großer Bildschirm darüber, der alle paar Minuten ein anderes Bild zeigte, mit lachenden Minenarbeitern und jungen Pärchen und Leuten, die Geld ihr zählten. Sofia saß bei der Rezeption und grübelte nach.

"So, was gibt's?" Gugu ließ sich ohne Vorwarnung auf die weiche Couch neben Sofia plumpsen. Sie sah umwerfend aus in ihrem Designer-Kostüm und ihre Haare waren auf einer Seite hochfrisiert. Sofia erklärte ihr die Situation. Gugu pfiff undamenhaft durch die Zähne und legt ihren Schreibblock auf den Sitz neben sich.

"Wow, im Ernst jetzt? Was zum Teufel denkt sich Errol dabei, dich um Toms Geld anzuhauen? Dich derart unter Druck zu setzen? Ich meine, er ist doch genauso sein Sohn. Kann er nicht einfach ein Darlehen aufnehmen? Können die Daniels nicht einfach ein Darlehen aufnehmen?"

"Ja, er ist auch sein Sohn," sagte Sofia und sah wehmütig hoch, "und dafür muss ich anscheinend den Rest meines Lebens bezahlen."

"Ach komm schon, wenn da ein Problem ist, gibt es auch eine Lösung zu dem Problem. Wenn ich nicht daran glauben würde, hätte ich arge Schwierikeiten in meinem Job."

"Deswegen musste ich jetzt mit dir sprechen. Was denkst du von all dem?" Sofia hielt ihren Atem an.

"Hört sich ganz nach Erpressung an," grübelte Gugu. "Vielleicht schaue ich mir einfach zu viele Krimiserien an, aber was ist, wenn Errol einen Anteil davon abbekommt?"

"Das würde er nicht wagen!" Sofia regte sich wieder auf.

"Sofia, denk' doch mal darüber nach. Hast du Vertrauen zu Errol?"

"Ich traue ihm nicht über den Weg." Da bitte, Sofia hatte es endlich ausgesprochen. Sie hatte jetzt schon eine Überdosis von Errol intus, nach den paar Tagen; hatte genug von seiner unbeschwerten Art, während sie sich halb zu Tode sorgte um die Gesundheit ihres Sohnes. Gugu legte eine beruhigende Hand auf Sofias Arm.

"Reg' dich nicht so auf. Wenn du mich fragst – folge deiner Intuition und erzähle Tom alles, so schnell wie möglich. Hörst du? Bevor er es von irgend sonst jemandem hört," sagte Gugus beschwörend.

"Du hast ja recht," seufzte Sofia.

"Im Moment wissen wir eigentlich nur, was diese Mrs. Daniels und Errol uns erzählen..."

"Und dieser Arzt in Kapstadt."

"Genau. Wie heißt der nochmal?" Gugu nahm ihren Schreibblock zur Hand.

"Dr. Bezuidenhout in Bellville."

"Dr. Be... zuiden... hout... Bellville." Gugu kritzelte es auf ihren Schreibblock. "Schau, ich werde mal etwas nachbohren und rausfinden, wer diese Leute sind, in welchem Krankenhaus Damian liegt und so weiter. Dann wissen wir schon mehr und du kannst eine bessere Entscheidung treffen."

"Das würdest du tun?"

"Klar würde ich das tun. Das kann ich sogar ziemlich gut."

"Danke dir, Gugs!" Sofia gab ihrer Freundin einen Kuss auf die Wange. "Was sollte ich nur ohne dich tun?"

"Das frage ich mich auch manchmal," lachte Gugu. "Jetzt sollten wir uns aber beeilen oder Mr. Makaroff fängt noch an zu schmollen."

Sie ging mit eleganten Schritten in ihren hohen Absätzen zum Aufzug voran. Sofia folgte ihr in flachen Turnschuhen, die auf den polierten Porzellan-Kacheln kleine Quietschgeräusche machten. Gugu grüßte einen untersetzten Mann im dunklen Anzug. "Wie geht's, Alwin?"

"Danke gut. Ich werde die Dateien heute Nachmittag fertig haben."

"Danke dir, Alwin."

Sofia meinte den Mann schonmal gesehen zu haben und lächelte ihn an. Sie gingen an einem abstrakten Gemälde in allen Farben des Regenbogens vorbei. Es war das Gesicht eines Mannes, der seine Zunge herausstreckte.

Sofia hatte nicht schlecht Lust genau das Gleiche mit Stan Makaroff zu machen. Wenn er dachte, daß sie ein nettes kleines Gespräch über seine hochfliegenden Jagdpläne haben würden, hatte er sich geschnitten.

Die Tür zum Aufzug öffnete sich und die beiden Frauen traten hinein.

SIEBTES KAPITEL

Das Büro von Stan Makaroff befand sich auf der obersten Etage des emporragenden Gebäudes und es war riesengroß. Gugu führte sie durch Milchglastüren in das Büro. Kunstwerke, poliertes Holz und große Fenster mit Aussicht auf die Skyline des südafrikanischen New Yorks dominierten den mit Teppichen ausgelegten Raum.

Sie ließen die durchdringenden Geräusche des Ganges hinter sich und durchquerten auf Perserteppichen den Empfangsbereich.

Die Sekretärin hätte gut ein hochgewachsenes Supermodel sein können, mit ihrer perfekten Figur, die in einem teuren giftgrünen Etuikleid steckte, und mit ihrer kunstvollen Frisur. Sie hielt einen Packen Dokumente und stolzierte gerade von einem der kleineren Büros zu ihrem Schreibtisch zurück.

Wie bringt sie es fertig mit solchen Fingernägeln zu tippen? Fragte sich Sofia.

Die Frau schenkte Gugu und Sofia hochmütige Blicke unter falschen Augenwimpern durch. "Mr. Makaroff wird sich gleich um Sie kümmern. Er ist noch mit Interviews beschäftigt," sagte sie in einem nachgeahmten britischen Akzent. "Nehmen Sie doch bitte Platz." Die Sekretärin winkte Richtung Wartebereich mit modernen Stühlen und Sofas in harten Primärfarben, die nicht sehr bequem aussahen.

Gugus Handy meldete sich. "Ja, ja sicher... ich bin gerade nicht an meinem Schreibtisch, aber ich werde nachsehen warum der Anhang nicht dabei war. Nein, wir halten uns an den Fristablauf, keine Sorge. Ja, ich werde gleich nachsehen."

"Arbeit?" fragte Sofia und setzte sich auf einen Plexiglas-

Sessel der sie an eine Brücke erinnerte. Er war überraschenderweise komfortabel.

"Entschuldige Sofia – das ist leider wichtig. Ein Medien-Vorgespräch. Bin gleich wieder da. Mr. Makaroff sollte nicht mehr lange brauchen. Du kannst so lange hier warten und... Zeitschriften ansehen."

"Ich bin aber nicht hergekommen, um mir Zeitschriften anzusehen," murrte Sofia und begutachtete die übliche Auswahl an Klatsch-, Mode,- und Reisemagazinen, die auf dem Glastisch ausgebreitet waren.

"Tu's mir zuliebe, bitte. Ich werde nicht lange brauchen." Gugu sprach mit der giftgrünen Sekretärin. "Portia, könnten Sie Ms Helenius bitte etwas zu trinken anbieten?" Gugu ließ ihre Autorität spielen.

"Aber sicher, Ms Mbatha." Sie sah Sofia jetzt weniger hochnäsig an. Stan Makaroffs PR Managerin ging zum Aufzug zurück.

"Kaffee, Tee?"

"Ein Glas Wasser bitte, danke." Sofia nahm ein Klatschmagazin in die Hand. Gugu hatte zweifellos ihr eigenes Schickimicki-Büro auf einer unteren Etage. Sofia lehnte sich so weit zurück, wie der S-förmige Plexiglas-Sessel es zuließ und betrachtete das abstrakte Gemälde an der Wand. Was sollte das denn darstellen? Sie neigte ihren Kopf etwas zur Seite.

Vielleicht waren es weibliche Formen, die in verschiedenen Rottönen und aus verschiedenen Perspektiven gemalt waren.

Portia stellte das Wasser auf den Tisch und begann an ihrem PC zu hantieren, während Sofia einen verstohlenen Blick auf die geschlossene Tür zu Makaroffs Büro warf. Es war eine Tür aus massivem Hartholz, Teak wahrscheinlich, mit glänzenden Buchstaben darauf: Stanislav Makaroff, Hauptgeschäftsführer.

Zwei asiatische Herren in dunklen Anzügen saßen auf einer leuchtend blauen Couch und warteten genau wie sie. Sie mussten schon vor ihr hier gewesen sein. Das hieß, sie waren vor ihr dran. Na großartig. Es war wie beim Zahnarzt. Die Herren lächelten und nickten und Sofia tat das Gleiche. Sie suchte sich eine Zeitschrift aus, in der es um Reisen in Afrika ging und blätterte durch die farbigen Seiten. Urlaub in Namibia hörte sich spannend an... die 10 besten Strände in Mosambik... würde sie es jemals schaffen nach Mosambik zu kommen? Sofia sah auf die Wanduhr. Wie lange denn noch?

Was für eine Zeitverschwendung auf Mr. Makaroff zu warten. Warum nochmal war sie hergekommen?

Sofia wehrte sich gegen den Drang, aufzustehen, sich einfach über weiche Teppiche hinauszuschleichen, den Fahrstuhlknopf zu drücken und das Gebäude ungesehen zu verlassen. Nur würde dann wahrscheinlich Gugu Ärger bekommen und außerdem... Makaroff war ein wichtiger Kunde für Shangari.

Sie konnte ihn schlecht mit der Verachtung strafen, die er verdiente. Also gut, sie würde wenigstens so lange warten, bis Gugu zurückkam. Sofia war sowieso mehr wegen Gugu hier, sie wollte sie sehen und mit ihr sprechen. Aber hier in diesem doofen Wartebereich rumsitzen und warten...

Da war so vieles was sie noch tun musste. Sofia hakte eine Liste ab, die sie im Kopf hatte: Sachen für die Lodge kaufen, die Buchung beim Gästehaus in Linden bestätigen und die Buchung des Restaurants in Melville. Sie dachte an Errol, der ihr von seinem Cousin erzählt hatte. Wie er Geld dafür haben wollte, bevor er Damian ein Stück seiner Leber spendete. Ein Stich ging durch ihr Herz. Das war einfach nicht fair.

Warum strengte sich diese Mrs. Daniels nicht mehr an, ihren Sohn zu retten? Sofia wurde weh ums Herz, wenn sie nur daran dachte. Die schwere Tür zu Makaroffs Büro öffnete sich einen Spalt und schloss sich gleich wieder. Was ging in diesem Büro vor sich?

Die beiden Asiaten begannen miteinander zu sprechen. "Kun pôot wâa à-rai ná?"

"Chûay kǐan long hâi nòi dâai mǎi."

"Kam nán òk sǐang wâa yàang rai?" Sie versuchten englische Worte auszusprechen. "Oonly until toomollow." Sie lächelten sie an und sie lächelte höflich zurück. Sofia hatte keine Ahnung, worüber die beiden sprachen. Waren es Chinesen? Sie wusste es nicht.

Einer der Männer hatte ein gefaltetes T-Shirt neben sich auf der Couch liegen und Sofia konnte sehen, daß 'Explore Thai...' darauf stand. Thailand also. Die Herren lachten herzlich und unterhielten sich weiterhin in ihrer eigenen Sprache. Sofias Stimmung verdüsterte sich, deshalb fuhr sie fort in ihrem Reisemagazin zu lesen und lernte alles, was man über das Reisen in Namibias unberührten Naturreservaten wissen musste. Die Tür ging erneut auf und sie konnte zwei junge Mädchen in dürftiger Bekleidung erspähen, wie sie vor einem wuchtigen Schreibtisch saßen.

Sofia konnte ihre Gesichter nicht erkennen, aber sie fühlten sich offenbar unwohl, wie sie so steif dasaßen. Der Schreibtisch war aus dem gleichen Holz wie die schwere Bürotür. Da waren noch mehr Kunstwerke an der Wand innen und natürlich Teppiche.

Makaroff telefonierte. Seine Stimme klang gebieterisch.

"Ja, Zweihunderttausend Piepen bis morgen. Nein, nein. Bis morgen... ach verdammt nochmal..." Die Teak-Tür schloss sich wieder.

Makaroffs Bodyguard stand jetzt neben der giftgrünen Sekretärin, die Portia hieß. Sie unterhielten sich in gedämpften Tönen und Portia nickte. Alles, was Sofia hören konnte, war '...seine Frau will es so haben...'

Was immer da besprochen wurde, ging Sofia nichts an. Sie kannte Makaroffs Frau nicht. Wenn sie's genau nahm, hatte Mrs. Makaroff ihren Mann noch nie nach Shangari begleitet.

Die Sekretärin sprach am Telefon und hielt ihre Hand davor, was sehr geheimnistuerisch aussah. Das weckte Sofias Interesse; sie hatte eigentlich gar nicht die Absicht gehabt zu lauschen. "Frage mich, wie lange es noch dauert..." sagte sie zu den asiatischen Herren, die ihr ein breiten Lächeln schenkten und sie nicht zu verstehen schienen.

Ich gebe ihm fünf Minuten, dachte Sofia, dann nichts wie raus hier. Sie nahm die Liste mit den Sachen, die sie noch kaufen musste, aus ihrer Handtasche und verglich sie mit der Liste, die sie im Kopf hatte. Vielleicht gab es ein paar der exotischen Zutaten, die Karen haben wollte, hier in Sandton City...

"Hey, Sofia?"

"Ja?" Sofia sah verstört auf.

"Du bist ganz in Gedanken, Kleines," stellte Gugu fest.

"Es wird aber auch Zeit, daß du zurückkommst, Ich krieg' hier langsam die Motten," stöhnte Sofia.

"Wir können auch unten im Foyer, im hauseigenen Café warten. Mr. Makaroff braucht mehr Zeit und er muss noch diese beiden Herren hier sprechen."

Sie nickte und die langbeinige Sekretärin nickte zurück. Ein letztes Lächeln wurde mit den Asiaten gewechselt, dann stand Sofia auf.

"Ich weiß sowieso nicht, was er eigentlich mit mir besprechen will. Es wäre unhöflich gewesen, seine Einladung nicht zu akzeptieren, aber wenn er über dieses verdammte Jagdgeschäft reden will, kann er mich mal kreuzweise. Vielleicht sollte ich einfach gehen."

"Ich dachte, du wolltest ihm die Leviten lesen. Wenn du Lust und Zeit hast, können wir uns unten im Café unterhalten. Ich lade dich zum Mittagessen ein. Du siehst so hungrig aus."

"Du hast recht, das bin ich. Aber ich glaube trotzdem, daß es reine Zeitverschwendung ist..."

Eine Gruppe von Angestellten, die ebenfalls Mittagessen gehen wollten, trat in den Fahrstuhl, und sie sprachen nicht mehr, bis sie im Erdgeschoss angekommen waren. Sofia spielte mit ihrem Tansanit-Armband und wünschte sich sonstwo hin, nur nicht hier in den Makaroff Tower.

"Hör' mal, es tut mir wirklich leid, daß er so ein Arschloch ist," flüsterte Gugu, als sie den Fahrstuhl verließen. "Ich wusste nicht, was er da gestern sagen würde. Normalerweise habe ich ein ganz gutes Gespür dafür, was er vorhat, aber kann so launenhaft sein."

"Schau mal, wir können uns auch später noch zum Dinner im Cresta Shopping Centre treffen, wenn du Lust hast. Was immer es ist, das er haben will, kriegt er sowieso nicht von mir."

Sofias Gummisohlen quietschten auf dem polierten Boden, als sie an dem Gemälde mit der Regenbogenzunge vorbeikamen. Sie gingen auf das Café im Foyer zu. Da hatten die doch tatsächlich ein Café im Makaroff Tower!

"Wirst du bei der Beerdigung sein?" fragte Gugu auf einmal.

"Ja sicher werde ich da sein. Tom, Barry und Charmaine kommen morgen Nachmittag in Joburg an und ich muss noch die Zimmer im Gästehaus bestätigen... und das Restaurant in Melville, das sie für die Totenwache gebucht haben. Ich bin hundemüde und vielleicht ist es ganz gut so, daß Makaroff keine Zeit für mich hat."

Sie hörte, wie Schritte auf dem polierten Kachelfußboden näherkamen. Quietsch, quietsch. Genau wie ein paar Gummilatschen.

"Na, na, na... wenn das nicht Lois Lane ist. Sie laufen einfach vor mir davon, junge Dame?" Stan Makaroff lachte auf seine komische Art, die Sofia zusammenfahren ließ. "Ich bin froh, daß Gugulethu sie davon abgehalten hat, sie einfach gehen zu lassen. Ich glaube, wir sollten uns gleich hier auf einen Kaffee hinsetzen."

"War mir ein Vergnügen, Sir," murmelte Gugu.

Sofia drehte sich nach dem Tycoon um, um ihn zu grüßen. Sie war wieder dazu gezwungen, umzuschalten und mit diesem unangenehmen Menschen zu plaudern.

"Tja... sicher, für einen Kaffee reicht es noch," Sofia zuckte mit den Schultern und legte ein gewinnendes Lächeln auf. "Mr. Makaroff, Sie haben mich gerade noch rechtzeitig erwischt..." Sie gaben sich die Hand.

Gugus Augen öffneten sich weit, als wolle sie sagen: 'Sorry, ich hätte dich früher gehen lassen sollen.' Und Sofias Augen nahmen die Entschuldigung an.

"Glück gehabt," meinte Makaroff und gab seinem Bodyguard ein Zeichen, in der Nähe zu bleiben. "Freut mich, daß sie gekommen sind, Sofia. Tut mir leid, daß Sie warten mussten. Ich habe immer schrecklich viel zu tun. Setzen wir uns doch. Gugulethu, bitte sehr."

Makaroff trug Shorts und Gummisandalen, als sei er auf

dem Weg zum Strand! Das weiße Hemd und die dunkelrote Krawatte wollten so gar nicht zu der Strandkleidung unter der Gürtellinie passen. Sofia konnte nicht anders, als genauer hinzusehen.

"Ah, Sie wundern sich über meine ungewöhnliche Aufmachung." Er lachte und ging zu einem Tisch, der etwas abseits der anderen Tische stand. Sein persönlicher Tisch. Alle schienen einen weiten Bogen um sie herum zu machen.

"Nein. Ich meine, es ist schließlich Ihre Sache..." sagte Sofia. Wenn man reich und einflussreich war, konnte man barfuß gehen und sich einen Kartoffelsack umhängen, wenn einem das gefiel.

"Ja stimmt, ganz genau. Schön, daß Sie das so sehen. Abscheuliche Angewohnheit, immer Anzüge tragen zu müssen. Ich trage heute ein Hemd und Schlips nur deswegen, weil ich in etwa einer Stunde an einer Skype-Besprechung teilnehmen muss. Sonst würde ich nur ein T-Shirt tragen." Der Bodyguard zog für Sofia und Gugu zwei Stühle heran.

"Wir setzen uns am besten hin. Ich habe etwa... sagen wir 20 Minuten Zeit," sagte Stan Makaroff, als ob Sie ihn um ein Meeting gebeten hätte und nicht umgekehrt.

Gugu Mbatha wollte dem widersprechen. Sie musste noch eine Pressemitteilung verfassen und ein Fotoshooting vorbereiten, bevor das Fernsehinterview stattfand. Aber sie wusste, daß Stan Makaroff auf ihre Anwesenheit bestehen würde und sonst den ganzen Tag über sauer sein konnte.

Es war einfacher, seinen Wünschen nachzukommen, als sich mit seinen Launen herumzuquälen. Sie würde die Pressemitteilung einfach während des Fotoshootings schreiben.

"Es ist recht warm hier," sagte Sofia und zog ihre Strickweste aus.

"So ist das nun mal in Joburg im Winter: nachts ist es eiskalt und tagsüber derart heiß. Es muss an meinen russischen Genen liegen, aber ich mag's lieber kühl." Makaroff grölte vor Lachen und Sofia lächelte gutmütig.

"Na, was soll ich dazu sagen? Meine finnischen Gene lehnen sich auch gegen die Hitze auf. Das Wetter in Südafrika könnte nicht mehr verschieden sein, als das Wetter in meiner Heimat. Vor allem während der Wintermonate."

"Ja, aber ein großer Pluspunkt für Afrika ist doch, daß wir hier Safaris haben, oder?!" erwiderte Stan Makaroff. "Wo sonst kann man rausfahren und wilde Tiere beobachten?"

"Haben Sie noch nie etwas von finnischen Rentier-Safaris gehört, Mr. Makaroff? Die sind in Oulu, im nördlichen Österbotten sehr beliebt. Natürlich sind sie anders als die Safaris hier, aber trotzdem eine tolle Erfahrung."

Der Kellner, der an einem anderen Tisch in der Nähe Lunch servierte, verneigte sich leicht vor Makaroff und gab ihm ein Zeichen, daß er sich sofort um ihn kümmern würde.

"Wir haben dann wohl etwas miteinander gemein. Finnland und Russland – das sind praktisch Nachbarn. Ausgezeichnet. Lassen Sie uns darauf einen heben. Benny!" Der Kellner stand sofort am Tisch. "Benny, bring mir das Übliche... und was darf ich für Sie bestellen, Sofia?" Seine Gummisandalen machten ein quietschendes Klopfgeräusch unter dem Tisch. Tapp tapp tapp, tapp tapp tapp klopfte er auch mit seinen Fingern auf den Tisch.

"Ein Glas Wasser für mich bitte," sagte sie zu dem wartenden Kellner und nahm ihr Handy aus der Tasche, bevor sie diese auf den Boden stellte. Keine Nachricht.

"Stilles Wasser oder mit Kohlensäure?"

"Sprudelwasser bitte," sagte Sofia. Sie befühlte die blauen Steine an ihrem Armband und dachte an Tom. Sie konnte es kaum abwarten ihn wiederzusehen. Plötzlich war ihr Makaroff vollkommen gleichgültig - sie würde ihn schon handhaben. Der Kellner sah Gugu an. "Ach... bringen sie mir einfach das gleiche," meinte sie.

"Aber Ihr beide müsst doch auch etwas essen! Man kann doch den Tag nicht ohne gehörigen Brennstoff bewältigen. Hören Sie, ich weiß, wovon ich spreche. Zwei Tramezzini Roberto für die beiden Damen, Benny." Stan Makaroff bestellte, was er fürs Beste hielt und es war ihnen egal. Der Kellner wuselte davon und ignorierte eine erhobene Hand an einem der anderen Tische.

"Getoastete Tramezzini mit einer Füllung aus Hühnersalat," erklärte Makaroff. "Ich hoffe, Sie sind nicht Vegetarierin."

"Nein." Sofia versuchte den Stein ins Rollen zu bringen. "Mr. Makaroff. Darf ich erfahren, warum Sie mich gebeten haben, in Ihr Büro zu kommen? Warum, bitteschön, bin ich hier?"

"Oh so direkt heraus, das gefällt mir. Wie heißt es so schön? Couragierte Frauen geben die besten Liebhaberinnen ab." Stan Makaroff grinste wie ein ungezogener kleiner Junge. Er versuchte sie aus dem Gleichgewicht zu bringen!

"Das möchte ich bezweifeln," sagte Sofia. Warum kam Makaroff nicht endlich zum Thema? Er begann ihr auf die Nerven zu gehen. "Also? Worüber wollen Sie mit mir sprechen? Ich dachte, ich hätte mich klar genug ausge..."

"Lois Lane, lassen Sie es uns mit dem richtigen Start versuchen..." sagte er und faselte für eine Weile von der Tierwelt und der Wildnis.

"Ah, hier kommt unser Essen. Ausgezeichnet."

Makaroff war wieder abgelenkt. Gut. Die Tramezzini rochen vorzüglich. Es wurde Sofia bewusst, daß sie den ganzen Morgen nichts außer Coffein zu sich genommen hatte und eigentlich am Verhungern war. Nach wenigen Bissen begann sie sich schon besser zu fühlen.

Sie würde warten, bis Makaroff gegessen hatte und sich dann höflich entschuldigen. Ja, genauso würde sie es tun. Ihr Handy summte. Gugu hatte ihr einen Text geschickt: *Muss was sein, was er unbedingt haben will! Einfach lächeln und nichts sagen, was er als Zustimmung deuten kann'*. Sofia textete unter dem Tisch zurück: *'OK :)'*.

Makaroff wischte sich den Mund ab und schlürfte sein Vitaminwasser hinunter. Er signalisierte mit seiner freien Hand, daß dies das Ende der Essenspause war. Benny kam angelaufen und nahm ihm den Teller ab.

"Mr. Makaroff, ich will ja nicht unhöflich sein und ich weiß das Tramezzini wirklich zu schätzen..."

"Ah, hat Ihnen das Tramezzini gut geschmeckt? Eines

meiner Lieblingsgerichte."

"Ja, das hat es. Vielen Dank, aber es gibt so vieles, was ich bis Mittwoch noch zu tun habe und wenn Sie nichts anderes..."

"Wie unaufmerksam von mir. Die Beerdigung der bedauernswerten Mrs. Pienaar. Ich habe übrigens für die Blumengestecke bezahlt. Arme Frau," sagte er und schien mit der Zunge in seinen Zähnen zu bohren.

Sofia überkreuzte die Arme und warf dem Mann mit der roten Krawatte und den Shorts einen eisigen Blick zu. "Ja, ihr Mann ist völlig aufgelöst und braucht so viel Hilfe wie nur möglich, um die Beerdigung zu organisieren. Das ist auch der Grund, warum ich noch Buchungen zu bestätigen habe..."

"Dann will ich es kurz und bündig machen, Sofia." Makaroff sah ihr tief in die Augen. "So blau. Erstaunlich."

Der Mann respektierte einfach keine Grenzen!

"Mr. Makaroff, kommen Sie jetzt bitte zur Sache." Sie kreuzte wieder ihre Arme und lehnte sich zurück, weit weg von dem unverfrorenen Gesicht.

"Wir haben in 15 Minuten eine Besprechung, Sir," unterbrach sie Gugu. "Das Fotoshooting und dann das Fernsehinterview. Die Crew sollte schon hier sein."

"Gut, ja," sagte Makaroff und klopfte mit den Fingern auf den makellosen Bistrotisch. "15 Minuten. Dann lassen Sie uns mal gleich zur Sache kommen..."

Doch bevor er loslegen konnte, hörten sie draußen beim Eingang ein ziemlich lautes Spektakel. "Nashorn Killer... Nashorn Killer!"

Da war viel Geschrei und Herumgerenne. Sofia drehte sich auf ihrem Stuhl herum und sah, daß die riesigen getönten Fensterscheiben mit großen roten Buchstaben besprüht waren. Rote Farbe, die genau wie Blut aussah, lief in langen Schlieren das Glas hinunter und in die Geranien neben dem Eingang hinein.

Sie versuchte die Schrift rückwärts zu lesen. NASHORN KILLER war alles, was sie entziffern konnte. Es war so sehr schnell geschehen. Sicherheitsbeamte rannten den Demonstranten in Kapuzen-Shirts in alle Himmelsrichtungen hinterher. Die Übeltäter liefen geschwind über die Straße, wichen den hupenden Autos aus und wurden im Nu vom Mittagsverkehr verschluckt.

"Könnt Ihr das glauben?!" Stan Makaroff war völlig aus der Fassung geraten. "Ich liebe Nashörner."

Der Bodyguard stellte sich schützend vor seinen Chef und hatte die Hand gegen die Brust gelegt. War da etwa eine Waffe unter seiner Jacke?

"Vielleicht sollten wir unser Meeting besser vertagen..." schlug Sofia vor.

"Ja... ja sicher. Werde ich sie bei der Beerdigung sehen?" fragte Makaroff und versuchte die Stimmung wieder herzustellen.

"Ja, das werden sie." Sofia schüttelte die Hand des Tycoons und fragte sich, ob er wirklich etwas für Nashörner übrig hatte.

"Keine Zeit zum Reden. Gugulethu, kommen Sie? 5 Minuten." Makaroff schien jetzt ungeduldig zu werden, als hätte er auf seine PR-Managerin gewartet und nicht sie auf ihn. Quietsch, quietsch, quietsch, seine Gummisandalen quietschten den ganzen Weg bis zum Aufzug hin.

"Ich komme schon, Stanislav," sagte Gugu. Sie unterdrückte ein Grinsen. Nicht nötig jetzt noch etwas zu sagen - die beiden Freundinnen würden sich später weiterunterhalten. Makaroff benutzte den Schlüssel zum privaten Fahrstuhl und sie verschwanden darin.

Sofia setzte sich hin. Was war gerade geschehen? Das musste eine 'Rettet-die-Nashörner' Protest Aktion gewesen sein. Ein Flash Mob am helllichten Tage. Cool.

Sie war nicht mehr auf dem Laufenden, seit sie nach Johannesburg gekommen war und hatte nicht mal ihre Twitter Mitteilungen gelesen. Diese Protest Aktion hatte auch sie gerettet. Sofia konnte einfach gehen, ohne sich mit Stan Makaroff wegen irgendwelcher blöden Pläne, die er sich für Shangari ausgedacht hatte, herumzustreiten. Makaroff hatte Nichtmal Gelegenheit gehabt zu sagen, was er denn nun eigentlich von ihr wollte. Und das war gut so.

Sofia musste einfach lächeln. Nicht dieses beschwichtigende Lächeln, woran sie sich in letzter Zeit gewöhnt hatte, sondern ein echtes befreites Lächeln. Die Leute im Foyer begannen sie anzustarren. Die Protest Aktion war in ihren Augen alles andere als lustig gewesen. Sofia sah sich um, riss sich zusammen und verließ das Bürogebäude.

Gugu rief sie weder am selben Tag an, noch am Mittwoch. Sie hatte wahrscheinlich zu viel um die Ohren. Gottseidank war Grant Rankin, Astrids Ehemann, noch nicht von seiner Geschäftsreise in Mosambik zurückgekehrt. Es gab auch keinerlei Peinlichkeiten, als Tom mit Charmaine und einem recht betrunkenen Barry am Mittwoch nachmittag in Johannesburg eintraf.

Es war anscheinend überraschend einfach gewesen, Barry davon zu überzeugen, daß er seinen Rausch auf dem Rücksitz ausschlafen sollte. Er hatte Tom den ganzen Weg fahren lassen ohne zu protestieren und war selbst nach der Fahrt immer noch nicht nüchtern. Der Manager des Gästehauses in Linden schien allerdings nicht sehr glücklich darüber zu sein und sagte Tom, daß er ihn für Barrys Benehmen verantwortlich mache. Unter normalen Umständen hätten sie Trunkenheit überhaupt nicht toleriert.

"Er wird Ihnen bestimmt keinen Ärger machen. Bitte entschuldigen Sie meinen Bekannten. Seine Frau ist gerade gestorben und die Beerdigung findet morgen statt," erklärte ihm Tom.

"Oh, das tut mir wieklich sehr leid für ihn," sagte der Manager bestürzt, "Das wusste ich nicht..."

"Ist schon gut. Ich zahle für den Schaden, falls etwas zu Bruch gehen sollte. Aber Sie brauchen sich keine Sorgen zu machen. Die Beerdigung fängt früh morgens an und wir werden am Freitag aus Ihrem Leben verschwinden."

Sie setzten sich in die gemütliche Sitzecke und bestellten eine Runde Filterkaffee. Sofia sprach Lorraines Schwester etwas Trost zu und Tom redete mit Barry Pienaar, der allmählich wieder nüchtern wurde. Er saß einfach nur da, mit hängendem Kopf, und nickte ab und zu.

"Du gehst jetzt besser nach oben und schläfst dich aus," sagte Tom mit fester Stimme. "Wir unterhalten uns später, was wir zum Abendessen wollen. Ich muss jetzt gehen und Besorgungen machen. Und du wirst dich benehmen."

"Klar mach' ich, mein Freund. Ich bin einfach nur so traurig, weißt du... so sooo sehr traurig."

"Ich weiß, Barry, aber du musst dich am Riemen reißen. Da werden Gäste zur Beerdigung kommen und du kannst da nicht einfach besoffen hingehen. Das wäre doch respektlos, Lorraine gegenüber. Ich nehme den Brandy besser mit. Her damit!"

Barry reichte ihm folgsam die Flasche mit dem Brandy. "Respektlos Lorraine gegenüber? Und was ist mit ihr, war sie nicht respektlos mir gegenüber? Nach all dem, was ich für sie getan habe."

"Barry, fang nicht wieder damit an. Sie ist jetzt tot. Lass' sie um Himmels Willen in Frieden ruhen. Gehe schlafen und dusche bitte vorher."

"Ich lege mich auch ein bisschen hin. Das wird ganz schön anstrengend werden morgen," sagte Charmaine und ging auf ihr Zimmer. Sofia und Tom blieben noch eine Weile in der Sitzecke des Gästehauses und redeten.

"Schade, daß ich nicht bei Astrid und dir übernachten kann," sagte er und hielt ihre Hand.

"Ich weiß - aber Grant mag es nicht, wenn unverheiratete Pärchen im gleichen Zimmer schlafen. Sogar, wenn er nicht da ist. Das müssen wir respektieren."

"Heuchler." Tom mochte Grant sogar noch weniger als Sofia und das hieß schon was. "Ich muss mich sowieso um Barry kümmern. Er benimmt sich wie ein Kleinkind."

"Astrids Kinder würden sich wahrscheinlich auch aufregen, wenn sie von der Beerdigung hören," meinte Sofia.

"Verstehe ich, aber ich habe dich vermisst." Sie umarmten sich und Tom küsste Sofia auf den Mund. Sie hatten sich schon seit längerem nicht mehr so nahe gefühlt.

"Schau mal, wir werden da schon durchkommen und dann reden wir über uns und über alles," sagte Tom zärtlich.

"Tja, es ist wohl am besten, wenn du in die Gänge

kommst. Das Restaurant will eine Anzahlung haben und ich konnte auch den Pfarrer nicht erreichen." Sofia bewegte sich ein wenig aus der Umarmung.

"Yip." Tom stand auf und gab Sofia noch einen Kuss. "Ich sehe dich dann später."

Aber sie sahen sich nicht später. Toms Besorgungen mussten länger gedauert haben als erwartet, und Sofia sah ihn nicht wieder bis zur Beerdigung am nächsten Tag.

*

Die Zeremonie, die in der kleinen Kirche in Melville abgehalten wurde, war trotz des kalten Wetters warm und persönlich. Die Worte des Pfarrers waren sehr schön vorgetragen, obwohl er Lorraine gar nicht gekannt hatte. Alle Anwesenden sahen ausreichend traurig drein, sogar Stan Makaroff.

Charmaine hatte die ganze Predigt über geschluchzt und, sobald sie sich hinsetzten, hatte der nüchterne Barry ihr einen stützenden Arm angeboten.

Während der Predigt saß Barry Pienaar mit hängenden Schultern da und starrte leer vor sich hin. Neue Falten durchzogen sein graues Gesicht und er schien nur ein Schatten seines früheren Selbst zu sein; des markigen Tierarztes, der stets bereit war, tägliche Herausforderungen zu bewältigen. Er hatte heute Morgen keinen Tropfen Alkohol angerührt, doch der Geruch von Brandy umgab ihn noch immer. *Er muss Lorraine, trotz allem noch geliebt haben,* dachte Sofia.

Sie war besorgt wegen Damians Gesundheit und hörte während der Predigt kaum zu. Was war, wenn der Kleine es nicht überleben würde? Sofia hatte weder etwas von Suzanne Daniels noch von Errol Botes gehört, seit er ihr von seinem mysteriösen Cousin erzählt hatte. Vielleicht hatte sich ja Damians Zustand gebessert und ein Transplantat war nicht mehr nötig. Sie wollte Suzanne morgen anrufen.

Falls die Dinge noch immer auf der Kippe standen, würde sie mit Tom wegen des Geldes sprechen müssen. Nein, es war undenkbar, daß sie Tom von der ganzen Angelegenheit erzählen würde und ihn obendrein um Geld anhaute!

Sofia war erleichtert, als der Gottesdienst vorüber war.

Barry hatte beschlossen, Lorraine nicht nach Hause zu überführen, um sie auf dem kleinen Friedhof in Rutgersdrift zu beerdigen, deshalb würden sie Lorraine im West Park Friedhof zur Ruhe legen.

Stan Makaroff und sein üblicher Anhang hatten die Anzahl der Besucher in der Kirche anschwellen lassen. Seine Sekretärin hatte ganz herrliche Blumengestecke mit weißen Lilien, Gartennelken und Schleierkraut organisiert, wie die kleine Kirche sie nie zuvor gesehen hatte. Gugu war zwar anwesend, sah aber so gut wie nie unter ihrem schwarzen Schleier hervor, der an einem modischen Hut befestigt war.

Als sie sich auf den Weg zum eigentlichen Begräbnis in West Park aufmachten, war die Makaroff-Gruppe plötzlich ohne Verabschiedung verschwunden. Das war wahrscheinlich am besten so.

Niemand vermisste Makaroff bei der Zusammenkunft danach, obwohl ein paar Gäste meinten, sie hätten beobachtet, wie er während der Predigt die ein oder andere Träne vergossen hatte. Der Friedhof war so ziemlich der größte, den Sofia je gesehen hatte.

Aber so viele hatte sie nun auch wieder nicht gesehen. Sie mochte Orte mit toten Menschen und verfaulenden Blumen nicht und hatte deshalb auch nie das Grab ihrer Mutter in Turku besucht. Beerdigungen ließen jedes Mal wieder die Erinnerungen an den Unfall aufleben, der sie ihre Mutter gekostet hatte. Deshalb vermied Sofia Beerdigungen, wenn es nur irgend ging.

Vor dieser Beerdigung konnte sie sich aber nicht drücken.

Am offenen Grab hielt sich Lorraines Schwester Charmaine nicht länger zurück. Der Anblick, wie sie die strömenden Tränen wegwischte, die ihr Make-up verschmierten, war einfach herzzereißend. Sie trug ein billiges schwarzes Kleid aus irgendeinem Factory-Shop und einen ungeschickten Pillbox-Hut. Sie tat Sofia schrecklich leid.

Der Rest der Familie, entfernte Tanten und Cousins inklusive, waren der Beerdigung ferngeblieben. Die Schande, die Lorraine über sie gebracht hatte, war für diese sonst so unerschütterlichen Menschen vom Lande einfach zu beunruhigend gewesen.

Sofia war erleichtert, als sie endlich den baumreichen Friedhof und seine zahllosen Geister hinter sich ließen. Sie wusste, es war unsinnig, aber wenn sie an die Geister dachte, die sie umgaben, erschauderte sie allein schon beim Gedanken daran. Tom hielt ihre Hand fest und sie fühlte sich wieder in Sicherheit. Er hatte alles in Shangari stehen und liegen lassen, nur um für seinen Freund Barry da zu sein.

Wie gefühlskalt Lorraine nach dem Vorfall mit den Nashorn Wilderern doch gewesen war. Dann hatte sie Barrys Herz gebrochen, als sie ihn verließ, und er hatte nun trotz allem treu seine Pflicht getan.

Die Fahrzeuge verließen eins nach dem anderen den Friedhof und fuhren im Konvoi mit blinkenden Warnlichtern nach Melville weiter. Sie würden sich wieder im Melville-Restaurant wiedersehen, das Tom für einen Brunch gebucht hatte.

Der Wintertag war klar und sonnig und sie beschlossen im Hinterhof draußen zu sitzen, wo sie sich an belegten Brötchen und Kuchen auf großen Platten gütlich taten. Es verlief alles besser, als erwartet, aber Sofia fühlte sich dennoch befangen.

Die Stimmung war niedergeschlagen und in den kurzen Ansprachen redeten man um den heißen Brei herum: daß Lorraine nämlich ihren Ehemann sich selbst überlassen hatte und mit einem anderen Mann nach Johannesburg durchgebrannt war. Zumindest war das, was die meisten vermuteten. Eine untreue Frau. Aber man sprach aus Prinzip nicht schlecht über Verstorbene, vor allem nicht bei deren Totenfeier.

Ein grinsendes Ehepaar, das von weiß-Gott-wem eingeladen worden war, versuchte Sofia davon zu überzeugen, daß ihre Kirche die einzig Christliche von allen war und, daß sie am kommenden Sonntag einen Gottesdienst dort besuchen sollte. Sie ließen sich einfach nicht abschütteln, aber Sofia hatte keine Lust sich von ihnen die Seele retten zu lassen. Sie sah Tom an und rollte mit den Augen.

Er kam ihr zu Hilfe und quasselte irgendwas von der

vielen Arbeit in einer Safari-Lodge wie Shangari, und daß sie bis zum Wochenende zurückfahren mussten. Das Ehepaar ging endlich und bearbeitete die verbleibenden Tische einen nach dem anderen.

Tom konnte Sofias Unbehagen fühlen. Er nahm sie bei der Hand und sie gingen auf der ruhigen sonnendurchfluteten Straße spazieren. Endlich Ruhe. Sie liefen die 7th Avenue hoch und in eine Seitenstraße hinein, wo sie vor einem Geschenkeladen anhielten und die ungewöhnlichen Gegenstände in der Auslage betrachteten.

Sie lachten über eine Teekanne in der Form eines Schweins und bestaunten die bunten Lavalampen. In Shangari war nie genug Zeit zum Spazierengehen oder um über lustige Gegenstände zu lachen. Tom zog Sofia dicht an sich heran und hielt sie fest in seinen Armen. Sie atmete seinen angenehmen Duft ein, den sie so sehr mochte, und so standen sie eine Weile vor den Lavalampen und einer fetten Ballerina auf Zehenspitzen.

“Sofia, du weißt, daß ich dich liebe, nicht wahr?” sagte Tom in heiserem Ton. “Egal was.”

“Ich weiß das, Tom, ich liebe dich doch auch.”

“Es tut mir wirklich leid, daß wir uns gestritten haben, bevor du abgefahren bist. Es war sowas Blödes, daß ich am liebsten den Bakkie genommen hätte und dir die Straße rauf gefolgt wäre. Aber dann musste Karen mit mir über irgendwas sprechen und...”

“Ich verstehe schon, Tom. Da ist immer soviel zu tun und wir haben überhaupt keine Zeit mehr füreinander,” sagte sie. “Es wäre aber eine nette Geste gewesen, wenn du hinter mir hergerannt wärst.” Sie lachten.

“Yip, das wäre ein Anblick für die Götter gewesen: wie ich dein Auto auf die Straßenseite dränge und dich mitten im Dorf oder sonstwo geküsst hätte...”

“Naja, gefallen hätte mir das schon. Vor allem, weil es alles deine Schuld war,” neckte ihn Sofia und zwinkerte ihm zu.

“Ach wirklich, meine Schuld?” spielte er mit.

“Ja, ich hatte vollkommen recht mit... ich weiß überhaupt

nicht mehr, um was es eigentlich ging, aber ich hatte vollkommen recht."

"Alles, was ich weiß ist, daß ich mich deswegen ganz miserabel gefühlt habe..." stöhnte Tom und Sofia kuschelte sich an seine Brust. Sie waren nur glücklich sich wiederzuhaben. Der zärtliche Augenblick kam zu einem abrupten Ende, als eine barsche Männerstimme hinter ihnen ertönte.

"Tut mir leid, wenn ich die Party hier unterbrechen muss, Leute, aber Barry will, daß ihr hin kommt, damit ihr die Pläne für heute Abend besprechen könnt." Sie glitten auseinander. "Habt ihr denn die Beerdigung schon ganz vergessen?"

"Hey Mann, was geht dich das eigentlich an? Wir haben ja nur miteinander geredet," sagte Tom.

"Jaa, ich kann sehen, wie ihr nur miteinander geredet habt."

"Wieso, hast du etwa ein Problem damit? Elton - richtig?!" erwiderte Tom in zynischem Ton. "Ich wusste gar nicht, daß du ein Freund von Barry and Lorraine bist."

"Ich heiße Errol Botes. Und es geht hier um eine Beerdigung. Also was treibt ihr beiden euch draußen rum, wo euch keiner sehen soll?"

"Ihr kennt euch?" Sofia starrte die beiden Männer mit offenem Mund an. Der eine so liebevoll und der andere so barsch. "Errol, was hast du hier zu suchen? Du hast ja einen im Tee!" Er musste ihnen von dem kleinen Restaurant an der Hauptstraße gefolgt sein.

"Du kennst den Knaben?" meinte Tom argwöhnisch.

"Ja doch. Aus meiner Zeit in Kapstadt."

"Ja genau, aus ihrer Zeit in Kapstadt," wiederholte Errol zynisch. "Wir haben uns auch öfter mal gesehen, seit sie hier in Johannesburg ist."

Sofia konnte fühlen, wie sich Tom vor Wut anspannte. Was dachte sich Errol dabei, ihn so auf die Palme zu bringen? Errol war nicht bei der Beerdigung gewesen, war Nichtmal eingeladen, also wieso hatte er dann mit Barry gesprochen? Es war ihr erster zärtlicher Moment seit langem gewesen und nun war die ganze Stimmung dahin.

"Stimmt, aber dafür gibt es einen guten Grund." Sie

zwang Errol wegzusehen. "Ich erkläre dir alles später, Tom. Lass uns jetzt bitte zum Restaurant zurückgehen."

"Ja, lass uns. Es wird eh langsam Zeit," sagte Errol.

"Schau mal, das hat nichts mit dir zu tun, OK?" fuhr ihn Tom an.

"Ach nein? Und wieso hat das nichts mit mir zu tun?" Errol stellte sich drohend vor Tom auf und Sofia befürchtete, das Errol damit herausplatzen würde, warum sie ihn kannte und warum es ihn etwas anging, daß sie und Tom sich küssten. Das wäre einfach zu viel gewesen – und ausgerechnet an einem Tag wie heute.

"Was ist los mit dir? Hört auf damit, ihr beiden. Du hast ganz recht, Errol, es ist eine Beerdigung und Tom und ich sollten uns jetzt wieder auf den Weg zum Restaurant machen," versuchte sie es mit Vernunft.

Sie ließen den Kuriositäten-Laden hinter sich und gingen zur 7th Avenue hinauf. Sofia war ziemlich durcheinander und ging den beiden Männern voraus. Dann schien ein Handgemenge hinter ihr stattzufinden und sie drehte sich um.

Was dann passierte war nicht nur unangenehm, es machte auch überhaupt keinen Sinn für sie, bis Tom es ihr endlich beim Haus erklärte.

Anscheinend hatte Errol ihn hart mit seinem Ellenbogen angestoßen, als Tom neben ihm ging. Tom war zunächst verblüfft, dann wurde er wieder richtig wütend und gab Errol einen Kinnhaken. Errol konterte mit einem Schlag, der in die Luft ging aber der nächste erwischte Tom in den Rippen.

Tom war so aufgebracht, daß er seinen Gegenspieler beim Schlafittchen fasste. Er hielt ihn im Schwitzkasten, während Errol mit seinen Armen herumfuchtelte und versuchte, Tom fortzustoßen. Mittlerweile waren andere Fußgänger auf die Rauferei aufmerksam geworden und griffen ein, indem sie die beiden Männer bei den Schultern zurückhielten.

"Ich werd' mein Messer in dich reinstechen, du Mampara," schrie Errol aufgebracht, als er von der Szene mit einem zerrissenen Ärmel und einer geschwollenen Lippe fortgezogen wurde.

"Jemand wird gleich die Polizei rufen," zischelte Sofia und zog Tom mit sich in die entgegengesetzte Richtung.

"Wir können den anderen und vor allem Barry nichts erzählen oder er wird sich noch mehr aufregen. Wir sind bei einer Beerdigung und sein bester Freund lässt sich am selben Tag auf eine Schlägerei ein? Die Mischung verträgt sich einfach nicht."

"Verdammt nochmal, ich hätte mich nicht so provozieren lassen sollen," keuchte Tom. Er zog seine Jacke zurecht und betastete seinen schmerzenden Brustkorb. Die Rippen schienen nicht verletzt zu sein.

"Dafür ist es jetzt zu spät," antwortete Sofia kühl.

Sie gingen die Straße zum Restaurant hinunter, wo noch eine Handvoll Gäste draußen saßen. sie waren entweder betrunken oder gelangweilt davon, daß sie sich dort aufhalten mussten. Um Barry hätten sie sich nicht zu sorgen brauchen.

Der trauernde Tierarzt hatte seinen Kummer mit Brandy Cola ertränkt, während Tom und Sofia spazieren waren, und er war jetzt nicht gerade nüchtern. Als das Paar ins Restaurant kam, um ihn zu finden, stand Barry etwas wackelig auf den Füßen und würdigte die Gäste, die fortgingen, kaum eines Blickes. Dann begann er Geldscheine ohne Eile auf die Theke zu blättern.

"Ah, da seid ihr ja," sagte Barry und blickte die Scheine scharf an, als hätte er Probleme mit seinen Augen. "Das hier ist mein bester Freund auf der ganzen weiten Welt," sagte er zu der Frau hinter der Theke. Die warf Tom einen ängstlichen Blick zu.

"Barry, woher kennst du diesen Typ... Errol?" fragte Tom seinen Freund heftig und noch immer etwas mitgenommen von dem Geschehenen.

"Wen?"

"Errol," wiederholte Tom.

"Errol wer? Errol Flynn?" Barry kicherte über seinen kleinen Scherz.

"Wer ist Errol Flynn? Nein, der Kerl, der uns gerade gesagt hat, daß wir zurückkommen sollen, weil du mit uns über heute Abend sprechen willst."

"Oh, der Kerl." Das war alles, was sie aus ihm herausbekamen. Sie setzten Barry und Charmaine beim Gästehaus in Linden ab und fuhren weiter zu Astrids Haus.

"Was zum Teufel..." Astrid war erstaunt, Tom so zerzaust zu sehen und bemerkte, daß die beiden ziemlich aufgelöst waren. "Was ist denn mit euch passiert? Seid ihr etwa überfallen worden? Kommt ins Wohnzimmer rein."

"Nein, nichts dergleichen," sagte Sofia. Sie setzten sich und Astrid brachte ein nasses Tuch, damit Tom sich wenigstens das Blut von der Kratzwunde am Arm abwischen konnte. "Was passiert ist, war... autsch!" Sofia betupfte die Wunde mit einem Antiseptikum, das Tom zusammenzucken ließ.

"Hier sind die Pflaster," sagte Astrid und nahm das größte Pflaster, das sie finden konnte aus der Schachtel.

Sofia übernahm. "Was passiert ist, war, daß Tom und Errol sich auf der Straße in Melville gerauft haben und er ein paar auf die Fresse gekriegt, wie du sehen kannst. Errols Lippe hat geblutet. Das einzige, was ich dabei nicht verstehen kann ist, warum bloß? Ich weiß ja, daß er ein ziemlicher Idiot sein kann, aber warum hast du ihm eine geknallt und warum ist das dann so ausgeartet?"

Sie schoss Tom einen strengen Blick zu und klebte das Pflaster über den Kratzer. Tom krümmte sich. "Du willst also wissen warum? Er hat was Beleidigendes über dich gesagt und mich mit seinem Ellenbogen gepiesackt als er neben mir lief. Mistkerl. Deswegen."

Tom war etwas selbstgerecht bei der Sache. Wie viele Männer hatte er nur die Ehre seines Mädchens verteidigen wollen; nur, daß sein Mädchen nicht sehr davon beeindruckt war. "Warum bist du nicht einfach weggegangen? Sie hätten dich verhaften können. Und dann?" sagte Sofia, aber ihr Ärger ließ schon allmählich nach. Tom hatte sie eben beschützen wollen.

"Warum würde Errol so etwas tun?" fragte Astrid.

"Du kennst diesen Kerl also auch? Ich frage mich, wer ihn wohl nicht kennt? Und woher soll ich wissen, warum er sowas macht? Er ist ja davor schon auf mich losgegangen."

"Das stimmt," bestätigte Sofia. "Errol fuhr Tom ziemlich barsch an. Wir hatten gerade einen kurzen Spaziergang gemacht und haben uns... naja geküsst... als Errol wie aus dem Boden gestampft hinter uns stand und meinte, wir benehmen uns nicht so, als seien wir bei einer Beerdigung und, daß Barry eben mit Tom sprechen wollte."

"Meinst du er war eifersüchtig oder so was?" fragte Astrid. Sie nahm das Tuch und die übrigen Pflaster vom Tisch.

"Warum sollte er denn eifersüchtig sein?" fragte Tom und sah von Sofia auf Astrid.

"Ja, warum eigentlich?!" sagte Astrid höhnisch.

"Warum sagt ihr mir nicht endlich was los ist..." Tom wischte seinen Arm mit einem Taschentuch ab. "Woher kennt ihr diesen Knaben eigentlich? Du hast mir nie von ihm erzählt. Gibt es da was, das ich wissen sollte?"

"Mhmm," knurrte Astrid.

"Astrid, bitte!" bettelte Sofia.

"Also?" spornte Tom sie an.

"Also, wie hätte ich dir das wohl sagen sollen? Wir hatten so eine Art... wir hatten eben so eine Art Affäre. Eine sehr sehr kurze Affäre und das schon vor ewig langer Zeit." Sofia starrte auf ihre Hände und wartete, daß ein Donnerwetter losbrechen würde. Aber Tom schien es gelassen hinzunehmen. "Was, wirklich? Wann war das denn?"

"Als du all die langen Monate in England warst. Aber ich schwöre dir, es hat mir nichts bedeutet und war schneller vorbei als man 'Augenkontakt' sagen kann."

"Das stimmt, Tom," meinte Astrid. "Ich werde uns jetzt einen Tee machen." Sie schenkten ihr keine Beachtung und Tom sah Sofia verächtlich an.

"Das stimmt wirklich? Das hast du wirklich getan?"

"Ja. Warum würde ich so 'ne Geschichte denn erfinden?"

"Das frage ich mich auch. Du sagst also... du hast mit diesem Kerl? Daß diese ganze Liebeshudelei mit mir nur Theater war?" Tom begann, sich erneut aufzuregen.

"Nein, natürlich nicht! Wie kannst du sowas sagen?"

"Ach, ich habe das Ganze also nicht richtig verstanden? Du vermeidest das Thema Heirat, obwohl du genau weißt, wie sehr ich es mir wünsche dich... dich zu heiraten..." Er kam ins Stocken. "Und dann erfahre ich das... als dieser Typ, der auf einmal auftaucht... und du hattest eine Beziehung mit ihm gehabt? Okay, vor ewig langer Zeit... aber deine Cousine weiß davon, und ich nicht?!"

"Tom, ganz so ist das doch nicht," flehte Sofia ihn an.

"Ach nein? Wie ist es denn sonst?"

"Tom, bitte. Wir sollten vernünftig darüber reden. Ich wollte dir schon so lange davon erzählen, aber nie war es der richtige Zeitpunkt. Ich wollte dich nicht so damit überfallen. Und ich habe überhaupt keine Gefühle... für Errol. Es war einfach ein dummer Fehler vor ewig langer Zeit."

"Ich glaube, das ist mehr, als ich heute verarbeiten kann. Astrid, vielen Dank für deine Gastfreundschaft, aber ich sollte sie nicht länger beanspruchen. Ich muss darüber erstmal nachdenken, und zwar allein."

"Allein? Ich will da aber nicht allein durch." Jetzt war es an Sofia, sich aufzuregen.

"Oh je, die Katze ist aus dem Sack," murmelte Astrid und ging in die Küche, um den Tee zu machen. Tee war in schwierigen Situationen immer angesagt.

"Mommy? Wer ist das denn?" Ihr sechsjähriger Sohn kam die Treppe mit einem Roboter-Kuscheltier heruntergeschlichen und rieb sich die Augen.

"Es ist nichts, Charlie. Nur Tante Sofies Freund. Er heißt Tom. Sie streiten sich ein bisschen, aber es ist in Ordnung. Geh' wieder zu Bett, es ist schon so spät," sagte seine Mutter.

"Ist er böse auf Tante Sofie, Mom? Streiten sie wie du und Daddy immer?"

"Sie diskutieren nur, weil sie anderer Meinung sind. Kind. Das ist alles."

"OK." Charlie tapste die Treppe wieder nach oben und zog sein Kuscheltier die Stufen hinauf. Astrid stellte drei Teetassen, die Teekanne, sowie Milch und Zucker auf ein Tablett und trug es ins Wohnzimmer. "Hier, trinkt erstmal einen Tee. Entschuldigt, daß es so lange gedauert hat, aber Charlie..."

"Danke dir, Astrid." Tom sah zu ihr auf. "Ich nehme eine Tasse, dann gehe ich." Sofia bekam feuchte Augen. "Warum denn, Tom? Ich habe es dir doch erzählt – was willst du denn noch mehr?"

"Du knallst mir das einfach so vor den Latz? Ausgerechnet sowas? Was erwartest du denn von mir? Daß ich es einfach hinnehme? Daß ich sage, ach, kein Problem, Schatz. So schlimm ist es nicht, es ist alles in Ordnung? Was meinst du, wie ich mich fühle? Gibt es da noch was, das ich wissen sollte? Jemand, der plötzlich aus dem Nichts auftaucht und mich mit seinem Messer abstechen will?" Er holte tief Luft.

"Wenn du das von mir hältst, Tom, dann solltest du wirklich gehen."

"Was soll ich denn davon halten, Sofia?"

"Tom ich weiß nicht, ob das jetzt der richtige Ort und der richtige Zeitpunkt dafür ist..."

"Wann ist denn bitte der richtige Ort und der richtige Zeitpunkt dafür?" brauste er auf.

"Pfff, ich weiß auch nicht. Zu Hause auf der Farm vielleicht?"

"Wir müssen ja schließlich irgendwann darüber reden, Sofia. Warum nicht jetzt gleich?"

"Tom, bitte..."

"Na gut, dann komm' mit mir zurück. Wir fahren morgen gleich zusammen nach Hause. Wir können uns im Gästehaus zu Ende unterhalten und dann fahren wir nach Hause," schlug er vor.

"Ich muss noch eine Weile hier bleiben. Ich muss mich um etwas kümmern."

"Ach und was, bitte schön, soll das denn sein? Zeit mit deinem anderen Freund verbringen?"

"Mit dem möchte ich keine Zeit verbringen und er war übrigens nie mein Freund, Tom."

"Wie soll ich ihn denn dann nennen?" stichelte er.

"Wo immer du Lust zu hast, aber da ist absolut nichts zwischen uns. Ich war nur betrunken auf einer Party in

Kapstadt und da ist es eben passiert...”

“Noch etwas heißen Tee?” Fragte Astrid. “Es ist eisig kalt draußen...”

“Dankeschön, Astrid, aber ich muss jetzt gleich gehen.” Tom stand auf.

“Du wirst nichts dergleichen tun,” befahl ihm Astrid, als sei er ein kleiner Junge. “Ihr beide werdet das jetzt aus der Welt schaffen, dann vertragt ihr euch und dann erst dürft ihr euch ausschlafen. Verstanden?!” Tom und Sofia sahen sie überrascht an und nickten.

“Gut,” sagte Astrid. “Also dann... ich bin froh, daß wir das geklärt haben. Will jemand Zucker?”

So saßen Tom und Sofia in Astrids Wohnzimmer, tranken Tee und sprachen sich vor einem knisternden Feuer aus. Als es darum ging, wie Errol und Damian im Zusammenhang miteinander standen, zögerte Sofia. Wie würde Tom darauf reagieren? Sie hatte Angst es anzusprechen, aber sie hatte keine andere Wahl: entweder jetzt oder nie.

Deshalb packte sie den Stier beiden Hörnernund erzählte ihm von Damian. Daß das Kind gesundheitliche Problem hatte. Toms Gesicht wurde blass. Astrid war zu Bett gegangen und Sofia war jetzt allein mit ihm.

“Im Ernst?” fragte er stirnrunzelnd.

“Natürlich meine ich das ernst.” Tränen stiegen Sofia in die Augen. “Wieso, Tom? Ich habe dir doch alles erzählt, was es zu erzählen gibt – was soll ich denn noch tun?”

“Du hast also ein *Kind* mit diesem Errol? Du hast einen Liebhaber, von dem du mir noch nie erzählt hast, weil ich im Ausland war... und außerdem hast du noch ein Kind mit ihm, von dem du mir auch nie etwas erzählt hast. Vielleicht ist da ja noch mehr im Busch?”

“Nein, natürlich nicht. Ich meine... nicht mehr viel. Nur, daß es Damian im Moment eben nicht so gut geht. Aber es war richtig, daß ich dir alles erzählt habe, auch wenn du wütend deswegen bist.”

“Wie soll ich denn reagieren, Sofia? Du bombardierst mich ja geradezu...”

Sofia saß sehr still da. "Das kann ich dir auch nicht sagen, Tom. Ich muss es dir überlassen, was du davon halten sollst. Aber alles ist besser, als mit diesen Lügen weiterzuleben weiterzuleben und als sei nichts. Ich kann mich nicht mehr erinnern, warum ich dir nicht gleich davon erzählt habe. Ich hatte wahrscheinlich Angst, dich zu verlieren und schämte mich dafür, was passiert war... und dann war es auch schon zu spät. Es wurde immer unmöglicher, die Sache anzusprechen bis... jetzt eben."

"Und warum ausgerechnet jetzt?"

"Ich habe dir doch gesagt, daß es Damian nicht gutgeht und das hat alles wieder zurückgebracht und dann war Errol hier und wir musste gemeinsam versuchen eine Lösung zu finden. Dann hat er mir von diesem Cousin erzählt, der sich für ein Transplantat eignet, aber Geld dafür haben will..."

"...und dann ist es dir wieder eingefallen, daß du mir doch dringend was zu mir sagen musstest?"

"Nein, ich habe versucht, den richtigen Moment abzupassen, Tom. Ich wollte das alles in Ordnung bringen. Wie ich es schon so lange tun wollte."

"Weil du Geld brauchst?"

"Wie bitte?" Sofia fühlte, wie sie abrutschte, der Boden senkte sich und sie konnte nicht mehr aufrecht sitzen. Sie spürte, wie ihr wieder die Tränen hochkamen und sie lehnte sich in die Couch zurück. Hatte sie Tom für immer verloren, weil sie so ein Feigling gewesen war? Ein Feigling, der ein so riesiges, unverzeihliches Geheimnis für sich behalten hatte? Sie konnte Tom keinen Vorwurf machen, wenn er sie sitzenlassen würde und sie nicht mehr liebte. Aber es tat trotzdem schrecklich weh.

"Ich will doch kein Geld von dir haben. Ehrlich gesagt, finde ich es eine schlechte Idee. Das wollte ich auch Errol sagen. Es ist möglich, daß er heute deswegen so verärgert war, wegen der ganzen Sache. Ich traue ihm nicht über den Weg. Ganz sicher nicht. Ich meine, er sollte mit seinem Cousin darüber diskutieren und ihm das Ganze ausreden und ihm sagen, daß er das Richtige tun soll! Gugu meinte, sie wollte die Situation mal auschecken und mir dann Bescheid geben. Ich habe dich nie um irgendetwas gebeten, oder? Und überhaupt gibt es da nicht viel, was ich tun kann. Damian ist ja nicht mehr mein Sohn. Er ist der Sohn von anderen Leuten. Ich fühle mich nur unter soviel Druck gesetzt, daß ich nicht mehr klar denken kann."

Sie begann ihre Hände zu ringen und sah dabei auf den Boden. Zumindest konnte sie Toms prüfenden Blick so besser ertragen.

"Du hast es zu deinem eigenen Problem gemacht. Wir hätten es gemeinsam bewältigen können..." meinte Tom und trank seinen Tee. Der war jetzt abgekühlt, aber Tom schien es nicht zu stören. Er sah, daß Sofias klare Haut rote Flecken bekommen hatte, von all der Anspannung. Ihre nassen Augen flehten ihn an, ihr zu vergeben.

Aber das konnte er nicht. Zumindest noch nicht. Vielleicht sogar nie.

"Tom, bitte..."

"Ich muss das erstmal richtig begreifen. Ich muss darüber erstmal nachdenken. Es ist wahrscheinlich am besten, wenn ich morgen zurückfahre und du hierbleibst und das alles in Ordnung bringst. Lass mich wissen, wann du mich wieder dabei haben willst."

"Also gut, wie du meinst, Tom. Ich bin jetzt einfach zu müde dafür," sagte Sofia. "Wenn du schlafen gehen willst, bin ich sicher, daß du dich im anderen Gästezimmer hinlegen kannst. Astrid wird unter den Umständen nichts dagegen haben."

"Ich gehe am besten zum Gästehaus zurück und lege mich dort schlafen. Ich weiß, daß Grant noch nicht zurückkommen wird, aber... ich kann einfach nicht. Ich muss mir das alles erst überlegen," sagte Tom und rieb sich die Schläfen.

"Ich will einfach keine Geheimnisse mehr zwischen uns haben. Es war unglaublich dumm von mir, das Geheimnis zu lange für mich zu behalten," sagte Sofia. "Ich meine, ich hatte Angst dich zu verlieren, aber das hier ist doch so viel schlimmer..."

"Da ist auch etwas, was ich *dir* sagen muss, Sofia. Streng

genommen ist es nicht *mein* Geheimnis, sondern eher ein Familiengeheimnis und ich muss erstmal einen klaren Kopf bekommen." Tom war gelassener, als Sofia ihn zur Tür begleitete.

"Was denn, eine andere Frau, die plötzlich aus dem Nichts auftaucht?" Sofia zwinkerte ihm zu, so müde und traurig sie war. "Möglichst aus einer Zeit, bevor wir uns kannten..."

"Ja, es geht um eine Frau, aber nicht was du denkst," sagte Tom. "Weißt du, ich habe mich gerade daran erinnert, woher ich diesen Errol kenne. Barry und ich hatten ihn einmal in Sun City getroffen, im Casino dort. Als du noch in Kapstadt warst. Kurz bevor du nach Shangari gezogen bist. Wir hatten wir dort ein Wochenende verbracht. Ich hatte dich schrecklich vermisst und Barry hat mich unter seine Fittiche genommen..." Tom starrte vor sich hin, wie er sich so daran erinnerte. "Dieser Typ kam und redete mit uns, hat uns ein Bier spendiert und alle möglichen Fragen über die Farmen gestellt," sagte er.

"Und das war Errol gewesen?"

"Ohne Zweifel. Deshalb hatte Barry ihn im Restaurant wohl auch wiedererkannt. Vielleicht war dieses Treffen in Sun City nur ein Zufall... keine Ahnung."

"Komisch. Was hat Errol denn in Sun City zu tun gehabt und wieso hat er mit euch über die Farmen geredet?" fragte Sofia verstört. "Er lebt schon seit einiger Zeit in Bloemfontein."

"Hmm, wenn ich daran denke, ist das schon seltsam," meinte Tom. "Du kannst ihn ja bei Gelegenheit mal danach fragen."

"Ich will überhaupt nicht mehr mit ihm reden. Zumindest für 'ne ganze Zeit nicht... und wenn er versuchen sollte, sich in mein Leben einzumischen, dann will ich nie wieder mit ihm reden. So schlimm es sein mag, sollte ich das Problem mit Damian den Daniels' überlassen."

"Ja, das solltest du vielleicht."

"Ich wollte ihn nur nicht im Stich lassen, wie mein Vater mich im Stich gelassen hat," sagte Sofia. "Aber das wird einfach zu viel für mich." Tom widersetzte sich dem Drang, Sofia in die Arme zu nehmen und sie an seiner Schulter weinen zu lassen. Er konnte einfach nicht.

Sie standen im kalten Flur und sprachen weiter miteinander. Es war schon nach 2 Uhr morgens, als Tom sich endlich verabschiedete. Er war nicht mehr wütend, aber er hatte ein Gefühl der Leere in sich, fühlte sich betrogen und verwirrt und verliebt und all das zur gleichen Zeit. Da war nichts, was er gerne weiter besprechen wollte.

"Nimm dir die Zeit, das alles hier auszusortieren," sagte Tom. "Sprich mit Gugu über diesen Errol und ich hoffe wirklich, daß der kleine Junge sich wieder erholt. Ich muss morgen nach Shangari zurück. Wir werden wieder miteinander sprechen, egal was passiert und ich weiß wirklich noch nicht, was dabei herauskommen wird. Ich muss das alles, was du mir gesagt hast, erst einmal verdauen. Gute Nacht, Liebste."

Er gab Sofia einen flüchtigen Kuss auf die Wange.

Das war doch ein gutes Zeichen, oder? Würde er sie noch immer lieben, wenn er mit dem Verdauen der schockierenden Neuigkeiten fertig war? Vielleicht konnte Tom ihr mit der Zeit Errol und die Affäre und das Kind verzeihen.

"Gute Nacht, Tom."

Als er gegangen war, setzte sich Sofia auf den weichen Flurteppich und schluchzte. Sie weinte, bis sie meinte, nichts mehr fühlen zu können. Sie konnte kaum glauben, in welches Chaos sich ihr Leben verwandelt hatte! Tom hatte recht. Es war ihr eigens Chaos, das sie jetzt wieder in Ordnung bringen musste.

Als sie sich im Gästezimmer oben schlafen legte, hoffte Sofia, daß es wenigstens noch einen Schimmer von Liebe zwischen ihnen geben würde, wenn das alles vorbei war.

Sie träumte, daß sie sich an Tom schmiegte und mit ihm über bunt bemalte Tonfiguren lachte, die Ballerinas in verrückten Posen waren.

*

"Hier bitte, ihre Armbanduhr... und 268.20 Rand in bar." Der Wachtmeister an der Polizeiwache in Brixton schob eine Schale mit Errol Botes' Habseligkeiten über die Theke.

"Denken Sie daran, daß wir sie mit einer Verwarnung hier

rauslassen. Sie hatten Glück, daß die andere Partei keine Anzeige wegen Körperverletzung erstattet hat."

"Er hatte mich angegriffen," murmelte Errol und steckte das Geld in seine Hosentasche.

"Sicher doch, das hören wir jeden Tag. Vermeiden Sie in Zukunft solche Schwierigkeiten am besten." Der Wachtmeister wurde ins Hinterzimmer gerufen und Errol ging eilig zur Tür hinaus.

Errol hatte die Nacht in einer Zelle verbracht, wo er Gelegenheit hatte, sich abzuregen. Er hatte in ein Röhrchen blasen müssen, und es war klar, daß er zu viel Alkohol im Blut hatte. Wie peinlich - und es war zudem noch seine eigene Schuld gewesen! Er zog seine zerrissene Jacke an und ging nach draußen.

Der Ausdruck im Gesicht des Mannes, der vor dem finsteren Gebäude mit den Händen in den Manteltaschen auf ihn wartete, war missbilligend.

"Wie konntest du so leichtsinnig sein und Aufmerksamkeit auf dich ziehen?" Begrüßte er Errol mit einer rauen Stimme. "Wir können es uns nicht leisten, derartige Fehler zu machen. Es wird morgen um 17.00 Uhr losgehen. Die Lieferung aus Sao Paulo kommt morgen um 16.30 Uhr an. Übergabe findet im Park vor dem Hotel statt und ich erwarte dich dort mit dem Rest der Gang. Und zwar nüchtern."

Er ging vor Errol über die Straße. "Tut mir echt leid, Bob. Ich werde morgen da sein, darauf kannst du dich verlassen."

"Treib' keine Spielchen mit mir, Botes. Der Chef hat mir die Hölle heiß gemacht, als ich ihm heute Morgen den ganzen Mist aufgetischt habe. Du hättest es wirklich besser wissen müssen."

"Hey, es ist schließlich nicht meine Schuld, das ich in all das verwickelt wurde."

"Ja, das kannst du deiner Oma erzählen. Du hättest dich auch weigern können." Sie gingen Seite an Seite zu einem unscheinbaren silbergrauen Wagen, der auf der anderen Straßenseite geparkt war.

"Ich werde euch nicht enttäuschen. Es war eine private Sache, weißt du, aber ich will dich nicht mit den Einzelheiten langweilen..."

"Bloß nicht. Hast du deine Waffe bei dir?" fragte der Mann kurzangebunden und hielt bei dem Auto an.

"Ich hab' sie im Hotel," sagte Errol. "Meinst du nicht, daß es aufgefallen wäre, wenn ich sie jetzt hier dabei gehabt hätte?"

"Glück gehabt, Mann. Ein paar Gehirnzellen funktionieren also noch."

"Komm schon, hör' auf mit der Standpredigt. Du bist schließlich nicht mein Chef, oder?"

"Will nur sicher gehen, daß du verstehst, was du zu tun hast."

"Die Regeln sind mir noch bekannt."

Der Mann drückte auf den Knopf der Fernbedienung und das Auto antwortete mit dem Aufleuchten der Lichter.

Sie öffneten die Türen und Errol setzte sich mürrisch auf den Beifahrersitz. Er musste einen klaren Kopf behalten oder er würde den morgigen Einsatz nicht überleben.

"Was du nicht sagst," meinte Bob und ließ die Zündung an.

ACHTES KAPITEL

Am Sonntagmorgen fand die halbjährliche Versteigerung 'Wildtiere in Afrika' außerhalb von Renosterspruit statt. Züchter von privaten Wildfarmen hatten die Veranstaltung gemeinsam mit einer internationalen Einrichtung organisiert, die sich 'Beautiful Wildlife' nannte.

Nach etwa einer Stunde, flüchteten die Besucher vor der blendenden Wintersonne in das große, schattige Zelt.

Man setzte sich auf die Stühle, die in langen Reihen im Zelt aufgestellt waren, und warteten darauf, daß die Auktion begann. Jeder, der verfügbares Geld hatte, um Wildtiere für private Reservate und zoologische Gärten zu kaufen, war erschienen. Und dann waren da noch die Besucher, die vor allem wegen des Essens hergekommen waren.

Auch private Wild-Enthusiasten gingen gelegentlich zu diesen Veranstaltungen, aber der Tierschutzverein SPCA, achtete darauf, daß strikte Regeln eingehalten wurden, wenn es um den Erwerb von Tieren ging.

Die Besucher hatten den ganzen Morgen über die angebotenen Tiere besichtigt und es gab alles im Angebot: von Antilopen über Büffel zu Nashörnern und Wildkatzen. Bald wechselten sich die Versteigerer auf der erhöhten Bühne ab, stellten die Auktionsposten im typischen Singsang vor, und nahmen die Gebote an. Die vorgestellten Tiere muhten und stampften mit ihren Hufen auf den mit Sägespänen bedeckten Boden herum.

Wie immer waren die vorderen Reihen für VIP-Gäste reserviert. Dabei handelte es sich meist um Politiker und deren Spießgesellen, betuchte Unternehmensführer und ausländische Würdenträger. Die Gäste, die weder Prominente waren, noch tiefe Taschen besaßen waren meist Vertreter der örtlichen und internationalen Zoos und sie saßen auf den hinteren Stuhlreihen. Bieter-Nummern flogen orchestriert in schneller Reihenfolge nach oben.

Auf einer Seite des Zeltes, zwischen zwei Eingängen, die zum Parkplatz hinausführten, waren lange Büffet-Tische aufgestellt, die sich vor leckeren Snacks und Getränken nur so bogen. Die Bar würde offiziell zur Mittagszeit geöffnet werden, aber die Barkeeper waren schon fleißig dabei, Gläser zu polieren und die Flaschen zu kühlen.

Eine Anzahl korpulenter Ehefrauen und Mätressen, die einige der VIP-Gäste begleiteten, labten sich am Büffet schon eifrig an den leckeren, die von Shangaris berühmter Küche geordert worden waren und es schmeckte ihnen offenbar vorzüglich.

Sie häuften sich die Garnelen und schlankmachende Salate auf die Teller und begutachteten dabei gegenseitig ihre grellbunten Garderoben. In den Ohren aller, die kein wirkliches Interesse daran hatten, wilde Tiere zu ersteigern, klangen die rhythmischen Wiederholungen der Auktionatoren wie gesungener Kauderwelsch.

Die Damen an den Büffets nahmen an derartigen gesellschaftlichen Veranstaltungen nur deshalb teil, weil sie ihre Designerklamotten und Stöckelschuhe stolz vorzeigen wollen. Sie langweilten sich in den verschwenderischen Villen und Penthauswohnungen in der Stadt und ihre Männer meinten, ihnen eine gelegentliche Abwechslung bieten zu müssen. Eine derart bescheidene Veranstaltung war allerdings eine weniger beliebte Variante und die meisten versuchten, so gut es eben ging, sich von den lautstarken und übelriechenden Tieren fernzuhalten.

"...und vierzehn... höre ich vierzehn einhalb? Höre ich vierzehneinhalb? Ja, wir haben vierzehneinhalb... und fünfzehn, fünfzehn, fünfzehn..."

Der Auktionsposten 104 wurde heiß umkämpft. Der abgehackte Singsang des Auktionators und die Geräusche, die die Wildtiere von sich gaben, verschmolzen zu einem

Soundtrack, der jede Art von Unterhaltung schier unmöglich machte. Nicht, daß geistreiche Unterhaltungen zu den Stärken der Damen gehörten.

Ein bekannter Politiker in der vorderen Reihe grunzte zufrieden und hielt seine Bieter-Nummer hoch. Er sah sich triumphierend um, genoss das anerkennende Gemurmel und den dürftigen Applaus. Sein dunkelblauer Seidenanzug schien bei einer derartigen Veranstaltung ein wenig übertrieben zu sein, aber er war bei weitem nicht der Einzige.

Hier bot sich eine fantastische Gelegenheit, seinen finanziellen Erfolg vor anderen zur Schau zu stellen. Zumindest vor denjenigen, auf die es ankam.

"Und sechzehn Millionen Rand, sechzehn Millionen Rand..."

In einem belebenden Adrenalinrausch hob er sein Schild mit der Nummer 351 in die Höhe. *Ja, schaut nur alle her, ich kann mir das leisten!* Dachte er bei sich und vergaß dabei vollkommen, daß seine Aufgabe in der Regierung eigentlich darin bestand, in der Bergbauindustrie Streitigkeiten beizulegen.

16 Millionen Rand war der bisherige Rekordpreis für diese seltene, trächtige Antilope. Das anmutige Tier würde ihren ersten Nachwuchs in einem exklusiven Wildreservat in Kwa Zulu Natal zur Welt bringen; sie würde am folgenden Morgen die Reise zu ihrem neuen Zuhause gemeinsam mit einem Breitmaulnashorn, zwei Zebras und zwei Giraffen antreten.

Der Wildfarmer, dem die Antilope gehörte, rieb sich vergnügt die Hände. Endlich konnte er sich stilgerecht zur Ruhe setzen und das Züchten von wilden Tieren seinem ältesten Sohn überlassen. Ein Haus an der Küste, das er sich immer schon gewünscht hatte, war in greifbarer Nähe.

In der Khaki-Uniform der örtliche Tierarztes, saß Barry Pienaar in einer der hintersten Reihen zwischen den Vertretern europäischer Zoos und Organisationen zum Schutz der Wildtiere. Er hatte dieses Jahr eigentlich gar nicht zu der Versteigerung kommen wollen. Es war ihm schwergefallen nüchtern zu bleiben, so kurz nach der Beerdigung seiner Frau.

Die Entscheidung war eine spontane gewesen und diente

mehr dazu, seinen neuen Assistenten einzuführen als alles andere. Es würde nicht mehr lange dauern, bis die Bar geöffnet wurde und er sein Leid mit dem besten Gesöff ertränken konnte, das es zu kaufen gab.

Der Auktionsposten 105 wurde vorgestellt. Es handelte sich um zwei robuste Warzenschweine im besten Zuchtalter. "Sieben, höre ich sieben? Und ich höre siebenfünfundzwanzig, siebenfünfundzwanzig, siebenfünfundzwanzig. Wir haben siebenfünfundzwanzig..."

Die Interessenten hatten die Tiere natürlich im voraus besichtigt und wussten bereits, daß sie sich im allerbesten Zustand befanden. Das Steigern ging flott voran und die Schilder mit den Bieter-Nummern flogen nach oben. Sogar für einen erfahrenen Teilnehmer wie Barry Pienaar war es ein Rätsel, woher die Versteigerer wussten, welches Gebot denn nun zählte.

Es dauerte nicht lange bis ein Zoologischer Garten aus Holland den Zuschlag erhielt. Der bescheiden gekleidete Vertreter des Zoos nickte seinen Kollegen zu und niemand klatschte. Die Auktion wurde für eine Pause unterbrochen und Musikberieselung durchflutete das Zelt.

Der Auktionsposten 105 war der letzte vor dem Mittagessen gewesen. Die Besucher drängelten sich in eine Schlange vor den Büffets und die Bar wurde für eröffnet erklärt. *Wird auch Zeit*, dachte der örtliche Tierarzt.

"Wenn das nicht Barry Pienaar ist," rief Stanislav Makaroff fröhlich und klopfte dem größeren Barry Pienaar auf die Schulter. Dann senkte er seine Stimme. "Ich möchte Ihnen nochmals mein herzliches Beileid aussprechen, Sir..." Der Tierarzt zuckte zusammen.

Barry Pienaar drehte sich mit einem grollenden Ausdruck um und verschüttete etwas von seinem Bier auf seinen überraschten Assistenten. Der junge Tierarzt sprang gerade noch rechtzeitig beiseite und das meiste Bier ergoss sich auf den Boden.

"Gut gemacht, Mann." Stan Makaroff sah nach hinten und nickte seinem Bodyguard anerkennend zu. Die beiden

Männer hatten sich seit der Beerdigung in Johannesburg nicht mehr gesehen. Barry Pienaar war alles andere als erfreut, den Mann zu sehen, dem er die Schuld für den Entschluss seiner Frau gab, ihn so hastig zu verlassen. Tief im Innersten machte er ihn auch für ihren Tod verantwortlich.

"Was machen Sie denn hier?" knurrte der abgespannte Tierarzt ihn an.

Sein Assistent, Janek Gelders, hielt eine halbleere Coca Colaflasche in der Hand und bewahrte einen sicherem Abstand zu seinem Chef. Der war bereits bei seiner zweiten Flasche Bier angelangt. Es sah ganz so aus, als wolle Barry Pienaar diesem großspurigen Mann in der seltsamen Aufmachung die Flasche an den Kopf werfen. Makaroff trug einen taubenblauen Safari-Anzug, dazu passende Sandalen und einen Tropenhelm. Einfach lachhaft.

Der Bodyguard verkreuzte seine Arme über dem mächtigen Brustkorb in einer warnenden Geste, was den gewünschten Effekt bei dem in Khaki gekleideten Barry Pienaar hatte.

"Lass mich zufrieden." Barry Pienaar knurrte die Worte durch zusammengebissene Zähne und drehte sich rüde von einem der reichsten Männern des Landes ab, der die besten Verbindungen besaß.

"Na na, Barry, Mann. Sie machen mich doch nicht dafür verantwortlich, was passiert ist, oder?" sagte Makaroff in einem fast kindlichen Ton.

"Und warum sollte ich das nicht tun?" Barry Pienaar drehte sich um und starrte auf den dreisten Mann herab, der ihn nicht zufrieden lassen wollte. Der Bodyguard gab ein warnendes Räuspern von sich.

"Nur daß wir uns richtig verstehen, mein Freund, ich hatte nichts damit zu tun, daß Ihre Frau Sie an diesem magischen Ort hier verlassen hat. Es war ihr Wunsch zu gehen und sie hatte mich gebeten, ihr einen Job zu besorgen. Das war alles. Ich hatte ihr nue die Gelegenheit gegeben..."

Barry Pienaar senkte seine Bierflasche. "Haste Töne, du Schleimer. Wenn Sie mich jetzt entschuldigen wollen, ich muss dringend mit jemandem da drüben reden."

Der Tierarzt wollte keine öffentliche Szene machen, vor allem nicht vor seinen Kollegen und Bekannten, aber er würde sich todsicher nicht auf eine liebenswürdige Unterhaltung mit diesem angeberischen Arschloch einlassen. Stattdessen ging er mit seinem peinlich berührten Assistenten von dannen. Stan Makaroff war es nicht gewohnt, von weniger wichtigen Individuen abgewiesen zu werden, aber unter den Umständen wollte er sein Glück nicht herausfordern.

Er nickte Barry Pienaars Assistenten wohlwollend zu und sah einen Moment später einen alten Bekannten, wie er an einem Zeltposten stand. Der unangenehme Moment befand sich in der Vergangenheit und der unliebsame Tierarzt war schon wieder aus seinem Gedächtnis gestrichen.

"Hallo Basil," begrüßte er den schwitzenden Politiker in seinem glänzenden dunkelblauen Anzug, der eine trächtige Antilope für ganze sechzehn Millionen Rand ersteigert hatte. "Herzlichen Glückwunsch zu deinem ausgezeichneten Kauf!"

Sie schüttelten sich energisch die Hand und Basil Mulambo war sehr zufrieden mit sich. Er nickte zweien seiner Freunde zu. Sie gingen gleich darauf und Makaroffs Bodyguard nahm seine Stellung auf, um den beiden eine gewisse Privatsphäre zu geben.

"Vielen Dank, Stan. Ich denke, sie wird den Stammbaum meiner Antilopen auf der Lungani Lodge erheblich verbessern, meinst du nicht?"

"Ich habe keinen Zweifel daran... hervorragend, mein Freund. Hatte auch ein Auge auf die kleine Schönheit gehabt..." Stan Makaroff lachte und wippte in seinen hellblauen Sandalen vor und zurück.

"Aber du hast doch gar keine Wildfarm, Stan," meinte Basil.

"Genau!" Sie prusteten beide vor Lachen.

"Habe mir aber überlegt, mir eine Farm zu kaufen," beteuerte Makaroff. " Ist doch keine so schlechte Idee, das Geschäft mit dem Vergnügen zu verbinden, oder?! Ich meine, braucht man denn eine Ausrede, um seine Zeit in diesem großartigen Teil unseres schönen Landes zu verbringen?

Vielleicht sollte ich hier 'ne kleine Farm aufmachen."

"Du meinst, du hast vor, hier eine Wildfarm zu kaufen?" fragte Basil und nahm einen Schluck aus seinem Weinglas. Der Rotwein brachte ihm, was das Schwitzen anging, allerdings kaum Erleichterung.

"Ja sicher. Bin ganz verliebt in die Gegend. Habe mein Auge schon auf eine geworfen, die hier ganz in der Nähe ist. Leider ist der Besitzer noch nicht zum Verkauf bereit - noch nicht ganz."

"Als ob dich das aufhalten würde," grunzte Basil.

"Du kennst mich zu gut, Basil... Ich dachte, vielleicht sollte man sowas aufbauen, wie bei Willem van Tonder. Du weißt schon... eine Nashornzucht, dann die Hörner für den Export nach Asien ernten. Ich habe gehört, daß er mittlerweile über einhundert Nashörner auf seiner Farm gleich um die Ecke vom Kruger Park hat. Sein Geschäft mit den Jägern aus Übersee soll auch recht lukrativ sein. Überhaupt ist das vielleicht ein Quatsch mit den Jagdlizenzen. Wieviel verlangt er wohl pro Nashorn? 100 tausend? Nicht schlecht, Herr Specht, denke ich."

"Aha."

"Er erzählt einfach so einem blöden Touristen, daß er eines seiner Tiere auf der Farm erlegen muss, weil er zu viele davon hat und jemanden braucht, der es für ihn tut... und Peng! Beide Seiten gewinnen dabei, oder? Er wird alte und kranke Tiere los und das Ganze ist auch für den Jäger um einiges billiger als eine offizielle Lizenz. Ist ja schließlich seine eigene Farm. Trotzdem wirklich schade um die Nashörner, die gewildert werden."

"Ja, wirklich schade." Basil hüstelte ein wenig. Es war ihm eigentlich ziemlich egal. Was hatte das Jagen von Nashörner mit ihm zu tun? Er besaß eine der teuersten Ferienziele, die es in Südafrika gab. Eine hübsche, kleine Investition, seine Game Lodge. Der Verkauf von Nashorn war, auf der anderen Seite, eine völlig andere Geschichte und nicht das beste Thema heute.

"Macht einen Haufen Arbeit, so eine Wildfarm,"

beschwerte er sich stattdessen bei Makaroff. "Man kann es aber schaffen. Wenn man ordentliche Arbeiter findet... wie würde sonst jemand wie ich eine Wildfarm führen können und hunderte von Besuchern jedes Jahr begrüßen?

Darüber hinaus habe ich ja noch... die Villa auf dem Golf Estate, das Penthouse in Sandton und eine Weinfarm im Kap. Von meiner 50-Fuß-langen Yacht ganz zu schweigen." Die Männer lachten wieder. Sie waren vom gleichen Holz geschnitzt.

"Man sollte seinen Reichtum doch genießen können, nicht wahr? ...nicht wahr?" gluckste Stan Makaroff. "Wenn es um Wildfarmen geht, bin ich aber sehr wählerisch. Mit Touristen habe ich nicht viel am Hut. Aber alles andere habe ich bisher immer ganz gut hingekriegt."

"Ja, das hast du wohl. Wie geht's denn deiner Frau?" fragte der Politiker in einem oberflächlichen Ton.

"Gut, gut. Es geht ihr eigentlich sehr gut."

"Keine Kinder?"

"Nein, wir werden ja langsam zu alt für sowas, Basil. Sie hat mit dem Familiengeschäft alle Hände voll zu tun, weißt du."

"Ja, das kann ich mir vorstellen," gluckste Basil. "Aber du musst doch auch an deine Zukunft denken. Wer soll denn mal dein Geschäft übernehmen? Helena wird ja auch nicht ewig arbeiten wollen."

"Darum kümmern wir uns, wenn es soweit ist," meinte Stan Makaroff und winkte ab. "Wir haben noch n'en Haufen Zeit, uns darum Sorgen zu machen." Die Kinderlosigkeit war eine Weile zum Problem in ihrer Ehe geworden, aber dann wollte Helena auf einmal keine Kinder mehr und das war's dann gewesen.

"Das ist schon wahr..." murmelte Basil Mulambo. Er hatte seine eigenen Schäfchen im Trockenen und Makaroff konnte ganz gut auf sich selbst aufpassen.

"Ach, lass uns über was anderes reden, OK? Wie geht's denn auf deiner Seite mit dem neuen Familienzuwachs?" Fuhr Makaroff mit der leichten Unterhaltung fort.

"Also, Siya ist noch etwas schwach. Es war diesmal eine

schwierige Geburt, weißt du. Aber es geht ihr schon besser und die Zwillinge haben natürlich Kindermädchen," sagte Basil. Er sah bewundernd auf eine hübsche junge Frau in einem gerüschten, gelben Kostüm und den dazu passenden hochhackigen Louboutin Schuhen. Es war ihre Vorstellung von feiner Kleidung.

"Habe an der Front alles unter Kontrolle. Hast du was von Theo gehört?" Er behielt seine junge Geliebte im Auge. Sie tat sich am Büffet an den Salaten gütlich und sprach mit einer weißen Frau, die einen absurden Hut auf dem Kopf trug.

Die beiden Männer stellten sich an die Zeltwand und begannen mit verhaltener Stimme geschäftliche Dinge zu besprechen. Ein etwas heikles Thema. Der Bodyguard stellte sich breitbeinig vor ihnen auf und beobachtete jede Bewegung in der Menge. Man konnte nie wissen, wer die Ohren spitzte, sogar mit all dem Krach im Hintergrund.

"Wir haben die Situation unter Kontrolle, Basil. Wenigstens so gut wie," berichtete Stan Makaroff. "Wir haben bald eine Besprechung im Saxonwold Drive und haben uns um den Informanten gekümmert. Laut Auftrag von.. naja, du weißt schon."

"Ist das Geld auf dem Konto?" fragte Basil Mulambo im Flüsterton und Stan Makaroff nickte.

Der Politiker wurde zappelig. Seine schmollende Geliebte stand jetzt allein am Büffet mit einem Teller voller Häppchen. Die Frau mit dem absurden Hut war weitergegangen und schwatzte mit einer anderen Frau beim Dessertbüffet.

"Muss jetzt da mal rüber und mein Gesicht zeigen oder Thembeka wird mir die Hölle heiß machen," sagte Basil Mulambo.

"Na, das wäre ja was. Ich bin froh, daß meine Frau mich einfach mein Ding machen lässt."

"Alles hat seinen Preis, Stan. Ich kann damit umgehen. Hattest du nicht was mit dieser Lorraine... oder wie hieß sie nochmal?"

"Nein, hatte ich nicht. Das ist alles nur ein Gerücht. Sie hat mal für mich gearbeitet," seufzte Makaroff. "Die Arme hatte einen tragischen Unfall und wir haben sie vor ein paar

Tagen beerdigt."

"Das tut mir wirklich leid." Basil starrte in die Richtung seiner Geliebten, die winkte und begann auf ihn zuzugehen. Er zappelte noch mehr.

"Tja, nichts wie Ärger, wenn man jemandem helfen möchte," sagte Makaroff.

"Das kenn' ich schon. Also mein Junge, ich muss jetzt gehen. Thembeka sieht fast so grimmig drein, wie das Wildebeest vorhin."

Sie lachten und klopften sich gegenseitig auf den Rücken, dann ging Basil zu seiner Geliebten und überlegte, wie er sie wohl am besten besänftigen konnte. Er war schon fast bei Thembeka angelangt, als lautes Quieken aus der Richtung der Tiergehege kam und ein mächtiger Aufruhr entstand.

Stühle purzelten zu Boden und ein Mann in einem verschmutzten Anzug versuchte einer ängstlichen Frau in einem Seidenkleid auf die Bühne zu helfen. Das war offenbar kein leichtes Unterfangen. Andere Gäste sprangen vom Mittelgang zurück.

Was um Himmels willen hatte das alles zu bedeuten?!

Basil Mulambo war zunächst skeptisch, aber er begriff bald, warum die Leute sich so seltsam benahmen: die Warzenschweine vom Auktionsposten 105 waren ihren Betreuern wohl irgendwie entkommen und tobten den Mittelgang hinunter, in einem fieberhaften Versuch, ihre Freiheit wiederzuerlangen.

Von einem Augenblick auf den anderen, scharrten, schnaubten und quiekten die Warzenschweine wie wild und warfen den Kopf hierhin und dorthin. Schuhe, Taschen und Hüte flogen durch die Luft. Gläser klirrten.

Die beiden Warzenschweine waren fest entschlossenen und boten mit ihren scharfen, nach oben gebogenen Fangzähnen und den erhobenen Pinsel-Schwänzchen einen schreckerregenden Anblick.

Die Besucher kreischten und sprangen auf die Stühle oder brachten sich, so schnell es ihnen ihre Beine erlaubten, draußen in Sicherheit.

Thembeka gelang es, hinter einen der Büffett-Tische zu springen, wobei sie einen grell-gelben Schuh verlor. Sie schrie schrill auf und versteckte sich hinter dem Tischtuch. Gäste saßen zwischen den Stühlen fest und schrien ebenfalls. Einige stürzten übereinander auf den Boden, strauchelten, krabbelten davon und rissen zu allem Überfluss noch mehr Stühle mit sich.

Dann ertönte ein Schuss und die Leute schrien wieder. Eins der Warzenschweine hatte es beinahe geschafft, die gesamte Länge des Zeltes hinter sich zu bringen. Dann wurde es plötzlich nach vorne geschleudert, stellte sich wieder tapfer auf die wackeligen Beine und fiel wieder hin. Eines wippendes Projektil steckte in seinem Hinterteil. Es hallte ein zweiter ein Schuss wider und das andere Warzenschwein begann im Kreis herumzutaumeln, versuchte seinen Gefährten zu erreichen und brach zweimal zusammen, bevor es auf den Boden sank.

Die Frau mit dem albernen Hut war bewusstlos in die Arme ihres Mannes gesunken, als das Ohr eines Warzenschweines ihren Fuß streifte. Das Betäubungsmittel brauchte nicht lange, bis es die volle Wirkung zeigte, aber den Auktionsgästen kam es vor wie eine halbe Ewigkeit.

Der Schütze war einer der anwesenden Tierärzte gewesen. Er sicherte gemächlich seine Waffe und gab bekannt, daß es nun wieder sicher sei, sich den Warzenschweinen zu nähern.

Er war im Begriff gewesen, die Veranstaltung zu verlassen und kramte gerade in seinem Bakkie herum, wenn er Geschrei und scheppernde Geräusche hörte, die vom Zelt kamen. Ohne lange zu überlegen, hatte er nach der Betäubungspistole gegriffen, extra Betäubungsprojektile in seine Hemdtasche gesteckt und war ins Zelt zurückgelaufen.

Sobald die Warzenschweine keinen Schaden mehr anrichten konnten, kamen andere Tierärzte aus den Zuschauerreihen hinzu. Barry Pienaar und sein Assistent halfen mit, die schweren Tiere wieder in ihr Gehege zu befördern - vor dem wachsamen Auge der neuen Besitzer aus Holland.

Basil stieg von seinem Stuhl herunter, der in Gefahr war unter seinem Gewicht zusammenzubrechen. Das Weinglas war aus seiner Hand geflogen und an einem nahen Tisch zersplittert.

Überall lagen Scherben herum und es roch stark nach verschüttetem Alkohol. Mulambo erspähte seine Mätresse in ihrem beschmutzten gelben Kostüm, wie sie hinter dem halbwegs zusammengestürzten Büffet-Tisch hervorkroch.

Thembeka entdeckte ihren linken Schuh und humpelte darauf zu. Sie ließ sich auf einen der noch stehengebliebenen Stühle fallen und zog ihren Schuh an. Als sie aufstand, brach der Absatz ab und sie begann wütend ihr neues Designer-Outfit mit einem Stoß Servietten abzuwischen.

Zwei ihrer Fingernägel waren im Eimer und das hieß, daß sie einen erneuten Termin beim Schönheitssalon machen musste! Ihre Einführung bei einer Zusammenkunft der feinen Gesellschaft entwickelte sich ganz und gar nicht so, wie sie es sich erhofft hatte!

"Lass uns gehen!" kreischte sie, als sie ihren Liebhaber zu Gesicht bekam, der auf sie zukam.

"Aber Schatz, beruhige dich doch. Ich muss noch..."

"Ich will jetzt *sofort* gehen!" tobte sie und warf den Stoß Servietten auf den Boden. Basil Mulambo starrte seine Geliebte an. Sie bot einen ziemlichen Anblick: Essensreste klebten an ihrem gelben Seidenkostüm, das ihn ein Vermögen gekostet hatte, der Absatz eines ihrer dazu passenden Schuhe war abgebrochen und ihre Haare standen in allen Richtungen vom Kopf ab.

"Ich fürchte, wir müssen warten, bis die Formalitäten abgeschlossen sind," sagte er nun mit unbeweglicher Miene. Er sah er ihr erschrockenes Gesicht. "OK, OK, Baby. Ich werde versuchen, Willem zu finden. Er kann dich zum Wagen bringen und du wirst dann dort warten, bis ich mit den Dokumenten fertig bin. Reiß dich jetzt gefälligst zusammen."

Er wischte sich ab und seine Laune verschlechterte sich von Minute zu Minute. Thembeka machte eine Szene und das war nicht, warum er sie zu dieser Auktion mitgebracht hatte.

"Ich hätte sterben können und du willst, daß ich mich zusammenreiße?" fauchte sie.

"Ja." Sein Ton wurde drohend. "Das will ich."

Thembeka kannte diesen Ton nur zu gut und begriff, daß sie sich um jeden Preis beruhigen musste, ob es ihr gefiel oder nicht. Sie schluckte und nickte schweigend.

"Gut so, mein Mädchen," sagte er beschwichtigend und tätschelte ihren fleischigen Arm. *Vielleicht ist es an der Zeit, Thembeka gegen ein besseres Modell einzutauschen*, dachte er bei sich. *Benimmt sich als seien sie verheiratet!* Es gab Mütter, die gutmütigere Töchter hatten...

Er entdeckte seinen Fahrer Willem, der sich hinter einer Reihe von Stühlen aufrappelte, und das fast auf einer ziemlich korpulenten Dame.

"Arré Willem, hey Willem! Arré!" Mulambo gestikulierte, daß der Mann zu kommen hatte. Er wies ihn an, seine Geliebte zur Limousine nach draußen zu begleiten. Dann machte er sich auf den Weg, um die Formalitäten seines ziemlich kostspieligen Einkaufs der neuen Antilope abzuwickeln.

Stan Makaroff hatte die surrealen Vorgänge von seinem Stuhl aus in sicherem Abstand verfolgt. Er saß noch benommen da und es war ihm zum ersten Mal in seinem Leben klar geworden, daß er sterblich war.

Nichts hätte diese Stoßzähne davon abgehalten, ihn aufzuschlitzen, wenn die Warzenschweine sich einen anderen Weg gesucht hätten. Wie gefährlich wilde Tiere doch sein konnten! Vielleicht war es doch keine so gute Idee, sich auf das Zuchtgeschäft einzulassen.

Die Leute um ihn herum befreiten sich von den umgestürzten Stühlen und sein Bodyguard saß noch wie benebelt auf dem Boden. Makaroff musste ihn in seiner Eile aus Versehen in den Kopf getreten haben.

Der arme Kerl stand auf und schüttelte den Staub ab, während er versuchte, sich zu fangen und seine Jacke wieder über der kleinen halbautomatischen Waffe zusammenzuziehen.

"Bist du in Ordnung, Bruno?" fragte Makaroff ihn.

"Kein Problem, Sir." Der Bodyguard versuchte sich

überzeugend anzuhören. "Keine Sorge, Sir."

Das Management des Auktionshauses hatte schon Vorkehrungen getroffen, um das ganze Durcheinander aufzuräumen. Die Angestellten strengten sich an, Gästen auf die Beine zu helfen und die Stühle wieder in erkennbare Reihen aufzustellen. Sanitäter kümmerten sich um verstauchte Knöchel und Kratzwunden, aber niemand war ernsthaft verletzt worden.

"Im Namen von... krächz... krächz... möchten wir uns für den... krächz... Vorfall entschuldigen..." Einer der Auktionatoren kämpfte mit der Sound-Anlage. Er war auf die Bühne geklettert, um eine holprige Ansage zu halten. "... und möchten Sie bitten, sich bei den Erfrischungen zu bedienen. Das Büffet ist geöffnet und... mir wurde mitgeteilt, daß Ihnen die Bar auch wieder zur Verfügung steht. Alles auf Kosten des Hauses, natürlich... auf Kosten des Hauses. Wir werden mit der Versteigerung in etwa einer halben Stunde fortfahren... krächz..."

"Mr. Makaroff!" Dem Tycoon wurde ein Mikrofon vors Gesicht gehalten. Er fühlte sich überrumpelt. "Mr. Makaroff – könnten Sie bitte ein paar Fragen beantworten. Haben Sie einen Moment für ein kurzes Interview?"

Ein Kameramann folgte jeder Bewegung der hübschen Reporterin und begann sie zu filmen. Bruno, der Bodyguard, versuchte einzugreifen, aber Makaroff hinderte ihn mit einer theatralischen Handbewegung daran und gab der Frau ein charmantes Lächeln.

"Ja, das ist mein Name, junge Dame, soweit ich mich erinnere." Er versuchte humorvoll zu klingen. "Aber sicher doch, warum auch nicht? Lassen Sie uns nach hier drüben gehen; in dieser Ecke ist es ruhiger... Wie war Ihr Name doch gleich?"

Sie gab ihm ihren Namen und den Namen der Fernsehstation, für die sie arbeitete. Er war sich ziemlich sicher, die Reporterin noch nie getroffen zu haben. *Eine Anfängerin also. Ausgezeichnet. Ein Interview mit der größten Fernsehstation ist nicht zu verachten,* dachte der Tycoon is seiner typisch herablassenden Art.

Sie war sich dessen bewusst, wie gewagt es war, einen derart wichtigen Mann wie Stan Makaroff einfach so zu überfallen, aber es schien ihm nichts weiter auszumachen und sie begann mit dem Interview. "Wunderbar. Vielen Dank, Mr. Makaroff."

Die Reporterin zupfte ihr Outfit zurecht und winkte den Kameramann näher zu sich. "Und eins, zwei..." Der Kameramann hielt drei Finger hoch.

"Vielen Dank, Mark. Heute senden wir von der halbjährigen Versteigerung 'Wildtiere in Afrika', die diesmal von Renosterspruit aus stattfindet," sprach sie in die Kamera. "Ich rede hier gerade mit dem bekannten Johannesburger Geschäftsmann, Mr. Stanley Makaroff." Sie drehte sich zu ihm hin. "Mr. Makaroff, wie war Ihre Erfahrung mit den beiden wilden Tieren, die hier vorhin entkommen sind...?"

"Das war vielleicht 'ne Vorstellung, nicht wahr? Ich bin mir ziemlich sicher, daß es sich dabei um einen Teil des vorgesehenen Unterhaltungs-Programms handeln muss, um die Anwesenden in die richtige Stimmung zu versetzen," Makaroff lachte gackernd über den kleinen Scherz. Er verbesserte auch nicht ihren Fehlgriff, was seinen Namen anging und lächelte nur weiter in die Kamera.

"Ja ganz bestimmt, Sir, Mr. Makaroff, aber ich fürchte, wir sind gerade erst eingetroffen und haben das ganze Spektakel verpasst. Erzählen Sie unseren Zuschauern doch bitte, was passiert war," bat ihn die Reporterin.

"Wie Sie wissen, Thandi, liegen mir Tiere fast genauso am Herzen wie Kinder, und diese Auktion stellt eine großartige Gelegenheit dar..." Makaroff ließ eine langatmige Antwort vom Stapel.

Gewöhnlich, war seine PR-Dame Gugulethu Mbatha anwesend, aber er hatte sich diesmal entschieden, allein bei der Versteigerung zu erscheinen. Es war besser, wenn sie nicht alles über seine Geschäfte mit gewissen Personen erfuhr. Gugu konnte die Dinge mit der Fernsehstation später geradebiegen. Diese Strategie hatte sich bislang immer bewährt.

Was von Bedeutung war, war die Tatsache, daß seine Unterhaltung mit Basil Mulambo wie eine zufällige Begegnung ausgesehen hatte, und Stan Makaroff war davon überzeugt, daß er das ganz wunderbar selbst bewerkstelligt hatte.

*

Ein paar Kilometer von den lärmenden Geschehnissen im Zelt entfernt, führte eine ruhige Straße von Renosterspruit aus Richtung Norden zu einem unscheinbaren Farmtor. Es waren keine Schilder daran und kein Name.

Jeder der Nachbarn wusste schließlich, wem die Farm gehörte und daß Aufmerksamkeit von der falschen Seite ungewollt war. Der Zaun war solide und in ordentlichem Zustand. Das war wichtig, denn die Farm beherbergte wilde Tiere, die verletzt oder verwaist im Busch gefunden und hier hergebracht wurden.

Das Tierasyl wurde von Gerda Marais geführt, einer Witwe im mittleren Alter, deren Ehemann vor einigen Jahren an Krebs gestorben war und ihr die alte Zitrusfarm hinterlassen hatte.

Die Farm war von Gerda in ein Heim für junge Elefanten, Zebras, Antilopen, Eulen und junge Nashörner umfunktioniert worden und Neuzugänge waren in der Kinderstube fast an der Tagesordnung. Sogar Erdmännchen lebten hier, denen beigebracht werden musste, wie sie sich in einem richtigen Familienverband zu verhalten hatten, bevor sie wieder in die Wildnis freigelassen wurden. Ein neuer, ziemlich beunruhigender Trend bestand darin, die niedlichen Jungtiere in der Kalahari an Touristen zu verkaufen.

Sobald sie älter wurden und weniger niedlich, wurden die kleinen Erdmännchen in Tierasylen abgegeben oder manchmal sogar in Stadtparks ausgesetzt, wo nichts als Unfug anstellten.

Gerdas Heim für Wildtiere war eines der wenigen Tierasyls, das sie aufnahm und auf ein normales Leben, weit von schicken City-Wohnungen und Parks entfernt, vorbereitete. Die Farm war ursprünglich als Kleinbauernhof vom Pienaar Estate abgeteilt worden. Ein Wildzaun und ein großes Tor trennten das Tierheim nun von dem weitläufigen Land der sehr viel größeren Pienaar-Farm.

Sobald die Waisenkinder groß genug waren, wurden sie auf das größere Grundstück durchs hintere Tor freigelassen. Hier konnten sie im Busch in relativer Freiheit nach Lust und Liebe umherstreifen. Die erwachsenen Artgenossen brachten den jüngeren Tieren bei, wie man Nahrung fand und sich außerhalb des Tierasyls schützte.

Es konnte eine Weile dauern, bis sie in der Lage waren, sich selbst zu versorgen, aber zu guter Letzt fanden sie meist eine neue Heimat in den Wildparks der Umgebung oder in der Weite der Wildnis.

Gerda Marais besaß genug Geschäftssinn, um eine Anzahl von Wildtier-Organisationen als Sponsoren für den Unterhalt des Heimes zu gewinnen. Sie halfen auch dabei, die Jungtiere freizusetzen. Sie konnte es sich nun leisten, die Lokalbevölkerung zu beschäftigen, um die Zufluchtsstätte zu unterhalten.

Es gab hier zwei Teiche hinter der alten Windmühle. Sie waren von typischen hohen Eukalyptusbäumen umgeben, die es überall in der Landschaft gab, von wildem Buschland und einem kleinen Hügel. Hinter dem Farmhaus befand sich ein Hain aus knorrigen Zitronenbäumen, die noch an die herrlichen, alten Zeiten auf der Zitrusfarm erinnerten.

Die Betreuer lebten in einer Siedlung auf der linken Seite des Haupttores und die Waisenkinder waren in drei großen Scheunen untergebracht, die etwas abseits des Farmhauses standen. Die Scheunen dienten als Schlafräume für die Jungtiere und als Vorratskammern für das Futter und die Gerätschaften. Das Hauptgebäude hatte eine einladende Veranda und einen Gemüsegarten, den Gerda noch allein bestellte.

Das Wasser für das Tierasyl wurde aus den Bohrlöchern auf dem Grundstück gepumpt und die Wasserhähne wurden immer zur Fütterung geöffnet und das Wasser rann in die Tröge innerhalb der Gehege.

Hier spielten die kleinen Waisenkinder mit ihren Betreuern und pflegten Kontakt mit anderen Tieren. Wann immer Gerda Zeit für sich nötig hatte, ging sie über die kleine Holzbrücke zur Kuppe des Hügels hinauf und setzte sich auf eine Bank, die ihr Mann kurz nach ihrer Hochzeit für sie gebaut hatte. Von hier aus ließ sie den Blick über die Landschaft gleiten. Ihr Herz gehörte nun den Wildtieren, um die sie sich kümmerte.

Oscar, das einst so traurige Nashornbaby, war Anfang des Jahres im Tierasyl angekommen und entwickelte sich rasch in ein verspieltes Kleinkind. Dank des herzhaften Futters und sehr viel Zuneigung. Es war die Zuneigung, die er vom einem vierzehnjährigen Jungen erhielt, der Frans hieß und zurückgekommen war, um bei ihm zu sein.

Frans kam immer nach der Schule, um bei der Fütterung mitzuhelfen oder um mit dem jungen Dickhäuter Zeit zu verbringen und ihn in seine Armen zu nehmen.

Darüber hinaus konnte der Junge den kleinen Oscar herbeirufen und mit ihm sprechen, eine Gabe, die er vom langen Stammbaum der Nashornflüsterern geerbt hatte. Oscar hatte sich mit einer Eseldame angefreundet, die Cookie hieß und die ihn nachts auf seinem Strohbettchen in der Scheune warmhielt. All die kleinen Waisen hatten solche Tiergefährten, meist Schafe, Esel und manchmal sogar Hunde. Wenn kein Tier verfügbar war, legte sich ein Betreuer mit dem Kleinen hin und kuschelte mit dem Neuankömmling, bis ein Ersatz gefunden wurde.

Diese Methode hatte sich als erfolgreich erwiesen und die Tiere gediehen entsprechend.

Die verwaisten Elefanten und Nashörner waren mit vier oder fünf Jahren alt genug für einen 'Soft Release'. Das hintere Tor wurde für sie geöffnet, um es ihnen zu ermöglichen, den Busch hinter dem Tierasyl zu erkunden und ihre Artgenossen zu finden.

Man konnte oft die wilden Elefanten, die auf der Pienaar Farm Zuhause waren, nahe des hinteren Zauns beobachten, wo sie darauf warteten, daß die jungen Elefanten sich zu ihnen gesellten. Sie konnten die Jungtiere wittern und nahmen sie gern in die Herde auf.

Der Junge und das kleine Rhinozeros saßen zur Fütterung gegen einen Felsen gelehnt im Gehege. "Hier, nicht so gierig

Kleintjie." Frans versuchte die Fütterung zu verlangsamen. Er hielt eine große Flasche mit der einen Hand und streichelte den Kopf des Nashorns mit der anderen. "Du wirst jetzt zu alt für sowas, nicht wahr?"

Das Nashorn nickte ein wenig, aber vielleicht versuchte es nur, den Fluss der Milch zu beschleunigen.

"Ich weiß ja, daß du deine Mami vermisst... ich vermisse meine Mutter genauso. Sie ist weit weg, aber sie ist auch ohne mich gut aufgehoben. Kurtie ist jetzt fast zwölf und hat meinen Platz in der Familie eingenommen..." er redete weiter in beruhigendem Tonfall mit dem Nashorn. Frans hatte ein wenig Heimweh, aber er war schon zu alt für solche Kindersachen. Obakeng und Frida versorgten ihn gut und er war glücklich, wo er war.

Hier in Shangari konnte er frei denken und seine Umgebung erfühlen. Nach der Fütterung ruhte sich Oscar erst einmal aus. Danach war ihm nach spielen zumute und er schubste Frans mit dem Kopf und seinem knospenden Horn. Bald rannte der Junge ihm voraus, versteckte sich hinter einem Dornenbusch und rief dem kleinen Nashorn zu, ihm zu folgen. "Komm' her Kleintjie, komm' her."

Er warf einen Ball und Oscar schob ihn mit seinem Maul vor sich her.

"Howe Junge, er wird noch denken, sein Name sei Kleintjie statt Oscar," rief ihm einer der Arbeiter zu, die dabei waren, die jungen Elefanten zu waschen.

"Er kennt seinen Namen ganz gut," antwortete Frans kurz angebunden.

"Aha, und woher willst du das wissen?"

"Ich weiß es einfach."

"Nichts für ungut." Die Männer lachten und fuhren damit fort, ihre Arbeit zu verrichten. Frans hatte nach einem kurzen Monat das desolate Khoi-San Dorf im Süden verlassen und war wieder nach Shangari zurückgekehrt. Er vermisste seine Freunde und die Schule und Klein-Oscar. Deshalb war er wieder in die Siedlung in Shangari eingezogen.

Seine Mutter war mit seiner Entscheidung nicht gerade

glücklich gewesen, aber letztendlich hatte Francina nachgegeben und für ihren ältesten Sohn eine Tasche mit seiner bescheidenen Habe gepackt. Sie seufzte. Frans war nach seiner Xnau-Initiationszeremonie so erwachsen gewesen, durch die er zu einem richtigen Koi-san geworden war. "Jetzt verlässt du mich auch noch," hatte sie gesagt und um ihren getöteten Mann Cornelius Tränen vergossen.

Sie tat dem Jungen leid. Seine Mutter hatte so traurig und einsam dagesessen, mit ihrem zerknitterten, verheulten Gesicht. Er hatte mit Müh und Not seine eigenen Tränen zurückgehalten bei all dem Leid, aber er war jetzt ein Mann, der seine eigenen Entscheidungen traf.

Den Plan, den er sich ausmalte, war etwas, das er weder seiner Mutter noch sonst jemandem hier mitteilen konnte. Deshalb machte er keine Anstalten, zu erklären, was ihm durch den Kopf ging. Oom Obakeng würde ihn verstehen. Würde verstehen, was er vorhatte, würde ihm beibringen, was er tun musste.

Was Francina verstehen konnte war, daß ihr Ältester mehr wollte, als nur Gelegenheitsarbeiten auf den umliegenden Farmen anzunehmen und seine Zeit am Wochenende mit Kartenspiel, Alkohol und Fufi zu vergeuden wie es die meisten anderen Erwachsenen im Dorf taten. Frans würde Erfolg im Leben haben und mit welchem Recht, durfte sie ihn zurückhalten.

Francina hatte ihm ein wenig Geld gegeben und einen Brief an Baas Tom. Der war nicht viel mehr als ein schmutziger Fetzen Papier mit ein paar gekritzelten Zeilen darauf, aber die Bedeutung war klar. Sie fragte beim Besitzer von Shangari höflich an, ob ihr Sohn in ihrem alten Haus in der Arbeiterunterkunft wohnen durfte und, ob er sich um ihn zu kümmern würde. Er konnte in den Ferien zu Besuch nach Hause fahren und helfen, die jüngeren Geschwister zu versorgen. Baas Tom hatte ja versprochen zu helfen und sie wusste, daß er sein Wort halten würde.

Wie jede gute Mutter wollte Francina das Beste für ihre Kinder und, wenn ihr ältester Sohn auf eine gute Schule gehen wollte, würde sie ihn nicht davon abhalten. Francina zog sich das große Kopftuch aus Kattun ins Gesicht, um die Tränen zu verbergen und streichelte den Arm ihres Sohnes, als er auf den Lastwagen kletterte, der ihn nach Norden mitnehmen würde. Während der langen Fahrt träumte Frans vor sich hin.

Das Dorf war ein trostloser Ort, der ihm nicht besonders gefiel. So windig und staubig war es dort, vor allem jetzt im Winter. Sein Herz sehnte sich nach der Savanne und dem Wildwasser, das an Shangari vorbeirauschte und natürlich auch nach den Tieren im Park. Frans war den Kiesweg hoch gegangen, den Brief seiner Mutter in der Faust und sein Bündel auf dem Rücken. Brutus, der Ridgeback, hatte an der Lodge gewartet und ihn bis zur Scheune begleitet.

Als er am Gehege vorbeikam, sah er gerade, wie Obakeng den dreibeinigen Geparden fütterte. Später wollte er Jethro an einer langen Kette spazieren führen und ihn den Touristen vorführen. Der Gepard war recht zahm geworden und die Besucher durften sein Fell streicheln und ihn hinter den Ohren kraulen. Dieses Leben der Muße war nicht das Schlechteste, was einem Raubtier passieren konnte, das in der Wildnis keine Überlebenschance mehr hatte.

Obakeng hatte Frans kurz ermutigend zugenickt und arbeitete dann weiter.

Der Junge fand den Besitzer der Shangari Safari-Lodge in der Scheune, wo er an seinem Boot arbeitete. Das mysteriöse Boot, über das die Kinder in der Gegend munkelten.

Würde Baas Tom es eines Tages tatsächlich nach Bokspits nehmen und damit im Wüstensand damit segeln gehen? Oder sollte es als Denkmal vor dem Lodgebäude aufgestellt werden, damit die Touristen es bewundern und Fotos davon machen konnten?

Es war das erste Mal, daß Frans einen direkten Blick auf das Boot erhascht hatte und er musterte es eingehend, als er Baas Tom den Brief seiner Mutter überreichte.

Es war nicht so groß, wie er es sich vorgestellt hatte, aber er mochte den Holzgeruch und die glatte Oberfläche des wuchtigen Rumpfes.

Frans fragte sich, wie es sich wohl anfühlen mochte, auf dem Deck eines solchen Bootes zu stehen oder auf der einen Seite über dem Rand zu hängen und die Füße gegen den Schiffskörper zu stemmen, damit die Segel das Boot durch Wind und brausende Wellen trugen, wie er es einmal im Fernsehen gesehen hatte. Es war ein toller Anblick gewesen.

Tom Rutgers hatte den Brief gelesen und sich am Kopf gekratzt. Es gab nicht genug Stunden am Tag, um die Arbeit an der Lodge zu bewerkstelligen, auch wenn er sich nicht um einen Halb-Waisen kümmern musste.

Aber er hatte der Witwe von Cornelius sein Wort gegeben. Er sah den Jungen, wie er so in seinen fadenscheinigen Shorts und dem anmaßenden Virgin Active T-Shirt dastand, seine grüne Baseballkappe in der Hand. Tom wusste, daß er Francina nicht im Stich lassen durfte, nur weil er soviel zu tun hatte.

Dieser helle, junge Mann war ein Teil der Familie, obwohl sein Vater nicht mehr unter ihnen weilte. Und wer weiß? Vielleicht würde eines Tages ein Arzt vor ihm stehen oder ein Ingenieur oder sogar der Besitzer eines Fitnesszentrums in der Stadt.

"Eine andere Familie ist in euer altes Haus gezogen," sagte er und Frans war den Tränen nahe. "Aber ich werde mit Obakeng und seiner Frau sprechen. Ich bin sicher, sie haben Platz für dich, jetzt wo seine Enkeltochter geheiratet hat. Wenn nicht, haben wir noch das Gästezimmer im Farmhaus, in das du ziehen kannst. Aber das ist wahrscheinlich zu langweilig für dich."

Das Gesicht von Frans leuchtete auf, als er sagte: "Vielen Dank, Baas Tom, Ich würde sehr gern bei Oom Obakeng und Tannie Frida wohnen, wenn sie mich haben wollen. Ich kenne sie sehr gut und auch die anderen Kinder in der Siedlung. Jennifer und Rynhart und Thabo. Wir gehen zur gleichen Schule und ich mache gerne Autos aus Draht..."

Er holte tief Luft. Tom Rutgers hatte ihn noch nie soviel auf einmal reden hören und sah sich den Jungen scharf an.

"...und ich verspreche, daß ich immer zur Schule gehen

werde und wenn Sie mich zur Universität schicken wollen, werde ich das auch tun und ein Tierarzt werden." Er betrachtete das Loch in seinem rechten Schuh, genau da, wo sein großer Zeh anstieß.

"Na, du bist aber ehrgeizig, Laatjie, mein Bürschchen," lachte Tom. "Das ist sehr gut, Frans. Weiter so. Ich möchte, daß du immer lernst und gute Noten bekommst und dich ordentlich benimmst. Wenn ich irgendwelche Beschwerden über dich höre, geht's zurück zu deiner Mutter ins Dorf."

"Oh nein, ich werde Ihnen keine Schwierigkeiten machen, das verspreche ich," sagte Frans heftig und sah Tom in die Augen.

"Gut, das kann ich mir auch nicht anders vorstellen. Wenn du etwas brauchst, kommst du zu mir oder du fragst Frida und Obakeng. Ich werde gleich morgen den Schuldirektor anrufen."

"Danke, Oom Tom! Da ist nur eine klitzekleine Sache. Eine ganz, ganz winzige Sache," flüsterte Frans und knetete seine Kappe mit den Händen.

"Ja, was ist denn? Brauchst du neue Bücher oder etwas zum Anziehen?"

"Nein, nichts dergleichen. Nur im nächsten Schuljahr, Oom." Frans benutzte immer aus Respekt den Begriff Oom für Onkel. "Aber ich möchte nach der Schule bitte zu Gerda Marais gehen. Oscar braucht mich dort. Und Tante Gerda sagt, ich kann meine Schulaufgaben auf ihrer Veranda machen."

Tom dachte einen Moment lang nach. "Wenn du mir versprichst, daß du mit dem Lernen nicht ins Hintertreffen gerätst und Sport machst und an den Veranstaltungen am Nachmittag teilnimmst, macht es mir bestimmt nichts aus."

"Oh vielen Dank Oom, ich werde immer nur lernen und alles aufholen, das ich verpasst habe. Meine Lehrerin, Mrs. Hardy meint, ich habe Potenzial." Der Junge grinste nun von einem Ohr zum anderen und Tom Rutgers musste über seine Eifrigkeit lächeln.

"Das freut mich. Aber, wie gesagt, du wirst dich dranhalten müssen. Lauf jetzt schnell, Frans und sage Obakeng, daß ich mit ihm sprechen möchte. Ich werde ihm alles erklären."

Tom Rutgers wandte sich wieder der Holzplanke zu, die er gerade glatt gehobelt hatte, als der Junge hereingeschneit kam. Er streichelte die glatte, gerundete Oberfläche und stellte sich vor, wie er eines Tages mit Sofia in dem Boot Segeln gehen würde.

"Ja, Baas Tom. Dankie," sagte Frans und hüpfte aus der Scheune zum Gemüsegarten, wo Obakeng sich über die Karotten beugte und sie eine nach der anderen mit großer Sorgfalt aus der Erde zog.

Der Gärtner sah von seiner Arbeit auf und schüttelte lächelnd seinen grauen Kopf.

Brutus sprang voraus und Frans warf Stöckchen, die der Hund wieder herbeiholte, bis sie zur Mauer der Arbeitersiedlung kamen. Dann lief Brutus mit großen Sätzen zur Scheune zurück, schnüffelte herum und ließ sich auf den Boden neben Tom fallen, um ein Nickerchen zu halten. Frans war glücklich. Er konnte zur Schule gehen, bei Oscar sein und in Shangari bei Oom Obakeng und Tannie Frida wohnen. Genau das, was er wollte, um seinen Plan zu schmieden. Der Plan, den er eines Tages ausführen würde.

*

In Johannesburg, drückte Gugu Mbatha ihr Handy ans Ohr und drehte das Steuer ihres roten Suzuki Jimny scharf nach rechts. Sie hatte ihr Büro im Makaroff Tower in Sandton schnellstens verlassen und da war keine Zeit, jetzt das Tempo zu drosseln. Sie zoomte an einem bummelnden Lastwagen vorbei, um gleich wieder hinter einem vollbesetzten Minitaxi abzubremsen, das sich die steile Straße hinaufquälte. Ihre Hände zitterten vor Nervosität.

"Ich muss dich sehen und zwar so bald es geht," bat sie ihre Freundin eindringlich. "Dann wirst du schon selbst sehen, was los ist."

"OK, wenn es dir so wichtig ist." Sofia war etwas beunruhigt. "Wir können uns bei dem Einkaufszentrum in Linden treffen. Beim Café dort, du weißt schon welches."

"Ja, weiß ich. Kannst du in - sagen wir - 15 Minuten dort sein?"

"OK, ich glaube, das kann ich. War sonst noch was?"

"Stellt sich raus, es hat sich gelohnt, daß ich mich wegen deinem Ex erkundigt habe."

"Wegen Errol? Ach, und wieso?" fragte Sofia überrascht. Sie hatte Errol seit der Beerdigung weder gesehen noch mit ihm gesprochen und jedes Mal, wenn sie versuchte den Arzt oder Damians Adoptivmutter in Kapstadt anzurufen, waren die Nummern besetzt.

"Erstmal hat er keine große Familie. Nur eine Tante und ein paar Cousins in Grabouw. Dann habe ich mit der *richtigen* Suzanne Daniels in Kapstadt gesprochen."

"Was? Was heißt die *richtige* Suzanne Daniels? Mit wem habe ich denn bitte gesprochen?" fragte Sofia entgeistert.

"Ich habe keine Ahnung mit wem du gesprochen hast, Sofie. Absolut keine Ahnung, wer die Frau war, aber Damian liegt nicht krank in irgendeiner Klinik und braucht auch keine neue Leber. Es geht ihm gut, er ist gesund und munter und gedeiht. Anscheinend malt er gerne bunte Bilder. Seine Lieblingsfarbe ist gelb und sie haben gerade ein neues Hündchen angeschafft. Einen schwarzen Labrador."

Sofia hatte sich vor lauter Sorge so verrückt gemacht, daß sie beinahe losgeheult hätte, als sie das erfuhr. Sie machte noch einen Schritt, dann hielt sie an und wendete sich von der Menge ab. Dann ging sie auf das große Filialgeschäft zu. Sofia wischte sich eine Träne aus dem Auge und riss sich zusammen.

"Willst du damit sagen... du meinst, Errol hat das alles geplant? Eine Erpressung? Nein, sowas würde er mir nicht antun..." *Das würde er nicht wagen*, dachte sie wütend. Aber sie konnte nicht sicher sein, wozu Errol in der Lage war. Sie hätte ja auch nie gedacht, daß er auf Tom derart eifersüchtig sein könnte.

Gugu drehte am Rückspiegel, damit sie besser sehen konnte, was hinter ihr geschah. "Ich weiß nicht, ob Errol das wusste, aber sein Cousin ist ein ziemlicher Tsotsi. Vielleicht ist die Frau ja seine Freundin. Warte mal 'ne Sekunde."

War das dunkle Auto mit den getönten Scheiben ihr etwa seit der Jan Smuts Avenue gefolgt - oder träumte sie das nur? Warum sollte ihr jemand folgen? Sie war so vorsichtig gewesen und außer ihr wusste absolut niemand von Lorraines Schreiben.

"Bist du schon da?" Gugu kreischte schier ins Handy.

"Gerade angekommen. Ich laufe gerade auf das Café zu," sagte Sofia und wischte sich noch eine Träne ab. "Soll das heißen, es ist möglich, daß sein Cousin allein gehandelt hat und Errol nur benutzt hat, um irgendwie an mich 'ranzukommen? Aalio, Kusipää. Aber das erklärt nicht, warum Errol mich nicht angerufen hat. Es macht einfach alles keinen Sinn. Vielleicht sollte ich zur Polizei gehen. "

"Bin mir noch nicht sicher, Sofie. Warte mal lieber. Es würde mich wirklich wundern, wenn Errol das Ganze angezettelt hat, aber ich dachte, du solltest Bescheid wissen. Wir unterhalten uns, wenn ich da bin. Verdammt!" Gugu hupte ein Minitaxi an. "Wenn du noch langsamer fährst, rollst du gleich rückwärts!"

"Drück' nicht so auf die Tube, Gugu!" Sofia näherte sich den Tischen und Stühlen auf dem Bürgersteig. "OK, du kannst mir alles erzählen, wenn du hier bist. Fahr' bloß vorsichtig." Im Victory Gardens Einkaufszentrum würde in etwa einer Stunde ziemlich viel los sein, wenn nämlich Eltern ihre Kinder von der Schule abholten.

"Yip. Muss jetzt aufhängen. Das ist doch wirklich...!" rief Gugu. "Au Mann..."

Sofia hörte den Motor durchs Handy aufheulen. "Willst du mir nicht sagen, warum du so in Eile bist? Du hörst dich ja total aufgelöst an."

Sofia ging in das Café hinein und setzte sich an einen Tisch beim großen Fenster. Von hier aus konnte sie den Parkplatz gut überblicken.

Ihre Freundin antwortete nicht. Ein Kellner hetzte auf Sofia mit einem breiten Grinsen zu und hielt ihr eine überdimensionale Speisekarte entgegen. "Kann ich Ihnen irgendetwas bringen?"

"Ja, einen Kaffee bitte. Ich warte noch auf jemanden."

"Kein Problem." Der Kellner schlurfte davon.

Gugu Mbatha sah wieder in ihren Rückspiegel. Hatte sie

das dunkle Auto nicht schon in Sandton hinter sich gehabt? Es war nicht gerade ein ungewöhnliches Fahrzeug. "Bist du noch dran?" sprach Gugu ins Handy.

"Alles klar bei dir?" fragte Sofia.

"Nicht ganz sicher... bin gleich da. Dieses Auto ist schon den ganzen Weg von Sandton hinter mir hergefahren; glaube ich jedenfalls... vielleicht ist es auch ein anderes Auto. Da gibt's so einiges, worüber wir sprechen müssen. Lorraines Brief und so. Hab' dir ja schon davon erzählt. Ich sag' dir gleich Genaueres," sprach Gugu noch ein letztes Mal in ihr Handy, dann warf sie es neben sich auf den Beifahrersitz.

Sie hielt an einer roten Ampel an und bekam Kulleraugen, als sie in den Rückspiegel sah. Das dunkle Fahrzeug war jetzt fast neben ihrem, aber sie konnte nicht erkennen, wer darin saß.

Gestern hatte Gugu überall angerufen und gegoogelt, nur um herauszufinden, daß Errol Sofia wegen ihrem Sohn angelogen und die ganze Geschichte mit dem medizinischen Notfall erfunden hatte. Als ob das noch nicht schlimm genug wäre, kam gestern ein Brief mit der gewöhnlichen Post an.

Sie hatte im Büro zu viel zu tun gehabt und die Briefe nicht geöffnet. Deshalb hatte sie den ganzen Stoß mit nach Hause genommen.

Wenn man von der Briefmarke ausging, war der Brief vor zwei Wochen abgeschickt worden, von einem Postamt in Johannesburg. Das war an sich nichts Ungewöhnliches, wenn man den Zustand der südafrikanischen Post in Betracht zog, aber – er war von Lorraine!

Allein, daß er von einer toten Frau stammte, war schon gruselig genug. Dem Datum nach hatte Lorraine ihn ein paar Tage vor ihrem tödlichen Unfall abgeschickt.

Gugu begann den Brief zu lesen und was sie da las, war einfach zu bizarr. Als sie bei der zweiten Seite anlangte, hatte sie fast den Rotwein verschüttet, den sie zu ihrem Takeaway trank. Deshalb musste sie sich dringend mit Sofia treffen, damit sie den Brief gemeinsam lesen und besprechen konnten.

Sofia bestellte mehr Kaffee und ein Stück Käsekuchen, das sie mit ihrer Freundin teilen wollte. Gugu sollte nicht länger als zehn Minuten brauchen, bis sie hier war. Es vergingen 30 Minuten. Sofia versuchte sie anzurufen und erreichte nur die Mailbox.

War sie im Verkehr steckengeblieben und wollte nicht ans Handy gehen? Sie beschloss sich in Geduld zu üben. Die Warterei gab Sofia Gelegenheit, darüber nachzudenken, was Gugu ihr da gesagt hatte, bevor die Neuigkeiten was Errols Cousin anging wie eine Bombe eingeschlagen hatten. Das musste man sich mal überlegen! Nie hätte sie gedacht, daß Errol so tief sinken könnte.

Er hatte praktisch Geld von ihr verlangt. Toms Geld. Dann waren da die anderen Neuigkeiten, die mit dem Brief zu tun hatten, den Lorraine anscheinend kurz vor ihrem Ableben an Gugu abgeschickt hatte. Darin beschrieb sie die Vorfälle, die schon seit langem ihr Gewissen geplagt hatten und, die wahrscheinlich zu ihrem Tod geführt hatten. Die Tatsache, daß Lorraine unter mysteriösen Umständen gestorben war, machte das, was in dem Schreiben stand, umso bedeutsamer.

Tja, Sofia kannte zwar noch keine Einzelheiten, aber Gugu würde ja jeden Moment hier sein und ihr den Brief zeigen.

Komisch, daß Lorraine ihr einen altmodischen Brief geschickt hatte, obwohl sie genau wusste, daß es immer ewig dauerte, bis ein Brief ans Ziel kam. Aber Gugu hatte auch gesagt, daß sich eine interne E-Mail aufgezeichnet wurde, genau wie ein Anruf oder eine telefonische Nachricht. Es war wenig wahrscheinlich, daß ein einfacher Brief Verdacht erregen würde...

Die Schlange an der Ampel schien ewig zu brauchen und Gugu schaltete das Radio ein. Es gab noch keine Nachrichten, nur Musik. Blöde Musik! Sie schaltete das Radio wieder aus.

Gugu war selten derart nervös. Sie hatte keinen einfachen Job als Stan Makaroffs PR-Beauftragte. Gugu Mbatha war sich der Tatsache bewusst, daß ein Großteil seines Reichtums aus dunklen Geschäften stammte.

Mit den genauen Einzelheiten war sie nicht vertraut, das

war die Aufgabe der Anwälte, aber sie hatte sich oft genug mit den Halbwahrheiten abgemüht, die sie erwartungsgemäß fabrizieren musste, damit ihr Chef immer blitzsauber dastand.

Das nannte man Tatsachen verdrehen. Und sie war gut damit, was das Verdrehen von Tatsachen betraf. Ihr Gehalt war eine angemessene Entschädigung für ihre Bemühungen, aber bis heute war ihr nie wirklich klar gewesen, wie groß das Ausmaß in Wirklichkeit war.

Der Brief hatte all das geändert.

Jetzt, nachdem sie Lorraines Vorwürfe gelesen hatte, würde es ihr nicht mehr möglich sein, ein Auge zudrücken, was die Verfehlungen ihres Arbeitgebers anging. Auch wenn es Konsequenzen für ihre Karriere mit sich bringen sollte.

Sie war tief beschämt darüber, daß ihr Talent dazu gedient hatte, jemandem wie Stan Makaroff weiterzuhelfen. Und das war noch längst nicht alles. Außer Stan Makaroff waren auch seine Frau und Mutter darin verwickelt, sowie Politiker und Rechtsanwälte und wer weiß wer noch alles.

Gugu hatte die beiden Makaroff –Frauen einmal bei einer privaten Feier in der weitläufigen Villa in Bryanston getroffen. Das Bild von zwei Schlangen hatte sich ihr aufgedrängt.

Zwei Schlangen, denen Gefühlskälte und Berechnung ins Gesicht geschrieben standen. Ihre Umgangsformen waren laut und ungeschliffen, trotz des teuren Schmucks und der Designerklamotten – ein eindeutiges Zeichen, daß es sich um Neureiche handelte. Die gesellschaftliche Szene in Johannesburg strotzte nur so vor Neureichen, die ständig vor Kameras posierten, doch die Makaroff-Frauen vermieden die Öffentlichkeit wie die Pest.

Jetzt hatte Gugu erfahren, daß sie Schmugglerringe leiteten, die ihre Geschäfte in den Grenzgebieten trieben. Sie hatte sie gelesen, daß es sich um alles von Zigaretten über Drogen und Fahrzeugen handelte. Na gut, das ging ja noch an, aber Menschenhandel? Junge Frauen, die in Bordells gefangen gehalten wurden?

Das konnte doch nur Fiktion sein! So intelligent konnten sie doch gar nicht sein, um etwas derartiges gebacken zu kriegen. Das bekam Gugu einfach nicht in ihren Kopf.

Woher wusste Lorraine das alles nochmal? Sie hatte keinen Grund, so etwas zu erfinden. Gugu hatte aber bisher nur die ersten beiden Seiten gelesen. Dann nahm sie noch einen Schluck von ihrem Rotwein und las weiter. Aha, Lorraine war also auch darin verwickelt gewesen und nannte sogar noch mehr Personen, die es ebenfalls waren. Einige davon davon wohlbekannte Personen des öffentlichen Lebens.

Gugu hatte die letzte Seite auf den Tisch gelegt und sich noch ein Glas eingeschenkt. Das waren unverfrorene, schamlose Verbrechen und diese gefährlichen Informationen starrten ihr von dem Blatt mit den zerknitterten Ecken entgegen. Sie konnte die Dinge, die sie da gerade gelesen hatte nicht einfach ignorieren.

Stan Makaroff hatte ihre, was Lorraine 'romantische Überredung' nannte dazu benutzt, um sie davon zu überzeugen, daß sie den Schmugglern die Milchkammer auf der Farm zur Verfügung stellen sollte. Er hatte sie gut bezahlt, schrieb sie, was sie übertrieben selbstsicher gemacht hatte, und auch ein wenig geldgierig. Also gut, sehr geldgierig. Höhere Ziele und bessere Aussichten lockten sie in die Großstadt...

Für ganze 10 Sekunden war Gugu wütend gewesen. Warum hatte Lorraine das nur getan? Warum hatte sie ausgerechnet ihr von allen Leuten, die sie kannte, diesem Brief gesandt und war nicht gleich damit zur Polizei gegangen oder zur Presse?

Es war einfach nicht fair, sie mit diesen ganzen Geheimnissen zu belasten und es gab absolut keine Beweise, daß das alles so stimmte.

Sie hatten sich nie gut gekannt. Ihre Wege hatten sich nur ein paarmal gekreuzt, nachdem Lorraine nach Johannesburg gezogen war, und nur einmal kurz davor in Shangari. Gugus ausgeglichene Natur kämpfte sich wieder in den Vordergrund. Sie musste einfach weiterlesen. Anscheinend hatte Lorraine einen Versuch unternommen, das alles jemandem zu erzählen. Nicht der Polizei, weil sie der nicht vertraute.

Sie hatte eine Verabredung mit einer Enthüllungs-journalistin in Northcliff gehabt und war nie dort angekommen. Jetzt war Lorraine tot. Zum Schweigen gebracht. Der Brief endete folgendermaßen:

'... ich schreibe Ihnen, weil ich der Meinung bin, daß man Ihnen vertrauen kann und, weil Sie mit Sofia befreundet sind. Ich kenne Sofia . Wir hatten zwar unsere Differenzen, aber Ihr beide werdet schon einen Weg finden, falls mir etwas passieren sollte. Ich kann auf keinen Fall mit den Firmenanwälten sprechen und würde Ihnen auch nicht dazu raten. Witbooi ist allerdings ein guter Mann, dem man vertrauen kann. Sollten Sie einen Anwalt benötigen, suchen Sie sich unbedingt einen ehrlichen Menschen aus. Sollte ich es nicht überleben und Sie werden das beenden, was ich begonnen habe, waren meine Bemühungen wenigstens nicht umsonst gewesen. Ich habe so ein Gefühl, daß ich nicht lange überleben werde, so aufregend wie es gewesen sein mochte. Aber hey, man weiß nie. Falls ich noch am Leben sein sollte, können wir bald besprechen, wie es weitergehen soll. Falls nicht, überlasse ich das Ihnen.

Mit freundlichen Grüßen, Ihre Lorraine Pienaar.'

Vielen Dank auch. Da hatte sie die Antwort auf ihre Frage... deshalb hatte Lorraine ihr das alles mitgeteilt: sie hatte Vertrauen zu ihr, trotz Gugus Stellung im Makaroff-Unternehmen. Sie wollte auch, daß sie die Informationen mit Sofia teilte und daß beide sich irgendwie ausdenken sollten, was damit geschehen sollte.

Niemand sonst wusste über den Brief Bescheid. An diesem Punkt hatte sie beschlossen, Sofia am nächsten Morgen anzurufen und sich mit ihr zu treffen. Um ihr so viel wie möglich von dem zu berichten, was sie wusste, und um ihr den Brief zu zeigen.

Dann konnten sie all diese merkwürdigen Anschuldigungen besprechen und gemeinsam eine Lösung finden. Ja, das war genau das, was sie tun würde! Sie waren immer schon ein gutes Team gewesen, wenn es darum ging, Lösungen zu finden. Als Sofia sich in Schwierigkeiten befand, nachdem sie Errol Botes, dem Frauenschwarm und Radio DJ, den Laufpass gegeben hatte, hatten sie ja auch gemeinsam eine Lösung gefunden, oder nicht?

*

Sofia wartete immer noch mit einer neuen Tasse Kaffee. Sie hatte immer noch nicht ganz all diese verrückten Dinge verdaut, von denen ihr Gugu am Handy erzählt hatte. Und da steckte noch mehr dahinter? Was konnte da denn noch sein?

Vielleicht sollte sie alles aufschreiben, bevor sie die Einzelheiten vergaß. Und so schrieb sie auf eine Serviette und dann auf eine zweite Serviette. Weitere endlose zehn Minuten verstrichen und es gab immer noch kein Zeichen von Gugu Mbatha. Vielleicht hatte sie ja einen Unfall gehabt, sorgte sich Sofia und beschloss letzten Endes, daß eine Stunde und fünfzehn Minuten definitiv zu lange waren. Warum beantwortete Gugu denn nicht ihr Handy, verdammt nochmal?

Der Verkehr muss ja fürchterlich sein, dachte Sofia und wartete noch eine Weile, aber als Gugu immer noch nicht auf der Matte stand, aß sie die andere Hälfte des Kuchenstücks und versuchte sie wieder über ihr Handy zu erreichen. Mailbox. Seltsam. Sofia hinterließ Nachrichten, aber ihre Freundin blieb weiter verschwunden. Sofia begann sich aufzuregen. Gugu hatte von einem Fahrzeug gesprochen, das ihr angeblich gefolgt war.

Vielleicht war etwas schiefgelaufen und sie war jetzt auch in Gefahr! War es möglich, daß ihr Telefon angezapft wurde oder jemand Gugus Mailbox abhörte? Sie löschte sämtliche Telefonate von der Liste auf ihrem Handy. *Werde mir bloß nicht paranoid,* Sofia Helenius, dachte sie. Aber es war sicherheitshalber das Beste.

Sie sollte Astrid davon erzählen... und vielleicht auch Tom.

Astrid sollte noch zuhause sein. Heute Nachmittag hatten die Kinder Sportunterricht. Sie musste doch Tom sagen, was hier passierte, oder? Das betraf ihn doch schließlich auch; nur, wenn Tom noch sauer auf sie war, wäre es wahrscheinlich besser ihn nicht anzurufen. Sofia winkte dem Kellner, faltete die beiden Servietten zusammen und stopfte sie in ihre Handtasche. Ein Schatten erschien neben dem Tisch und sie bekam einen mächtigen Schrecken.

"Oh Entschuldigung, ich dachte, Sie wollten zahlen," sagte der Kellner verlegen.

"Ja, ja sicher. Danke." Sofia nahm die Rechnung und stöberte in ihrer Handtasche nach der Kreditkarte. Die befand sich unter den Servietten mit den gefährlichen Worten darauf. *Ach komm' schon*, ermahnte sie sich, *reiß' dich gefälligst am Riemen!* Wieso sollten sie ihr auf der Spur sein?

Sie hüllte sich in ihre Jacke, holte tief Atem und ging auf den Besucherparkplatz hinaus. Die Schule war aus und Autos standen schlangenweise um Parkplätze an. Sofia drückte auf den Knopf der Fernbedienung und ihr Bakkie antwortete mit einer Anzahl kurzer Piep-Signale. *Siehst du, kein Grund zur Sorge*, dachte sie, *du siehst dir nur zu viele Krimis an*. Sie würde einfach alles mit Astrid besprechen und dann sehen was zu tun war.

Aus dem Augenwinkel sah sie, wie zwei Männer in dunklen Anzügen und Sonnenbrillen auf sie zugelaufen kamen. Sie sah noch einmal genauer hin. Dunkle Anzüge waren in diesem Stadtteil ein eher ungewöhnlicher Anblick, vor allem zu dieser Tageszeit. Sofia hatte auf einmal das Gefühl, sich in acht nehmen zu müssen.

Hielten sie Ausschau nach ihr?

Sie sah flüchtig Waffen, die kaum von den flatternden Jacketts verborgen wurden. Einer der Männer schien sogar eine Waffe in der Jackentasche zu halten. Sofia erstarrte. Das konnte kein Zufall sein, sie waren ihretwegen hier!

Sie beschleunigte ihre Schritte um volle Einkaufswagen herum und um Frauen mit kleinen Kindern, die sie an der Hand hielten. Was hatten diese Männer mit ihr nur vor? Sie ergreifen und dazu nötigen, mit ihnen in ein Auto mit getönten Scheiben zu steigen oder sie gleich vor all diesen Menschen erschießen?

Das schien weniger wahrscheinlich, aber ihr Instinkt schrie nahezu, daß sie auf der Hut sein solle.

Sofia stieg schnell in ihren Bakkie. Sie tastete nach ihrem Schlüssel, ließ ihn zu Boden fallen, hob ihn auf und ließ den Motor an. Sie fuhr rückwärts aus der Parklücke und fast in einen Kleinwagen, der auf den Parkplatz wartete. Der Fahrer schüttelte die Faust und sie winkte mit einer entschuldigenden Geste zurück, dann bezeigte sie ihm, daß sie mehr Platz brauchte, um weiter herausfahren zu können.

"Beeil dich, beeil dich, beeil dich!" bettelte Sofia. Das Auto setzte ein Stückchen zurück, wurde von einem anderen sturen Autofahrer daran gehindert und versuchte an seinem Fahrzeug vorbeizukommen. Zu guter Letzt fuhren beide aus dem Weg. Sie sah in den Rückspiegel und beobachtete, wie die beiden Männer zwischen den Autos rechts von ihr standen. Sie konnten sich augenscheinlich nicht entschliessen, was zu tun sei. Die Schlösser ihres Wagens schnappten zu, als Sofia schnellstens um ein knallgrünes Auto herumfuhr und sich dann rasch auf den Ausgang zubewegte.

Die Männer in den dunklen Anzügen machten einen Versuch, hinter ihr herzurennen, aber sie benötigte nur eine weitere Sekunde und schaffte es durch das offene Tor hinaus und auf die Straße zu fahren. Sie nahm einem Kleinlastwagen die Vorfahrt und drehte sich nicht mal um.

Sofia hoffte noch immer, daß es sich um einen bloßen Zufall handelte und die Männer einfach nur Bodyguards waren, die irgendeinen hochtrabenden Prominenten zu schützen hatten. Sie fuhr weiter und hatte keine Lust es herauszufinden.

Auf ihrem Weg zu Astrids Haus sah Sofia immer wieder in den Rückspiegel und bekam einen mächtigen Schreck, als ein schwarzes Luxusauto sie an einem Rondell in einer ruhigen Straße in Linden rüde überholte.

Der schwarze Wagen fuhr über die Insel in der Mitte des

Kreisverkehrs und bog direkt vor ihr ab.

Sofia begann wieder zu atmen. Sie fuhr eiligst in Richtung Astrids Straße und am Dragonfly Gästehaus vorbei, wo Tom, Barry und Charmaine gewohnt hatten. Sie bog in eine Seitenstraße ein und fuhr ein paar Mal um die Ecke, nur um sicherzugehen, daß ihr niemand folgte. Dann bog sie in Astrids Straße ein.

Zu ihrer großen Erleichterung kam ihr nur ein altes Auto entgegen gerumpelt und fuhr mit vorbei. Harmlos.

Sie kam an den runden Bäumchen des Nachbarn vorbei und drückte nervös auf die Klingel an Astrids Tor. Natürlich versetzte ihr die Metallplatte wieder einen elektrischen Schlag.

"Hallo?"

"Verdammt, du solltest dir eine neue Klingel anschaffen!" blaffte Sofia in die Gegensprechanlage.

"Wie bitte?" sagte Astrid.

"Se olen minä. Ich bin's Astrid. Mach' bitte auf."

Das Tor öffnete sich viel zu langsam und schloss sich mit einem Summton hinter ihr. Endlich in Sicherheit! Als Sofia in der Auffahrt neben den unschuldig dreinschauenden Rosenbüschen anhielt, schwirrte ihr der Kopf. Was zum Teufel war das gewesen?

Wo zur Hölle war Gugu und warum hatten ihr diese bewaffneten Männer auf dem Parkplatz nachgestellt?

NEUNTES KAPITEL

Ein Wagen röhrte die Dreckstraße am Wildzaun des Kruger Parks entlang und wirbelte eine Staubwolke auf. Die blendenden Scheinwerfer ließen ein paar Springböcke von ihrem Schlafplatz hinter dem hohen Zaun hochschnellen und ein großer, schlaftrunkener Vogel erhob sich von einem nahen Baumwipfel in die Lüfte.

Von den Dornenbüschen verborgen, machte Sanele Halt und warf sich ohne zu überlegen auf den Boden. Ihr Gesicht berührte den kalten Sand und sie versteckte sich, soweit ihr das hinter dem spärlichen Blattwerk möglich war.

Sanele hatte tapfer ihre Angst vor Schlangen und wilden Tieren überwunden, die Furcht von ihren Peinigern entdeckt zu werden und daß man sie bestrafen würde, sollte sie gefunden werden; sie musste fort aus diesem Ort, fort von den fummelnden Händen fremder Männer auf ihrem Körper, ihrem Schweiß und stinkendem Atem.

Wie weit war sie in diesen drei, vier Stunden gekommen, seit sie fortgelaufen war?

Sanele hatte jedes Zeitgefühl verloren. Sie kannte sich in der Gegend nicht aus, kannte weder Orientierungspunkte noch die Richtung. Sie war einfach nur der Straße gefolgt. Es war am sichersten immer neben der Straße am Zaun entlangzulaufen, in ständiger Bereitschaft, sich in den Büschen zu verstecken, wenn ein Auto nahte.

Ein Löwe beschwerte sich im Schlaf und aus einer anderen Richtung kam abgehacktes Gelächter. Sie wusste, daß es nichts Gutes bedeutete, aber die Tiere waren alle hinter diesem starken Zaun und konnten ihr nichts anhaben.

Sanele wartete, bis die Geräusche verklungen waren, dann

stand sie auf, schüttelte den Sand ab und begann weiterzulaufen, so schnell sie es vermochte. Sie war müde. Wie hatte sie es nur fertiggebracht vorhin so schnell zu rennen? Vielleicht hatten ihr Geister geholfen durch den Sand und das Dorngestrüpp zu kommen, das sich in ihren hauchdünnen Kleidern verkrallt hatte; der Minirock aus Paillettenstoff und den durchscheinenden Bustier, die sie gezwungen war, bei der 'Arbeit' zu tragen.

Wenn die Männerjacke nicht gewesen wäre, die sie vom dem weichen roten Sofa unten im Club gestohlen hatte, wäre sie jetzt wohl schon am Erfrieren. Es war im Winter so viel kälter hier als in ihrer subtropischen Heimatprovinz. Vor allem nachts.

Nicht, daß sie die Kälte wirklich spürte. Dazu waren ihre Sinne zu angespannt und ihr Blut pumpte zu heiß und schnell durch ihre Adern. Sie wusste, daß was sie da tat gefährlich war. Höchst gefährlich. Im Club mit der lauten, verführerischen Musik, den Gold-gerahmten Spiegeln und dem Geruch von Wollust, hatte Sanele an nichts anderes gedacht, als daß sie fliehen musste vor all dem.

Nichts wie fort. So weit wie möglich. Als sich die Gelegenheit sich endlich bot, hatte sie sie schleunigst ergriffen. Sanele knöpfte die große dunkelblaue Jacke zu, während sie immer weiter hastete. Sie durfte sich keine Ruhepause gönnen! Das robuste Material umgab sie nun wie ein schützender Tarnumhang.

Sanele fühlte sich fast unsichtbar.

Sie hatten den Mädchen die Pillen gegeben wie schon so oft, bevor das Abendgeschäft bei Sonnenuntergang begann. Bevor die Männer aus der ganzen Gegend ankamen, um sich ihres jungen Körpers zu bedienen und der Körper der anderen Mädchen. Sie schliefen in den Zimmern oben, meistens tagsüber. Vier Mädchen in einem Zimmer.

Die Luft dort war immer so muffig, weil sie keine Erlaubnis hatten, die Fenster ganz zu öffnen, um frische Luft hereinzulassen. Alle Fenster im Club hatten Schutzgitter außen, um Fluchtversuche zu verhindern. Wachtposten saßen auf schmutzigen Stühlen an die Hauswand gelehnt, etwas vom Eingang entfernt und ihre Waffen griffbereit hinter sich, damit die Kunden nicht abgeschreckt wurden. Dies sei zur Sicherheit der Mädchen notwendig, hatte man ihnen versichert.

Die Mädchen waren völlig verschieden. Es war etwas für jeden Geschmack dabei. Manche waren mollig mit dicken Busen und Hintern, andere waren rank und schlank. Manche hatten helle Haut und manche dunkle, manche waren schön andere hässlich - und alle waren unglücklich. Die Pillen machten es leichter, zu vergessen, wo sie waren und was sie dort taten. Sie nahmen allem die Schärfe. Zumindest für eine Weile.

Sanele gehörte zu den schönen Mädchen. Das wusste sie deshalb, weil die Männer ihr das ständig sagten und sie ein eifersüchtiges Glitzern in den Augen einiger Mädchen gesehen hatte.

Es fiel ihr nicht leicht, einfach in den Spiegel zu sehen oder Make-up aufzulegen, damit sie noch hübscher aussah. Sie schämte sich dafür, was sie da sah, schämte sich für ihre Schönheit. Ihre Haut war weich und ihr Körper schlank und geschmeidig. Wahrscheinlich kam das von der ganzen Hausarbeit zu Hause und, daß sie zweimal am Tag zum Fluss hinunter gehen musste, um Wasser zu holen. Damals.

Zu Hause. Sie würde niemals wieder nach Hause zurückkehren. Ihr Vater hatte sie an diese Männer verschleudert. An diese stinkenden Pologolos. Sanele wusste, daß ihre Haare weich waren und nicht gleich über der Kopfhaut abbrachen. Sie waren lang genug, um sich in Cornrows flechten zu lassen und mussten nicht mit Haar-Extensions verlängert werden, wie es die anderen Mädchen gern taten.

Einmal im Monat kam ein Friseur und sie versammelten sich alle in dem einem Raum, der dann als Haarsalon diente. Die Cornrows waren nicht so teuer. Warum sollte sie gues Geld ausgeben, damit sie schöner aussah? Um noch mehr unerwünschte Aufmerksamkeit der Männer auf sich zu lenken? Aikhona!

Der mit Pailletten besetzte Rock unter der großen Jacke

verhakte sich an einem dürren Zweig und zerriss noch mehr. Sanele fluchte leise vor sich hin und eilte weiter. Ihr taten die Füße weh, aber das war ihr egal. Es war ein kleiner Preis für ihre Freiheit.

Jede Woche kam ein gerissener Kleiderhändler im Club vorbei. Mittwochs, wenn das Geschäft schleppend voranging. Er verkaufte den Mädchen knappe Kleider und nahm ihnen dafür das wenige, das sie noch vom Taschengeld übrig hatten, dafür ab. Sanele kaufte so wenig wie nur irgend möglich. Sie machte sich keine Illusionen darüber, daß sie jemals genug Geld verdienen würde, um sich ihre Freiheit aus dieser misslichen Situation zu erkaufen, aber sie wollte wenigstens versuchen, ein wenig von ihrer mickrigen Bezahlung zu sparen. Für alle Fälle.

Die Männer gaben ihr manchmal ein wenig extra Geld, wenn sie besonders befriedigt waren. Sie hatte herausgefunden, daß sich das Geld hinter einer Kachel in einer Ecke des kleinen Toilettenraums im oberen Geschoss verstecken ließ. Es war ihr Ort der Zuflucht.

Geld war wichtig. Sollte sie es jemals schaffen zu fliehen, würde sie das Geld brauchen. Draußen in der wirklichen Welt kostete ja alles Geld: Verkehrsmittel, Essen, Kleidung. Mit ihren Ersparnissen würde sie zwar nicht weit kommen, aber besser als gar nichts.

Wären die Dinge anders verlaufen, wenn ihre Familie nicht so sehr arm gewesen wäre? Es tat weh daran zu denken, aber sie konnte nicht anders, als sich daran zu erinnern. Jetzt wo sie sich eine Chance am Leben zurückerobert hatte.

Die Erinnerung daran fachte ihren Hass an und den Willen sich durch die stacheligen Büsche zu kämpfen, komme was wolle, und durch den Sand, der gegen ihre nackten Beine prickelte. Er war mit ihr spazieren gegangen, hatte ihr etwas im Busch außerhalb des Dorfes zeigen wollen.

Ihr Vater hatte sich wie immer einen angezwitschert, aber er war alles andere als betrunken. Sie war so glücklich gewesen, daß er Zeit mit ihr verbringen wollte, vielleicht sogar herausfinden, wie es in der Schule ging. Vater verbrachte nicht viel Zeit mit der Familie und wenn er mal den Weg vom Shebeen im Dorf zurück nach Hause fand, dann war es meist, um die Kinder aus dem einzigen Raum der Hütte auszusperren und sich mit ihrer Mutter zu beschäftigen. Mit Grunzen oder Schreien oder manchmal, um sie zu schlagen, weil für ihn kein Essen auf dem Tisch wartete.

Sanele liebte es zu lernen und wollte nichts mehr, als zur Schule gehen. Aber, als sie zwölf Jahre alt war, wurde sie Zuhause gebraucht, um mit den kleinen Geschwistern zu helfen, mit dem Waschen und dem Kochen, falls etwas zu kochen da war. Es wurde immer schwieriger, sich ihren Studien zu widmen, aber irgendwie hatte sie es trotzdem immer geschafft.

Vater suchte sich Gelegenheitsarbeit, um Geld zu verdienen. Wäre da nicht sein Trinken gewesen und die Tatsache, daß er das verdiente Geld bei einem Fufi-Glücksspiel oder sogar bei zweien vergeudet hätte, wären sie eine ganz normale Familie gewesen. So, wie die anderen Dorfbewohner sie hatten. Sein Saufen kostete ihn nach ein paar Monaten immer wieder seinen Arbeitsplatz. Ihre Mutter ertrug ihr unglückliches Leben mit der stoischen Geduld, die jede Frau im Dorf an den Tag legte.

Sie sprach nicht viel, vor allem nicht über ihren Ehemann. Es war einfach das, was der Herrgott ihr zugeteilt hatte. Deshalb hatte Sanele sie nie zur Rede gestellt, hatte alles ertragen und darauf gewartet, daß sie sich selbst zur Frau entwickelte.

Einige der Mädchen in Saneles Alter hatten schon einen guten Mann mit einer dauerhaften Arbeit gefunden, der sie nicht schlug und ihnen Haushaltsgeld gab. Ihre Freundin Lettie war aber eines Tages einfach verschwunden.

Später fanden sie heraus, daß sie vergewaltigt worden war und dann entführt wurde. Sie war gezwungen, ihren Vergewaltiger in einem anderen Dorf weiter im Süden unten zu heiraten. Der junge Mann und seine Familie hatten sogar im Einvernehmen mit Letties Eltern gehandelt. Im ländlichen Kwa Mashu war das gang und gäbe. Aber Sanele hatte um ihre Freundin geweint, um die intelligenten, jungen Frauen, die sie hatten werden wollen: erst erfolgreich in der Schule und dann in ihren gewählten Berufen arbeiten.

Lettie hatte davon geträumt, eine Krankenschwester zu werden und Sanele wollte Rechtsanwältin werden. Jemand, der respektiert und bewundert wurde; jemand wie Thuli Madonsela, der Protektorin der Öffentlichkeit in Südafrika.

Die Mädchen hatte oft über ihre Zukunftspläne geredet – damals. 'Wir können ein Stipendium von der Regierung kriegen und an der Universität studieren,' hatte Sanele gesagt, während sie die Haare ihrer Freundin in Zöpfe flocht. 'Wir werden unser eigenes Haus haben und genug Geld, um anständige Kleider zu kaufen und jeden Tag Pap und Vleis essen.'

"Mit deinen Noten wird es leicht sein, ein Stipendium zu bekommen,' hatte Lettie zu ihr gesagt.

'Du musst eben mehr arbeiten und gutes Englisch sprechen lernen. Du bist doch so klug, Lettie," hatte Sanele dann erwidert, aber sie war sich nicht sicher, ob Lettie ihr das glaubte.

'Ja, klug. Aber wie sollen wir in die Stadt kommen und wer wird uns dort weiterhelfen? Für alles dort braucht man Geld. Wir können doch nicht einfach nur von frischer Luft leben.'

'Weiß ich – aber wir könnten zu einer Kirche gehen. Die werden uns weiterhelfen. Die arbeiten ja mit Gott,' hatte Sanele vorgeschlagen. 'Wir müssen uns eben in Gottes Hand begeben. Das ist doch, was der Herr Pastor immer sagt, und der muss es ja schließlich wissen. Er hat schließlich ein schönes Haus und all das.'

Am Tag, an dem Lettie verschwand, waren ihre Träume wie Seifenblasen zerplatzt. Ihre Freundin war in einer erzwungenen Ehe gefangen, der Letties Familie zugestimmt hatte. Eines Tages war sie nicht mehr zur Schule gegangen und dann hatten die Kinder darüber geredet, wie sie entführt und vergewaltigt worden war und im benachbarte Ost-Kap heiraten musste.

Es ging alles um eine Tradition, die sich Ukuthwala nannte. Eine Tradition, der es egal war, ob Mädchen zustimmten oder etwas anderes im Leben wollten oder vielleicht noch dabei waren, erwachsen zu werden. Niemand hatte Lettie danach gefragt, was sie wollte, sonst hätte sie Sanele etwas davon erzählt.

Die ganze Sache hatte Sanele so sehr wütend gemacht. Ihre schöne, kluge Freundin hatte dabei nicht zu sagen gehabt, und jetzt war sie fort - in einem kurzen Augenblick aus ihrem Leben verschwunden.

'Wir müssen unser Los als Frauen akzeptieren. So ist das eben mit der Tradition,' hatte ihre Mutter gesagt und den prüfenden Blick ihrer Tochter gemieden. Sanele konnte es aber nicht akzeptieren. Der Mann hatte ihrer Freundin weh getan, aber er wurde nicht dafür bestraft. Im Gegenteil, er war dafür noch mit Heirat belohnt worden!

Das konnte doch nicht richtig sein.

'Warum müssen wir alles hinnehmen? Es ist doch falsch,' hatte sie sich gegen die Resignation ihrer Mutter aufgelehnt. Sanele konnte nie mit ihr über irgendetwas reden. Warum versuchte sie es überhaupt?

Ihre Mutter hatte genug Last mit den vier Kindern, die sie aufziehen musste und einem Säufer zum Mann. Sanele stimmte mit ihrer Mutter nicht überein. Sie war aus einem anderen Holz geschnitzt; stark und mutig – eine Überlebenskünstlerin. Was sie wollte, war eine Ausbildung und ein gutes Leben. Ihre Noten waren so gut, daß ihre Lehrer keinen Grund hatten sie zu schlagen. Ihr Vater war selten zuhause und ihre Mutter hatte nicht die Kraft ihr eine Tracht Prügel zu verpassen, wenn Sanele mal wieder zu eigensinnig für ihr eigenes Wohlergehen war.

Jetzt würde sie ihr Leben hier jederzeit wieder gegen das alte eintauschen. Die ständigen Schläge, die sie erdulden musste, nachdem ihr Vater sie den fremden Männern gegen ein Bündel Banknoten aushändigte, hatten sie klein und unwichtig gemacht und unterlegen.

Es war nicht, daß sie nicht an Prügel gewohnt war, aber da war immer die Hoffnung gewesen, daß sich alles eines schönen Tages ändern würde, wenn sie mit der Schule fertig war und an der Universität in der Stadt studierte. Erwachsen zu sein und eine Studentin, und etwas aus sich machen. Für eine Weile war es leichter gewesen, wenn sie diese Männer machen ließ, was sie wollten.

Ihre Hoffnungen und Träume waren sowieso zerschlagen und, wenn ihr eigener Vater seine Tochter nicht haben wollte, wie konnte sie dann Nachsicht von diesen Kerlen erwarten?

Der Big Boss, dem der Nachtclub mitten in der Pampa gehörte, war eine barsche, hässliche Frau mit strohblonden Haaren und einer Menge Make-up im Gesicht.

Sanele hatte sie noch nie ohne die weißen Knöpfe gesehen, die konstant in ihren Ohren steckten. Über die unterhielt sie sich dauernd mit anderen Leuten an ihrem Handy, während sie mit jemandem sprach, der vor ihr stand. Der Mensch unter all dem Make-up, den unnatürlichen Lippen und den falschen Augenwimpern war so angsteinflößend wie ein Tokolosch. Sanele wusste, daß in der mageren Brust ein unbarmherziges, berechnendes Herz schlug.

Der Boss sammelte das Geld für das Familiengeschäft ein und schlug die Mädchen, die nicht so viel verdienten, wie ihnen aufgetragen war.

'Du hast Glück, daß ich dich nicht zu den Minenarbeitern oben im Norden schicke,' hatte Helena eines der Mädchen angeschrien, die in einem Häufchen auf dem Boden vor ihr lag. 'Du machst dir ein schönes Leben und das Mindeste, was ich erwarten kann ist, daß du es mir mit deiner Arbeit zurückzahlst', hatte sie gebrüllt.

Machmal gab sie sogar den Wachen Ohrfeigen oder dem Manager, wenn sie schlechte Laune hatte. Die waren dann hinterher nicht besonders nett zu den Mädchen. Diese Frau kontrollierte Saneles Leben und sie hasste sie von ganzem Herzen. Sie konnte es einfach nicht verstehen, warum diese Helena-Frau in der Welt da draußen so wichtig sein sollte.

'Ihr Mann ist ein reicher Geschäftsmann aus Joburg,' hatte eines der Mädchen mal geschwatzt. Sie war ein dickes Mädchen, die sie alle nur Mafuta nannten.

'Das sind richtige Verbrecher, aber sie kennen einen Haufen Leute in der Regierung,' hatte Mafuta ihnen erzählt.

Das dicke Mädchen schien sogar fast stolz auf diese Tatsache zu sein, obwohl sie doch gar nichts damit zu tun hatte! Mafuta war das dienstälteste Mädchen im Club. Sie war schon ganze 18 Jahre alt und wusste das alles von Vuyo, dem Mann, der den Club führte und sie oft auf sein Zimmer kommen ließ.

Die Mädchen im Club sahen manchmal fern. An einem Feiertag zum Beispiel, wenn die Männer in der Gegend mit ihren Familien zur Kirche gingen. Es wäre ja eine Sünde gewesen, an solchen Tagen ihr Geld in einem derart verkommenen Etablissement für ihre Unterhaltung auszugeben.

'Da schaut, das ist der Mann von unserem Big Boss,' hatte Mafuta bei einer solchen Gelegenheit einmal verkündet, während sie darauf warteten, daß ihre Seifenoper endlich anfing. Sanele hatte genau hingesehen. Ein untersetzter Mann in einem hellblauen Anzug der in einem großen Zelt ein Interview gab. Er lachte und schäkerte mit der Reporterin herum und gestikulierte viel.

'Ja, das ist mein Name, junge Dame, soweit ich mich erinnere. Wir können uns hier drüben hinstellen; in der Ecke ist es ruhiger...' *So, das ist also, wie ein reicher Geschäftsmann aussieht,* dachte sie, *und das ist, wie er mit einer hübschen Reporterin spricht.* Sie redeten über irgendwelche Warzenschweine, die angeblich durch das große Zelt getobt waren und vornehme, reiche Leute erschreckt hatten. Natürlich nicht ihn. Er schien alles andere als erschreckt zu sein. Kein Wunder! Er war ja schließlich mit der furchterregendsten Frau der Welt verheiratet!

Bevor Sanele noch genau hören konnte, was da gesagt wurde, zeigte ihn eine andere Einstellung auf dem Boden in einem Kindergarten zwischen lauter Kleinkindern sitzend. Er las vor und lachte mit ihnen.

'Der Sandtoner Geschäftsmann, der für sein Wohltätigkeits-Engagement wohlbekannt ist, besuchte gestern das Lebogang Zentrum für Waisenkinder in Alexandra, um dort den Geburtstag der Institution zu feiern, die er vor 10 Jahren ins Leben gerufen...'

Sanele versuchte sich vorzustellen, wie er mit seiner Frau das tat, was die Kunden hier mit ihr anstellten und konnte es nicht. Big Boss war so harsch und reizlos, daß sie wahrscheinlich jedem Mann eine knallte, der ihr zu nahe kam. Wenn er so reich und einflussreich war, warum nahm sich dieser Mann nicht eine andere, nettere Frau, wie es der Präsident des Landes so oft tat?

Helena war ein zu schöner Name für diese grobe Frau, die mit dieser lauten Stimme sprach. Obwohl Sanele nie richtig Englischsprechen geübt hatte, wusste sie doch von den Fernsehserien, die sie in der Kirchenhalle Zuhause angesehen hatte, daß die Frau mit einem starken Johannesburger Akzent sprach.

Sie hörte immer genau zu, wenn Big Boss redete. Sollte sie jemals wieder den Weg aus diesem Schlamassel herausfinden, den ihr Vater ihr aufgebrummt hatte, war es wichtig, daß sie lernte, wie man richtig Englisch sprach.

Sanele hasste es, wie diese widerwärtigen Menschen ihr Leben vor einem Jahr ihre Kindheit versaut hatten und hasste das, was aus ihr geworden war. Sie hatte sich abgehärtet, hatte ihre Tränen hinuntergeschluckt und ihre Flucht geplant. Die anderen Mädchen waren genau wie ihre Mutter: passiv und duldsam.

Nach einer Weile hatten die Männer häufiger nach Sanele verlangt. Das bedeutete, daß sie in den Augen von Vuyo und Big Boss wertvoller wurde. Sie hätte am liebsten sofort mit jemand anderem die Plätze getauscht. Einige der Männer hatten Geld, viele waren groß und kräftig und arrogant und fordernd. Und die wollten ausgerechnet sie haben!

"Sanele ist so hübsch, daß sie mehr Freier bekommt als wir alle zusammen," hatte eines der Mädchen mal gesagt. Sanele schauderte.

"Mit etwas Glück wird sie vor lauter Schlafmangel bald hässlich werden."

"Ihr könnt sie meinetwegen gern alle selbst haben. Ich wünschte, ich könnte abhauen hier," hatte sie mehr zu sich selbst gesagt als zu den anderen Mädchen.

Eines der anderen Mädchen war aber so eifersüchtig auf sie geworden, daß sie Sanele verpetzte und Vuyo erzählte, daß sie abhauen wollte.

Die Strafe war schmerzhaft gewesen und sie konnte eine Zeitlang keine Orangen in Netzen mehr sehen, ohne zu zittern.Das andere Mädchen war allerdings auch für ihre Eifersucht bestraft worden.

Diese Einstellung konnte auf lange Sicht hin nur Probleme verursachen. Vuyo mochte es, wenn sie brav waren und die Anordnungen ohne Widerspruch und Eifersucht aufeinander ausgeführt wurden. Sanele hatte das andere Mädchen mit einer gewissen Genugtuung leiden sehen. Es war ja ihre Schuld. Aber Vuyo war noch lange nicht fertig mit ihr.

"Wenn du versuchst, hier wegzulaufen, bring ich dich um," hatte er mit einem kalten Grinsen gesagt. Vuyo hatte sich sofort daran gemacht, ihr eine kleine Kostprobe davon zu geben, was sie in einem solchen Fall erwartete. Später war sie auf der Toilette gesessen und hatte einen Haufen Toilettenpapier gegen ihre blutende Brust gedrückt.

Sanele hatte ihren Schmerz ganz tief drinnen in sich begraben. Dieser Schmerz, daß sie nicht frei atmen oder wieder in die Schule gehen durfte.

Sie wollte Vuyo anbrüllen, ihn beschimpfen, ihn treten, aber das wagte sie nicht. Sogar das Leben bei ihrer Familie zu verbringen und den lieben langen Tag hart zu arbeiten, hatte ihr weniger ausgemacht als all das. Daran war sie schließlich gewohnt gewesen. Sie hatte dann wenigstens mal zum Fluss runtergehen und sich ihren Gedanken ruhig hingeben können oder für die Schule lernen.

Hier bedeutete Arbeit etwas Schäbiges.

Nach außen hin hatte sie sich in die Sklaverei ergeben, aber innerlich brannte ihr Hass, und der Wunsch, eines Tages etwas aus sich zu machen, der weiter anwuchs. Sie wollte wieder frei atmen können und vielleicht irgendwann jemanden finden, der sie liebte. Irgendwann.

Dieser Traum eines besseren Lebens trieb sie an, auszubrechen, als der Moment endlich kam. Sanele konnte sich nicht erinnern, wann die Hoffnung wieder zurückgekehrt war. Dann war die Hoffnung aber auf einmal wieder da und klopfte ihr auf die Schulter, als ob sie sagen wollte: 'Hey, ich war gar nicht weg. Schenke mir gefälligst Beachtung.'

Sie musste vorsichtig sein und alles schlauer planen.

Wenn die anderen Mädchen über Prominente schwatzten, deren Aussehen und Make-up und sich über bestimmte Freier lustig machten, trug sie nichts mehr dazu bei.

Bald war sie als Die Stumme bekannt. Was die anderen nicht ahnten war, daß sie im Geheimen einen Fluchtplan schmiedete und ihre ganze Aufmerksamkeit daransetzen musste, nicht den Mut zu verlieren.

Sie würde es alleine tun. Mit diesen blöden Mädchen, die sich einfach nur fügten, durfte sie nicht ihre Zeit verschwenden.

Sie war nicht dazu bestimmt, eines Tages wie eine Handelsware in ein anderes Land geschmuggelt zu werden, und sie würde ganz bestimmt nicht in diesem Gefängnis an der mosambikanischen Grenze verkommen. Die anderen Mädchen hatten die Namen der Dörfer in der Umgebung erwähnt. Jetzt wünschte Sanele, sie hätte ihnen zugehört.

Sie stolperte durch den Sand. Alles im Club war so unwirklich gewesen. Vielleicht waren die Pillen daran schuld, die die Mädchen bekamen. Bis vor ein paar Tagen hatte sie diese gewissenhaft geschluckt.

Sanele hatte so getan, als schlucke sie die Pillen, aber sie ließ sie in ihrer Hand verschwinden und zermahlte sie dann auf dem Fußboden, als sie auf der Toilette war. Dann wischte sie alle Spuren weg. Die Pillen hatten das Gefangensein ein wenig leichter gemacht, aber sie brauchte einen klaren Kopf. Die dröhnende Musik hatte an sich schon wie eine Droge gewirkt, aber Sanele hatte gelernt, sich sogar dagegen zu wehren und ihre Ohren zu verschließen...

Einige der Wildtiere gaben knurrende Geräusche von sich und Sanele lief es kalt den Rücken hinunter. Der Kruger Park war auf der anderen Seite des Zauns – soviel wusste sie gerade noch. Sogar, wenn sie mitten drin im Park gewesen wäre, hätte sie das Gleiche getan. Sie sehnte sich nach

Freiheit und würde eher an Hunger oder Durst oder was auch immer sterben, als für immer eine Sklavin zu sein.

Noch ein Wagen, ein Bakkie diesmal, rumpelte viel langsamer als das erste die Dreckstraße entlang. Sanele warf sich zu Boden und der Bakkie fuhr an ihr vorbei. Sie wartete einen Augenblick lang, nur um sicherzugehen. Die hellen Lichtkegel wurden kleiner bis sie ganz verschwunden waren. Wenn sie doch nur wüsste, wohin die Straße führte! Glücklicherweise stand der Mond heute Nacht nicht am Himmel. Na ja, eine dünne Sichel, aber die zählte kaum. Das bedeutete aber auch, daß sie nicht genug von ihrer Umgebung sehen konnte und die Büsche und Bäume instinktiv umgehen musste.

Eine Linie am Horizont wurde ein wenig heller als der sternenübersäte Himmel darüber. Das erste Morgendämmern. Sie musste schneller gehen. Heute würde das Tageslicht nicht ihr bester Freund sein. Sanele konzentrierte sich auf nahe Geräusche und sah das große Spinnennetz mit seiner gelb-schwarzen Bewohnerin gerade noch rechtzeitig, bevor sie hineinlief. Ekelhaft.

Sie schüttelte sich allein schon beim Gedanken daran.

Wie eine Spinne in ihrem Netz war auch Vuyo immer gewesen. Eine verschwitzte, große fette Spinne, die außerhalb des verhassten, langweiligen Clubs mitten in der Pampa, kein eigenes Leben zu haben schien. Wenn es aus welchen Gründen auch immer, Ärger gab, warf er sich auf die Störenfriede und stellte den Frieden wieder her. Das war sein Verständnis von Ruhe und Frieden.

Und das war genau, was letzte Nacht passiert war. Einer der nicht-so-reichen Kunden war mit Thulesa schwierig geworden. Sie war eine dumme Ziege aus Venda, die nicht zu wissen schien, was Benehmen ist und der es ansonsten egal war, was mit ihr passierte.

Der Mann kam oft in den Club. Sie nannten ihn Whatso und niemand schien zu wissen, warum eigentlich. Er wünschte, daß Thulesa etwas tat, wofür er aber nicht zahlen wollte. Vuyo tolerierte so etwas unter keinen Umständen. Es gab ein großes Tara und die anderen Freier mischten sich irgendwie auch in den Streit ein. Ein Spiegel zerbrach, als einer der Wachleute Whatso beiseite stieß. Sanele war gerade mit ihrem Freier, der immer noch so verliebt tat, die Treppe heruntergekommen. Er versuchte sie anzutatschen und sie versuchte ihm auszuweichen. Widerlich.

Sie wollte ihm eine Ohrfeige geben, ihm ins Gehänge treten und ihn anschreien, daß er seine Hände gefälligst von ihr lassen sollte. Stattdessen lächelte sie nur und stieg die Treppe weiter nach unten. Bald lenkte ihn der Streit unten ab. Gut so. Sanele war es egal, worum es beim Streit ging. Es war nicht das erste Mal, daß Männer sich hier mit Messern angriffen oder besoffen anschrien.

Dann traf es sie wie der Blitz: Dies war die Chance, auf die sie die ganze Zeit gewartet hatte!

Ihre Sinne waren nicht länger von der Droge getrübt, als sie wieder die Treppe hinaufstieg, um auf die Toilette zu gehen. Sanele nahm das Geld heraus, das sie unter der lockeren Kachel versteckt hatte, und steckte es in ihren BH unter dem Bustier. Als sie die Treppe wieder nach unten ging, war sie hellwach. Sie bewegte sich unauffällig, ließ sich auf den Boden gleiten und krabbelte auf Knien hinter das große Sofa. Niemand reagierte. Sie wartete eine Weile und betrachtete die Männer, die sich anschrien.

Fäuste begannen zu fliegen. *Gut, sollen sie sich doch gegenseitig die Köpfe einschlagen,* dachte sie ungerührt. Das passierte meist, wenn sie betrunken waren und wichtigtuerisch ihre eigene Kraft überschätzten.

Die Musik dröhnte und niemand stellte sie leiser. Die Mädchen standen herum und feuerten die Männer an. Sie wetteten auf einen Gewinner, als Sanele sich die große, dunkle Baumwolljacke griff, die über der Rückenlehne des Sofas hing, als ob sie nie etwas anderes getan hätte.

Sie zog die Jacke an und war zur Hintertür hinaus, ohne daß es jemand bemerkte. Ein Transporter war dort geparkt und sie versteckte sich schnell dahinter. Es war der Lieferwagen mit den Bildern und der Aufschrift über

Haarprodukte. Ein gewohnter Anblick im Club. Sanele sah niemanden und konnte nur hoffen, daß auch sie niemand gesehen hatte.

Der Mann mit der geladenen AK-47, der immer den hinteren Ausgang bewachte, war wahrscheinlich nach drinnen gegangen, um sich schadenfroh den Hahnenkampf anzusehen oder zu helfen, den ungebändigen Kunden unter Kontrolle zu bringen. Die Mädchen konnten manchmal von den Fenstern im oberen Stockwerk aus sehen, wie er auf kleine Tiere schoss, wenn ihm langweilig wurde.

Die Demonstration von Gewalt hielt die gefangenen Mädchen im Zaum. Sanele taten die Tiere nur leid und sie hätte sich gerne um einen weichen, kleinen Hasen oder ein Erdmännchen gekümmert.

Jetzt war der Wachposten verschwunden und sie musste das Risiko eingehen. Irgendein Geist musste sie beschützt haben oder vielleicht hatte sogar Jesus selbst seine Hand über sie gelegt, denn sie nahm ihre Beine in die Hand und rannte los, so schnell sie es ihr erlaubten. Sie rannte und rannte und niemand folgte ihr.

Dann war ein Wagen die Dreckstraße hinuntergerast. Es war zu dunkel gewesen, um den Fahrer zu erkennen und sie wollte eigentlich auch nicht so genau hinsehen. Vielleicht war es einer der Gäste, der vor der Schlägerei flüchtete. Oder vielleicht waren es ja Vuyo oder einer der Wachleute, der hinter ihr herjagten. Wer weiß?

Es war das erste Mal gewesen, daß Sanele sich zu Boden geworfen hatte und den Mund voller Sand bekam. Das Auto war gefolgt von einer Staubwolke vorbei geeilt. Sanele hatte sich unbezwingbar gefühlt, mit all dem Adrenalin, das ihr durch die Adern schoss, und geborgen in der großen, dunklen Jacke. Sie stand auf und rannte weiter, während sie den Sand ausspuckte. Das schien so lange her zu sein, dieses erste Auto.

Als sich der Staub legte, den der letzte Bakkie aufgewirbelt hatte, hielt das Mädchen an und sah sich um. Sie konnte schwache Lichter in der Ferne erkennen. *Sind es Häuser? Eine Farm oder etwa ein Dorf?*

Dann der schreckliche Gedanke: *Was ist, wenn sie mir nicht helfen? Mich vielleicht zum Club zurückschicken?* Sie würde sich irgendwie umbringen, mit allem Schluss machen. Sie wollte nie wieder zu diesem Leben zurückkehren, also blieb ihr nichts anderes übrig, als es zu wagen!

Es dauerte noch eine Stunde, bevor sie die Gebäude erreichte. Die waren um einen Innenhof gruppiert mit einer Kapelle zur Linken. Eine Kapelle? Ein Hund bellte und Sanele drückte sich gegen die nächste Hauswand. Die Mauer fühlte sich rau an und kalt und echt. Der blasse Streifen am Horizont wurde breiter.

Sanele sah, wie eine Handvoll Leute aus einer Tür herausgelaufen kamen. Es waren Männer. Die Männer hielten Taschenlampen in der Hand und fanden bald das wild-dreinblickende Mädchen, das bewegungslos dastand und sich gegen die Hauswand presste.

"Habe keine Angst," sagte ein älterer Mann freundlich. Seine grauen Haare wuchsen wie ein Ring auf seinem Kopf und er schien Brite zu sein.

"Sie waren schon hier und haben nach dir gesucht. Komm' schnell rein, Kind." Die anderen Männer murmelten und drängten sie, ins Haus zu gehen. Sanele zögerte, hielt sich an der großen Jacke fest, die ihren Körper vor Blicken verbarg. Die Männer schienen es gut zu meinen, aber konnte sie ihnen vertrauen?

Es waren so viele, manche waren weiß, andere schwarz und ein paar sahen sogar asiatisch aus wie Chinesen. Sie hatte keine Wahl, musste ihnen ins Haus hinein folgen. Sie bewegte sich langsam und versuchte die neue Situation so lange wie möglich zu begreifen, aber sie war so sehr müde. Sanele hatte es sich nicht richtig überlegt – was passieren würde, wenn sie in Sicherheit war. War sie jetzt wirklich in Sicherheit?

Wenn diese Männer es nicht gut mit ihr meinen sollten und sie anfassten, dann würde sie schreien und beißen und um sich treten. All die Dinge, die sie sich mit den Männern im Club nie getraut hatte.

Dann würde sie wieder wegrennen oder sie würde

umgebracht werden. Es spielte keine Rolle mehr. Im Moment, als sie die Tür hinter ihr zumachten, beschloss Sanele, daß es besser sei im Kampf zu sterben, als auch nur einen Moment länger in Gefangenschaft zu leben.

*

'... laut Polizeibericht, wurde letzte Nacht eine Gruppe von vier Männern nahe des Kruger Parks festgenommen. Sie werden des Menschenhandels verdächtigt. Elf südafrikanische Mädchen im Alter von zwölf bis achtzehn Jahren wurden von der Polizei in einem Privathaus vorgefunden, wo sie als Sexsklaven gefangen gehalten wurden. Eines der Mädchen, im Alter von 13 Jahren, gelang es zu flüchten und wurde von Jesuiten Mönchen in deren Exerzitien-Zentrum nicht weit vom Eingang des Kruger Parks aufgenommen.

Die Mädchen wurden vom Notfalldienst an einen sicheren Ort gebracht und ihre Familien wurden benachrichtigt. Verletzungen werden behandelt und zur Vorsorge wurden ihnen ARV-Medikamente verabreicht. Es wird behauptet, daß einige der jungen Mädchen von ihren eigenen Familien an die Menschenhändler verkauft wurden. Die Sachlage wird derzeit noch untersucht und weitere Verhaftungen sind zu erwarten. Zu diesem Zeitpunkt ist es unklar, ob die verhafteten Männer einem internationalen Ring für Menschenhändler angehören, der bislang in Südafrika vermutlich Mithilfe von Regierungsbeamten betrieben wurde... In internationalen Nachrichten: bei einer Bombenexplosion nahe einer Moschee in Bagdad, der Hauptstadt Iraks, sind 47 Menschen ums Leben gekommen...'

Gugu Mbatha schloss die Augen. *Wie furchtbar*, dachte sie und stellte das Radio aus. Das musste man sich mal vorstellen: Teenager, die so jung waren, wurden in den Sexhandel gezwungen und Menschenhändler, die eine mögliche Verbindung zu Regierungsbeamten hatten. Undenkbar. Und was war mit HIV und anderen Geschlechtskrankheiten, denen sie wahrscheinlich ausgesetzt gewesen waren? Sie konnte nur hoffen, daß gute Seelen sich um sie kümmern würden und sie ihre Schulausbildung beenden konnten.

Wie privilegiert Gugu selbst doch aufgewachsen war. In ihrer Jugend im feinen Johannesburger Vorort von Bryanston, hatte sie, in einem Kokon von elterlicher Liebe und von ihrer Großfamilie geborgen, die besten Schulen des Landes besucht und war in der Lage gewesen, ein Fach ihrer Wahl in Kapstadt zu studieren. Sie hatte niemals gehungert oder nichts zum Anziehen gehabt und es hatte ihr nie an irgendetwas gemangelt. Ihre Eltern waren zu Elternabenden gegangen und zu Netzballspielen und zu Konzerten.

Gugu hatte ihnen ihr starkes Selbstbewusstsein und ihr unkompliziertes Naturell zu verdanken.

Sie hörte, wie Teller aus dem Küchenschrank genommen wurden. Tante Doris machte sich in der Küche zu schaffen und bereitete das Frühstück für sie beide zu. Sie besaß ein kleines, wenn auch gemütliches Zuhause in Soweto, wo Gugu die letzten beiden Tage verbracht hatte.

Tante Doris arbeitete in einem Kindergarten und kümmerte sich um die Blumen in ihrem kleinen Garten. Gugu war nicht mehr zu Besuch gekommen, seit die erwachsenen Kinder von Tante Doris dort ausgezogen waren. Obwohl sie in der gleichen Stadt wohnten, hatte sie ihre Tante und Cousinen seit geraumer Zeit nicht mehr gesehen. Sie war immer zu sehr mit ihrem eigenen Leben beschäftigt und ihre Eltern lebten seit kurzem in einem Altersheim an der Küste. Sie würde ihnen dort einen baldigen Besuch abstatten.

"Komm' Gugu, lass uns was essen," sagte ihre Tante und ließ die Hälfte der Rühreier aus der Pfanne auf ihren Teller gleiten. Gugu setzte sich an den Tisch mit der roten Tischdecke aus Wachstuch und nahm ihre Gabel.

"Nimm dir ein Toastbrot, Nana... oh, ich habe die Rama im Kühlschrank vergessen."

"Ich hol' sie schon, Tante," sagte Gugu und ging die Margarine holen.

In Gedanken versuchte sie den heutigen Tag zu planen. Sollte sie wieder die Öffentlichkeit meiden, lustlos im Wohnzimmer herumsitzen und ein Buch lesen und Radio hören oder sollte sie Sofia oder vielleicht sogar die Polizei kontaktieren? Die Entscheidung war nicht einfach, wenn man an die neuen Entwicklungen dachte, aber Gugu musste einfach mal aus dem Haus. Ihr sonst so aktives Leben war völlig zum Stillstand gekommen, seit sie sich spontan nach Soweto aufgemacht hatte.

Sofia musste sich mittlerweile Sorgen um sie machen. Alles war so schnell gegangen, als sie merkte, daß ihr die Männer gefolgt waren. Nachdem sie sich durch den Nachmittagsverkehr geschlängelt hatte, war Gugu durch eine komplett unbekannte Gegend gefahren. Sie hatte ihr Auto geparkt, ihre Handtasche genommen und den braunen Umschlag mit Lorraine Pienaars Brief voller Anschuldigungen, und hatte es geschafft, in der Hauptstraße ein Minibus-Taxi auf Joburger Art anzuhalten. Aber in ihrer Eile hatte sie ihr Handy zurückgelassen. Es war wahrscheinlich zu Boden gefallen.

Gugu war praktisch schon gegenüber des Einkaufszentrums gewesen, wo sie geplant hatte, Sofia den Brief zu zeigen. Als das dunkle Auto mit den getönten Scheiben sie an der Ampel überholt hatte, war ihr Instinkt in die Gänge gekommen. Sie konnte Sofia da einfach nicht mit hineinzerren!

Und überhaupt – bei Tante Doris war sie ja in Sicherheit.

Gugu stocherte in ihrem Essen herum, was nicht unbemerkt blieb.

"Hai, Nana! Iss deine Eier auf," sagte ihre Tante. "Du brauchst deine Energie für den Tag."

Gugu hatte so etwas irgendwo schonmal gehört. Ach ja, ihr Chef Stan Makaroff hatte das zu Sofia gesagt, als sie letzte Woche beim Büro zu Mittag gegessen hatten. Die Tramezzini Roberto. Sie wollte nicht an Makaroff denken oder daran, was in Lorraines Brief stand… Lorraine, die unter mysteriösen Umständen umgekommen war, nach einem ziemlich unwahrscheinlichen Unfall.

'…Sollten Sie einen Anwalt benötigen, suchen Sie sich unbedingt einen ehrlichen Menschen aus. Sollte ich es nicht

überleben und Sie beenden, was ich begonnen habe, waren meine Bemühungen wenigstens nicht umsonst gewesen...'

Lorraine hatte das am Ende ihres Briefes geschrieben.

Einen Anwalt? Welchen denn? Die Rechtsanwälte, die Gugu kannte, standen alle im Dienst von Stan Makaroff: Alwin Goldsmith, Preston McOrman, Tilly Sebald... Die hatten alle bequeme Büros im Makaroff Tower und waren der Firma vollkommen ergeben.

Gugu konnte unter den gegebenen Umständen nicht einen von ihnen kontaktieren und, ob man sie als vertrauenswürdig bezeichnen konnte, war überhaupt eine gute Frage. Sie arbeiteten immerhin für Stan Makaroff und verdienten nicht schlecht dabei. Aber diejenige, die sie auf jeden Fall kontaktieren sollte, war ihre alte Freundin Sofia.

Am besten von einem öffentlichen Telefon aus... da war eines beim kleinen Platz, wo die Minibus-Taxis immer anhielten.

"Tut mir leid, Tante, ich bin nicht hungrig."

"Armes Ding, dir haben sie ja einen ganz schönen Schrecken eingejagt. Jetzt musst du die ganze Zeit hier 'rumsitzen und kannst nichts dabei tun."

"Ja, du hast recht. Ich sollte wieder in die Stadt fahren."

"Du musst tun, was du tun musst, Gugu," sagte ihre Tante. "Ich werde jetzt zur Arbeit gehen. Wenn du gehen musst, ist das in Ordnung. Nimm' dir, was du brauchst. Schreibe mir eine kurze Notiz, dann weiß ich, daß mit dir alles in Ordnung ist. Schließe ab, bevor du gehst. Du weißt ja sicher noch, wie man zur Bushaltestelle kommt? Neben dem Taxistand auf dem Platz."

"Ach Tantchen, du bist einfach die Beste. Ja, ich erinnere mich, wo der Taxistand ist," meinte Gugu.

"Gut." Tante Doris aß ihr Frühstück weiter.

Der braune Umschlag war jetzt sicher unter der Matratze versteckt, wo sie übernachtete. Ihre Tante lebte allein und hatte wenig Besuch. Sie war selten zuhause, weil sie im

Kindergarten arbeitete. Trotzdem, wenn man in einem Township lebte, gab es immer neugierige Nachbarn. Die wussten in einem Notfall, wo das Schlüsselversteck war.

Als sie vor ein paar Tagen unangemeldet vor der Tür stand, hatte Gugu ihrer erstaunten Tante von den Schwierigkeiten erzählt, in denen sie steckte. Tante Doris hatte sofort begriffen und meinte: 'Keine Sorge, Kind. Während dem Befreiungskampf mussten wir ab und zu auch Leute verstecken. Das waren schwierige Zeiten, als die Polizei von Haus zu Haus ging, um sie zu durchsuchen. Ich werde der alten Mavis nebenan sagen, daß du für ein paar Tage zu Besuch hier bist. Jeder in der Straße wird dann Bescheid wissen und keine dummen Fragen stellen. Hier bist du sicher.'

Gugu hatte sie in die Arme genommen und war so dankbar für eine Familie, auf die sie sich verlassen konnte.

Es klopfte an der Tür. Sie schlich sich schnell ins Schlafzimmer und hörte, wie ihre Tante mit einer der Nachbarinnen sprach.

"Zinzi, ich muss jetzt zur Arbeit. Nein wirklich. Aikhona. Wenn ich zurückkomme, werde ich sehen wo der Dosenöffner ist, den du nach dem Grillen hiergelassen hast. Meine Nichte schläft noch. Ich will nicht, daß sie einen Schrecken bekommt, wenn sie aufwacht und dich hier vorfindet."

"Hai, du arbeitest immer so viel, Doris. Ich möchte doch hoffen, daß deine Nichte dir ordentlich im Haushalt mithilft."

Zinzi versuchte einen Blick auf den Hausgast drinnen zu erhaschen. Das Mädchen zankte sich wahrscheinlich mit ihrem Freund oder vielleicht hatte sie sogar ihren Job verloren. Warum sonst würde sie nach so langer Zeit vorbeikommen, um bei ihrer Tante zu übernachten?

Überhaupt, sie sah immer so aufgedonnert aus mit ihren teuren Frisuren und den Fingernägeln und den schicken Klamotten und so weiter...

Sie spähte wieder ins Haus hinein. Mit ein wenig Glück würde sie jemandem erzählen können, daß Gugu ganz verheult aussah und unordentlich, und daß Doris sie von vorne bis hinten bediente. Neugierige Nachbarn war einer der Nachteile des Lebens in einer solch engen Gemeinschaft. Aber auf der anderen Seite kam es wahrscheinlich so gut wie nie vor, daß man tot umfiel und erst nach Wochen gefunden wurde.

"Sie hilft mir schon, Zinzi," sagte Tante Doris und änderte fachgerecht das Thema. "Wie geht's deinem Mann? Ist er schon wieder aufgetaucht?"

Zinzi wollte nicht an den nutzlosen Ehemann erinnert werden, der keinen Job behalten konnte und vor kurzem mit irgendeinem Flittchen durchgebrannt war, nachdem er einen Batzen Geld im Kasino gewonnen hatte. Bhentse emfene.

"Er wird schon wiederkommen. Du wirst sehen. Niemand kocht Pap und Vleis so wie ich." murmelte Zinzi, aber sie hatte auf einmal keine Lust mehr zum Tratschen.

"Ja, das weiß ich. Du bist eine großartige Köchin. Eine großartige Köchin, madala. Ich muss mich in zwei Minuten auf den Weg machen, Zinzi. Dieser Mann ist ein Schwachkopf... aber ich muss jetzt gleich gehen... Wenn ich zu spät komme, beschweren sich die Eltern, daß ihre Kinder ganz allein in der Schule sind. Ich sehe dich am Sonntag in der Kirche." Die Tür schloss sich mit einem dumpfen Schlag.

"Ich mache dir nur Scherereien, Tante," seufzte Gugu und ging in die Küche zurück. "Die Nachbarn werden wissen wollen, warum ich hier bin."

"Ich habe das schon im Griff," sagte Tante Doris. "Ich will nur, daß du sicher bist. Es wäre aber vielleicht besser, wenn du dir einen anderen Unterschlupf suchst, Nana. Meine modische Nichte scheint mehr Aufsehen zu erregen, als ich dachte. Mache niemandem die Tür auf, wenn ich weg bin, Kind. Wenn du ausgehst, zieh' die ein paar von meinen Kleidern an, damit du nicht so auffällst. Du kannst mir die später wiederbringen. Nimm' die Reisetasche aus dem Schrank im Gästezimmer und tue deine eigenen Klamotten rein."

"Mach' ich wohl. Versprochen. Ich nehme ein Taxi in die Stadt. Ich kann sicher bei meiner Freundin unterkommen... du weißt schon."

"Das wäre wohl am besten, wenn du dort sicher bist.

Nimm' lieber den Bus bis zur Eloff Street, Kind. Die meisten Leute nehmen das Taxi, weil es schneller geht. Aber jemand könnte dich erkennen. Lege den Schlüssel wieder unter den Blumentopf. Du weißt, welchen. Den dritten von links. Und vergiss nicht die Notiz. Ich sehe dann nach, sobald ich wieder zuhause bin. Hast du genug Geld für den Bus?"

"Ja, ich habe mein Geld dabei. Danke dir, Tante."

"Also gut. Lass mich wissen, wie sich alles entwickelt. Sobald du kannst, aber ruf' mich nicht gleich an. Man kann nie wissen."

"Du hast ja recht. Ich habe dich sehr lieb, Tante." Tante Doris gab ihr einen liebevollen Kuß auf die Stirn und war zur Tür hinaus.

Eine Stunde später hatte die aufgehende Sonne die Luft ein wenig erwärmt und Gugu war auf dem Weg zum Taxistand. Drei Blocks die Straße hoch. Zuerst musste sie Sofia anrufen und sich mit ihr absprechen.

Sie hatte einen Fetzen Papier mit Astrids Telefonnummer in der Tasche und ein paar Münzen für das Telefon. Es fühlte sich angenehm an, wie die Münzen in ihrer Hand warm wurden.

Alles erschien ihr ganz normal zu sein in den betriebsamen Straßen des Townships. Da gingen Kinder zur Schule und erzählten sich irgendwelche Geschichten.

Die Leute eilten zu den Minibus-Taxis, die sie zum Bahnhof brachten oder direkt in die Stadt. Sie waren ständig in Sorge, daß sie zu spät zur Arbeit kommen könnten, wenn die Busfahrer oder Stadtwerker mal wieder streikten oder wenn die Minibus-Taxis streikten.

Manche kauften sich Bananen, eine handvoll Tomaten oder einen Regenschirm von einem der vielen Straßenverkäufer auf dem Gehsteig. Sie unterhielten sich, hatten ihre Hände in den Jackentaschen und ihr Atem entwich in Dunstschwaden. Ein Bus dröhnte an ihr vorbei. Eine verschlafene Frau rempelte sie an und murmelte eine Entschuldigung oder vielleicht sogar einen Fluch.

Gugu hatte einen schweren Pfeffer & Salz Mantel angezogen, flache Schuhe, ein Tuch über den Schultern gelegt und einem breiten Schal über den Kopf. Sie meinte, es gäbe ihr ein durchschnittliches Aussehen, so wie jeder andere Reisende aussah, mit der alten braunen Reisetasche über der Schulter. Niemand würdigte sie auch nur eines Blickes und sie begann sich zu entspannen. Sie atmete tiefer und bewegte sich ganz normal.

Sogar schon zu so früher Stunde war da eine kurze Schlange vor dem öffentlichen Telefon beim Sparladen an der Ecke. Sie wartete und behielt die Umgebung aus dem Augenwinkel im Blick. Als sie an der Reihe war, steckte Gugu die erwärmten Münzen in den Schlitz und wählte Astrids Nummer. Sie hatte Glück. Astrid hatte die Kinder zur Schule gebracht und eine gähnende Sofia beantwortete das Telefon nach dem fünften Klingeln.

'Gähn... sorry, bei Rankins hier.'

'Miss Helenius?'

'Gu...?'

'Ich bin's Gertrud, Madam. Ich komme heute in die Stadt, zur Anprobe beim GROßEN EINKAUFSZENTRUM. Soll ich Sie dort am gewohnten Ort in - sagen wir – zwei Stunden treffen? Das Kleid ist genauso, wie Sie es sich vorgestellt haben. Vielleicht sollten wir die Änderungen bei einer Tasse KAFFEE im GROßEN EINKAUFSZENTRUM besprechen. Sie wissen schon.'

Auch, wenn Sofia noch nicht ganz wach war, sollte das Wort 'Kaffee' sie jetzt aber aufwecken. Das GROßE EINKAUFSZENTRUM war der Code für Cresta. Beide wussten das.

'Du meinst...'

'Ja, Madam. Am gewohnten Ort.'

'Ja natürlich, kein Problem,' antwortete Sofia rasch.

Endlich hatte sie verstanden!

'Ich werde in zwei Stunden dort sein. Danke für das Kleid. Ich es kann kaum abwarten, es zu sehen.'

Sofia hörte sich jetzt um einiges wacher an und zum Glück verstand sie die Situation. Falls sie abgehört wurden, war ein Code besser als Klartext. Gugu ging lieber auf Nummer sicher. 'Bye, Madam.'

'Bye, Gertrud.'

Mit etwas Glück würden sie sich im Cresta Einkaufszentrum in einem bestimmten Restaurant treffen. Dort, wo sie sich oft trafen, wenn Sofia mal in der Stadt war. Gugu legte das Wechselgeld in ihren Geldbeutel. Dabei bemerkte sie, daß ihr Notizbuch nicht mehr da war. Oh nein, sie hatte es im Haus vergessen und sie musste doch unbedingt ihr Notizbuch haben!

Sie eilte wieder die Straße hoch, an Schulkindern in Uniform vorbei, an Straßenhändlern und Leuten, die zur Arbeit hetzten. Gugu ging um die Ecke herum und hörte einen lauten Knall. Fast so, wie bei der Fehlzündung eines Lastwagens. Es war wahrscheinlich harmlos, aber als sie weiterging, sah sie Rauch und wie Menschen auf Tante Doris' Haus zuliefen. Dort wartete schon eine ansehnliche Menge.

Gugu fragte sich, ob sie wohl den Gasherd angelassen hatte. Hatte das Flammen entfacht? Vielleicht war es das Haus der Nachbarn... aber sie konnte das Risiko nicht eingehen, genauer nachzusehen. Verdammt nochmal, ihr Notizbuch war noch dort. Egal. Sie lief schnell zum Platz zurück und zwang sich dazu, ruhiger zu werden und langsamer zu gehen.

"Hey, Baby! Willste mitkommen?" Ein Betrunkener, der nach billigem Schnaps roch, versuchte nach ihrem Arm zu greifen.

"Hai sugga wena!" schrie Gugu ihn auf Township-Art an und klickte mit der Zunge. Sie war sowieso schon angespannt. Der Mann taumelte davon und versuchte sein Glück bei einer anderen Frau, die kreischte und ihm ordentlich eine klebte.

Bald stieg Gugu in den Bus nach Cresta und setzte sich mit einem Seufzer der Erleichterung hin. Der Bus fuhr an Tante Doris' Haus vorbei und die Passagiere machten lange Hälse, um besser sehen zu können. Es bestand kein Zweifel daran: das Haus ihrer Tante stand in Flammen! Dichter Rauch kroch unter der Eingangstür hervor. Gugu machte einen langen Hals, genau wie die anderen Leute im Bus. Sie sah, wie das Feuer durch eines der Fenster züngelte und wie Zinzi sich mutig auf den Blumentopf mit dem Schlüssel zu Tante Doris' Haus stürzte.

Etwa ein Dutzend Nachbarn standen schon in einer Schlange davor und schütteten in geordneter Reihenfolge Wasser auf die Flammen.

Es würde ewig dauern, bis die Feuerwehr kam und die Hilfe der Nachbarn war die einzige Hoffnung, das Feuer zu löschen. Gugu lehnte sich schockiert zurück. Sie wusste, daß ihre Tante nicht im Haus war, aber der bloße Gedanke daran, daß Gugus Anwesenheit die Ursache für Brandstiftung sein könnte, war schon schmerzhaft genug. *Ich muss ihr Geld schicken, sobald ich mein Leben wieder im Griff habe*, dachte sie. Sie wünschte, sie könnte aussteigen und mithelfen, aber was war, wenn sich Verbrecher dort aufhielten, die Waffe im Anschlag.

Ein schwarzer Luxuswagen mit dunklen Scheiben holte den Bus ein. Limousinen mit dunkel-getönten Scheiben waren schon lange kein ungewohnter Anblick mehr in den Townships.

Örtliche Politiker oder organisierte Kriminelle liebten es, mit ihrem unehrlich erworbenen Reichtum anzugeben. Aber da war etwas, das sie genauer hinsehen ließ: am hinteren Ende des Fensters war ein Maschinengewehr erkennbar. Der Wagen bog aus der Straße, in der ihre Tante wohnte. Ein schrecklicher Gedanke ging Gugu durch den Kopf: daß jemand in dem Auto die Menge beobachtete und womöglich versuchte, sie zu finden.

Sie wich vom Fenster zurück und warf sich den Schal vors Gesicht. Im nächsten Augenblick war der Bus schon über die Kreuzung gefahren und die Ampeln wechselten eine Sekunde später auf Rot.

Der schwarze Wagen blieb zurück, wahrscheinlich um sich nochmal gründlich die Menge um das Haus anzusehen, während Gugu sich unbemerkt auf dem Weg in die Stadt befand.

*

Sofia legte wie benommen den Hörer auf. *Gugu ist am Leben und es geht ihr gut,* dachte sie erleichtert. Sie sah auf ihre Armbanduhr und konnte kaum glauben, wie spät es schon war. Schon 8.32 Uhr. Kein Wunder, so erschöpft, wie sie es war! Wenigstens ging es Gugu gut und sie wurde nicht irgendwo gegen ihren Willen festgehalten.

Aber warum tat sie so, als wäre sie jemand, der Gertrud heißt?

Das konnte nur bedeuten, daß sie sich irgendwo versteckte und Angst hatte, daß Astrids Telefon angezapft wurde - oder, vielleicht hatte jemand auf ihrer Seite gelauscht. Das hieß, daß auch Sofia vorsichtig sein musste. Sollte sie die Polizei informieren?

Nein, besser nicht. Zumindest jetzt noch nicht. Sie musste erst von Gugu erfahren, was passiert war und warum Männer mit Schusswaffen ihr nachstellten. Sofia hatte das Haus seit dem Vorfall auf dem Parkplatz nicht verlassen, jetzt musste sie sich fertigmachen, um ihre Freundin zu treffen und ihre Geschichte zu hören.

Errol hatte sie nicht mehr angerufen, seit er ihr die Szene in Melville gemacht hatte. Mittlerweile wusste Sofia ja, daß die Geschichte mit Damian und dem Lebertransplantat, das er angeblich benötigte nur Teil eines gut-geplanten Erpressungversuchs gewesen war. Deshalb wollte sie eigentlich sowieso nichts mehr von ihm hören. Damian brauchte kein Lebertransplantat. Er lebte gesund und glücklich bei seinen Adoptiveltern in Kapstadt. Wenigstens konnte sie nun über sich selbst nachdenken, ohne sich um ihren Sohn sorgen zu müssen.

Astrid wusste, was los war und ließ sie in Ruhe. Sie hatte ihre eigenen Sorgen. Sofia war schockiert gewesen, als sie vom Doppelleben ihrer Cousine erfuhr, von dem sie nicht den leisesten Schimmer gehabt hatte.

Sie hatte eine Unterhaltung mitgehört, bei der Astrid jemanden Schatz nannte. Als Sofia sie fragte, wer denn dieser Schatz sei, ließ Astrid die Katze aus dem Sack.

'Er heißt Paul, Paul Somerset. Wir haben uns vor zwei Jahren kennengelernt und etwas miteinander angefangen, als Grant für einen Monat nach Nigeria musste,' hatte sie Sofia die Affäre gestanden. 'Er ist einer unserer Nachbarn und wohnt drei Häuser weiter die Straße 'runter.' Sofia versuchte sich die Straße vorzustellen.

'Das Haus mit der dunkelroten Mauer und der Nummer 47? Wo die Hausnummer in riesigen weißen Buchstaben aufgemalt ist?' hatte Sofia gefragt. Dieses bestimmte Haus war ihr aufgefallen, weil bunte Pflanzen über der besagten roten Mauer herunterhingen.

'Ein und daßelbe.' Astrid hatte ganz überrascht drein geguckt. 'Woher weißt du das?'

'Ach, weiß ich auch nicht so genau. Sieht mir ganz nach einem Haus aus, in dem dein Freund wohnen könnte oder vielleicht kann ich ja hellsehen,' hatte Sofia gewitzelt, um ihr Erstaunen zu verbergen.

'Hmm, wirklich? Sei mir nicht böse, Sofie.'

'Wieso sollte ich dir böse sein? Es ist schließlich dein eigenes Leben und du weißt ja, was ich von Grant halte. Ich bin eben nur überrascht. Kann es dir wirklich nicht verübeln... ganz und garnicht. Grant ist in meinen Augen nicht gerade der tollste Ehemann - sogar, wenn er mal zuhause sein sollte. Er lässt dich viel zu oft allein. Du hättest mir aber was davon sagen können, als ich hier ankam.'

'Das ging einfach noch nicht, Sofie. Ich habe mich geschämt wegen der Affäre. Aber jetzt werde ich Grant endlich verlassen,' hatte Astrid gesagt. Einfach so.

'Wirklich?' Sofia war sprachlos gewesen. Das war doch das genaue Gegenteil von dem, was Astrid ihr vorher erzählt hatte. Wo war die Astrid abgeblieben, die in einer lieblosen Ehe ergeben dahinschmachtete und zufrieden war mit ihrem Leben?

'Ich habe es ausgehalten, solange ich es ertragen konnte. Aber jetzt denke ich mir: zum Teufel damit, daß ich ständig dankbar dafür war, daß er mich aus dem Tanzclub in England gerettet hat! Er scheint in letzter Zeit jedes Interesse an mir und den Kindern verloren zu haben. Es geht immer nur um Arbeit, Arbeit, Arbeit. Paul und ich haben beschlossen, daß wir den nächsten Schritt machen sollten, was die Beziehung angeht.

Deswegen werde ich hier ausziehen und in das Haus mit der dunkelroten Wand einziehen.'

'Aha,' hatte Sofia gesagt. 'Wann soll das denn stattfinden?'

'Ich dachte, ich sollte damit warten, bis Grant aus Mosambik zurück ist. Ich muss erst mit ihm sprechen. Es wäre einfach nicht fair ihn vor vollendete Tatsachen zu stellen und einfach so zu verlassen... und den Kindern gegenüber auch nicht – obwohl ich mich schon ein paarmal mit ihnen über die Sache geredet habe.'

'Sie wissen Bescheid?' hatte Sofia gefragt. 'Wie ging das denn?'

'Schwer, wirklich ungeheuer schwer. Aber ich glaube, daß sie es verstehen können. Es ist schwieriger für Charlie als für Jessie. Er ist ja noch so jung und steht Grant überhaupt näher. Ich habe aber doch Angst vor der großen Showdown. Ich bin mir nicht sicher, wie Grant reagieren wird. Er kann schon ziemlich gemein werden, wenn es um seinen *Besitz* geht.' Astrid betonte das Wort 'Besitz', was keinen Zweifel daran liess, was sie damit meinte. 'Die Kinder werden natürlich bei mir bleiben.'

'Natürlich,' hatte Sofia gemurmelt. 'Das wird wohl garnicht so einfach werden.'

'Ich habe mich schon mit einem Rechtsanwalt in Verbindung gesetzt,' hatte Astrid gesagt.

So schnell konnten die Dinge sich ändern.

Astrid wollte ihr Paul Somerset, den neuen Mann in ihrem Leben, morgen schon vorstellen und ein finnisches Mittagessen für sie alle zubereiten.

Sofia war nervös, was das Treffen anging – und die ganze verrückte Situation, in der sie sich befand, und ihre Sehnsucht nach Tom machten das Ganze auch nicht leichter. Sie fragte sich, ob ihr Geschmack an Männern ihre Cousine diesmal wieder im Stich gelassen hatte.

Würde dieser Paul genauso ungehobelt sein wie Grant Rankin, Astrids derzeitiger Ehemann? Sofia würde ihm gegenüber nett und freundlich sein und ihrer Cousine später sagen, was sie von ihm hielt.

Was sollte sie sonst auch tun? Wenn Astrid mit diesem

Mann zusammenziehen wollte, dann würde sie das eben tun. Aber Sofia hatte die Nase voll von Geheimniskrämereien und Komplikationen. Sie war kein Teenager mehr und würde Astrid dieses Mal ordentlich die Meinung geigen.

Morgen dann also.

Heute musste sie sich mit Gugu bei Cresta treffen.

In zwei Stunden würde sie ihre beste Freundin sehen und sie würden wenigstens an einem der Probleme arbeiten können. Gemeinsam.

Von jetzt an würde sie diesen ganzen Schlamassel, in dem sie steckte, genauso angehen: ein Problem nach dem anderen zu lösen.

ZEHNTES KAPITEL

Im Cresta Einkaufszentrum war heute ausgesprochen viel Betrieb. Die Kunden eilten hierhin und dorthin und große Abschnitte waren wegen Bauarbeiten abgesperrt. Das machte es keineswegs einfacher, Gugu in der Menge zu finden, und als Sofia ihre Freundin endlich zu Gesicht bekam, hätte sie sie fast nicht erkannt.

Eine schwarze Dame im altmodischen grauen Mantel und flachen Schuhen, das genauso altmodische Kopftuch unter ihrem Kinn verknotet, saß an einem der Tische und winkte ihr zu. Sofia sah sich um, aber es bestand kein Zweifel daran, daß die Dame sie gemeint hatte.

Die altmodische Frau mit den zurückgekämmten Haaren unter dem Kopftuch, winkte Sofia wieder zu sich an den Tisch in dem geschäftigen Restaurant. Sofia zögerte und schielte in ihre Richtung. Nein! Das konnte doch nicht ihre Gugu sein – die stets so schicke Salonlöwin, die nichts außer Designerklamotten und hohen Absätzen anzog!

Sofia ging auf den Tisch zu. "Hallo, Gertrud."

"Hör' auf mich so anzustarren, Sofie, sonst werden die Leute noch auf uns aufmerksam," sagte Gugulethu Mbatha, die PR Expertin.

Sofia unterdrückte ein Kichern und setzte sich.

"Großartige Tarnung, Gugs. Gab es einen Schlussverkauf bei Mr. Pinky's Hefty Hideaway?"

"Was? Du lachst und lenkst nur alle Blicke auf uns." Gugu Mbatha hatte es fertiggebracht, unentdeckt ins Restaurant zu kommen und wollte verdammt sein, wenn die falschen Leute sie jetzt erkannten.

Sofia schluckte ihren Lachdrang hinunter. "So, willst du

mir jetzt endlich sagen, warum du mich am Donnerstag hast sitzenlassen? Und wo zum Henker bist du die ganze Zeit gewesen? Ich habe mich zu Tode gesorgt," zischelte sie. "Ich hatte schon gedacht, daß irgend so ein Mafia-Vollstrecker dich gefunden und dir Betonschuhe verpasst hat."

"Nahe dran," meinte Gugu.

"Wie bitte?!" rief Sofia und eine Frau drehte sich halb zu ihr um.

"Verdammt nochmal, nicht so laut!" ermahnte Gugu sie im Flüsterton.

"Du musst mir sagen, was los war oder ich platze noch vor Neugier."

"Das können wir nicht riskieren." Gugu brachte ein schwaches Lächeln zustande. "ich bin ja so froh, daß du noch hier in Joburg bist. Wir müssen endlich miteinander reden."

Sie verlor keine Zeit und erzählte Sofia von dem dunklen Auto, das ihr gefolgt war, wie sie es abgehängt hatte, indem sie in eine Seitenstraße eingebogen war und in eine Auffahrt, die von Kokospalmen halb verdeckt war und von wuchernden Hibiskusbüschen. Es war hauptsächlich ihr Instinkt gewesen, der sie gewarnt hatte – sie angebrüllt hatte, sich zu verstecken! Das Haus war so eine Art Privat-Firma gewesen mit ein paar Parkplätzen davor.

Deshalb hatte sie ihr Auto unter einem großen Korallenstrauch neben fünf anderen Autos abgestellt und war die Auffahrt hoch gelaufen, und dann zurück zur Hauptstraße.

"Ich habe mein Handy im Auto gelassen, deshalb gingen wohl alle Anrufe alle zur Voicemail," erklärte Gugu. "Du kannst mich später dahin fahren, damit ich mein Auto abholen kann."

"Wenn es noch da ist."

"Das will ich doch hoffen, sonst bin ich ganz schön angeschmiert," sagte Gugu und fuhr mit ihrem Bericht fort. Ein Minibus-Taxi hatte an der Ampel angehalten, um Fahrgäste aussteigen zu lassen und Gugu musste nicht zweimal überlegen. Die Idee, in die Stadtmitte zu fahren, war genauso gut gewesen wie alles andere. In der Fox Street in

Downtown Johannesburg war sie in ein anderes Minibus-Taxi umgestiegen, und bevor sie wusste wie ihr geschah, hatte Gugu in einem netten Vorort von Soweto an die Tür ihrer Tante Doris geklopft. Sie hatte Glück gehabt: ihre Tante war zuhause gewesen.

"Da habe ich mich dann die ganze Zeit versteckt."

"Du meinst also, daß - wer immer in dem dunklen Auto mit den getönten Scheiben war - es auf dich abgesehen hatte. Dich entführen oder in eine Lagerhalle nach Jeppe bringen wollte, um dein Licht auszublasen?"

"Na ja, sie haben mir einen ganz schönen Schrecken eingejagt," gab Gugu zu. "Als der Wagen an mir vorbeifuhr, hat dieser Typ mich nur so angestarrt, mit einem Grinsen im Gesicht. Ich bin mir ziemlich sicher, daß er eine Knarre hatte." Gugu rollte mit den Augen. "In dem Moment hab' ich die Krise gekriegt."

"Ich frag' mich, wieso er dich so blöd angegrinst hat. Nur um dir Angst zu machen?"

"Ist ja auch egal, oder? Aber Tatsache ist, ich habe mich nicht sicher gefühlt und dann hatte ich auch noch den Umschlag mit Lorraines Brief bei mir und die Fotos, die sie mitgeschickt hatte... und ich war gerade auf dem Weg zu dir. Ich konnte dich da doch nicht mit hineinziehen. Deshalb dachte ich, es sei besser, mich davonzumachen und wo kann man sich besser verstecken, als in Soweto. Arme Tante Doris. Ich kann's kaum fassen, daß die ihr Haus abgefackelt haben. Das hat sie wirklich nicht verdient."

"Bist du sicher, daß es das Haus von deiner Tante war?" fragte Sofia.

"Ganz sicher," seufzte Gugu. "Wer das Feuer angesteckt hat, war wahrscheinlich auf der Suche nach mir und hat versucht mich auszuräuchern."

"Vielleicht hat deine Tante einfach nur vergessen eine Kerze auszumachen..."

"Sofia, bitte! Das kann doch kein Zufall gewesen sein. Und was war das wohl mit den Kerlen in ihren dunklen Anzügen, auf dem Parkplatz? War das etwa auch ein Zufall?"

"Glaube ich nicht. Ich dachte auch, ich hätte Waffen gesehen." Sofia starrte in die Ferne und erinnerte sich an das Gefühl, das sie dabei gehabt hatte. "Deswegen hab' ich ja auch Reißaus genommen."

"Na bitte. Jemand spielt hier ein Spielchen mit uns. Fast wie bei 'Men in Black', nur daß die Burschen nicht hinter schrägen Außerirdischen her sind, sondern hinter uns beiden. Welchen Grund könnten die wohl haben, außer den Brief in die Pfoten zu kriegen, den Lorraine mir geschickt hat? So'n Mist aber auch. Wie haben die von Lorraines Brief erfahren... und von den Fotos?"

"Keine Ahnung. Sind das die Fotos da auf dem Umschlag? Ich habe diesen mysteriösen Brief ja noch nicht mal gesehen."

"Sorry," entschuldigte sich Gugu. Sie nahm den braunen Umschlag von der Reisetasche und schob ihn Sofia über den Tisch zu. "Hier, den kannste selbst lesen."

Sofia nahm den Umschlag gerade, als der Kellner an ihrem Tisch eintrudelte. "Kann ich euch was zu trinken bringen?" fragte er fröhlich und legte zwei Speisekarten hin.

"Yoh, wo sind Sie denn hergekommen?" Gugu schien ein wenig nervös zu sein und Sofia warf ihr einen warnenden Blick zu.

"Sorry, Madam, keine Absicht. Hätten Sie gern etwas zu trinken?"

"Bringen Sie uns bitte zwei Mochachinos," bestellte Sofia. "Und die Speisekarten dürfen Sie wieder mitnehmen. Wir werden nichts essen."

"Ich dachte schon, das wäre einer von denen gewesen..." Gugu atmete auf, als der junge Mann mit den Speisekarten davoneilte.

"Reiß dich am Riemen, Gugs," sagte ihre Freundin. "Ich werde den Brief lesen und dann können wir beratschlagen." Sofia nahm die Seiten aus dem Umschlag heraus und las den Brief. Sie sah mit einem geschockten Ausdruck auf, als sie zu den Namen kam. "Das kann nicht ihr Ernst sein."

"Genau das hatte ich auch gedacht. Aber welchen Grund

hat sie, sich das alles zusammenzureimen?"

"Vielleicht war dir ja jemand aus dem Büro gefolgt," meinte Sofia.

"Könnte sein. Nicht gerade eine 'Happy Family', mit der ich da arbeite, egal, was Makaroff versucht der Welt vorzugaukeln."

"OK."

"Ich versteh's nicht. Wie kann mir nicht aufgefallen sein, was da im Argen liegt? Ich meine, wie lange bin ich schon die PR Managerin? Für ein gutes Jahr, und ich hatte absolut keine Ahnung davon." Gugu legte ihren müden Kopf in ihre Hände und nuschelte. "Das ist meine eigene Schuld. Ich hätte bei Woolrich & Co bleiben sollen. Nicht ganz so glamourös, aber wenigstens ging da alles mit rechten Dingen zu. Aber nein, ich musste ein besseres Gehalt haben..."

"Das nützt uns jetzt auch nichts mehr," sagte Sofia ein wenig zu barsch. "Wir müssen gut darüber nachdenken... einen Plan schmieden. Ich will schließlich nicht, daß es uns so ergeht wie mit Lorraine."

"Du meinst also, das mit ihr war kein Unfall...?"

"Nicht gerade weit hergeholt, wenn du mich fragst. Anscheinend wusste sie Einzelheiten über Makaroffs Machenschaften, die er nicht unbedingt im Rampenlicht sehen wollte."

"Du meinst also, er hat gewusst, daß sie mit dem ganzen Kram an die Öffentlichkeit wollte?" fragte Sofia und wartete nicht auf eine Antwort. "Du hattest mir ja das Wesentliche schon am Telefon erzählt und ich hab' es auf Servietten geschrieben, als ich in Linden auf dich gewartet habe."

"Wieso machst du denn sowas?"

"Damit ich's nicht vergesse. Ich meine, ich wusste ja nicht, was mit dir passiert war... und ich habe mir die Servietten seitdem auch ein paarmal angeschaut, falls ich mit der Polizei sprechen muss," meinte Sofia. "Die hätten mir sowieso nicht geglaubt und vermutlich brauchen wir die Dinger eh nicht mehr. Jetzt, wo wir den Brief als Beweis haben – und die Fotos."

"Wow, man könnte meinen, du müsstest meine Leiche identifizieren, statt mich nur in den Klamotten von Tante

Doris zu sehen..."

"Na ja, sicher. Was hätte ich denn denken sollen? Kein Wunder, daß Lorraine ein bisschen verschroben war... mit dem leben müssen..." sagte Sofia. "Wir müssen den Brief nur sicher aufbewahren, bis wir wissen, was wir machen wollen."

"Was ist eigentlich mit der Reporterin, die Lorraine an dem Tag sehen wollte? Wenn ihr jemand gefolgt ist und den Unfall inszeniert hat, mussten die ja gewusst haben, was sie vorhat."

"Hatte Lorraine der Reporterin die Beweise gegeben oder hatte sie die Sachen noch bei sich und die haben alles mitgenommen?"

"Du meinst also, daß die Reporterin was damit zu tun hatte? Oh je, das wäre schlecht. Vielleicht hatte Lorraine ja gar keine Unterlagen bei sich und die Verbrecher sind jetzt auch nicht schlauer," meinte Sofia.

"Das werden wir wahrscheinlich nie so genau wissen, aber ich hoffe es doch sehr."

"Vielleicht hatte die Reporterin ja gar nichts mit der Sache zu tun."

"Vielleicht auch nicht. Verdammt, ich hätte wissen müssen, daß Makaroff ein ausgewachsener Schurke ist," platzte Gugu heraus. Sie zog das Kopftuch gerade und spielte nervös an ihrer Tasche herum. "Ich hätte nie gedacht, daß er versuchen würde, uns alle ins Jenseits zu befördern."

"Tja, für den Anfang waren die bewaffneten Bodyguards ein ziemlich deutlicher Hinweis," sagte Sofia in einem spöttischen Ton.

"Ja, aber vielleicht sollten wir nicht überreagieren. Vielleicht steckt Makaroff ja gar nicht dahinter."

"Wer sollte denn sonst dahinter stecken? Und was das Überreagieren angeht... wenn er uns wirklich auf'm Kieker hat, dann wird er sich auch nicht von deinen Kleidern täuschen lassen."

"Schönen Dank auch, Sofie." Gugu sah sich ängstlich um.

"Siehst du irgendwelche Bodyguards?"

"Nein. Wie sollen die denn aussehen? Es laufen hier eine Menge muskulöser Männer herum und viele von Makaroffs

Geschäftspartnern haben Bodyguards. Du hättest mal sehen sollen, wie viele Bodyguards diese indischen Brüder jedes Mal zu ihren Treffen mitgebracht haben. Testosteron-City." Sie kicherte, dann ließ sie wieder die Schultern hängen. "Manchmal musste ich mit zu ihrer supertollen Villa kommen. Total überzogen sage ich dir! Und ich habe ihm auch noch dabei geholfen."

"Krieg' dich wieder ein, Gugu. Du hast ja nicht die Geschäfte für Makaroff geführt, oder? Also, darf ich jetzt die Fotos sehen oder nicht?" Sofia zeigte mit dem Kinn auf Gugus Tasche oder vielmehr, dem Aussehen nach, die Tasche ihrer Tante.

"Ich hätte ihm nie vertrauen sollen," murmelte Gugu vor sich hin, als sie die Bilder unter dem Tisch aus dem Umschlag nahm und mit ihrem Mantel verdeckte. Ein paar Bilder fielen auf den Boden. "Verdammt."

Sie schob ihren Stuhl zurück und direkt in die Beine des Kellners, der mit ihren zwei Mochachinos angelaufen kam. Er brachte es fertig, die Tassen auf seinem Tablett zu balancieren und Gugu entschuldigte sich sofort. "Tut mir schrecklich leid! Da ist kaum Platz hier. Stellen Sie die Tassen einfach auf den Tisch."

"Soll ich Ihnen dabei helfen?" fragte er. Er versuchte sich Mühe zu geben, freundlich zu sein.

"Nein danke," sagte sie einen Takt zu schnell und die Leute am Nachbartisch sahen leicht überrascht auf. "Nein danke," wiederholte Gugu mit gefasster Stimme und brachte sogar ein Lächeln zustande. "Vielen Dank, ist schon in Ordnung."

"Sind Sie sicher, daß Sie nicht noch ein Stück Kuchen zu Ihrem Kaffee haben möchten?" fragte der Kellner auf eine nette Art. "Wir haben verschiedenen Käsekuchen — den mit Heidelbeeren kann ich wirklich empfehlen - roten Samtkuchen, Karottenkuchen, Schokoladencreme..."

"Nein, wir sind nicht hungrig," sagte Sofia mit einem breiten Lächeln. Sie lehnte das Angebot mit einer Handbewegung ab. "Nicht im Moment."

Der Kellner lächelte zurück und wurde an einen anderen

Tisch gerufen, wo jemand zahlen wollte.

"Du musst dich zusammennehmen, Gugs," flüsterte Sofia. "Lass uns den Kaffee trinken."

"Es sind nur meine Nerven. Vielleicht ist Kaffee ja nicht das Richtige. Ich hätte lieber Kamillentee bestellen sollen. Ich meine, schau' dir das an. Verdammt, jetzt hab' ich Kaffeeflecken auf den Brief gekriegt."

Sie wischte die Papierseiten mit Servietten ab und legte den Brief mit dem Gesicht nach unten auf den Tisch. Dann hob sie die Fotos auf, die noch immer auf dem Boden lagen und stieß beim Hochkommen mit dem Kopf gegen die Tischplatte. Die Tassen kamen gefährlich ins Wackeln und Sofia bekam sie gerade noch auf dem Tisch zu fassen.

"Autsch. Jetzt reicht's aber," klagte Gugu. "Was denn noch alles?"

"Hier, gib mir das." Sofia nahm den Brief und las ihn nochmal durch. Sie blätterte die zweite Seite um und fuhr mit dem Lesen fort. Ihre Augen weiteten sich. "Hatte das mit dem Mädchenhandel ganz überlesen," sagte sie und erinnerte sich an die jungen Dinger, die sie in Makaroffs Büro gesehen hatte. Hatte er mit ihnen gehandelt oder waren sie vielleicht Drogenkuriere gewesen?

Allein beim Gedanken wurde ihr schon schlecht. Die dritte Seite war auch nicht viel besser. Es gab keinen Zweifel daran: es handelte sich um hochsensible Informationen. Und Tom würde das kein bisschen gefallen. "Zeig mir mal die Bilder da." Sofia hielt ihre Hand hin.

"Doch nicht hier oben... was ist los mit dir?"

Gugu gab ihr die Fotos unter dem Tisch und hätte sie fast wieder fallen lassen, so nervös wie sie war.

"Das gibt's doch nicht. Da bleibt einem glatt die Spucke weg," japste Sofia, als sie sie eines nach dem anderen auf ihrem Schoß genauer ansah. "Und niemand hat was davon gewusst?" Sie nahm noch einen Schluck von ihrem Mochachino. "Da sollte noch'n Löffel Zucker ran," sagte sie und ließ etwas braunen Zucker von einem Papiertütchen in die dampfende Flüssigkeit rieseln.

"Genau das habe ich auch gedacht: jemand musste das gewusst haben... außer Lorraine und den anderen Drecksäcke, die was damit zu tun haben."

"OK, also was sollen wir machen?" fragte Sofia. Sie sprach mit gedämpfter Stimme.

"Was können wir denn tun? Wenn wir der Korruptionseinheit was davon sagen, müssen wir den Rest unseres Lebens im Zeugenschutzprogramm zubringen," flüsterte Gugu. "Da muss es doch einen anderen Weg geben."

"Ich bin mir ziemlich sicher, daß die Polizei schon Wind von der Sache bekommen hat. Die sind wahrscheinlich schon dabei, Makaroff und sein ganzen Imperium zu untersuchen. Die werden mehr Beweise brauchen."

Sofia versuchte sich eine Lösung vorzustellen. Es war ganz schön schwierig, einen Weg durch dieses Labyrinth zu finden.

"Lorraine schreibt, daß wir den Anwälten im Makaroff Tower nicht über den Weg trauen können. Und da gibt's mit Sicherheit auch korrupte Polizisten, die zum Netzwerk gehören."

"Da hast du wahrscheinlich recht."

"Dann gehen wir erstmal lieber nicht zur Polizei," meinte Gugu. Sie schob den Brief und die Fotos wieder in den Umschlag zurück.

"Wir können aber nicht ewig darauf sitzen und abwarten."

Sofia dachte an den einen Polizisten, dem sie auf jeden Fall vertrauen konnte. Aber kannte er sich mit der Polizei in der Stadt aus... und wen man ansprechen konnte? Witbooi schien auch nicht gerade viel von der Spezialeinheit für Wildern zu halten und deren bisherigen Ergebnisse waren nicht gerade eindrucksvoll. So eine Entscheidung konnte man nicht auf die leichte Schulter nehmen und ihre Sicherheit war wichtiger als alles andere.

Vor allem jetzt, wo sie im Besitz von Lorraines Brief waren.

Die beiden Frauen verließen das Einkaufszentrum und machten einen Umweg, um Gugus Auto wiederzufinden. Zu ihrem Erstaunen, war der Wagen immer noch am gleichen Fleck, wo Gugu ihn Tage zuvor abgestellt hatte. "Kannst du das glauben?" sagte Sofia. "Mitten in Joburg!"

Sie waren nicht weit von Astrids Haus entfernt und Gugu würde dort erstmal sicheren Unterschlupf finden.

*

"Willkommen! Tervetuloa!"

"Hauska tavata." Schön Sie zu treffen. Der gutaussehende, dunkelhaarige Mann schüttelte Sofias Hand. Astrid hatte ihn soeben als Paul Somerset vorgestellt. Ihren Freund. Sie standen im Hausflur, aber es schien niemanden zu stören. Gugu war oben und sah fern. Sie hatte beschlossen, sich im Hintergrund zu halten, während Paul im Haus war.

Astrid dachte, es sei am besten, Sofia ihren Liebhaber vorzustellen, während die Kinder in der Schule waren.

"Hi Paul, nett dich kennenzulernen. Ich bin die Sofia. Sofia Helenius. Du sprichst ja schon Finnisch!" sagte sie. Das Eis war gebrochen.

"Nur ein kleiner Ausdruck auf Suomi hier und da," antwortete Paul Somerset. "Aber ich bin dabei es zu lernen." Astrid strahlte ihn an.

Paul schien nett und selbstbewusst zu sein, und er besaß eine niveauvolle Ausstrahlung. All das, was Grant Rankin nicht war. Grant, Astrids Noch-Ehemann war selten zuhause und behandelte alle anderen Menschen von oben herab. Er wurde diese Tage zurückerwartet. Sofia sah dem nicht gerade freudig entgegen. Vor allem jetzt nicht, wo sie wusste, daß Astrid einen geheimen Liebhaber hatte. Anscheinend war Grant aber kurz davor, seine Geschäfte in Mosambik abzuschließen, und dies war die letzte Gelegenheit, sich ohne größere Unterbrechungen kennenzulernen.

"Gar nicht schlecht für den Anfang," sagte Sofia und fragte ihn dann etwas auf Suomi. "Mistä olet kotoisin?"

"Uuh, ich glaube, das geht mir doch ein bisschen über den Verstand. Was hast du mich gefragt?"

"Sie hat gesagt: 'woher kommst du?'," erklärte Astrid.

"Aha," meinte er. "Ich komme ursprünglich aus Pretoria. Wahrscheinlich einer der wenigen Englisch-sprechenden Bewohner dort. Ich war für eine Weile zum Studium nach Port Elizabeth gezogen und wohne jetzt in Joburg."

"Du musst dann wohl ziemlich gut Afrikaans sprechen, wenn du aus Pretoria kommst," lachte Sofia. "Ich kann es nur ganz schlecht, obwohl ich mein Allerbestes tue, die Sprache zu lernen."

"Ich hätte Pretoria wohl kaum überlebt, wenn ich nicht Afrikaans sprechen könnte. Vor allem, als ich dort zur Schule ging. Garsfontein High School. Eigentlich eine ganz gute Schule. Ich habe vor allem Rugby gespielt und gelernt wie man braait und sich besäuft."

"Ich kenne leider keine der Schulen dort, aber ich habe gehört, daß Garsfontein eine ganz hübsche Gegend sein soll, mit großen Häusern und ganz erschwinglich dazu," sagte Sofia.

"Ich glaube, das könnte man so sagen. Ich habe eine Wohnung in Garsfontein und die meisten Freunde aus meiner Kindheit leben noch da. Mir gefällt aber das kühlere Klima in Joburg besser. Pretoria ist zu heiß für meinen Geschmack und der ständige Wind an der Küste tut meinen Ohren weh."

Sie unterhielten sich noch eine Weile, bis Astrid ihnen ins Esszimmer vorausging. Die Cousinen hatten für sie drei ein Mittagessen vorbereitet. Finnische Kost: Kaalikääryleet, gedämpfte mit Hackfleisch, Zwiebeln und Gewürzen gefüllte Kohlblätter, die wie es die Tradion verlangte, mit Preiselbeermarmelade serviert wurde.

Wie Astrid es geschafft hatte, an die Preiselbeermarmelade ranzukommen, war Sofia ein Rätsel, aber Heidelbeeren bekam man ganz gut in Südafrika. Deshalb hatte Sofia sich heute Morgen daran gemacht, Mustikkapiirakka, oder Heidelbeerkuchen, zu backen, als Gugu noch schlief. Das wundervolle Aroma hing noch immer im Haus.

"Hab' ich dir nicht gesagt, daß sie großartig ist?" sagte Astrid zu Paul, als sie sich an den Tisch setzten. Astrid goss jedem von ihnen Saft ein und stellte den Krug wieder auf den Tisch.

"Ja, das hast du." Der nette Mann in Jeans und Sweatshirt mit der Aufschrift *University of Michigan*, lächelte sie an.

Sofia hatte immer noch das Gefühl, daß es irgendwie anrüchig war, hinter Grants Rücken herumzuschleichen, aber

Astrid schien so glücklich und aufgeregt zu sein, daß sie einfach mitmachte. Und wie kam sie überhaupt dazu, ihre Cousine zu verurteilen?

Astrid hatte ihr die ganze Geschichte erzählt und ihre wahren Gefühle, was die bröckelnde Ehe anging, waren zum Vorschein gekommen. Manchmal brauchten solche Dinge halt etwas länger und Sofia bereute es nicht, daß sie länger als beabsichtigt in Johannesburg geblieben war.

"So, was machst du eigentlich, Paul? Und wie habt ihr beide euch kennengelernt?" fragte Sofia.

"Hey, was ist das denn für ein Kreuzverhör, Mom?" witzelte Astrid. "Nimm Paul nicht so in die Mangel; er hat dich doch gerade erst kennengelernt."

"Kannst du es mir vorwerfen, daß ich wissen will, mit wem meine geliebte Cousine ausgeht? Das letzte Mal hast du mich gar nicht um meinen Rat gefragt, Astrid... und schau, was passiert ist." Sofia zwinkerte ihr zu.

"Dann wollen wir den gleichen Fehler nicht nochmal machen," meinte Astrid und Paul lachte.

Sofia begann ihn zu mögen.

"Tja, wenn du es unbedingt wissen willst - ich bin Architekt und habe mich vor ein paar Monaten selbstständig gemacht. Ich kaufe leicht heruntergekommene Häuser in netten Stadtteilen, wie Northcliff und Parkview auf und baue sie zu Villen aus; Die Oberschicht in Johannesburg liebt es solche Häuser zu guten Preisen zu kaufen. Die Häuser dann mit Gewinn weiterverkaufen geht ganz gut. Ich komme über die Runden," sagte Paul bescheiden.

"Das ist doch sicher besser, als nur über die Runden zu kommen," meinte Sofia.

"Ja ich denke, es geht ganz gut damit," gab er zu. "Ich schreibe mit schwarzen Zahlen." Astrid trug das Kaalikääryleet auf und sie begannen zu essen.

"So... wie habt ihr beide euch kennengelernt?" wiederholte Sofia. Sie wusste die Antwort schon mehr oder weniger, aber sie wollte seine Version hören.

"Du lässt dich wohl nicht ablenken, oder?" grinste Paul.

"Leider nicht. Astrid hat mich ein wenig im Dunkeln tappen lassen, deshalb bist du meine letzte Hoffnung, die Wahrheit zu erfahren." Sofia nahm einen Schluck von ihrem Saft.

"Tja, dann will ich dich nicht zappeln lassen," sagte Paul und Astrid rollte spielerisch mit den Augen. "Wir haben uns bei einem Yoga-Kurs kennengelernt."

"Du machst Yoga? Ich wusste nicht mal, daß Astrid Yoga macht," sagte Sofia. "Das ist für einen Mann doch recht ungewöhnlich, oder?" Astrid hatte ihr nur erzählt, daß sie sich im Fitness Studio kennengelernt hatten.

"Ich fürchte, ich bin ein recht vielseitiger Mann und habe eine Schwäche für Fitness. Ich bleibe gern fit und was ist da besser als Yoga zu machen? Nichts Hektisches, muss ich dazu sagen, aber ich bin dreimal die Woche für einfaches Hatha Yoga zu haben."

"Ich kann's kaum abwarten, von deinen anderen Seiten zu erfahren," meinte Sofia.

"Während wir essen..." schimpfte Astrid. "Du hast deinen Teller ja kaum angerührt, Sofie."

"Es ist mein Lieblingsessen," gab Paul zu und Sofia mochte ihn sogar noch mehr. Sie unterhielten sich und sie aßen dabei, bis Astrid beschloss, daß es an der Zeit war, ins Wohnzimmer zu gehen.

"Kommt, Leute, wir können den Heidelbeerkuchen und Kaffee hier verputzen," sagte Astrid. "Das Geschirr lassen wir erstmal stehen."

Da war mehr als genug für Gugu übrig. Was Sofia jetzt wirklich tun wollte, war eigentlich mit Gugu zu sprechen...

Paul setzte sich neben Astrid und hielt ihre Hand. Sofia fühlte sich fast in der Elternrolle, wie jemand, der alles im Auge behalten musste. "Dann erzähl mir doch mal mehr von deinen Hobbys, Paul."

Astrid ging in die Küche. "Ich mache uns einen Kaffee."

"Der Kuchen ist echt lecker," sagte Paul. "Fast so gut wie das Kaalikääryleet..."

"Dankeschön, Paul."

"Meine Hobbys... was soll ich dir da erzählen, ich liebe es

im Garten zu arbeiten und gehe ins Fitnesszentrum. Vor allem in die Sauna und zum Yoga und ich schwimme schon mal 10 Längen. Ansonsten bin ich gern Zuhause. Gib mir einen guten Film und ich bin zufrieden."

"Die gehst gern in die Sauna? Dann bist du richtig bei uns. Wir Finnen sind verrückt nach einem Saunabad. Eigentlich sind das alle Skandinavier. Astrid hat dir sicher eine Menge von Schweden erzählt. Wir haben sogar eine Sauna in Shangari, obwohl es bei uns im Winter nicht sehr kalt wird. Nicht wie hier auf der Hochebene." Sofia nahm sich ein Stück Kuchen.

"Das habe ich auch gehört. Erzähle mir etwas von dir, Sofia. Ich weiß, woher du kommst - aus Finnland - so das wäre geregelt – aber ich habe gehört, daß du in der Nordwest-Provinz lebst, und zwar auf der Wildfarm deines Verlobten. Das muss ja ungeheuer aufregend sein."

Astrid goss mehr Kaffee für sich und Paul ein.

"Na ja, es ist eigentlich ein Safari-Park mit einer Lodge. Mein Freund Tom ist der Eigentümer. Wir sind noch nicht verlobt... aber wer weiß." Sofia spürte etwas wie Heimweh in sich hochsteigen. "Es ist schon was Besonderes, so draußen von wilden Tieren umgeben in der Natur zu leben und einer Lodge zu haben, die gut geführt sein will. Ich gebe zu, daß ich mich manchmal etwas verloren fühle in den Lichtern der Großstadt."

"Das kann ich nun gar nicht glauben. Astrid sagt, daß du für ein gutes Jahr in Kapstadt gelebt hast. Also, wenn das keine Großstadt ist, dann weiß ich auch nicht."

"Ach, was hat sie denn noch so alles über mich erzählt?" Sofia zwinkerte Astrid zu und knabberte an ihrem Stück Blaubeerkuchen. "Ich muss aufpassen, welche Lügen ich dir nächstes Mal erzähle."

Paul schien zu denken, daß sie von ihm und Astrid sprach. "Gibt es da den so viele Lügen?" fragte er.

"Hmm, vielleicht."

"Also bitte!" schaltete sich Astrid ein. "Sofia macht nur Spaß, Paul. Noch ein Stück Kuchen?"

Was ist bloß los mit mir, daß ich von Lügen rede? Dachte Sofia. Sie musste sich zurzeit mit so vielen Lügen und Geheimnissen herumschlagen - viele davon ihre eigenen - daß sich Lügen jetzt auch noch in eine ganz normale Unterhaltung einschlichen, das durfte sie nicht zulassen. *Astrid wird noch spitzkriegen, was angeht, wenn ich solchen Unsinn rede.*

Sie waren hier, um sich kennenzulernen und eine angenehme Unterhaltung zu führen, deshalb sollte sie besser aufpassen, was sie da sagte. Sofia hatte Astrid zwar von dem gemeinen Trick erzählt, den Errol bei ihr und Tom versucht hatte, aber Astrid war zu sehr verliebt, um zu merken, daß da noch mehr dahintersteckte - viel mehr - und daß da vielleicht jemand genau in diesem Moment das Haus beobachtete.

Das war mit Sicherheit nicht der richtige Augenblick, um ihr oder Paul die ganze Geschichte zu erzählen. Sofia hatte noch Nichtmal die Sache mit den Männern in den dunklen Anzügen erwähnt, denen sie vom Parkplatz beim Einkaufszentrum entkommen war.

Aber solange alles unter Kontrolle war, gab es keinen Grund dafür, ihr etwas von dem Geheimnis zu berichten, daß sie mit Gugu teilte. Sie brauchten ja Zeit, um sich zu überlegen, welche Schritte sie als Nächstes unternehmen sollten. Sollte jemand Astrids Haus beobachteten, war es keine gute Idee die Dinge zu überstürzen. Zumindest, was ihre Sicherheit anging. Obwohl Sofia in Versuchung war, Astrid zu sagen, was wirklich im Busch war.

Sie hatten ihr eine Notlüge erzählt. Nämlich, daß Gugu in ihrer Wohnung Bauarbeiter hatte und kurzfristig woanders wohnen musste. Astrid hatte auf ihre typisch nette Art Gugu ihre Gastfreundschaft angeboten, ohne irgendwelche Fragen zu stellen.

Wenn Grant aus Mosambik zurückkkam, würden Sofia und Gugu in das Gästehaus die Straße 'runter ziehen und sich dort unter falschen Namen eintragen. Sie würden die Rechnung vorab bar bezahlen, nur um sicherzugehen. Was Tom anging... Sofia hatte dem Drang ihn anzurufen nicht nachgegeben. Normalerweise besprachen sie alles, aber sie hatte nichts von Tom gehört. Es war möglich, daß er mit der Lodge beschäftigt war oder vielleicht wollte er einfach noch nicht mit ihr sprechen...

"Sofia?"

"Ja?" Sie sah hoch.

"Du warst ganz in Gedanken verloren, liebe Cousine." Astrid sah Sofia an und meinte sie zu verstehen. Sie wusste Bescheid über Errol und Tom. Sofia lächelte. *Lass sie in dem Glauben, daß das, was mich plagt, mit Errol zu tun hat*, dachte sie.

"Wenn du deinen Mustikkapiirakka nicht aufessen willst, gibt es Morgen schlechtes Wetter." Astrid hatte recht; Sofia hatte ihren Kuchen nur halb aufgegessen.

"Tut mir leid, ich habe im Moment soviel im Kopf," entschuldigte sie sich und nahm ihre Kuchengabel. "Wir können schließlich nicht riskieren, daß wir schlechtes Wetter bekommen, oder?"

Das Telefon klingelte und Astrid ging in das Zimmer nebenan, um den Anruf dort anzunehmen.

"Oh Hallo, Grant..."

"Au weia," sagte Sofia zu Paul. "Als ob die Dinge nicht schon schwierig genug wären."

"Ich hoffe, nicht meinetwegen," antwortete er.

"Nein Paul, ich finde dich eigentlich ganz nett. So viel besser, als Astrids Mann. Wirklich. Es ist schwierig genug, daß ich hier bin, während das alles hier am Laufen ist. Die Trennung und das alles."

"Danke vielmals - und ich verstehe schon, daß das nicht die einfachsten Umstände sind."

Astrid kam ins Zimmer zurück. "Grant kommt am Samstagmorgen zurück."

"Wenn man vom Teufel spricht," meinte Sofia und Astrid blitzte sie an.

"Er hat mir die Angaben vom Maputo Flug am Telefon durchgesagt. OK, wenigstens wird es kein Überraschungsbesuch werden. Ich habe noch zwei Tage Frieden, an denen ich unsere Sachen packen kann." Astrid seufzte tief.

"Ja natürlich... sollen wir lieber 'ne Fliege machen und uns im Gästehaus Dragonfly einquartieren?” fragte Sofia unschuldig.

“Es ist wohl besser, wenn du nicht hier bist, wenn die Konfrontation stattfindet, aber es wäre gut, wenn du mit mir zum Flughafen kommen könntest. Ich habe mit einer Freundin abgemacht, daß sie die Kinder am Wochenende nimmt.”

An Astrids Hals zeigten sich rote Flecken. *Sie muss sich ziemlich gestresst fühlen wegen der ganzen Sache mit Grant und daß Gugu und ich da mitten drin stecken,* dachte Sofia.

Astrid fasste sich. “Weißt du was? Ich werde Paul die Hunde hinten im Garten zeigen. Es wird höchste Zeit, daß sie ihn kennenlernen. Sie kommen ja auch mit. Kannst du bitte das Geschirr in die Küche bringen, Sofie?”

“Und später will ich noch mehr über diese tolle Safari-Lodge erfahren,” versuchte Paul Somerset sich unbeschwert einzubringen.

“Aha verstehe, das läuft wohl auf einen kostenlosen Urlaub hinaus, habe ich recht?” Sofia lachte und nahm die Teller und Tassen vom Esstisch.

“Ich würde ganz gern mal auf Besuch in eure Safari-Lodge kommen. Wenn das alles hier überstanden ist.”

“Mal sehen, was ich da tun kann. Ich werde ein gutes Wort für dich und Astrid einlegen,” sagte Sofia.

Als Paul Somerset an Nachmittag gegangen war, dachte Sofia bei sich, daß der Besuch doch ganz gut geklappt hatte. Astrid schien sehr glücklich zu sein. Sie summte ein Liedchen vor sich hin und packte ihre letzten paar Sachen, bevor sie die Kinder von der Schule abholte.

Sofia und Gugu zogen ins Dragonfly Gästehaus und verbrachten den Rest des Tages damit, einen Plan auszuhecken, wie sie ihr brennendes Problem am besten lösen sollten.

ELFTES KAPITEL

Das schmutzige Wasser im Hafenbecken schlug in langsamen, regelmäßigen Wellen gegen die Mauer von Kai 17. Ein paar Enten schwammen auf den Wellen und pickten nach aufgeweichten Brotkrumen, während ein Frachtschiff mit Stapeln bunter Container unter einem der großen Kräne vor Anker ging.

Alles ging im Hafen von Maputo seinen gewohnten Gang und es war sehr heiß.

Die Schiffe bewegten sich träge in ihren festgelegten Bahnen an den Warenhäusern vorbei, die im Hafenviertel die Kais säumten. Die Schiffsmannschaften warteten geduldig, daß die Kaiarbeiter die Ladungen löschten oder Container hochhievten, während die glühende Sonne wie jeden Tag im gewohnten Bogen am Himmel entlang glitt.

Das Tempo aller Bewegungen verlangsamte sich in der schwülen Hitze des Nachmittags und eine orange-rote Sonne sank auf die Erde zu.

Hinter einer schäbigen Lagerhalle am Kai 17 lag ein klappriges Boot, das an der Kaimauer vertäut war und lustig im Rhythmus der Wellen auf und ab schaukelte. Die verblichene blaue Farbe schälte sich vom Rumpf ab und der Motor war nicht mehr ganz neu, aber die 'Santa Maria' war nicht anders als andere kleine Boote im Hafen und, was am wichtigsten war, sie zog keinerlei Aufmerksamkeit auf sich.

Der Gestank von fauligem Fisch, Algen und Abfällen aller Art mischte sich in der Mittagshitze mit dem Geruch von Motorenöl.

Große metallene Schiebetore waren fest verschlossen gewesen, bis eine Handvoll südafrikanischer Männer eintraf.

Sie schoben die Tore auseinander. Nur weit genug, um Pakete aus der Lagerhalle in den Wagen zu tragen und andere Pakete von dem Transporter ins dunkle Depot. Es war ein Wunder, daß die Schiebetore noch funktionierten. Sie waren von Rost zerfressen und schwankten bedenklich in ihren Schienen, aber das schien den Männern nichts auszumachen.

Es gab Ratten in der Halle, in den dunklen Ecken hinter den Regalen aus Metall und das gelegentliche Quieken war oft das einzige Lebenszeichen dort. Nun drängte sich eine Schar ängstlicher Mädchen auf Holzkisten aneinander.

Das Warenlager hatte schon bessere Zeiten gesehen, als es noch das Depot einer kleinen Zuckerfabrik gewesen war. Heutzutage stand es meist verlassen da und wurde von den Hafenbehörden passenderweise ignoriert. Der perfekte Ort, um Geschäfte abzuschließen. Es war die Art von illegalen Geschäften, von denen jeder hier Bescheid wusste und rundweg zu übersehen versuchte.

Bis zu diesem Morgen hatten Grant Rankin und zwei seiner Handlanger in einem Hotel im Zentrum von Maputo gewartet. Sie erfreuten sich sozusagen an den Früchten des Landes, während in Südafrika Vorbereitungen getroffen wurden. Wer konnte ihnen schon einen Vorwurf machen, daß sie ein wenig Unterhaltung suchten? Ihr Job hatte seine Vorteile und es gab schlechtere Orte als Mosambik, um auf eine Lieferung zu warten.

Das Hotel zählte zu den schönsten Luxus-Hotels im Lande. Der Bereich um den Swimmingpool herum war wie geschaffen dafür, um sich mit einem kühlen Getränk in der Hand zu entspannen. Es gab hier auch ein Casino, wo sie bis in die frühen Morgenstunden spielen konnten, um sich dann bis zur Mittagszeit aufs Ohr zu legen.

Sie konnten sich nicht beschweren; weder über die Bezahlung, noch die Behandlung, aber zwei Wochen auf den Abschluss der Vorbereitungen zu warten war eine lange Zeit und die Männer konnten es nicht abwarten, daß endlich etwas passierte. Vor drei Tagen hatten sie sich beim von Palmen umgebenen Schwimmbecken ausgeruht, von wo aus man eine gute Sicht auf den Indischen Ozean hatte.

"Warum dauert das bloß so lange, Mann? Die Waren hätten schon spätestens Anfang letzter Woche eintreffen sollen," sagte einer der Männer in einem starken südafrikanischen Akzent. Eine halbnackte Schönheit, die auf einer Liege ausgestreckt neben ihm lag, spielte mit dem Modeschmuck, den er ihr am Tag zuvor gegeben hatte.

"Woher soll ich das wissen," knurrte Rankin und setzte sich auf. "Wir werden nicht dafür bezahlt, um Fragen zu stellen. Ich gehe jetzt erstmal 'rein. Es gibt gleich Abendessen."

"OK, OK, Mann. Keine Fragen mehr. Mir ist nur langweilig. Komm' Püppchen, wir kühlen uns im Pool ab," sagte er zu seiner Gespielin und gab mit seinen Bauchmuskeln an.

Die hübsche junge Frau lächelte träge und rollte von ihrer Liege herunter. "Iwe! Biggi chofista. Esse gajo é numa boa mesmo," sagte sie und warf Rankin bewundernde Blicke zu. *Schaut mal! Was für ein Angeber; aber der Knabe ist wirklich gut.* Dann ließ sie sich verführerisch in das türkise Wasser des Schwimmbeckens gleiten.

Zwei weitere Tage vergingen und immer noch keine Ware in Sicht. Endlich kam der Anruf über die gewohnten Kanäle, daß sie sich bereithalten sollten. Es war schon etwas ungewöhnlich, daß sie nicht die gewohnte Maputo-Johannesburg Strecke fahren und stattdessen ein Flugzeug nehmen sollten ... aber was soll's. Sie entließen ihre Gefährtinnen und machten sich zur Tat bereit. Die Ware war eingetroffen und die Übergabe würde am folgenden Tag stattfinden. Danach wurden die Güter Richtung Südafrika verfrachtet und sie konnten Mosambik endlich verlassen. Grant Rankin beschloss seine Frau anzurufen, um ihr die Einzelheiten der Reise mitzuteilen.

"Hi Darling, ich bin noch in Maputo und, ja die Geschäfte wurden endlich abgeschlossen. Ja, ja... ich komme am Samstagmorgen nach Hause. Nein, diesmal nicht mit dem Auto. Hast du einen Kugelschreiber? OK, Flugnummer XLM4338. Ja, acht. Ankunftszeit ist 8.45 Uhr. Ja, das ist alles.

Ich sehe dich dann. Sei rechtzeitig da. Tschüss.”

Er legte selbstzufrieden auf. Astrid war die perfekte Ehefrau für ihn: schön und nie übel gelaunt. Sie hatte ihm zwei reizende Kinder geschenkt und kümmerte sich um das Haus, während er auf Geschäftsreise ging. Sie waren zufrieden. Er verdiente die Brötchen und es waren ziemlich große Brötchen. Sein Lebensstil erlaubte ihm auch den gelegentlichen Seitensprung. Was mehr wollte ein heißblütiger Mann wie er eigentlich?

Grant Rankins Job war nicht gerade einfach, vor allem, wenn Waren von einem Moment auf den anderen bewegt werden mussten. Er ging große Risiken ein, musste die Geschäfte abschließen und die Angestellten unter Kontrolle halten, die Waren beschaffen und andauernd Schmiergelder zahlen. Rankin meinte, jede Unze des Luxus, den er sich gönnte, verdient zu haben.

Die heiße, träge Stimmung am Lagerhaus hielt bis in den Nachmittag hinein an. Die kleine Gruppe junger Frauen saß benommen in der dunklen Halle und reichte resigniert Wasserflaschen herum. Die Seeleute schenkten ihnen kaum Beachtung und sie warteten, an Tonnen und Säcke gelehnt, auf dem Kai draußen.

Eine weitere Sendung war auf dem Weg und die Mannschaft der ‘Santa Maria’ war es daran gewöhnt, auf Waren zu warten. Sie hatten ihre Rolle zu spielen und die in Südafrika spielten ihre Rolle. So war es schon immer gewesen und alle profitierten von den schmutzigen Geschäften. Es war am besten, das alles als ihre Arbeit anzusehen. Eine Arbeit, genau wie sie die Männer auf den Kais erledigten oder die anderen Matrosen, die auf den Containerschiffen arbeiteten. Sie mussten eben das tun, wofür man sie angeheuert hatte.

Die Mannschaft wurde gut bezahlt und da war immer Zeit, sich zwischendrin zu vergnügen. Da gab es viele Vergnügungen, denen man sich im Hafen hingeben konnte. Alles, was sie zu tun hatten war, am Ende des Tages, genug Geld für die Familie nach Hause zu bringen.

Sich mit Cassava Bier auf den Kais volllaufen zu lassen war gut, bei Hahnenkämpfen mitzuwetten und ihr Geld zu verschleudern war sogar noch besser - und die Bordelle im Hafen, tja das war erste Sahne. Die Mädchen hier waren amüsanter als die, die sie Zuhause gewohnt waren. Sie kosteten auch mehr Geld und Geld hatten sie genug. All das gab den ruppigen Seeleuten das Gefühl, daß ihnen die Welt gehörte.

Die weibliche Handelsware war natürlich tabu. Sie kannten die Regeln. Alles war gut, solange sie sich an die Spielregeln hielten. Es war ihnen mehr als bewusst, daß es sich um ein gefährliches Spiel drehte, aber manche von ihnen hatten es nie miterlebt, wie die Dinge manchmal ausarten konnten.

Die zur Verschiffung bestimmten Mädchen mussten gut behandelt werden, obwohl sie natürlich reizvoll waren und in knappen Fähnchen steckten. Wenn sie blaue Flecken bekamen oder gar Zähne fehlten, verringerte sich ihr Wert rapide und die Seeleute bekamen weniger Geld. Das bedeutete eine ziemliche Einkommenseinbuße.

An Sex war gar nicht zu denken, da alle Warenstücke mit Vorsicht behandelt werden mussten. 'You break you buy' - und keiner der Seeleute konnte sich das leisten.

Über die Jahre hinweg waren ein oder zwei der Frauen auf Hoher See über Bord gesprungen, aber die Männer hatten ihre Lektion gelernt und, es sei denn die Mädchen waren hoffnungslos seekrank, kamen sie von Anfang an unter Deck.

Diesmal mussten sie länger als gewohnt warten, wegen irgendeinem neuen Geschäft, das in Übersee abgeschlossen worden war. Neue Lieferanten mussten getestet werden und neue Mädchen wurden angelernt. Zumindest hatten sie das durch die Gerüchteküche erfahren. Wenn es los ging und die Besatzung gebraucht wurde, hatten sie alle auf der Matte zu stehen, betrunken oder nicht.

Die Nachricht hatte sie gestern durch die üblichen Kanäle erreicht. Seitdem waren das Boot und die Besatzung zur Abfahrt bereit gewesen; um vom Hafen in Maputo zu einem anderen afrikanischen Land zu segeln. Was danach passierte wusste keiner so recht und sie kümmerten sich darum. Die Warterei war nichts ungewöhnliches. Ab und zu mussten sie sogar noch länger warten; manchmal waren es viele Tage, bis etwas geschah. Das Boot würde wie immer bei Sonnenuntergang ablegen und die Südafrikaner sorgten dafür, daß gewisse Augen geschlossen waren und gewisse Ohren taub blieben.

Die älteren Matrosen wussten, wie das zu laufen hatte: keine Fragen stellen, was für sie keine Probleme bedeutete. Sie erinnerten sich nur zu gut daran, wie Grant Rankin damit umging, wenn jemand mal vom Protokoll abgewichen war.

Ein Kapitän mit dem Namen Anibal, der von den portugiesischen Inseln stammte, hatte von dem alten Batista übernommen, weil der die schändliche Behandlung der Mädchen hinterfragt hatte. Wie so oft hatte er sie nach Norden bringen sollen, im Austausch für eine Lieferung eines in Plastik verpackten weißen Pulvers. Die Päckchen wurden dann in Koffer verfrachtet, die für Johannesburg bestimmt waren.

Manchmal waren es auch Kunstobjekte oder etwas ganz anderes, das da in dicke Schichten Luftpolsterfolie gewickelt war, die die Form verbargen. Die Männer nahmen alles, was ihnen gegeben wurde, solange es sich bezahlt machte.

Ab und zu bestand die Lieferung aus blauen Tabletten, aber das war ihnen auch so ziemlich egal. Solche Dinge wurden auf höherer Ebene beschlossen und das war alles, was sie wissen mussten. Batista hatte aber mit seiner Fragerei die Leiter der Organisation verärgert und den Code des Gewerbes verletzt. Wahrscheinlich hatte ihm eines der jungen Dinger Augen gemacht.

Batista war plötzlich verschwunden und niemand hatte es gewagt zu fragen, was mit ihm geschehen sei. Man hatte ihnen gesagt, daß er sich in eine Prostituierte verliebt hätte und, daß ihr Zuhälter den Kapitän in irgendeinem Bordell erstochen hatte. Sie wussten aber, daß Batista ein gläubiger Christ war und einen Haufen Kinder zu Hause sitzen hatte.

Er hatte immer davon geredet, wie er sie auf gute Schulen schicken wollte, damit sie es eines Tages besser haben sollten.

Was würde jetzt mit ihnen geschehen? Es war sinnlos, Fragen zu stellen. Was hätten sie da tun sollen? Zur Polizei gehen? Die Bestrafung für Verräter war schlimmer als der Tod selbst...

Rankin informierte sie über die offensichtliche Verspätung.

"Wir warten noch auf eine Lieferung. Einer meiner Bekannten hat gefragt, ob ich nicht ein paar von seinen Sachen aus dem Land schaffen kann. Er sollte jeden Moment hierher kommen."

Anibal kannte sich natürlich aus mit diesen 'privaten' Lieferungen, aber solange er seinen Anteil erhielt, tat er, was ihm aufgetragen wurde.

"Kein Problem, Boss. Solange sie nicht zu groß ist. Wir müssen sowieso bis Sonnenuntergang warten." Er kratzte sich den verstrubbelten Bart.

"Es ist nicht zu groß," versicherte ihm Rankin. "Wir treiben ja keinen Handel mit Elfenbein hier, oder?" Die Männer lachten und lehnten sich wieder in ihre Wartestellung zurück. Grant Rankin benutzte das Netzwerk für seine eigenen geschäftlichen Interessen, die er so ganz nebenbei pflegte. Er wäre auch ein Narr gewesen, dies nicht zu tun. Es machte ja keinen Unterschied und tat niemandem weh, solange Stan Makaroff nichts davon erfuhr.

Ein Auto näherte sich und Rankin sah nervös hinter einem der Regale hervor, auf dem eine Vielzahl von Kartons gestapelt waren. Er nahm seine Waffe heraus und hielt sie flach gegen die Brust gedrückt; bereit sie bei der leisesten Provokation zu benutzen. Das Auto fuhr vorbei.

Wenn Waffen gezogen worden, versteckte sich die Bootsbesatzung, und zwar so weit wie möglich entfernt. Wenn alles vorüber war und ihnen befohlen wurde, die Leichen loszuwerden, gehorchten sie. Die jungen Matrosen wussten das von den älteren erfahrenen Männern.

In der Vergangenheit hatten sie Steine als Gewichte genommen und die Körper fest mit schweren Ketten umwickelt, bevor sie in die See geworfen wurden. Nur eine hässliche rote Farbe zeigte sich noch auf den leichten, unschuldigen Wellen. Die Propeller der vorbeifahrenden

Schiffe und ab und zu ein Hai erledigten dann den Rest. Batista hatte ein Problem damit gehabt, aber Cassava Bier war da eine wunderbar Abhilfe für solche Zweifel. Das Gebräu ließ einen diese derart grausigen Taten vergessen – bis sie dann den Drang verspürten, vor den jüngeren Männern damit anzugeben.

Man konnte die Fehlzündung eines Transporters unten auf der Straße hören. Es musste der Minibus sein, den sie erwarteten. Grau und unauffällig und mit Schmutz bedeckt. Rankin fand es etwas komisch, daß Goldie ihn nicht persönlich angerufen hatte, um den Fahrer anzukündigen, der sehr spät dran war, aber dann hatte er diese dumme Vorahnung, die ihn den ganzen Tag schon piesackte, zu Seite geschoben.

Er schalt sich dafür, daß er so nervös war, weil schwache Nerven das Letzte waren, das man in diesem Geschäft brauchen konnte. Es würde, wie so oft, eine Routine-Übergabe geben und Geld war auf dem Konto. Ka-tsching. Jeder innerhalb des Netzwerks wusste, was er zu tun hatte. In einer halben Stunde würde alles vorbei sein. Doch einen Augenblick später wünschte Grant Rankin, er wäre seinem Instinkt gefolgt.

Der Minibus hielt nahe der Lagerhalle an. Die Wagentüren flogen auf und Schüsse fielen, bevor die bewaffneten Agenten noch Zeit hatten, aus dem Gefährt zu springen. Grant Rankin war auf den Knien und hatte die Hände hinter dem Kopf, bevor er noch wusste, wie ihm geschah. Die unaufmerksamen Schmuggler waren den gut durchtrainierten mosambikanischen und südafrikanischen Spezialeinheiten in ihrer kugelsicherer Kleidung und mit Sturmfeuergewehren im Anschlag, einfach nicht gewachsen.

Einer von Rankins Männer fiel tot zu Boden, als er seine Waffe ziehen wollte. Der andere war zu den kreischenden Mädchen hinübergerannt und trieb sie in eine Ecke.

Dann wusste er nicht so genau, was er tun sollte, und da er die Ware nicht weiter beschützen konnte, eilte er nach hinten zum Kai hinaus und versuchte die wackligen Schiebetore hinter sich zu schließen. Die Bootsmannschaft war schon aufs Boot gesprungen und einer der Seeleute versuchte das Tau loszumachen, aber die Polizei war darauf vorbereitet.

"Waffen fallen lassen. Auf den Boden, Hände hinter den Kopf!" Allein die schiere Lautstärke des Megafons überwältigte die Männer, aber sie wussten, daß es an der Zeit war, sich aus dem Staub zu machen.

Die Agenten feuerten einer geschützten Wand Schüsse ab und bewegten sich schnell von hinten auf das Boot zu. Kugeln prallten von den Stahltoren ab, flogen in jedem Winkel weiter und rammten sich in die bröckelnden Wände. Einige fanden trotzdem ihr Ziel. Zwei der Matrosen und Rankins letzter Mann fielen zu Boden und lagen leblos in in ihrem Blut und zerfetztem Gewebe.

Die restliche Mannschaft war bald ganz überwältigt und die Männer warfen sich mit gefalteten Händen hinter dem Kopf, wie befohlen, auf die Erde. Ein Polizeiboot drehte bei und noch mehr Polizisten sprangen auf den Kai, um die Überlebenden festzunehmen.

Die mit dem Gesicht nach unten liegenden Männer fluchten ausgiebig in ihrer jeweiligen Muttersprache, als man sie nach oben zog und in ein gepanzertes Fahrzeug stieß. Hier trafen sie auf den, bereits mit Handschellen gefesselten und stark schwitzenden Grant Rankin.

"Du und deine 'Privat Geschäfte'. Du hast uns ruiniert," schnauzte ihn der Kapitän an. "Ninja mulungo. É pah!"

"Du brauchst nicht mich dafür verantwortlich zu machen. Wie hätte ich das denn wissen sollen? Ich habe wie immer Schmiergelder gezahlt. Diese wankelmütigen Mosambikaner, das ist das Problem hier. Geldgierige Mistkerle!"

"Você é maloucopah!" fuhr Anibal mit dem Fluchen fort.

"Ach halt die Klappe!" rief einer der Agenten nach hinten und einen Moment lang schien es, als ob Grant Rankins Kopf vor Wut explodieren wollte. Die anderen starrten die beiden Männer wütend an. Die mächtigsten Männer, die sie kannten, saßen in einem Polizeifahrzeug wie ungezogene Schuljungen mit gefesselten Armen auf dem Rücken, genauso hilflos, wie sie selbst. Die abgebrühten Seeleute waren benommen und wütend, daß ihr angenehmes Leben auf dem Kopf stand. Familien würden ohne den Versorger zu leiden haben und die Gefängnisse in Mosambik waren auch nicht gerade Zuckerschlecken.

Und all das nur, weil Rankin nicht aufgepasst hatte! Die Verhaftungen wurden von der Presse an die große Glocke gehängt und als bahnbrechenden Erfolg gegen einen internationalen Schmugglerring gefeiert. Ein Triumph für die Sondereinheiten gegen die organisierte Kriminalität in beiden Ländern. Die Regierungen stimmten darin überein, daß ihre Staatssicherheit mit internationalen Standards zu vergleichen war.

Die Verdächtigen durften in den Medien weder mit Namen erwähnt noch per Bild gezeigt werden, da die Untersuchungen noch nicht abgeschlossen waren.

Man erwartete baldigst weitere Verhaftungen, während die mühsamen rechtlichen Abläufe ihren Gang nahmen. In Südafrika erschient eine kurze Einblendung in den Abendnachrichten und ein Artikel auf Seite 4 der größten südafrikanischen Tageszeitung.

Niemand erwähnte den anonymen Tipp, den die Polizei erhalten hatte, als die Regierungen sich selbst feierten. Die entführten Mädchen wurden in Sicherheit gebracht und die Drogen zerstört. Die Hörner, die schon vor dem Undercover-Einsatz im Hafen beschlagnahmt worden waren, wurden zur Untersuchung nach Südafrika geschickt. Schweizer Bankkonten wurden gesperrt. Die Verhaftung von Stanislav Makaroff und seiner Frau in ihrer Villa in Bryanston, die wie ein mittelalterliches Schloss anmutete, wurde allerdings allseits mit großer Verwunderung aufgenommen.

"Völlig unbegründete Anschuldigungen," knurrte Makaroff ins Mikrofon, "Ich bin unschuldig, bis mir das Gegenteil bewiesen wird. Das wird ein gerichtliches Nachspiel haben!" bevor er abgeführt wurde. "Eine Beleidigung für jeden unschuldigen, hart arbeitenden Bürger dieses Landes. Ich habe nichts weiter dazu zu sagen."

Die Kameras folgten ihm bis zum Polizeifahrzeug, in dem

er seiner Frau Helena Gesellschaft leistete. Eine Woche später wurde Stan Makaroff auf Kaution entlassen. Er tat die Anschuldigungen, die an ihn und seine Frau gerichtet wurden, mit einem Lachen ab, wenn er auf dem Golfplatz gefilmt wurde oder dabei, wie er Bettlern Suppenteller überreichte.

Die Anschuldigungen reichten vom Schmuggeln von Rhinozeroshorn über Drogenschmuggel und Menschenhandel bis hin zu organisierter Kriminalität und einer ganzen Liste anderer schwerwiegender Anklagen. Aber Stan Makaroff blieb dabei, alles einfach abzustreiten.

Die Bilder, wie der Tycoon von Bodyguards überragt zum Gerichtsgebäude gebracht wurde, seine Anwälten in schwarzen Roben im Gefolge, wie sie ihre vollgestopften Kofferkulis über die Bordsteine hinter sich herzogen, dominierten wochenlang die Fernsehnachrichten. Und die Verhandlungen zogen sich dahin. Nur seine PR-Managerin fehlte dabei, denn Gugulethu Mbatha war verschwunden.

Natürlich war die Polizei mittlerweile im Besitz von Lorraines Brief und wusste, wo Gugu sich aufhielt, aber diese Informationen wurden geheimgehalten.

Reporter aus ganzer Welt schlugen ihre Zelte vor dem Johannesburger Gericht auf, um einen Blick vom Angeklagten zu erhaschen und vielleicht auch ein Interview mit seinen Verteidigern. Stan Makaroff war ein reicher Mann und konnte sich diese Anwälte allerbesten leisten.

Experten spekulierten während einer Podiumsdiskussion die möglichen Verbindungen zu gewissen Geschäftsleuten und Politikern, aber die Behauptungen mussten erst noch bewiesen werden.

Die Köpfe untergeordneter Beamter rollten, obwohl sie nur Anweisungen Folge geleistet hatten, und in Simbabwe feuerte die Behörde für Wildbewirtschaftung den Leiter der Organisation, nachdem er des Diebstahls von wertvollem Rhinozeroshorn, das sich 30 Jahre lang in sicherer Verwahrung befunden hatte, angeklagt und für schuldig befunden wurde.

Die simbabwische Polizei stellte auch Nachforschungen an, was eine Verbindung nach Südafrika betraf und eine Anklage würde bald erhoben werden. Der Kruger Park erhielt eine geschulte Einheit, um den Kampf gegen Wilderer und Schmugglerringe anzukurbeln.

Sofia und Gugu sahen sich die Abendnachrichten in der Lobby des Dragonfly Gästehauses an.

"Ich weiß nicht warum, aber ich glaube Makaroff sagt die Wahrheit, was das Schmuggeln von Rhinozeroshorn angeht. Er ist skrupellos, wenn es um seine anderen Geschäfte geht, aber er liebt wilde Tiere und den Busch. Ich kann mir einfach nicht vorstellen, daß er das Nashorn Wildern in Südafrika orchestriert haben soll." Gugu runzelte die Stirn.

Die Börsennachrichten waren dran.

"Vergiss nicht, daß er versucht hat, mich davon zu überzeugen, daß wir Löwen züchten sollen, nur um sie dann von zahlenden Spinnern aus aller Welt mit Pfeil und Bogen abschießen zu lassen," erinnerte sie Sofia.

"Ich weiß... er ist so seltsam und redet eine Menge Unsinn, aber soweit ich das beurteilen kann, hat er sowas noch nie wirklich getan. Einmal denkt er, sowas ist eine gute Idee und am nächsten Tag fällt ihm was anderes ein. Aber Nashörner wegen ihres Horns zu töten... das kann ich mir einfach nicht vorstellen."

"Vielleicht hast du ja recht, aber er hat schon ziemlich viel Dreck am Stecken, was die anderen Sachen angeht," sagte Sofia. "Ich kann es kaum abwarten, bis er endlich von den Gerichten verurteilt wird."

"Er wird wahrscheinlich gegen ein Urteil Einspruch einlegen, sobald es verkündet wird."

"Das ist ja nichts Neues. Aber ich bin sicher, wir haben das richtige getan." Die beiden klatschen sich ab. "Wirst du wieder dort arbeiten? Ich meine, willst du wirklich noch mit Makaroff Enterprises in Verbindung stehen, jetzt wo der Fall Makaroff überall Schlagzeilen macht und seine illegalen Geschäfte eins nach dem anderen auffliegen? Man wird dich vielleicht sogar noch als Zeugin aufrufen."

"Vergiss nicht, daß sogar seine engsten Freunde ihm den Rücken zukehren. Ich habe schon meine Kündigung eingereicht. Ich hatte mir überlegt, die Firma zu verlassen, bevor die ganze Wahrheit rauskam."

Sofia drehte den Ton auf, als die Wettervorhersage an die Reihe kam und ein für die Jahreszeit ungewöhnlicher Wintersturm für Johannesburg angekündigt wurde. So ein übles Wetter hatten sie in Shangari selten.

Sie vermisste Shangari und sie vermisste Tom. Er hatte sie endlich angerufen und Sofia angefleht, nach Hause zu kommen.

Wenn die Dinge nach Plan liefen, würde sie am Sonntag abfahren und Gugu kam mit, um einige Zeit bei ihr auf dem Lande zu verbringen.

ZWÖLFTES KAPITEL

Errol Botes presste seine Hand gegen die Waffe im Pistolenhalfter. Er hoffte, daß es nicht wieder eine Schießerei geben würde wie beim letzten Mal; vor allem nicht hier am Flughafen.

Aber er musste sich darauf gefasst machen.

Errol hatte sich wie besprochen draußen beim Ankunfts-Terminal auf der Rollbahn bei den Gepäckwagen postiert. Hier beobachtete er, wie die Koffer und Taschen auf das sich drehende Förderband geworfen wurden.

Er stand schon seit Anbruch des Morgens hier draußen in der Kälte und beobachtete die Gepäckabfertiger, wie sie genau aufeinander abgestimmt arbeiteten und versuchten, dabei die Spürhunde zu ignorieren. Mit seinem Parka und der Mütze auf dem Kopf konnte man ihn glatt für einen der Arbeiter halten und sie schenkten ihm kaum Beachtung. Er ging auf die Glastüren zu und warf einen Blick auf die lange Schlange von Fluggästen, die allmählich vor der Sky-Bridge auftauchte, die das Flugzeug mit dem Gebäude verband.

Der Flug aus Maputo war gerade erst gelandet und bis die Passagiere durch die Passkontrolle gegangen waren und auf dem Weg zu den Gepäckkarussells, waren die Hunde wohl mit dem Beschnuppern der Koffer und Taschen aus Mosambik fertig. Mit etwas Glück würden sie den Koffer mit den Drogen finden.

Laut der Informationen, die sie hatten, wurden auf diesem Flug mit Sicherheit Drogen geschmuggelt und es war Errols Aufgabe, den Einsatz zu beaufsichtigen. Sobald der 'heiße' Koffer gefunden, markiert und auf das Transportband befördert war, würde er sich in der Ankunftshalle aufstellen, um die anderen Mitglieder des Teams zu unterstützen.

Sie hatten schon eine schöne junge Frau in einem roten Mantel und bis zu den Knien reichenden Lackstiefeln, sowie einen älteren Mann mit einem Glatzkopf und in Shorts gekleidet, als mögliche Verdächtige identifiziert. Shorts im Winter... brrr... Errol steckte sich die Hände in die Taschen und ging zum Förderband zurück.

Es war noch unklar, wer den Drogenkurier abholen und die Ware aus dem Flughafen heraus transportieren würde. Die Informationen, was die Kontakte in Johannesburg betraf, waren genauso ungenau, und zudem hatte die mosambikanische Polizei die meisten südafrikanischen Schmuggler bereits bei einem Undercover-Einsatz in Maputo festgenommen.

Grant Rankin, der südafrikanische Anführer der Bande in Mosambik war diesmal endlich dabei gewesen. Das hieß, daß jemand für ihn übernehmen musste. Sie hatten Grant Rankins schwedische Frau noch nicht darüber informiert und die Nachrichten waren so neutral wie möglich gehalten, was die Identität der Südafrikaner betraf.

Es waren weder Fotos noch Namen an die Medien weitergegeben worden. Falls sie irgendetwas mit dem Drogenschmuggel zu tun hatte, würden sie es bald herausfinden. Im Augenblick war sie auf dem Weg zum Flughafen und Errol wusste, daß seine Ex-Freundin, Sofia Helenius, Astrid Rankins Cousine war. Er hatte sie schon seit über einer Woche nicht mehr kontaktiert, um sie im Glauben zu lassen, daß er zu seiner Arbeit an der Radiostation in Bloemfontein zurückgekehrt war.

Zum Teil aus dem Grund, weil er sich seines blöden, betrunkenen Verhaltens in Melville schämte und zum Teil, weil er nicht mehr an der Überwachung beteiligt sein wollte.

Er schämte sich auch dafür, daß er Sofia in die Irre hatte führen müssen. Den ganzen Kram mit dem zwielichtigen Cousin erfinden, der angeblich 50 000 Rand dafür haben wollte, ein Stück seiner Leber zu spenden und den ganzen Quatsch. Errol war nicht gerade begabt, wenn es darum ging, blitzschnell eine Geschichte zu erfinden, aber leider hatte sein Chef darauf bestanden.

Die anderen hatten auch nicht gerade eine tolle Leistung gezeigt. Sofia war kopfscheu geworden, als sie die verdeckten Polizisten bemerkte, die Gugu Mbatha beschattet hatten, als sie auf dem Weg zu einem kleinen Einkaufszentrum in Linden unterwegs gewesen war.

Sie war ja Stan Makaroffs PR-Managerin vom Sandton Office Tower und ihre beste Freundin. Undercover-Polizisten waren es gewesen, wie er selbst, allerdings aus einer anderen Einheit. Eines Tages würde er Sofia erzählen, daß sein DJ-Image nur als Fassade diente. Daß er Einsätze als DJ in den Städten absolvierte, um näher an das Netzwerk des Drogenhandels heranzukommen. Eines Tages würde er ihr die ganze Wahrheit sagen.

Es war seine Aufgabe gewesen, ein Auge auf Sofia und Astrid Rankin zu haben und das mögliche Netzwerk in Johannesburg, während er die Konferenz im Sandton Convention Centre besuchte. Es war schwieriger gewesen, als er es sich vorgestellt hatte. Zu allem Überfluss war er im Moment nicht gerade der Favorit seiner Vorgesetzten.

Vor allem, weil er so dumm gewesen war und seine Tarnung mit seiner Eifersuchtsszene in Melville nach Lorraine Pienaars Beerdigung in Gefahr gebracht hatte. Er hatte es nicht erklären können, warum er sich so sinnlos hatte volllaufen lassen und eine Verwarnung dafür erhalten. Er hätte sich danach selbst in den Hintern treten können, aber das ließ sich nicht mehr rückgängig machen.

Auf Anfrage der Sonderkommission für Wildern hin, die Sofia Helenius schon unter Beschattung hatten, musste er ihre Beziehung aufleben lassen und sich mit ihr treffen, als sie sich in der Stadt aufhielt.

Der ranghöchste Detektiv der Kommission – ein gewisser Captain Combrink – wollte herausfinden, ob sie und ihr Freund Tom Rutgers irgendwie in das Wildern und Schmuggeln von Rhinozeros-Horn verwickelt waren. Ihre Einheiten hatten zusammengearbeitet, aber Kommunizieren war nicht gerade ihre Stärke. Es war ihnen auch nicht gelungen, eine Verbindung zum örtlichen Drogensyndikat auszumachen.

Die Einheit hatte aber in einer Sache Recht: wie war es den Wilderern möglich gewesen, einfach so spurlos zu verschwinden, nachdem sie in Shangari und der Lungile Farm zugeschlagen hatten? Ein Versteck vor Ort war die einzig logische Erklärung. Die Schmuggler waren besonders vorsichtig und geheimnistuerisch vorgegangen und da musste einfach irgendwo in der Gegend ein örtlicher Verbindungsmann sein, der bei der Abwicklung der Geschäfte mithalf.

Leider war zu dem Zweck Errol auf den Plan getreten. Er konnte nicht leugnen, daß er immer noch gewisse Gefühle für Sofia hegte, dabei war er der allerletzte Mann, mit dem sich eine Frau einlassen sollte; vor allem nicht eine so tolle Frau wie Sofia Helenius.

In Kapstadt hatte er sie nicht besonders gut gekannt und hatte eigentlich nur eine Kerbe an seinem Bettpfosten hinzufügen wollen. Errol war es damals gewohnt gewesen, Schönheiten in sein Bett einzuladen, aber als er begann sich in sie zu verlieben, war die Affäre für ihn unerträglich geworden. Er war so glücklich gewesen, als sie ihm von der Schwangerschaft erzählte, aber er hätte auf keinen Fall mit ihr auf Familie machen können. Nicht mit seinem Job und mit Sofia, die einen festen Freund hatte.

Deshalb hatte er beschlossen, daß es das Beste für das Baby und Sofia sei, wenn er kurzerhand aus ihrem Leben verschwand. Detektiv Combrink hatte Errol von dem Verdacht gegen Tom Rutgers und Sofia Helenius erzählt und gegen einige andere Bewohner in der Renosterspruit Gegend.

'Gibt's doch gar nicht!' hatte er dem blasierten Detektiv gesagt und erklärt, woher er Sofia kannte und die ganze Geschichte mit Damian. Er wär das Beste gewesen, sich ganz aus dem Fall rauszuhalten, wegen dieses Interessenkonflikts, aber sein Chef hatte eine einzigartige Gelegenheit beim Schopf greifen wollen, den Schmugglerring zu infiltrieren und wollte davon nichts hören.

Deshalb hatte Errol zuerst auch Barry Pienaar und Tom Rutgers in Sun City kontaktiert, um sie auszutesten. Dann hatte er sich so richtig ins Zeug gelegt, um an Sofia heranzukommen.

Die erfundene Geschichte, daß ihr adoptierter Sohn todkrank sei, war grausam gewesen und der Plan war ja nach hinten losgegangen. Errol Botes hatte Schuldgefühle, daß er Sofia durch diesen emotionalen Schlamassel gezerrt hatte, aber sein Chef hatte es so gewollt.

Persönliche Schuldgefühle seien kein guter Grund, eine so einmalige Gelegenheit sausen zu lassen. Errol hatte kaum eine andere Wahl gehabt. Sein Kollege, Robert Baldwin, war der einzige gewesen, der sich gegen den Plan gesträubt hatte und meinte, daß ein Überschneiden mit persönlichen Dingen das gesamte Unternehmen gefährden könnte. Und Bob hatte recht gehabt: der Fall war fast gesunken.

Gugulethu Mbatha zu beschatten, war die Aufgabe einer anderen Untersuchungseinheit gewesen und die hatten dann alles in den Sand gesetzt. Da musste eine eindeutige Verbindung zum Schmugglerring mit jemandem in Makaroff Enterprises bestehen, aber Errol war davon überzeugt, daß Gugu Mbatha nicht aktiv daran beteiligt war. Weder an Makaroffs kriminellen Geschäften, noch dem Schmuggeln von Hörnern.

Dafür gab es nämlich keinerlei Beweise. Sogar der Verdacht gegen Stanislav Makaroff war fraglich, trotz seiner illegalen Geschäfte. Nur, wenn es weder Makaroff noch Gugu Mbatha waren, wer war es dann?

Die Einheiten hatten ihre Kabel gekreuzt und letzte Woche die Überwachung in Linden verpfuscht. Die Idee mit dem Eiskremwagen war zu Anfang großartig gewesen. Nur die Hunde in der Gegend hatten die Musik, die der Wagen spielte, gehasst und unaufhörlich gejault. Einige der Bewohner hatten ärgerlich die Faust gegen den Fahrer geschüttelt, sodaß sie wieder auf eine normale Überwachung umgestiegen waren.

Die andere Einheit hatte Gugu Mbatha auf der Hauptstraße aus den Augen verloren, kurz vor der Abbiegung in Richtung Einkaufszentrum. Aber zwei der Agenten waren trotzdem zum Parkplatz vorausgefahren. Sie hatten Sofia in einem Café entdeckt und, als sie eilig gehen wollte, war ein verdächtig aussehender Mann ihr zum Parkplatz hinausgefolgt und sich in ein grünes Auto gesetzt. Aber das Überwachungsteam war zu offensichtlich gewesen und Sofia war schlau. Wahrscheinlich hatte sie angenommen, daß Kriminelle hinter ihr her waren. Der Mann im grünen Auto war nur in Eile gewesen und konnte nicht mit irgendwelchen Straftaten in Verbindung gebracht werden.

Errol sah, wie die Hundeführer Handzeichen gaben. Die Hunde hatten den Koffer mit den Drogen gefunden! Er kommunizierte in abgehackten Silben mit den anderen Kommandomitgliedern in der Ankunftshalle und hörte auf die Stimme in seinem Hörer.

Der Kurier war die Frau mit den hohen, glänzenden Stiefeln und dem roten Mantel. Sie würden jetzt zuschlagen und er wurde drinnen gebraucht.

Sobald die Frau den Koffer vom Karussell nahm, würden sie ihr und ihrem Kontakt in unmarkierten Fahrzeugen folgen. Ein Teil der Einheit war gerade dabei, eine Straßensperre für Raser aufzubauen. Sie würden von dem Fahrzeug in Kenntnis gesetzt werden und es noch vor der Autobahn anhalten.

Im Falle, daß sie den Gautrain nach Johannesburg oder Pretoria nahmen, war eine andere Einheit im Einsatz. Sie würden sich auch in den Zug setzen und sie außerhalb der Station in Empfang nehmen. Das war sicherer. Errol war schon oft bei einer solchen Aktion dabei gewesen und wusste, was sie zu tun hatten.

Peng peng, pof, pof pof. Er hörte auf einmal Schüsse durch seinen Hörer. Dann wurden noch mehr Schüsse abgefeuert und ohne groß zu überlegen, eilte Errol Botes in das hell erleuchtete Flughafengebäude hinein.

*

"Hitto! Verdammter Verkehr, wir werden noch zu spät kommen," stöhnte Astrid und nahm die Abfahrt zum OR Tambo Flughafen. Sie waren fast 20 Minuten lang hinter einem Unfall auf der R21 festgesteckt und Astrid fühlte sich verständlicherweise gestresst.

"Immer mit der Ruhe, wir sind ja schon fast da," versuchte Sofia ihre Cousine zu beruhigen. Sie band sich die dunklen Haare zu einem Pferdeschwanz hoch und schaltete das Autoradio ein. '... und der Fall der Nashorn Wilderer musste fallen gelassen werden, da zwei vietnamesische Dolmetscher vom Specialised Crimes Court wieder einmal nicht ordnungsgemäß vereidigt worden waren...'

"Oh bitte schalte das doch aus, Sofie!"

"OK..." Sofia schaltete das Radio aus und zog eine Miene.

"Sorry, Ich sitze hier auf glühenden Kohlen... ich möchte doch nicht, daß Grant schlechte Laune hat, wenn ich mit ihm sprechen will. Es wird sowieso schon schwierig genug werden, sogar wenn er fantastische Laune hat."

"Hey, du musst erstmal deine eigene Laune in den Griff kriegen oder er wird den Braten riechen," seufzte Sofia. "Ich kann nicht sagen, daß ich mich darauf freue, egal was passiert. Du weißt ja, daß ich nur hier bin, um dich zu unterstützen." Sie bereute ihre Entscheidung, Astrid zum Flughafen zu begleiten mit jeder Minute mehr.

"Weiß ich doch. Danke dir, Cousinchen. Verdammt, warum halten die jetzt schon wieder an?"

Sie hatten die Zufahrtsstraße zum Flughafen erreicht und der Verkehr vor ihnen kam fast zum Stillstand. Genau vor ihnen passierte irgendetwas. Sirenen plärrten, Blaulicht leuchtete in Abständen auf und die Taxis fuhren an den Straßenrand.

Die Autos bewegten sich im Schneckentempo vorwärts.

"Siehst du das? Was ist da bloß los?" wunderte sich Astrid.

"Keine Ahnung... sieht so aus , als wäre das die Polizei."

Sofia rollte ihr Fenster runter.

"Au weia, ich hoffe, die haben den Abholbereich vor dem Eingang nicht abgesperrt. Wir haben keine Zeit, jetzt auch noch einen Parkplatz zu suchen," beschwerte sich Astrid und ämmerte mit der Faust aufs Lenkrad.

"Hör mal gut zu, Astrid, du musst dich jetzt zusammenreißen. Wir werden schon nicht zu spät kommen. Die Passagiere sich wahrscheinlich noch dabei, durch die

Passkontrolle zu gehen. Das kann eine Weile dauern."

"Wenn man kein Einheimischer ist, vielleicht, aber Grant ist südafrikanischer Staatsbürger und die Schlange bewegt sich normalerweise ziemlich schnell voran. Es sieht mir nicht danach aus, als sei der Abholbereich abgesperrt, zumindest so weit ich das von hier aus beurteilen kann," meinte Astrid. Sie fuhr in eine Lücke vor ihnen und versuchte um die Autos herum zu navigieren. Als sie einen freien Parkplatz sah, nutzte sie die Chance und fuhr an der Autoschlange vorbei.

"Willst du im Auto warten?"

Bevor Sofia ihr eine Antwort geben konnte, kam ein schwarzer Luxuswagen mit dunklen Scheiben auf sie zugerast, gefolgt von einem anderen Auto mit blinkenden blauen Lichtern. Die Menschen rannten in alle Himmelsrichtungen davon.

Peng Peng, pof, pof pof.

Ihr Auto schlitterte zur Seite und kam an einer Schranke zum Stehen. "Astrid?" Ihre Cousine antwortete nicht. Sie war auf dem Lenkrad nach vorne gesackt und gab einen lauten Seufzer von sich. Sofia sah, wie eine rote Flüssigkeit von ihrem Kopf auf Astrids Arm träufelte, nur einen Hauch dunkler als ihr Jackenärmel. "Astrid?!"

Der schwarze Luxuswagen verlor die Kontrolle, kam wie in Zeitlupe von der Straße ab und stieß mit einem Betonklotz zusammen. Sofia sah genauer hin und sah, daß das schwarze Auto von Kugeln getroffen worden war, sah die Löcher in der getönten Windschutzscheibe, dann sah sie nur noch blinkende Blaulichter.

Im nächsten Moment kam Errol die Straße hinunter und auf sie zugerannt. Zwei weitere Männer folgtem ihm mit Pistolen im Anschlag. Errol hatte auch eine Waffe in der Hand. Er hielt einen Moment lang inne und starrte sie an. Sofia konnte das nicht begreifen.

Errol zeigte auf ihren Kragen. Darauf war ein Loch mit einem schwarzen Rand. "Bist du getroffen worden?"

Sofia schüttelte ihren Kopf.

"Sieht so aus, als wärst du gerade nochmal davon gekommen. Die Kugel hat dich nicht getroffen." Errol hörte sich erstaunt an. "Verdammt, das war mal Glück."

"Eine Kugel?" fragte Sofia. "Was für eine Kugel denn? Was machst du mit der Knarre da? Warst du das? Hast du auf mich geschossen? Hasst du mich so sehr?"

"Nein Sofia, ich habe nicht auf dich geschossen, beruhige dich... bitte beruhige dich..."

Aber Sofia hatte einen Schock und schrie hysterisch. "Du hast auf uns geschossen, du hast auf uns geschossen!"

Sie schüttelte seine Hand in panischer Angst ab. Errol musste etwas tun, bevor sie einen ausgewachsenen Schock bekam.

Er sprach in sein Mikrofon, "Eine Zivilistin ist getroffen worden, eine andere hat eine Schockreaktion. Beeilt euch, verdammt nochmal." Dann versuchte er wieder beruhigend auf Sofia einzureden.

"Sofia, ich habe nicht auf dich geschossen, die Drogenschmuggler waren das. Ich bin ein Zivilpolizist, wir hatten einen Einsatz hier. Sie haben uns gesehen und versucht abzuhauen. Einer von denen ist tot. Der Drogenkurier und der andere Kerl werden wohl überleben." Es war nicht leicht, die richtigen Worte zu finden.

"Ich glaube dir das nicht!" Sofia rutschte zu Astrid hinüber, die immer noch bewegungslos dasaß und auf dem Lenkrand vornüber zusammengesackt war.

"Astrid, sag' doch was!" rief sie.

Sie starrte ihre Cousine an und sah, wie der Blutfleck an ihrem Kopf und auf ihrem Arm sich ausweitete. Blond und rot, rot auf rot... Sofia sah, wie das Leben aus der einzigen Schwester wich, die sie jemals gekannt hatte. Es war einfach zu viel. "Hilf ihr!! Ohgott ohgott... sie wurde getroffen, sie wurde getroffen!" Sofia begann wieder zu schreien und konnte nicht mehr aufhören. Das konnte doch nur ein schlechter Traum sein, musste ein schlechter Traum sein!

Die Wagentüren flogen auf und die Sanitäter langten nach ihr, als sie dabei war, das Bewusstsein zu verlieren.

*

Die Beweise gegen Stan Makaroff hatten sich schon einige Jahre angehäuft, aber eine ordentliche Strafverfolgung des gut vernetzten Magnaten war ungeheuer schwierig gewesen.

Jetzt änderte sich die politische Situation und obwohl Polizeiakten und Beweise in der Vergangenheit aus verschlossenen Räumen verschwunden waren, machte die Spezialeinheit der Polizei endlich Fortschritte.

Der Kontakt des Schmugglerrings in Johannesburg, der bei der Schießerei am OR Tambo Flughafen verletzt worden war, sang wie ein Kanarienvogel und die Detektive waren fassungslos. Entgegen aller Erwartungen erhielten sie mehr Informationen, als sie je zu hoffen gewagt hatten.

Der Mann erzählte ihnen Einzelheiten von einem wohlorganisierten Netzwerk an sicheren Unterschlüpfen in der Stadt und auf dem Lande, die für die Schmuggel-Aktionen benutzt wurden. Er gab der Polizei auch die Namen von Drahtziehern und Mittelmännern.

Vieles davon stimmte mit Lorraine Pienaars Brief überein, und dann füllte auch noch das Mädchen, das mit den Drogen aus Mosambik angekommen war, die Lücken aus.

Die Spezialeinheit musste noch vorsichtig vorgehen, aber wenn alles nach Plan ging, würden die Beteiligten eine sehr lange Zeit hinter Gittern verbringen. Aber da war noch immer der Unterschied zwischen dem Gesetz auf dem Papier und der Realität und bei weitem nicht alle Drahtzieher waren verhaftet worden. Sie brauchten harte Beweise.

*

Eines Freitagabends im September fand Alwin Goldsmith eine mysteriöse Notiz auf seinem Schreibtisch:

'Ich habe, was Sie suchen. Für 20 000 Rand können Sie es wiederhaben. Kommen Sie nach Shangari und warten Sie bei Sonnenuntergang am Wäldchen. Keine Polizei. Sie werden schon einen Weg finden. Wir beobachten Sie.'

Wie war diese seltsame Nachricht auf seinen Schreibtisch gelangt? Niemand hatte Zugang zu seinem Büro, außer den Angestellten hier. Julia oder Raymond? Nein... der Anwalt kannte die Handschrift nicht und hatte keine Ahnung, wer hinter diesem einfachen Zettel stecken könnte. Einige der neuen Staranwälte waren zusammen mit den anderen Makaroff-Angestellten entlassen worden. Vielleicht war es ja einer von ihnen gewesen?

Wir beobachten Sie, stand darauf. Wer war - wir?

Unsinn... er schob die offensichtliche Drohung beiseite und dachte eine Weile über das unverfrorene Angebot nach. Sollte er die Notiz ignorieren? Das Ganze hatte einen Beigeschmack von Erpressung. So ungefähr jedenfalls. Es ist zu riskant, dachte er und fuhr mit seiner Arbeit fort.

Nachdem sein junger Kollege sich ein Missgeschick vor Gericht geleistet hatte, hatte er wieder die Rechtsabteilung übernommen.

Es sah nicht gut aus für das Makaroff Imperium und es wartete einige Arbeit auf ihn. Alwin Goldsmith klebte die Notiz an seine Schreibtischlampe, zog den grünen Schirm herunter und begann an den Gerichtsklagen zu feilen. Er hatte eine Menge Erfahrung mit Gerichtsklagen.

Ein Antrag musste im Obersten Gerichtshof eingereicht werden, wegen der Schmuggler-Geschichte... und mal sehen... wie konnte er diesen neuen Korruptionsfall am besten in die Länge ziehen? Oberster Gerichtshof, Oberstes Bundesgericht, Verfassungsgericht. Das würde wenigstens 2-3 Jahre dauern. Das Makaroff Imperium konnte es sich immer noch leisten, ein Gerichtsverfahren in die Länge zu ziehen. Aber der Rechtsanwalt konnte sich schlecht auf seine Arbeit konzentrieren. Das kleine Stück Papier, das an der Lampe klebte, lenkte ihn ab.

Natürlich wusste er, worum es ging. Warum er zwanzigtausend Rand mitbringen sollte und was es mit der ganzen Sache auf sich hatte. Nein, es war einfach zu riskant - und warum überhaupt jetzt, zu diesem Zeitpunkt? Warum nicht schon längst? Dann aber... zwanzigtausend Rand das war ein günstiger Preis. Goldsmith konnte sich einfach nicht entscheiden, griff zum Hörer und wählte eine Nummer.

Eine wohlbekannte Stimme antwortete. "Ja?"

Er erklärte die Situation. "Ja, Madam... ja, natürlich, ich weiß, daß das nicht der beste Weg ist... ich stimme Ihnen vollkommen zu, daß es Zeitverschwendung wäre, es nicht zu versuchen... Ja, ich verstehe. Ich verstehe. Ja, natürlich, das werde ich tun und es sie wissen lassen, sobald ich kann."

Klick. Auf der anderen Seite wurde aufgelegt.

Er hörte Schritte draußen im Gang und schaltete die Lampe auf dem Schreibtisch aus. Es war besser, wenn niemand wusste, daß er noch so spät im Büro arbeitete. Er wartete eine Weile und die Schritte verhallten. Die ganze Abteilung war bei einem Action-Cricket Spiel, wo sie gegen eine andere Anwaltskanzlei spielten; aber es war besser, auf Nummer sicher zu gehen. Da war ein anderer Anruf, den Goldsmith machen musste.

"Ich bin's," sagte er. "Ja doch, wer denn sonst? Ich möchte Ihnen ein Angebot machen, das für Sie interessant sein könnte. 1,4 Millionen... OK, sagen wir 1,2 Millionen. In 100 Rand Banknoten, gebrauchten Banknoten. Ja, es ist dringend. Tja, dann werden Sie sich wohl die Zeit nehmen müssen. Wo? Am gewohnten Ort. Ja, ich bin sicher, daß sie das finden werden. Sun City ist wohl nicht so kompliziert... Ja, dieses Wochenende. Am Sonntag. Ich werde Sie genaueres wissen lassen. Gut. Bye." Er legte den Hörer auf. Das klappte ja wie am Schnürchen.

Nicht, daß Alwin Goldsmith keine Erfahrung hatte... aber es war nie unter diesen Umständen passiert. Er kramte in der obersten Schublade seines Schreibtisches herum und fand den Schlüssel. Es war am besten, wenn er den Privataufzug nach unten zum überdachten Parkplatz nahm, statt den gewöhnlichen Weg durchs Foyer. Auf diese Weise würden die Nachtwächter ihn nicht bemerken.

Er fuhr mit seinem Auto zu dem einsamen Reihenhaus in Bryanston, das er sein Zuhause nannte. Er warf die Schlüssel auf die Kommode im Flur und ging sofort zur Bar hinüber. Nach ein paar Brandys fiel er auf der Couch, die Gloria ausgesucht hatte, bevor sie ihn verließ, in einen unbehaglichen Schlummer. Wenige Stunden später rief

Goldsmith im Büro an.

"... die Akte liegt auf meinem Schreibtisch... habe gestern Abend noch daran gearbeitet... Raymond kann es machen. Fühle mich zu schlecht." Er krächzte auf eine etwas verschleimte Art und Weise, die seine Assistentin am Apparat erschaudern ließ. "Ich habe mir wohl etwas eingefangen... hust, hust."

So, das wäre erledigt. Er packte eine Reisetasche mit dem Nötigsten und zählte das Geld in seinem Wandsafe. 24 000 Rand, 15 000 Euro und 7 000 Amerikanische Dollar. Kein Problem dann.

Alwin Goldsmith zählte zwanzigtausend Rand auf den Tisch. Dann nahm er die Scheine, packte sie vorsichtig in einen Beutel und schrieb alles auf einen Zettel, den er in den Safe legte. Er machte die Dinge gern korrekt. Goldsmith nahm seine Glock Pistole an sich, die er immer im Safe aufbewahrte.

Er zog sich Shorts und ein Madiba-Hemd an, legte einen anderen Zettel, der an seine Haushälterin adressiert war, auf die Küchentheke und verließ das Reihenhaus, um ein Wochenende auf dem Lande zu verbringen. Es war nicht das erste Mal, daß er ein erfreuliches Wochenende bei der Shangari Safari-Lodge verbrachte, aber es war das erste Mal, daß er nicht hinflog - und heute war er zudem allein.

Es geht hier ums Geschäft, nicht ums Vergnügen, ermahnte er sich.

Goldsmith steuerte seinen dunkelblauen BMW nördlich von Rutgersdrift die Teerstraße entlang und bog beim großen Baobab rechts ab. Er fluchte bei jeder kleinen Unebenheit und jedem Schlagloch auf dem Weg. Männer in blauen Overalls winkten, als er an ihnen vorbeifuhr, aber welchen Grund hatte er sie zu beachten?

Die Lodge war zum Wochenende ausgebucht und er musste sich mit einem 4-Mann-Zelt begnügen. Er hatte das Zelt für die beiden Nächte für sich allein und trug sich unter einem anderen Namen ein.

Es war nicht so komfortabel wie die Luxuszimmer, in

denen er normalerweise wohnte, aber diesmal wollte der abgebrühte Anwalt etwas anderes als Luxus. Ein Zelt reichte für seine Zwecke vollkommen aus. Alwin Goldsmith alias Alan Miller wollte nicht auffallen.

Er trank mehr Brandy an der Bar, als ihm guttat und als Ergebnis, hätte er fast die morgendliche Safari-Fahrt verschlafen. Der Unterricht vor der Safari war Pflicht. Mach' schon hin, dachte er nur dauernd, wie er so hinter einer korpulenten Dame mit ihrem irritierenden Hyänenlachen saß. Sogar die zehn Minuten hier waren zu lang für ihn. Heute war Nelson an der Reihe, die Touristen in den Busch hinauszufahren.

Dieser Kerl ist viel zu fröhlich! Dachte Goldsmith. Die Sonne zwinkerte durch die Baumreihen weiter die Straße hinunter und wärmte die Erde, aber Alwin Goldsmith fand keine Freude an der Schönheit des Morgens auf dem Lande. Die anderen Touristen schwatzten lebhaft miteinander und stellten dem Fremdenführer Fragen in fremden Akzenten. Pappnasen, dachte er bei sich und schnaubte verächtlich. Er war hier geschäftlich unterwegs.

Da die Wildhüter heute Morgen in den Hügeln Raubtiere gesehen hatten, beschloss Nelson das Safari-Fahrzeug für ein paar Minuten beim Wäldchen zu parken. Er ließ die Touristen einen kurzen Spaziergang in der Natur machen, nicht weit vom ausgetrockneten Flussbett, wo er ihnen die Paviane zeigen konnte. Die Regenfälle hatten dieses Jahr früh eigesetzt und der reißende Fluss brandete am Strand vorbei.

Die Touristen bestaunten die Paviane und die bunten Vögel, die sie in den Bäumen entdeckten. Niemand bemerkte den verdrießlichen Mann im Khakihemd, der sich mit einer grünen Tasche über der Schulter, ins Dickicht aufmachte.

'Wahrscheinlich musste der mal', sagte die korpulente Frau, die wie eine Hyäne lachte, am nächsten Tag zur Polizei. "Um ehrlich zu sein, hatte ich ihn kaum bemerkt."

Goldsmith versteckte sich hinter einem der blauen Eukalyptus Bäume, bis er hörte, wie sich das Safari-Fahrzeug wieder auf den Weg machte. Ich dachte, die würden nie fortfahren. Pappnasen alle zusammen, dachte er bei sich.

Sie waren nicht in der Lage, das Geschäftspotential hier zu erkennen, aber Alwin Goldsmith war kein Narr. Er konnte eine Gelegenheit erkennen, wenn sie sich bot.

Es kam ihm nicht in den Sinn, daß es purer Zufall gewesen war, daß das Fahrzeug gerade dort angehalten hatte, wo er aussteigen wollte. Da drüben war der Ort, den er suchte. Die Blutlachen waren getrocknet und mit den Regenschauern im Frühling ganz verschwunden. Weggewaschen, zusammen mit der Erinnerung daran, was hier im Februar geschehen war. Er stieg auf einen niedrigen Ast - nur für alle Fälle - und wartete bis zum Sonnenuntergang, genau wie es auf dem Zettel gestanden hatte.

Wie er so auf seinem Ast saß, erinnerte sich der Rechtsanwalt daran, wie er und er ansässige Tierarzt hier damals abgewartet hatten, um ihre Rolle in einem Drama zu spielen, das voller Geldgier und Gewalt steckte und dem Bedauern, das seitdem daraus geworden war.

Es war schwierig gewesen, den Tierarzt dazu zu bringen, bei der Sache mitzumachen, aber seine geistlose Frau hatte ihre Rolle perfekt gespielt. Dennoch war der Mann nicht daran gewöhnt gewesen und wollte ein paar Male wieder zurückkehren. Er war auf Goldsmiths Nerven gegangen mit seinem ständigen Gejammer und der unsinnigen Selbstverachtung.

Niemand hätte voraussehen können, was dann passiert war. Sie hatten alles so genau geplant, aber der Wildhüter, der die Gabe besaß Nashörner herbeizurufen, hatte sie entdeckt und den Tierarzt erkannt.

Der super-ehrliche Ranger hatte mit seinem Leben dafür bezahlt, aber der andere Ranger hatte nichts gesehen und war davongelaufen. Anscheinend war er gleich zu seiner Buschmann-Familie gerannt.

'Niemand hat irgendwas von Mord gesagt,' hatte der Tierarzt geheult. Charakterloser Feigling. Pienaar hatte Glück gehabt, daß er die folgende Nacht sein ständiges Gejammer bei der Scheune überlebt hatte. Er hätte es verdient, nur deswegen erschossen zu werden, dachte Goldsmith.

Pienaar hätte fast die anderen auf sich aufmerksam gemacht mit dem ganzen Gejaule, deshalb musste etwas geschehen. Alles, was Goldie hatte tun wollen, war die beiden Stücke Nashorn zu holen und dann wieder mit der reizenden Daisy de Bruin unter die Decke zu kriechen.

Wie bedauerlich, daß der Schuss sich gelöst hatte und er ohne die Hörner wieder abdampfen musste. Später hatte er herausgefunden, daß Makaroff in der Scheune gewesen war, um in Ruhe zu rauchen. Verdammtes Glück hatte der Tierarzt gehabt und zudem hatte er einen Batzen Schweigegeld bekommen.

Pienaars Frau hatte da weniger Glück gehabt.

Er hatte Barry Pienaar gefragt, wer der neue Nashorn Flüsterer sei. Der meinte, er hätte keine Ahnung, wollte aber nachfragen. Das hätte das Ernten von Nashorn auf lange Sicht hin um einiges einfacher gestaltet und ihm einen Vorteil gegenüber der Konkurrenz verschafft. Er war von der Idee begeistert gewesen, aber seine Pläne hatten zu nichts geführt.

Alwin Goldsmith konnte es sich nicht erklären, was Makaroff in diesem Weibsbild gesehen und warum er ihr den Job in der Firma angeboten hatte. Sicher war sie einige Zeit nützlich gewesen, als sie einen Platz brauchten, um die Waren zu verstecken, aber die Pienaar Farm war schließlich nur eine von vielen entbehrlichen Stationen gewesen.

Der untröstliche Tierarzt hatte glatt seine Kooperation verweigert, als sie ihn verließ. Was für ein Umstand. Sie hatten einen neuen Kontakt gefunden – Geld stinkt bekanntlich nicht – aber das hatte etwas gedauert.

Sobald Makaroff die Dorfpflanze in die Stadt verfrachtet hatte, war sie nichts als Ärger gewesen. Hatte auf einmal ein Gewissen entwickelt oder so ähnlich, im Augenblick, als sie die dumme Farm hinter sich gelassen hatte und ihren dummen Ehemann. Frauen! Schnaubte er. Nichts als ein Mühlstein um den Hals, das sind sie.

Als Goldsmith von ihren Plänen erfahren hatte, wie sie mit der Presse gemeinsame Sache machen wollte, hatte er blitzschnell gehandelt und wusste es zu verhindern. Es war schließlich ihre eigene Schuld gewesen. Hätte ihre Finger davon lassen sollen. Konnte man ihn dafür verantwortlich machen, daß er im Interesse aller gehandelt hatte? Was war eigentlich mit Teamgeist verkehrt? Also bitte!

Nur, der Tierarzt hatte es nie so richtig zu schätzen gewusst, daß er seine unerträgliche Frau losgeworden war. Der Dummkopf.

Es gab viele in der Organisation, die man von heute auf morgen ersetzen konnte. Aber verdammt schade um seine beiden Gefolgsleute. Er nannte sie seine Gefolgsleute auf eine fast liebevolle Art. Sie hatten immer das getan, worum er sie gebeten hatte, ohne dumme Fragen zu stellen und hatten ihm wohl gedient. Aber sogar sie waren entbehrlich gewesen. Sipho hatten sie am Flughafen erschossen und Jimmy war im Gefängnis. Falls Jimmy singen sollte, würde er einen hohen Preis dafür zahlen. Der Tierarzt würde bestimmt seinen Mund halten. Obwohl die Auszahlung, Goldsmiths Meinung nach, etwas übertrieben gewesen war.

Die Anweisung war allerdings nicht von Makaroff gekommen. Nein, die kam von höherer Stelle! Dachte der zynische Anwalt mit hämischer Befriedigung. Er hatte an alles gedacht und Makaroff hatte keinen Verdacht geschöpft. Sein Boss hätte den getreuen Goldie auch nicht des vorsätzlichen Fehlverhaltens und der Unterschlagung beschuldigen sollen. Wie konnte er nur?! Er wusste auf eigenen Füßen zu stehen und Makaroff war zudem ein verdammter Narr!

Aber er hatte es ihm gezeigt; Goldie hatte letztendlich die Oberhand behalten.

Zum Glück gab es da jemanden, der über Stan Makaroff stand. Jemand, der ihn schützte und seinen wahren Wert kannte. Jemand, der ebenfalls von dem Geschäft profitierte, das er hier bald im Busch abschließen würde. Stan Makaroff hatte es noch nicht mal spitz gekriegt, wie er, Alwin Goldsmith, mit ihm sein Spiel getrieben und seine Netzwerke ausgenutzt hatte, um sein eigenes, erfolgreiches Imperium aufzubauen!

Verbrechen waren so ein unschönes Geschäft, aber man gewöhnte sich daran und konnte nicht zimperlich sein, was die Einzelheiten anging. Er hätte sein Leben für diesen Mann gegeben. Die Demütigungen, die Gloria von den höhnischen anderen Ehefrauen in der Firma hatte erdulden müssen!

Sie wurde nicht länger zu den geselligen Treffen eingeladen und hatte an Gesicht verloren. Die Umstände hätten allerdings schlimmer sein können, aber für Gloria waren sie schlimm genug gewesen - und er zahlte immer noch ohne Ende für ihren neuen Lebensstil.

Verdammte Weiber, alle miteinander! Na ja, mit der Ausnahme von einer Frau vielleicht.

Die alte Mrs. Makaroff war gar nicht so schlecht, wenn man wusste, wie man sie zu nehmen hatte. Ludmilla liebte es, wenn man ihr schmeichelte und wollte hören, wie attraktiv und begehrenswert sie noch war - und er, Goldie, wusste nur zu genau, wie er dieses Spielchen treiben musste.

Er kannte ihr Lieblings-Parfüm, welchen Schmuck und welche Fernsehsendungen sie mochte; und er besorgte ihr immer ein kleines Geschenk, wenn er vorbeikam, um über die Fortschritte in ihrem gemeinsamen Wilderei-Geschäft zu berichten.

Autsch! Goldsmith sprang von seinem Ast herunter und wischte sich eine Anzahl roter Ameisen von seinem Arm und den Shorts. Er rieb sich die Brust; sein Herz machte ihm in letzter Zeit Beschwerden. Starkes Herzklopfen. Von jetzt ab würde er sich nur noch um seine eigenen Interessen kümmern und um sonst nichts. Er konnte ein Licht am Ende des Tunnels sehen.

All das schwirrte in Alwin Goldsmiths Kopf herum, während er darauf wartete, daß sich der Sonnenuntergang im Wäldchen beim Fluss unten einstellte. Er wartete, damit er endlich das Geschäft abschließen konnte, weswegen er gekommen war.

Die Sonne sank und der Himmel färbte sich golden. War da etwa ein Rascheln im Dickicht? Goldsmith lauschte genau hin und sein Selbstbewusstsein schwand. Was hatte er sich nur dabei gedacht, hier so alleine herzukommen? Er war verwundbar im Busch. Er wusste nicht, wen er zu erwarten hatte und da war nur sein Freund Glock zur Hand, der ihm Gesellschaft leistete.

Zweige knackten. Da waren die schweren Schritte eines Mannes! Er nahm seine Pistole aus der Tasche. Lieber auf Nummer sicher gehen, dachte er. Aber jemand kam, um sich mit ihm zu treffen!

Aber Alwin Goldsmith hatte Unrecht gehabt. Er hatte Unrecht, wenn er dachte, daß die Regenfälle im Frühling die Erinnerungen der grausamen Tat weggewaschen hätten oder daß jeder außer ihm ein Narr war.

Er irrte sich auch, was die Gefahr anging.

Ein paar Meilen westlich, hinter dem hohen Wildzaun und der Mauer, die den Busch vom Wohnquartier in Shangari trennten, wurde in einer Siedlung voll bunt bemalter Häuser das Abendessen über offenem Feuer zubereitet.

Zu monotonem Singsang im Radio wurde bei schwindendem Tageslicht die Wäsche von den langen Leinen genommen. Das Scheppern von Töpfen und Pfannen vermengte sich mit dem Geschnatter der Frauen und dem Krähen kleiner Kinder.

Die Mütter riefen die älteren Kinder zum Essen und unterbrachen das lebhafte Fußballspiel und Himmel und Hölle. Die Kinder wussten, daß es besser war, den Rufen ihrer Mütter nachzukommen. Sie legten den Fußball zur Seite, die Gummibänder und die aus Draht gebastelten kleinen Autos, und verschwanden eines nach dem anderen in den farbigen Häusern.

In einem dieser Häuser, das in einem knalligen Blau gestrichen war, saß ein Mann in einem kleinen Raum auf einer aus Stroh geflochtenen Bodenmatte. Sein grauer Kopf war gebeugt, wie er so dasaß. Unbeweglich, tief in Trance.

Der Raum war leer, außer den drei Strohmatten. Auf der Matte in der Mitte des Raumes lagen kleine Objekte in willkürlicher Anordnung verstreut. Geschrumpfte Knöchelchen, Pflanzensamen und Münzen. Sie waren das Werkzeug eines

Schamanen, eines Sangomas. Getrocknete Kräuter glühten in einer flachen Schale und gaben einen rauchigen Geruch ab.

Was der Mann tun wollte, war nicht etwas, das er gerne tat, aber Gerechtigkeit musste ihren Lauf nehmen und die Harmonie musste wiederhergestellt werden. Frans hatte mit ihm darüber gesprochen, wie die rastlosen Geister des Nashorns Ntombi und seines Vaters Cornelius beschwichtigt werden konnten. Er hatte dem zugestimmt, daß das, was die Polizei nicht erreichen konnte, er und Obakeng, nun selbst bewerkstelligen mussten. Die Polizei hatte ihre Methoden und er hatte seine eigenen.

Die Vorfahren hatten gesprochen und ihm blieb keine andere Wahl, als ihrem Wunsch Folge zu leisten.

Der Mann war nicht allein. Ein Junge von etwa 16 Jahren saß in ähnlicher Haltung zu seiner Rechten. Beide trugen das Fell eines Springbocks über den Schultern, das den Eingeweihten vorbehalten war. Es war still im kleinen blauen Haus. Beide Männer nahmen die Geräusche draußen kaum wahr; weder die Musik, noch das Scheppern der Töpfe noch das Gackern der Hühner. Sie befanden sich an einem anderen Ort, sahen das Busch im goldenen Glanz der untergehenden Sonne, sahen die Heimat des mächtigen Löwens, des Nashorns, des Zebras, des Elefanten. Was sie sahen, war nicht friedlich oder unschuldig.

Sie verfolgten voller Abscheu einen erneuten Verrat, einen anderen Mord. Sahen mit ihrem inneren Auge, was geschah.

Der Mann rief den mächtigen Löwen und den Leoparden an. Er sprach mit ihrer geistigen Form, während der Junge zusah und lernte. Die Raubtiere gaben nach. Erzfeinde unter anderen Umständen, würden sie es gemeinsam tun und ihre gewaltige Kraft gebrauchen, um das zu erreichen, was die Menschen nicht vermochten.

Die Menschen, die in ihre Welt gehörten waren Freund und manchmal formidabler Feind, aber niemals unwürdiges Opfer. Sie lebten Seite an Seite in Harmonie. Die Menschen, die nicht hierhergehörten, waren eine andere Geschichte und ein schlechter Mensch wartete im Dickicht des Wäldchens.

Auf Geheiß des Jungen hin, versammelten sich alle Nashörner in Shangari nicht weit von dem Waldstück beim Fluss. Sie beobachteten und warteten unbemerkt in sicherer Distanz. Ein zweiter Mensch näherte sich. Selbst er nahm die Tiere nicht wahr, die ihn beobachteten.

Was die Wildkatzen zu tun hatten, war nicht nur im Namen ihrer Artgenossen oder der Nashörner Rache zu üben. Ihr menschlicher Freund, Cornelius, der so oft mit ihnen kommuniziert und sich um ihr Wohlergehen gesorgt hatte, war seines Lebens beraubt worden, als er versuchte, Ntombi und ihr Kalb zu beschützen und hatte es ebenfalls verdient, daß sein Mord gesühnt wurde.

Sie vermissten alle seine einfühlsamen Gedanken, seinen Ruf. Was Mensch und Nashorn nicht erreichen konnten, das konnten sie tun. Die Raubtiere verstanden, daß es weder für Mensch noch Tier in ihrer Welt einen Platz geben würde, wenn derart Schlechtes sich aufhalten durfte und die Unschuldigen zu Opfern wurden.

Der Löwe näherte sich zuerst, trat mit großen Pfoten nacheinander mit lautlosem Geschick auf. Er wollte den richtigen Winkel finden, den Geruch erschnuppern. Ein scharfer Knall ließ ihn mitten in der Bewegung erstarren, dann feuerte es ihn an. Einer der Menschen im Dickicht lag auf dem Boden. Die Großkatze konnte das Blut riechen.

Der Mann war keine Beute, sondern ein recht guter Mensch gewesen, der ihnen oft geholfen hatte, wenn sie ihn brauchten. Der andere Mensch strömte Angst aus, als er sich über den anderen Mensch beugte und etwas an sich nahm.

Der Geruch von Angst übernahm von dem durchdringenden Gestank des Bösen. Er gehörte nicht hierher, brachte nur sinnlose Zerstörung mit sich. Er war die Beute. Der Löwe atmete schwer, dann schnurrte er in tiefem Ton.

Der abscheuliche Mensch hatte den Löwen erblickt und schrie etwas.

"Geh weg von mir... verschwinde!" Noch ein lauter Knall.

Das war einfach zuviel.

Hoch oben im Baum fauchte der Leopard mit aller Macht

und der Löwe brüllte sein lautestes Gebrüll. Er machte sich bereit, loszuspringen und glitt mühelos mit tödlicher Präzision durch die Luft.

Beim Aufprall wurde das kalte, harte Metall aus der Hand des schlechten Menschen geschlagen. Der Mann rang nach Luft und fiel auf die Tasche, die er mitgebracht hatte. Die Tasche mit den zwanzigtausend Rand und den abgehackten Rhinozeroshörnern, die er dem anderen abgenommen hatte. Das Genick des Mannes brach, noch bevor er begriff, wie ihm geschah. Dann war der Leopard an der Reihe.

Jethro, der Gepard, knurrte vor Aufregung in seinem Gehege und draußen im Busch stimmten ein Löwenrudel und alle anderen Großkatzen mit ein. Die beiden Männer in dem kleinen blauen Haus fühlten den Aufprall des Sprungs, fühlten den überwältigenden Schmerz des Mannes draußen im sonnendurchfluteten Waldstück.

Sie erhoben gleichzeitig die Köpfe. Der Kopf des Mannes war grau und der des Jungen dunkel mit den Haarknoten, die so typisch waren für die Buschmänner. Das Gesicht des Mannes war weder jung noch alt und seine Augen glitzerten in der Dunkelheit. Ein Lächeln erschien auf seinen Lippen und er klopfte dem Jungen auf die Schulter. Die Tat war vollbracht und es war an der Zeit zurückzukehren.

Er, der den Khoi-san Namen HumGau - Löwenherz – während seiner Xnau-Einweihung erhalten hatte, dankte im Stillen den Geistern der großen Katzen für das, was sie getan hatten. Die Tiere verließen die Szene; es gab keinen Grund mehr zum Verweilen.

Der Junge begann, seine Glieder eines nach dem anderen zu bewegen. Er war durchdrungen von der Ehrfurcht, die er spürte, vor den neuen Dingen, die er lernte, vor seinem Talent und den Fähigkeiten des Mannes.

"Ist es vollbracht?" fragte er.

"Ja, es ist vollbracht," sagte der Mann ernsthaft und schwenkte die schwelenden Kräuter mit kreisförmigen Bewegungen über den Knochen auf der Bodenmatte.

Es gab nichts weiter zu sagen.

*

Als am nächsten Morgen das Verschwinden eines Gastes mit dem Namen Miller aus Johannesburg entdeckt wurde, der nicht in sein Zelt zurückgekehrt war, durchsuchten die Ranger den Ort zwischen dem ausgetrockneten Flussbett und dem rauschenden Wildwasser. Dies war der Ort, wo man den Mann zuletzt gesehen hatte.

Die morgendliche Safari wurde abgesagt. Sie mussten erst herausfinden, was diesem Mr. Alan Miller aus dem Zelt mit der Nummer 213 zugestoßen war. Tom Rutgers ging mit den Rangern, um den vermissten Gast zu finden. Er machte sich zutiefst Sorgen um den Mann, den er nicht kannte und auch nicht bei seiner Ankunft am Tag zuvor gesehen hatte.

Die Bewohner von Shangari hatten seit den Morden eine relative Ruhe wiedergefunden, die ihre kleine Gemeinde im Februar aus der Fassung gebracht hatten, aber Tom konnte eine gewisse Vorahnung nicht abschütteln. Er fühlte, wie sich sein Hals verengte, als sie so bei der Suche nach dem vermissten Touristen das Unterholz durchkämmten.

Brutus, der Rhodesische Ridgeback suchte mit der Nase am Boden. Er heulte auf und Tom Rutgers Grauen wuchs. Der Hund zog an seiner Leine und zerrte ihn zu einer Stelle im Waldstück, wohin Tom ihm nicht folgen wollte.

Nelson hatte die Örtlichkeit beschrieben, wo er das Safari-Fahrzeug angehalten hatte und die Touristen auf einen kurzen Spaziergang in die Natur geführt hatte. Sie brauchten nicht lange zu suchen, bis sie fanden hatten, wonach sie suchten und es war schlimmer als erwartet.

Sie fanden nicht einen, sondern zwei Männer, die in ihrem Blut lagen. Einer von ihnen war Alwin Goldsmith. Seine Fingerabdrücke bestätigten diese Tatsache später. Er lag auf dem Rücken, Hals und Gesicht zerfleischt und seine Brust offen. Ein schrecklicher Anblick.

Sie konnten nur ahnen, daß dies der verschwundene Tourist sein musste. Es war nicht viel von seinem Gesicht übrig geblieben, aber seine fahle Hautfarbe, die Stirnglatze und die Art seiner Kleidung deuteten auf einen Stadtbewohner hin.

Armee-grüne Gurte schauten unter Mr. Millers Körper hervor. Sie hoben die Leiche kurz an und sahen eine dazugehörende Armee-grüne Tasche. Die Tasche enthielt zwei Rhinozeroshörner, die in ein schmutziges Tuch gewickelt waren und zwanzigtausend Rand in Banknoten. Was machte das alles hier?

Kein Nashorn war in der letzten Zeit in dieser Gegend gewildert worden. Zumindest soweit sie das wussten. Der andere Mann lag auf seinem Bauch. Er war in einen Khaki-Anzug gekleidet und als man ihn umdrehte, erkannte Tom Rutgers ihn sofort. Seine Augen waren in ihren Höhlen nach hinten gerollt und er hatte eine Schusswunde auf der Stirn, die sich zu einem hässlichen, dunklen Loch verfärbt hatte, doch jeder, der ihn kannte wusste, wer der Mann war.

Eine 9 mm Glock Pistole lag im Gras nicht weit von den beiden Leichen entfernt. Die Mordwaffe, die Barry Pienaar getötet hatte. Da machte Toms Magen nicht mehr mit.

Witbooi war innerhalb einer halben Stunde am Tatort und versuchte seinen leise weinenden Freund zu trösten. Witbooi war zunächst sprachlos gewesen. Er wusste beim besten Willen nicht, was er sagen sollten, um seinen Freund zu beruhigen. Zwei Rhinozeroshörner lagen in einer blutverschmierten grünen Tasche. Also hatte es was mit Wildern zu tun. Was konnte er tun, außer die Sonderkommission für Wildern anzurufen und sich auf korrekte Polizeiarbeit zu konzentrieren? Es war ja schließlich sein Job. Tom und Witbooi starrten sich an und konnten einfach nicht akzeptieren, was sie da mit eigenen Augen sahen.

"Das darf doch einfach nicht wahr sein, Witbooi, es darf einfach nicht sein," wiederholte Tom Rutgers. "Ich verstehe es nicht. Was hat Barry hier draußen gemacht? Mit diesem Kerl, diesem Mr. Miller. Hat Miller ihn erschossen oder ist Barry das Opfer eines anderen Schützen geworden? Was hat er hier gemacht?"

"Das weiß ich auch nicht, Tom. Ich weiß es wirklich nicht," sagte Witbooi. "Wenigstens hat der Löwe ihn in Ruhe gelassen. Warum setzt du dich nicht in den Wagen und trinkst etwas Wasser?"

Sie gingen nebeneinander zum Auto. Witbooi rief die Polizeistation in Rutgersdrift über Radio an und wendete sich von Tom ab, um eine Träne abzuwischen, bevor er einer vandvoll Polizisten am Tatort Anweisungen gab. "Durchsucht die Stelle. Irgendwelche Anhaltspunkte. Irgend etwas," bellte er sie an.

Sie machten Fotos und nahmen die Fingerabdrücke beider Opfer ab. Die Fingerabdrücke sollten später bestätigen, daß es sich bei dem unbekannten Mann um den Anwalt im mittleren Management der Makaroff Enterprises in Johannesburg handelte und, daß sein Name Alwin Goldsmith war und nicht Alan Miller.

Witbooi konnte es einfach nicht glauben. Wieso sollte ein Tourist in Shangari seine wirkliche Identität verbergen? Es sei denn, er hatte etwas mit dem Schmuggeln der Hörner zu tun, die sie bei ihm gefunden hatten. War er in eigener Sache hier gewesen oder war er nur ein Kurier? Für einen hochfliegenden Anwalt war das nicht sehr wahrscheinlich. Seine nächsten Verwandten wurden benachrichtigt, und die Sonderkommission für Wildern übernahm den Fall.

Der Coroner in Rutgersdrift fand Schmauchspuren an seinen Händen. Mr. Alwin Goldsmith war demnach nicht das Opfer. Er war eindeutig der Schütze gewesen. Bei näherer Untersuchung der Hände wurde etwas anderes gefunden. Etwas recht Seltsames.

Der tote Anwalt hielt eine Anstecknadel in seiner linken Faust. Eine rechteckige Anstecknadel aus blauem Emaille. Ein goldener Kreis mit einem V & S innen und einem Tier in jeder Ecke. Bevor er die Detektive der Sonderkommission für Wildern davon informierte, rief der Coroner Witbooi an und bat ihn, in die Leichenhalle zu kommen.

Der Stationsvorsteher wusste sofort, was er da vor Augen hatte. Sie sah genauso aus, wie die Anstecknadel, die Tom Rutgers von Cornelius' Hand damals im Februar entfernt hatte. Noch bevor die Sonderkommission für Wildern sie untersuchen konnte, war die Anstecknadel aus der Asservatenkammer gemeinsam mit der Beschreibung und den Fotos verschwunden.

Tom hatte sich anscheinend nicht erinnern können, wie die Anstecknadel aussah. Die Sonderkommission hatte die Angelegenheit nicht weiterverfolgt, da sie schon einen Verdächtigen in Haft hatten: Mothusi, den Khoi-San Ranger. Der Mann war kurz darauf aller Vorwürfe für unschuldig befunden worden, aber da war es schon zu spät gewesen.

Jetzt, wo Witbooi die Nadel mit eigenen Augen sah, war er davon überzeugt, daß es sich um ein und dieselbe Anstecknadel handelte, die Barry Pienaar bei einer Abendveranstaltung der Tierärztlichen Vereinigung in Pretoria erhalten hatte. Barry hatte sie stolz herumgezeigt.

"Was willst du damit machen?" fragte ihn der Coroner.

"Gib sie mir, ich werde die Nadel zu den anderen Beweisen tun." Es war nur eine Frage der Zeit, bevor die Verbindung hergestellt werden würde.

"Klare Sache." Der Coroner brauchte nicht zweimal darüber nachdenken und gab dem Stationsvorsteher die Anstecknadel.

Dies war das zweite Mal, daß die blaue Anstecknadel verschwand.

Witbooi hatte in Stillen beschlossen, daß die Gemeinde schon genug gelitten hatte. Er grub ein Loch im Hof des Polizeireviers und warf das Beweismittel hinein. Sie würden sich so an Barry Pienaar als einen Helden erinnern können. Jemand, der versucht hatte, die Kriminellen aufzuhalten. Und in gewisser Weise hatte er das auch getan.

Nach Lorraines Ableben hatte Barry Pienaar versucht Wiedergutmachung zu leisten. Er wusste, daß er im Gefängnis landen würde, falls er sich stellte. Das würde niemandem weiterhelfen, am allerwenigsten den Tieren, um die er sich kümmerte.

Die neu-dekorierte Cottage auf der Farm, die den Menschenhändlern als Versteck gedient hatte, war nun ein Teil seiner Tierarztpraxis. Er arbeitete auch enger mit Gerda Marais' Asyl für die kleinen Tierwaisen zusammen, um die sanfte Freilassung der erwachsenen Tiere in die freie

Wildbahn auf dem Grundstück der Pienaar Farm zu ermöglichen. Trotzdem hatte er an Depressionen gelitten und fand den einzigen Trost im Saufen.

Barry Pienaar hatte jede Kenntnis von und der Verwicklung in Straftaten geleugnet. Die Detektive hatten ihm dies offensichtlich nicht geglaubt, aber es gab keine handfesten Beweise. Eine Verbindungsperson, die er kannte, hatte die Rhinozeros-Hörner aus der Asservatenkammer im Büro der Sonderkommission in Pretoria zusammen mit der Anstecknadel, die ihn preisgegeben hätte, gestohlen.

Der Tierarzt hatte die wohlmeinende Frau davon überzeugt, daß er diese haben musste, um die Schmuggler zur Rechenschaft zu ziehen, da die Kommission dies bisher noch nicht fertiggebracht hatte. Er hatte sich dafür verabscheut, daß er die Forderungen der Schmuggler um Lorraines Willen befolgt hatte und wollte mit Makaroff oder diesem widerwärtigen Anwalt nichts mehr zu tun haben. In seinen Augen waren sie alle gleich: gefühllos und geldgierig. Dennoch hatte er das Gefühl gehabt, daß Gott ihn für seine Vergehen strafen wollte.

Er hatte sich dazu durchgerungen, ein Treffen mit Alwin Goldsmith zu organisieren; er wusste, wo der Mann arbeitete und wie man ungesehen in sein Büro gelangen konnte.

Er war aus einem einzigen Grunde auf sich stolz gewesen: daß er Alwin Goldsmith nie gesagt hatte, wer der neue Nashorn Flüsterer war. Barry Pienaar hatte vorgehabt, sich aus dem Griff der Kriminellen nach diesem einem letzten Geschäft zu befreien. Nur noch ein letztes Geschäft mit dem korrupten Anwalt, dann wollte er ein neues Leben beginnen.

Aber er wusste nicht, wie geldgierig Makaroffs Rechtsanwalt wirklich war und daß er seine eigene Organisation mit der Hilfe der alten Mrs. Makaroff aufgebaut hatte; daß dieser eine Waffe trug und sie auch benutzte.

Barry Pienaar meinte das Brüllen eines Löwen hören zu können und hielt das für angemessen, wie er so auf der Erde im Waldstück am Fluss unten lag, als die blutrote Sonne im Westen unterging und alles um ihn herum für immer dunkel wurde.

Alwin Goldsmith hatte ihn vor lauter Wut erschossen, kurz bevor die Wildkatzen angriffen. Niemand würde je den wahren Grund herausfinden, warum ein ansässiger Tierarzt überhaupt dort im Busch gemeinsam mit einem Makaroff-Anwalt ermordet aufgefunden worden war.

*

Bei Tagesanbruch wurde Ludmilla Makaroff, die zynische Königswitwe des Makaroff Imperiums, in ihrer Villa in Dainfern festgenommen. Sie verweigerte die Aussage bei der Polizei und ihre Verteidiger kämpften mit allen Mitteln dafür, daß sie auf Kaution entlassen wurde.

Es gab keine klaren Hinweise, daß sie etwas von den kriminellen Geschäftsinteressen ihres Sohnes oder seiner Verbindung zu einem internationalen Schmugglerring gewusst hatte. Mithilfe der neuen Beweise hatte sich die Sachlage allerdings geändert. Die Verfahren jagten sich durch die Gerichte und Reporter hatten ihren großen Auftritt, da sie die vielen vermuteten Verbrechen des Makaroff-Klans enträtselten.

Währenddessen war das Makaroff Imperium doch sehr am Kränkeln. Die schiere Anzahl der Strafanträge lastete schwer auf dem angeschlagenen Ruf einer Firma, die sich so lange in der Wärme politischer Gunst gesonnt hatte. Eine Bank nach der anderen ließ Makaroff wie eine heiße Kartoffel fallen.

Sie schlossen die Konten, die Stan Makaroff dazu benutzt hatte, sein Vermögen anzuhäufen. Die Öffentlichkeit war schockiert davon zu erfahren, wie viel das Imperium in Wirklichkeit wert war und wie sehr die korrupten Geschäfte mit der Regierung verflochten waren.

Am Ende führte dies zu dessen Niedergang. Die Ermittlungseinheit für Betrug konfiszierte die Vermögenswerte von Stan Makaroff, und der Makaroff Tower in Sandton wurde zum Verkauf angeboten. Seine Frau und seine Mutter waren als nächste dran. Trotz all ihrer Bemühungen, sich einen Anteil daran zu sichern, erhielt Gloria Goldsmith keinen Cent des unrechtmäßig erworbenen Reichtums ihres Mannes.

Einige Wochen nach der Festnahme von Ludmilla

Makaroff, sorgte ein anonymer Hinweis an die Detektive der Sondereinheit für Wilderei dafür, daß Basil Malambo auf einem Parkplatz in Sun City aufgegriffen wurde. Telefonaufzeichnungen und die Durchsuchung mehrerer Häuser der Verdächtigen ergaben eine unbestreitbare Verbindung zwischen dem Politiker, Stanislav Makaroffs Mutter und Alwin Goldsmith.

Die Öffentlichkeit hatte einige Monate lang nur Bewunderung für die Regierung übrig, bis ein neuer Skandal Schlagzeilen machte.

*

Vier Jahre nach dem großen Skandal, half ein junger Mann mit dem Namen Frans Grootman dabei, ein verwaistes Nashorn aus dem Tierasyl von Gerda Marais in die freie Wildbahn zu entlassen.

Er hatte sich um das Kleine seit dem Tag gekümmert, an dem die Wilderer seine Mutter während eines mordlustigen Anschlags im Shangari Safari-Park getötet und ihre Hörner abgeschlagen hatten. Frans Grootman studierte Tiermedizin und arbeitete zudem während der Semesterferien mit Dr. Gelders in seiner Praxis.

Oscar, das Nashorn, war zu einem kräftigen und übermütigen jungen Bullen herangewachsen, der das Tierasyl jeden Morgen eifrig durch das hintere Tor verließ und abends zu einem sicheren und weichen Bett aus Heu in der Scheune zurückkehrte. Er hatte sein Bett lange Zeit mit einer Eseldame geteilt, die Cookie hieß und nun das Kindermädchen für ein anderes Waisenkind, einem Elefantenkälbchen mit dem Namen Naledi war, deren Mutter wegen ihrer wunderbaren Elfenbeinzähne erschossen worden war.

Frans saß auf einem Felsen beim hinteren Tor und sah dem Sonnenaufgang zu. Oscar war schon draußen und wartete ganz aufgeregt. "Sie wird schon kommen." Frans lächelte. "Du musst Geduld lernen, mein Freund."

Oscar gab eine grunzende Antwort von sich und riss mit seinem Maul einige grüne Halme vom saftigen neuen Gras. Vor wenigen Wochen hatte der neue Eigentümer der Pienaar

Farm ein weibliches Spitzmaul-Nashorn bei einer Auktion erworben. Das Nashorn kam nun jeden Morgen, um Oscar abzuholen und gemeinsam mit ihm in die Weite der Savanne bis hin zu den Hügeln im Nordosten loszuziehen.

Die Sonne stieg ein wenig höher über den Horizont.

"Na, was habe ich dir gesagt? Hier ist sie schon," sagte Frans zu dem Nashornbullen und stand auf.

"Schön dich zu sehen, Karabo," begrüßte er das Nashorn-Weibchen. "Du siehst ausgesprochen strahlend aus heute Morgen." Er lachte über ihre scheue Reaktion. "Wie geht es dem Kleinen?" Karabos Bauch war wieder ein wenig dicker als er gestern gewesen war.

"Das freut mich," sagte der junge Mann.

Frans hatte das Baby Cornelia genannt, nach seinem eigenen Vater. Er würde sie beim Spitznamen Connie rufen. Der junge Mann hatte dem neuen Tierarzt, Dr. Gelders, noch nichts von Karabos Schwangerschaft erzählt. Aber bald würde man es eh sehen können.

Seit kurzem gab es drei Breitmaulnashörner im Shangari Safari Park. Oscar und seine Gefährtin wurden bald dorthin verfrachtet werden, sobald die Freilassung abgeschlossen war und ihr Nachwuchs würde den Bestand der Spitzmaulnashörner in der Gegend kräftig ankurbeln. Oscar nickte mit dem Kopf, als ob er den jungen Mann um Erlaubnis bitten wollte, die vertraute Umgebung verlassen zu dürfen.

"Geh' und macht euch einen schönen Tag, Kleintjie. Ich sehe dich dann, wenn du zurückkommst." Die beiden Nashörner trotteten in den Busch davon, und waren bald hinter den Bäumen verschwunden.

Die neue Besitzerin der Pienaar Farm hieß Gugu Mbatha und sie liebte ihr neues Leben auf dem Lande. Die Xhosa-Frau aus der City hatte ihr Leben komplett verändert. Sie hatte den hochfliegenden Lebensstil als PR-Managerin für Makaroff Enterprises nach dem Riesenskandal gründlich sattgehabt und eine völlig andere Berufung gefunden.

Gugu Mbatha hatte den Glanz und Glamour der Großstadt hinter sich gelassen und beschlossen, einen

Neubeginn in der Nordwest-Provinz zu wagen. Sie wusste, daß sie ein Risiko einging, aber nach dem ausgedehnten Besuch in Shangari, war sie ihrem Impuls gefolgt und hatte die Pienaar Farm mithilfe ihres wohlhabenden Vaters gekauft.

Sie hatte so viele Pläne geschmiedet und war fest entschlossen, das Beste aus der einmaligen Lage der Landschaft herauszuholen. Gugu hatte der Farm den Namen Tsholofelo gegeben, ein Tswana Wort, das 'Hoffnung' bedeutete. Und mit ihr war die Hoffnung in die Pienaar Farm eingekehrt. Das Tsholofelo Nature Resort spezialisierte sich nun auf Wildwasserbootsfahrten und Safaris, und seit der jüngsten Entdeckung einer Thermalquelle, hatte sie dem Hauptgebäude ein Thermalbad hinzugefügt, das die Damen der Umgebung anzog.

Die hatten dem Neuankömmling zunächst die kalte Schulter gezeigt, aber nach ein paar Monaten begannen die Reservierungen aus dem gesamten Land hereinzuströmen und das Thermalbad war dabei, den Rafting-Betrieb finanziell einzuholen. Der neue Tierarzt, Dr. Janek Gelders, hatte seine Praxis immer noch auf der Farm und betrieb diese mit vier Helfern. Der junge Frans Grootman assistierte ihm wann immer er Gelegenheit dazu hatte.

Gugu hatte das Haupthaus in einer grundlegenden Veränderung ausgebaut und ihm mehr Zimmer hinzugefügt.

Das Hotel war keine Luxus-Lodge wie Shangari, sondern ein ganz normales Landhotel mit fünf Zimmern und zwölf selbstversorgenden Chalets. Sie hatte ihre Kontakte spielen lassen und ihr Know-how angewandt, was der Aufbau der Betriebe anging und sie war mit dem Erfolg mehr als zufrieden.

Alle waren erstaunt gewesen, als Gugu sich unerwartet mit Witbooi van Schalkwyk anfreundete, was sich dann in wahre Liebe entwickelte. Sie waren in ein anderes Gebäude auf der Farm im Cape-Dutch Stil gezogen, das zu einem richtigen Zuhause umgebaut worden war.

Witbooi sah dem linkischen, übergewichtigen Polizeiwachtmeister des Rutgersdrifter Reviers kein bisschen mehr ähnlich. Schlank und gutaussehend kommandierte er jetzt ein Team von drei Raftführern und zwei Rangern, und genoss das Leben. Sie hatten letztes Jahr ihre Xhosa-Hochzeit im Ost-Kap gefeiert und eine zweite Hochzeitsfeier in Shangari. Nun erwartete Gugu ihr erstes Kind und sie konnten sich darauf verlassen, daß die tüchtigen Angestellten in der Lage waren, das Hotel und das Thermalbad praktisch allein zu führen. Ein anderer Polizeichef hatte von Witbooi in Rutgersdrift übernommen und sorgte für Recht und Ordnung im ganzen Bezirk.

Nicht, daß es am Anfang einfach gewesen wäre. Wie in jeder kleinen Land-Gemeinde, hatten die Leute hier die neuen Zugänge schief angesehen. Es half, daß Gugu sich jetzt Mrs. van Schalkwyk nannte und eng mit Tom Rutgers und seiner finnischen Frau Sofia befreundet war. Die Einheimischen begannen sich an Gugu zu gewöhnen, da sie auch Arbeit für ein Dutzend Ortsansässige hatte.

Gugu van Schalkwyk scherte sich einen Dreck um das Dorfgeschwätz. Noch nie hatte sie sich in ihrem ganzen Leben so glücklich und zufrieden gefühlt. Ihre beste Freundin wohnte nur über den Fluss hinweg auf der benachbarten Wildfarm und endlich nutzte sie ihre Energien für etwas, das sich wirklich lohnte.

*

"Onkel Tom... Onkel Tom!" rief Jessica, als sie dem zwei-jährigen Arttu hinterherlief, der mal wieder aus dem Haus gewatschelt war, als Frida sich umgedreht hatte. Der dunkelhaarige kleine Junge versuchte seinen Vater zu finden.

Er liebte nichts mehr, als Tom in der Scheune dabei zu 'helfen', wie er letzte Hand an die 'Shangari' anlegte. Tom und Sofia hatten große Pläne, in dem eleganten Boot Südafrika den ganzen Weg von Kapstadt bis Umhlanga in Kwa Zulu Natal der Küste entlang zu umsegeln.

"Hey, du kleiner Frechdachs!" rief Tom lachend und Arttu rannte ihm in die offenen Arme.

"Papa, Papa!" krähte Arttu und kaute spielerisch mit seinen vier kleinen Mausezähnchen an Toms Nase herum.

"Hey, sowas kannst du nicht mehr machen, Arttu. Du bist

viel zu groß, um noch an Daddys Nase zu kauen." Tom hob seinen kichernden Sohn hoch und übergab ihn Jessica. Astrids Tochter hatte sich in einen schlaksigen ernsthaften Teenager entwickelt, und sah ihrer verstorbenen Mutter von Tag zu Tag ähnlicher.

Jessica und Charlie lebten jetzt bei der Mutter ihres Vaters in Germiston und kamen oft nach Shangari, um die Schulferien dort zu verbringen. Zunächst hatte Paul Somerset sich auch noch miteingebracht, aber seit er wieder nach Pretoria gezogen war, hatten sie nichts mehr von ihm gehört.

Manchmal luden die beiden Kinder ihre Freunde ein. Jessicas neuesten besten Freundinnen, Sanele Dlamini und Carmen Liu, waren die vergangenen beiden Wochen bei ihnen im Farmhaus gewesen und die Mädchen amüsierten sich köstlich.

Sie liebten den Swimmingpool und durften oft bei Partys dabei sein, wo sich in ihren hübschen Kleidern sehr erwachsen vorkamen. Saneles Pflegeeltern waren beide Ärzte und wollten übers lange Wochenende zu Besuch kommen.

Arttu mühte sich ab, sich aus Jessicas Armen zu winden und setzte sich schliesslich neben Brutus. Er umarmte den alternden Hund und warf kleine Zweige und Steinchen für ihn, die er holen sollte.

Brutus gähnte und machte keine Anstalten, hinterherzulaufen. Die ganze Familie war aus Europa gekommen, als Arttu sechs Monate alt war, um seine Nimiäiset, die finnische Namensgebung, zu feiern. Sogar Toms Mutter war für eine Woche ohne ihren meckernden Ehemann angereist.

"Ich will mit meinen Freundinnen schwimmen gehen, Onkel Tom," sagte Jessica. "Dürfen wir später nach Rutgersdrift fahren? Wir wollen auf ein paar Milchshakes ins neue Café gehen und einen Schaufensterbummel machen." Rutgersdrift hatte sich inzwischen zu einer florierenden Kreisstadt gemausert, wo Künstler Ruhe und Inspiration fanden.

"Hast du das mit Tante Sofie abgesprochen?" fragte Tom. "Und wie wollt ihr eigentlich nach Rutgersdrift und wieder zurückkommen?"

Sofia Rutgers-Helenius verbrachte diese Woche in Kapstadt bei einer internationalen Konferenz zur Erhaltung von wilden Tieren. Sie hatte die Verantwortung für die Kinder Tom und Frida übergeben und Jessica skypte täglich mit ihrer Tante. Karen regierte in der Küche besser denn je und probierte jeden Monat neue und aufregende Gerichte aus. Tom und Sofia waren noch immer mit der Leitung befasst, aber mussten sich auch um eine wachsende Familie kümmern. Und seit Karens Bruder, Stephen MacAllister, die täglichen Pflichten an der Lodge übernommen hatte, hatten sie auch mehr Zeit für sich.

"Tante Sofie meinte, es sei kein Problem, wenn wir mit Cotton gehen. Er muss sowieso etwas vom Getränkemarkt besorgen und was nicht noch alles. Er wird uns um 5 Uhr wieder mit zurücknehmen." Sie zog mit ihrem großen Fußzeh Kreise in den Sand.

"Tja, wenn Tante Sofie das sagt, dann wird es wohl in Ordnung gehen. Du musst nur sichergehen, daß ihr nicht in die Pampa abwandert und ihr sollt auch nicht mit Fremden sprechen."

"Keine Angst, Onkel Tom." Jessica rollte ihre Augen auf typische Teenager-Art. "Sanele wird schon dafür sorgen, daß wir uns benehmen. Sie wird mal Anwältin werden, genau wie Thuli Madonsela und kennt sich aus mit solchen Sachen."

"Also gut. Das ist ja sehr beeindruckend, daß Sanele sich mit solchen Dingen auskennt. Und ich hoffe sehr, daß sie dafür sorgt, daß ihr euch gut benehmt. Ihr werdet aber nicht später als 5 Uhr wieder auf der Matte stehen."

"Ich weiß... Tante Sofie hat das Gleiche gesagt. Hast du Charlie gesehen?" Jessicas jüngerer Bruder machte seine eigenen Sachen und unternahm gerade irgendwas mit den Jungs aus der Siedlung.

"Ich glaube, daß er und Thando mit Nelson und den holländischen Touristen auf Safari gegangen sind," meinte Tom Rutgers.

"OK." Jessica malte mit dem Zeh weiter im Sand herum.

Es war am Anfang schwer für Jessica und Charlie gewesen, als ihr Vater im Gefängnis saß und ihre Mutter plötzlich fort war. Sie waren zur Beratungsstelle gegangen und es ging ihnen jetzt viel besser.

Sofia und ihre Oma Rankin teilten sich das Sorgerecht für die beiden Kinder und alles war so normal, wie die Umstände es eben zuließen. Charlie tat sich noch schwer mit Fieslingen, die ihn an der Schule drangsalierten und er hatte noch keine guten Freunde gefunden, aber er schien mit jedem Besuch in Shangari selbstbewusster zu werden.

Sie drehten sich um und sahen wie Frida dampfend und schnaufend den Weg hinuntergelaufen kam.

"Howe! Da bist du ja, Boytjie..." keuchte sie.

Frida hob den Kleinen hoch, wickelte ihn in ein Tuch und setzte ihn auf ihren Rücken. Dann verknotete sie die Zipfel über ihrer Brust. Der kleine Junge winkte seinem Vater zu, als er auf afrikanische Art zum Farmhaus zurückgetragen wurde. Jessica lief Frida hinterher.

"Tschüss Arttu! Tschüss Jessica! Ich sehe euch später." Tom hatte die Kinder gerne um sich. Sie sahen Obakeng oft dabei zu, wie er Jethro, den zahmen Geparden fütterte und halfen gern einmal bei Gerda Marais' Tierasyl aus. Sogar Arttu wollte mit den großen Jungs spielen, wenn er halbwegs eine Gelegenheit dazu bekam.

Tom Rutgers ging zur Scheune hinüber und schloss die großen Tore. Bald würde er sich mit den holländischen Touristen auf einen Drink zusammensetzen, sobald sie in etwa einer Stunde von ihrer Safari-Fahrt zurück waren.

"Mr. Rutgers," sprach Obakeng Tom vor Jethros Gehege an und der Gepard schnurrte wie ein Kätzchen, als er seine Stimme hörte. "Mr. Rutgers, ich muss für einige Zeit fortgehen." Er sah Tom offen an.

"Oh? Wo musst du denn hin?" fragte ihn Tom.

"Ich möchte ein paar Verwandte beim Kruger Park besuchen," meinte Obakeng. "Ich werde Frans mitnehmen. Er hat Semesterferien bis Ende Juli. Wir werden nur für eine Woche fort sein, aber wir müssen morgen schon losfahren."

Tom Rutgers betrachtete Obakengs Gesicht. Sein Ausdruck war undurchschaubar und Tom wusste, daß der Sangoma ihn nicht um Erlaubnis bat; er teilte ihm sein Vorhaben respektvoll mit. Obakeng und Frans würden fahren, ob es Tom in den Kram passte oder nicht.

"Tja, wenn ihr gehen müsst, dann müsst ihr eben gehen," sagte er. Obakeng half Tom mit dem Scheunentor und wischte Holzspäne auf den Schienen zur Seite.

"Die anderen werden meine Aufgaben übernehmen, während ich weg bin. Dit is baie belangrik," sagte Obakeng. Es ist sehr wichtig.

"Alles is reg, Obakeng. Es geht in Ordnung, wenn du dich um etwas kümmern musst. Wir sehen uns dann, wenn du wieder zurück bist. Hast du genug Geld für die Reise?"

"Ja Mr. Rutgers, ich habe gerade meinen Lohn erhalten. Wir werden dort bei Verwandten wohnen und brauchen nicht viel Geld," meinte Obakeng und wuchtete die Scheunentore zusammen.

Tom Rutgers wusste, daß eine schlagkräftige Anti-Wilderer-Einheit im Kruger Park es mit dem Kampf gegen das Abschlachten der Nashörner aufgenommen hatte. Mit etwas Glück würde die Einheit bald im ganzen Land eingesetzt werden. Die speziell trainierten Ranger wurden nicht nur in kämpferischen Fertigkeiten ausgebildet, sondern mussten auch spezifische Fähigkeiten im Umgang mit Tieren und Integrität mitbringen.

Obakeng war schon sehr lange ein Teil von Shangari. Tom konnte dem treuen Mann vertrauen, der die besondere Gabe besaß, mit Wildkatzen zu reden. Wenn er an die letzte Löwenattacke in Shangari vor vier Jahren dachte, konnte er nur vermuten, was es mit dieser wichtigen Sache im Kruger Park auf sich hatte.

Die Attacke hatte den furchtbaren Tod eines Mannes zur Folge gehabt, der ganz offensichtlich in Verbrechen verwickelt gewesen war und der hiesige Tierarztes war dabei erschossen worden.

Seitdem hatte es in Shangari keine Vorfälle von Wilderei

mehr gegeben. Tom war nicht so naiv zu glauben, daß sein Jugendfreund Barry Pienaar, völlig unschuldig gewesen war, aber er vermisste ihn trotz alledem. Er wünschte, die Dinge wären anders gewesen.

Aber wenn Obakeng und Frans etwas damit zu tun hatte, würden Wilderer und Schmuggler im Kruger Park es von jetzt ab ungeheuer schwer haben.

"Ich wünsche dir alles Gute bei deinem Vorhaben," sagte Tom.

"Dankie, Mr. Rutgers." Obakeng lächelte breit.

Tom Rutgers wusste besser als jeder andere, daß es sinnlos war, unnütze Frage zu stellen, was den wahren Grund für die Reise anging.

Er und der alterslose Sangoma hatten sich schon immer perfekt verstanden. Auch ohne Worte.

Ende

EVADEEN BRICKWOOD

DIE AUTORIN

Evadeen Brickwood wuchs in Karlsruhe mit zwei Schwestern auf und studierte dort Sprachen und Kulturwissenschaften. Als junge Frau unternahm sie ausgiebige Reisen ins Ausland und viele ihrer Bücher basieren auf Erfahrungen, die sie bei diesen Gelegenheiten sammelte.

Die Autorin zog 1988 nach Afrika, mit einer Ausbildung zur Übersetzerin und einer ordentlichen Portion Abenteuerlust im Gepäck. Sie arbeitete zwei Jahre als Sekretärin und Sprachlehrerin in Botswana und beschloss dann, sich in Südafrika niederzulassen.

In Johannesburg traf sie ihren deutschen Mann, heiratete und bekam zwei Töchter. Evadeen Brickwood studierte Informatik und Training-Management, arbeitete als freiberufliche Software-Trainerin und Beraterin für Firmen, als Übersetzerin und Referentin an der WITS-Universität.

Im Jahr 2003 begann sie mit dem Schreiben von Romanen und wurde in Südafrika von zwei Verlagen veröffentlicht. Zunächst Jugendromane in der Reihe „Erinnerung an die Zukunft", in der es um Abenteuer und verlorene Zivilisationen geht, dann auch Romane für Erwachsene. „Der Nashorn Flüsterer" ist Evadeen Brickwoods dritter Roman in deutscher Übersetzung.

Wie Dieser Roman Entstanden Ist

Die Nashorn Wilderei ist ein abscheuliches Verbrechen und genau wie viele andere Menschen, fühle auch ich mich von der gierigen Nachfrage nach dem gemahlenen Keratinpulver und dem Abschlachten unserer unersetzlichen Wildtiere schwer betroffen. Das Schmuggeln der Hörner ist nur ein Teil der unzähligen Verbrechen, die ich versuche in diesem Buch anzusprechen und Wilderei ist nur ein Teil der Handlung. Südafrika ist ein wunderbar diverses Land mit einer herrlichen Natur und pulsierendem Stadtleben, und die Menschen hier sind genauso unterschiedlich. Ich beobachte Tag für Tag, wie Leute verschiedener Herkunft sich in Südafrika begegnen. Liebenswürdigkeit und Weisheit stehen sinnloser Feindseligkeit und Geldgier gegenüber und dies alles in einem einzigen Buch anzusprechen, wäre ein Ding der Unmöglichkeit. Deshalb schreibe ich über das, was ich erlebe und was ich als Romanschriftstellerin gerne sehen würde. Man sollte daher nicht einen Bericht über derartige Verbrechen erwarten oder ein Whodunnit. Das ist die Arbeit der Medien und die leisten schon Hervorragendes. Da ich zu einer kreativeren Bewegung gehöre, versuche ich eine andere, kreative Herangehensweise zu schaffen. Man kann sich auf ein Spektrum an Emotionen gefasst machen und Beziehungen, die in die falsche Richtung gehen und in die richtige Richtung, und auch, wie Geldgier und Gewalt einen das Leben und den Verstand kosten können. Ich persönlich ziehe gewaltlose Lösungen vor, und wäre es nicht herrlich, wenn wir in diesem Land eine Kehrtwende zu Frieden und Wohlstand bewerkstelligen könnten, als Vorbild für andere Länder? Aber wenn ich jetzt schon ein wenig zu dieser Utopie beitragen kann, möchte ich es gerne mit diesem Buch tun.

Evadeen Brickwood

Ein weiterer Afrika-Roman

Bridget Reinhold ist nicht gerade abenteuerlustig, doch als ihre Schwester Claire im südlichen Afrika verschwindet, hält sie es in England nicht mehr aus. Ohne viel zu überlegen macht sie sich nach Botswana auf, um Claire zu finden. Mit so vielen Hindernissen und Ablenkungen hatte sie allerdings nicht gerechnet. Auf einmal scheint alles schief zu laufen und Bridget fragt sich, ob das noch Zufall sein kann.

Und ein Erlebnis-Roman...

As if growing up in the seventies wasn't difficult enough, teenager Isabell Bertrand is also too rebellious for her parents' liking. A novel treatment with hypnosis appears to be the perfect remedy and Dr. Albrecht regresses Isabell to her early childhood and even further back. She experiences previous lifetimes and then one in particular: could this beautiful young woman in a silk sari, who was forced to choose between two men, really once have been her? Years later, Isabell is invited to a wedding in Pakistan and memories of a forgotten love come flooding back – with dangerous consequences.